Tucholsky Wagner   Zola   Scott   Sydow   Freud   Schlegel
       Turgenev   Wallace   Fonatne
     Twain   Walther von der Vogelweide   Fouqué   Friedrich II. von Preußen
                       Weber   Freiligrath   Frey
Fechner   Weiße Rose   von Fallersleben Kant   Ernst   Frommel
        Fichte   Richthofen
         Engels   Fielding   Hölderlin
    Fehrs   Faber   Flaubert   Eichendorff   Tacitus   Dumas
                                            Eliasberg   Ebner Eschenbach
Feuerbach   Maximilian I. von Habsburg Fock   Zweig
                              Ewald   Eliot   Vergil
          Goethe   Elisabeth von Österreich   London
Mendelssohn Balzac   Shakespeare
                    Lichtenberg   Rathenau   Dostojewski   Ganghofer
       Trackl   Stevenson   Doyle   Gjellerup
Mommsen   Tolstoi   Hambruch
         Thoma   Lenz   Hanrieder   Droste-Hülshoff
 Dach   Verne   von Arnim   Hägele   Hauff   Humboldt
         Reuter   Rousseau   Hauptmann
    Karrillon   Garschin   Hagen   Gautier
         Damaschke   Defoe   Hebbel   Baudelaire
                       Descartes   Hegel   Kussmaul   Herder
Wolfram von Eschenbach   Dickens   Schopenhauer   Rilke   George
      Bronner   Darwin   Melville   Grimm Jerome   Bebel
           Campe   Horváth   Aristoteles   Proust
 Bismarck   Vigny   Voltaire   Federer   Herodot
                        Gengenbach Barlach
                                           Heine
 Storm   Casanova   Tersteegen   Grillparzer   Georgy
          Chamberlain   Lessing   Langbein   Gilm
 Brentano   Gryphius
                  Claudius   Schiller   Lafontaine
 Strachwitz   Kralik   Iffland Sokrates
       Katharina II. von Rußland   Bellamy Schilling
                              Gerstäcker   Raabe   Gibbon   Tschechow
 Löns   Hesse   Hoffmann   Gogol   Wilde   Gleim   Vulpius
     Luther   Heym   Hofmannsthal   Klee   Hölty   Morgenstern
         Roth   Heyse   Klopstock   Goedicke
 Luxemburg   Puschkin   Homer   Kleist
                 La Roche   Horaz   Mörike
    Machiavelli   Kierkegaard   Kraft   Kraus   Musil
 Navarra Aurel   Musset
                          Lamprecht   Kind   Kirchhoff   Hugo   Moltke
     Nestroy   Marie de France
                                Laotse   Ipsen   Liebknecht
  Nietzsche   Nansen
                  Marx   Lassalle Gorki   Klett   Ringelnatz
 von Ossietzky   vom Stein   Leibniz
               May   Lawrence   Irving
    Petalozzi
         Platon   Knigge
            Pückler   Michelangelo   Kock   Kafka
       Sachs   Poe   Liebermann
         de Sade   Praetorius   Mistral   Zetkin   Korolenko

Der Verlag tredition aus Hamburg veröffentlicht in der Reihe **TREDITION CLASSICS** Werke aus mehr als zwei Jahrtausenden. Diese waren zu einem Großteil vergriffen oder nur noch antiquarisch erhältlich.

Symbolfigur für **TREDITION CLASSICS** ist Johannes Gutenberg (1400 — 1468), der Erfinder des Buchdrucks mit Metalllettern und der Druckerpresse.

Mit der Buchreihe **TREDITION CLASSICS** verfolgt tredition das Ziel, tausende Klassiker der Weltliteratur verschiedener Sprachen wieder als gedruckte Bücher aufzulegen – und das weltweit!

Die Buchreihe dient zur Bewahrung der Literatur und Förderung der Kultur. Sie trägt so dazu bei, dass viele tausend Werke nicht in Vergessenheit geraten.

Der Sohn des Gaucho

Franz Treller

Impressum

Autor: Franz Treller
Umschlagkonzept: toepferschumann, Berlin

Verlag: tredition GmbH, Hamburg
ISBN: 978-3-8472-6806-2
Printed in Germany

Rechtlicher Hinweis:
Alle Werke sind nach unserem besten Wissen gemeinfrei und unterliegen damit nicht mehr dem Urheberrecht.

Ziel der TREDITION CLASSICS ist es, tausende deutsch- und fremdsprachige Klassiker wieder in Buchform verfügbar zu machen. Die Werke wurden eingescannt und digitalisiert. Dadurch können etwaige Fehler nicht komplett ausgeschlossen werden. Unsere Kooperationspartner und wir von tredition versuchen, die Werke bestmöglich zu bearbeiten. Sollten Sie trotzdem einen Fehler finden, bitten wir diesen zu entschuldigen. Die Rechtschreibung der Originalausgabe wurde unverändert übernommen. Daher können sich hinsichtlich der Schreibweise Widersprüche zu der heutigen Rechtschreibung ergeben.

Auf dem Parana

Die dunklen Wasser des Parana flossen träge dahin, und die dichten, hochstämmigen Wälder, die den Fluß zu beiden Seiten begrenzten, ließen ihn noch düsterer erscheinen. Außer dem eintönigen, dumpfen Rauschen des Wassers war nirgendwo ein Laut. Kein Fahrzeug belebte den sonst so vielbefahrenen Fluß, der auf seinem langen Lauf zahlreiche Städte berührte; der Bürgerkrieg, der nun schon seit Jahren das Land verheerte, Menschenleben und Eigentum vernichtete und blühende Provinzen verwüstete, hatte auch die mächtige, verkehrsreiche Wasserstraße vereinsamt. Die einzigen Schiffe, die jetzt dann und wann seine Fluten kreuzten, waren stark bemannte Kriegsfahrzeuge, die Soldaten und Waffen transportierten. Die Ruhe eines Friedhofes lag über den Paranaprovinzen.

Die Sonne neigte sich schon; ihre letzten Strahlen trafen zwei Männer, die auf der Lichtung einer kleinen bewaldeten Insel saßen, durch hochragende Bambusstauden und dichtes Weidengebüsch gegen jede Sicht vom Fluß aus geschützt. Zwischen den schwankenden Schilfhalmen dicht am Ufer lag ein kleines Kanu.

Die Zweige uralter Erlen und Algaroben bewegten sich flüsternd im leichten Abendwind. Der eine der beiden Männer, ein Jüngling noch, hochgewachsen und schlank, saß, mit dem Rücken an einen Baumstamm gelehnt, den der Sturm entwurzelt haben mochte, im weichen Gras. Aussehen und Kleidung des Mannes ließen auf den ersten Blick den Gaucho erkennen, einen dieser Zentauren der Pampas, die Könige waren auf dem Rücken ihrer Pferde. Er hatte den Poncho nachlässig um die Hüften geschlungen, seine Füße waren mit jenem eigenartigen Schuhwerk bekleidet, das sich der Pampasbewohner aus der frisch abgezogenen Haut eines Pferdebeines selber anfertigt. Der breitrandige Hut beschattete ein tief gebräuntes, sauber geschnittenes Gesicht, in dessen dunklen Augen ironische Feuer blitzten.

Sein Gegenüber war ein sehr viel anderer Mann. Nichts an seinem Äußeren deutete auf den Südländer. Er war stämmig und untersetzt, breiter und schwerer gebaut als der schmale und rassige Gaucho; Brust- und Schulterumfang im Verein mit den mächtigen Armen deuteten auf erhebliche Körperkraft. Seine Haut war heller, sie wirkte unter der Luftbräunung nahezu weiß, den aus einem starken Nacken zwischen gewaltigen Schultern aufwachsenden Kopf zierte lockiges Haar von einer eigenartigen goldblonden Tönung. Man hätte dieses Haar auch rot nennen können, doch war dies ein Rot, dem die Sonne goldene Lichter aufsetzte. Man sagt, daß reiche Römerinnen dereinst solche Haarfarbe liebten. Das Gesicht des Mannes war nicht schön; es wirkte mit seiner nicht sehr hohen Stirn, der stumpfen Nase, dem breiten Mund und der stark entwickelten Kiefernpartie grobschlächtig und derb, doch sah man den klaren blauen Augen unter den buschigen Brauen sogleich an, daß Gutmütigkeit und Herzenseinfalt das Wesen des Mannes bestimmten. Der Rotkopf, nennen wir ihn immerhin so, trug die Tracht der Bootsleute, die den La Plata befahren: baumwollenes Hemd, lange Beinkleider und Baskenmütze.

Die Männer sprachen miteinander, und es war eine Art Streitgespräch, wenn auch wohl kein sehr ernsthaftes, das sie führten. Der Gaucho ließ seine dunklen Augen blitzen; sie ruhten mit etwas überlegen spöttischem Wohlgefallen auf seinem stumpferen Gefährten; er sagte:

»Du entwickelst Gedanken. Das ist ein Fortschritt, ich erkenne ihn an. Aber was soll das? Ich sage dir, Mann, laß es bleiben, es ist nicht deines Amtes, es steht dir nicht an. Überlaß mir das Geschäft, ich bin geübter darin. Unterbrich mich also nicht. Die Verhältnisse des Landes sind meine Sache, sie gehen mich an, denn ich bin erstens ein Bürger unserer glorreichen Föderation und zweitens ein viejo christiano. Beides bist du nicht, Compañero.«

Der andere bewegte mißbilligend den dicken Kopf. »Ich bin auch ein viejo christiano«, sagte er, »ein Bürger der Staaten bin ich auch, und also darf ich auch denken.«

»Dein Versuch zu denken hat dich zur Anmaßung geführt«, sagte seufzend der Gaucho, »aber ich verzeihe dir, denn du weißt nicht, was du sprichst.«

»Ist es wahr, daß deine Großmutter und deine Urgroßmutter richtige rothäutige Indianerinnen waren, Don Juan?« fragte der Rotkopf und blinzelte mit den blauen Augen. Ein flammender Blick traf ihn; ein Stolz, der nicht frei von Hochmut war, leuchtete aus dem Antlitz des Gauchos, dessen Schnitt die indianische Herkunft nicht verleugnen konnte. »Du weißt nichts von uns, rothaariger Flachkopf«, entgegnete der Jüngling. »Ja, meine Vorfahren, die glorreichen Konquistadoren, Hidalgos von ältestem kastilianischen Blut, heirateten hier eingesessene indianische Fürstentöchter; du denkst doch nicht, daß ich mich dieser Abstammung schäme?«

»Wie sollte ein Mensch sich seiner Abstammung schämen?« versetzte der Stämmige. »Leider weiß ich von der meinen so gut wie nichts. Aber wer sagt dir, daß ich nicht von Granden abstamme? Man sagt, die vornehmen Leute in Spanien hätten meine Haarfarbe. Es ist wahr: das Meer hat mich eines Tages an den Strand gespült, aber schließt das aus, daß ich ein Hidalgo aus ältestem Blut bin? Señora Pereira, meine alte schwarze Pflegemutter, hat oft das Zauberfeuer über meine Herkunft befragt, und ich sage dir, sie hat eine Krone in den Flammen gesehen.«

»Großartig!« sagte Don Juan. »Nun, wenn die phantastische Krone, die deine schwarze Pflegemutter gesehen hat, einmal auf deinem dicken Schädel sitzen sollte, dann machst du mich hoffentlich zum Gobernador in deinem Königreich, König Pati. Er lachte schallend, und der Rotblonde stimmte grinsend in seinen Heiterkeitsausbruch ein.

Pati war tatsächlich eines Tages als hilfloses Kind auf einem aus Schiffstrümmern hergestellten Floß in der Nähe von Kap San Antonio an Land gespült worden. Das Schiff, dem die Trümmer entstammten, war nie ermittelt worden. Das alte Negerpaar Pereira hatte sich des Findlings angenommen. Pati war im Hafenviertel von Buenos Aires zwischen Schwarzen und Weißen herangewachsen, hatte im Boot, beim Fischen und beim Beladen der Schiffe gearbeitet und bald eine staunenswerte Körperkraft zu entwickeln begonnen. Er führte seitdem den Namen des alten Negers, der Vaterstelle an ihm vertreten hatte und hieß offiziell Sancho Pereira; da jedoch die englischen Seeleute, die den La Plata befuhren, steif und fest behaupteten, Sancho sei unverkennbar ein Sohn der grünen Insel Eire, wurde er bald allgemein mit dem Spitznamen der Iren, Paddy, gerufen, den die spanische Zunge in Pati abwandelte.

Bei Ausbruch des Krieges mit England war Pati von der Regierung des diktatorisch herrschenden Präsidenten Don Manuel de Rosas zum Dienst auf einem Schlachtschiff gepreßt worden. Der harte Dienst behagte dem in Freiheit auf gewachsenen jungen Mann wenig; eines Nachts, während sein Schiff auf der Reede lag, glitt er an einem Tau ins Wasser und schwamm an Land. Natürlich durfte er sich nach dieser Desertion in Buenos Aires nicht mehr sehen lassen; er flüchtete, mußte aber bald darauf froh sein, in der Landarmee untertauchen zu können. Er wurde der Artillerie zugeteilt und hatte im Kriegslager den Gaucho Juan Perez kennengelernt.

Beide saßen sie nun auf einer kleinen Insel mitten im Parana und sprachen miteinander von ihren Erlebnissen. »Höre zu, Don Juan«, sagte Pati, »es wäre wunderbar, wenn du mir eines sagen könntest. Wir haben gerade einen Bürgerkrieg hinter uns, in dem eine Partei, die sich Föderalisten nennt, gegen eine andere, die sich als Unitarier bezeichnet, blutig gekämpft hat. Nun wüßte ich für mein Leben gern, was der Unterschied zwischen Föderalisten und Unitariern ist.«

»Es ist entsetzlich, was du für Fragen stellst«, entgegnete Don Juan, »aber andererseits ist es gar nicht so einfach, diese Fragen zu beantworten. Sieh mal, da sind Leute, die wollen alle Staaten unserer gesegneten Republik vom Salinas bis zum Rio Negro unter einen Hut bringen. Das sind die Unitarier. Verstehst du das?«

»Wie soll ich das denn verstehen?« fragte Pati zurück. »Don Manuel will doch schließlich auch alles unter einen Hut bringen, und zwar unter den seinen. Und damit er nicht mißverstanden werden kann, läßt er alle Leute totschlagen, die anderer Meinung sind.«

»Du wirst dich noch um deinen dicken Hals reden, mein Lieber«, entgegnete Don Juan.

»Jedenfalls habe ich recht«, beharrte Pati störrisch. »Oder haben wir nicht gerade die Unitarier am Conchas zusammengehauen? Kannst du mir sagen, warum?«

»Das ist nicht meine, sondern Don Manuels Sache«, versetzte der Gaucho, »und ich möchte dir den dringenden Rat geben, deinen Schädel nicht mit so verzwickten Fragen zu beschweren, die du doch nicht lösen wirst. Laß du Don Manuel nur für die glorreiche Föderation sorgen; er weiß am besten, was für das Land nötig ist.«

»Schön«, sagte Pati gleichmütig. »Aber jedenfalls hast du doch auch genug vom Kampf gegen die Unitarier gehabt; sonst hättest du ja wohl nicht bei Nacht und Nebel die Armee verlassen.«

Auf dem Gesicht des anderen begann wieder der Hochmut zu spielen. »Du sprichst, wie du es verstehst«, sagte er. »Der Krieg ist aus. Die Unitarier sind in Santa Fé und Corrientes geschlagen, und mich rufen wichtige Geschäfte in die Pampas.«

Pati grinste. »Die Leute werden aber sagen, du seiest heimlich davongelaufen«, sagte er.

»So lügen sie!« brauste Don Juan auf. »Ich habe wie ein Mann gefochten, solange die Aufrührer im Felde standen. Jetzt muß ich mich um meine eigenen Dinge kümmern. Meinst du, die rothäutigen Indios bleiben still und friedlich, wenn die Scharen Don Manuels nach Norden ziehen und die Grenzen entblößen? Da kennst du Jankitruß und seine Leute verdammt schlecht. Ich sage dir, in acht Tagen ist kein Gaucho mehr bei Don Estevan, dem glorreichen Capitano. Wir in der Pampa haben immer den ersten Stoß der roten Banditen aufzuhalten. Und übrigens, was fällt dir ein? Warum bist denn du davongelaufen? Wo du weißt, daß der Capitano vor allem Artilleristen braucht.«

»Ja, das ist nun nicht anders«, grinste Pati. »Wenn Don Juan geht, muß Pati auch gehen, die beiden gehören nun einmal zusammen.«

»Ich werde dir nicht vergessen, daß du mir vor zwei Jahren bei Monte Caserta das Leben gerettet hast«, sagte Don Juan.

»Schweig still«, antwortete der Rotblonde. »Ich werde dir ebensowenig vergessen, daß du mich am Chiquita herausgehauen hast. Aber wir wollen nicht davon reden. Etwas anderes aber«, fuhr er nach kurzer Pause fort, »hältst du es immer noch für notwendig, daß wir nur nachts reisen? Wir würden viel rascher stromab kommen, wenn wir den Tag benutzten.«

»Machen wir uns nichts vor«, sagte Don Juan, nunmehr mit sehr ernster Stimme. »Ich bin Don Manuels Mann und habe für ihn gekämpft. Aber ich habe den Kriegsdienst nun satt und will und muß nach Hause. Begegnen wir aber seinen Leuten – und ich weiß, daß er Truppen hier am Ufer des Stromes hat –, dann stecken sie uns einfach wieder in die Regimenter. Sobald wir Santa Fé hinter uns gebracht haben, kurz vor Rosario, verlassen wir das Kanu, ich fange uns Pferde ein, und wir reiten in die Pampas; es sei denn, du wolltest hier am Strom bleiben.«

»Willst du mich mitnehmen, so gehe ich mit dir«, entgegnete Pati. »Meine Pflegeeltern sind tot; was soll ich in Buenos Aires? Ich habe dort niemand, ich habe überhaupt keinen Menschen mehr außer dir und würde mich deshalb nicht gerne von dir trennen.«

»Bueno, Sancho! Bueno!« sagte der Gaucho und reichte dem Gefährten die Hand.

»Hör zu«, sagte der, »vor den Soldaten Don Manuels, die du fürchtest, habe ich weniger Angst als vor den Leuten von Entre Rios da drüben« – er deutete zum linken Stromufer hinüber – »sie sind dort alle geschworene Feinde de Rosas, und ich fürchte, sie werden wenig Umstände mit uns machen, wenn sie uns fangen.«

Don Juan schüttelte den Kopf. »Du magst vielleicht recht haben«, versetzte er, »allein mit den Unitariern kann ich kämpfen, und ich kann ihnen entrinnen, gegen Don Manuels Leute kann ich nichts machen, ich muß mich von ihnen verschleppen lassen. Ich war jetzt an die drei Jahre von der Heimat weg, und es wird Zeit, daß ich nach Hause komme; vom Krieg habe ich genug. Nein, laß uns einstweilen den Schutz der Dunkelheit ausnutzen.«

Ich füge mich natürlich«, sagte Sancho Pereira. »Und südlich von Santa Fé kenne ich jeden Fußbreit Boden an beiden Ufern; da mögen bei Tag oder bei Nacht die Unitarier oder die Capitanos Don Manuels kommen; ich fürchte sie nicht.«

»Der Neid muß dir lassen, daß du mit einem Boot umgehen kannst«, stellte der Gaucho fest, »ich aber sehne mich nach einem Pferderücken; du ahnst nicht wie sehr! Was ist der Mensch ohne Pferd!«

Während ihres Gespräches war die Sonne gesunken. Pati erhob sich. »Nun, für heute können wir jedenfalls fahren«, sagte er. »Zuvor will ich vorsichtshalber einen Blick nach oben und unten werfen.«

Er hatte das kaum ausgesprochen, da vernahmen sie zugleich den gedämpften Schall leichter Ruderschläge. Einen Augenblick standen sie lauschend, dann sagte Pati leise: »Ich will nachsehen, vom Baum aus.« Damit schwang er sich bereits katzenhaft in das untere Astwerk einer hochstämmigen Algarobe und begann in die Höhe zu klettern. Er stieß einen leichten Überraschungsruf aus, der Don Juan augenblicklich an seine Seite brachte. Beide erblickten nun in dem schwachen Dämmerlicht zwei lange Barquillas so nahe der Insel, daß sie mit ihrer Bemannung zu erkennen waren. Jedes der Fahrzeuge war mit zehn Ruderern besetzt, während sich im hinteren Teil der Fahrzeuge zahlreiche Bewaffnete aufhielten. Die schlanken Fahrzeuge durchquerten den Strom oberhalb der Insel und hielten scharf auf das rechte Ufer zu. Die beiden jungen Männer stiegen von ihrem Ausguck herab.

»Was mag das bedeuten?« fragte Pati.

»Unitarier von Entre Rios«, sagte Juan. »Augenscheinlich schwer bewaffnet. Scheinen den Leuten in dem Haus dort einen freundschaftlichen Besuch abstatten zu wollen.«

»Aber was können sie wollen? Eine Handvoll Leute?« »Stehlen, mein Lieber, was sonst? Morden und stehlen.« Don Juan lachte böse.

»Dort drüben wohnen Freunde Don Manuels«, sagte Pati.

»Wäre es nicht richtig, wenn wir sie warnten?«

»Vielleicht, wenn wir Weg und Steg kennen würden«, entgegnete Don Juan. »So aber rate ich dir aus mancherlei Gründen: nein. Zweifellos haben die Burschen es auf einen Überfall auf die Pflanzung abgesehen, die dort liegt. Aber ich sage dir, man kann nie wissen, ob nicht Don Manuel selbst bei so einer Unternehmung die Hand im Spiel hat; er liebt es, heimliche Feinde auf solche Weise bei Nacht unschädlich zu machen.«

»Reizend!« sagte Pati. »Aber die Boote kamen von Entre Rios.«

Der Gaucho zuckte die Achseln: »Es können natürlich auch unitaristische Räuber sein. Dann sind wir sicher, daß Soldaten Don Manuels da drüben nicht zu finden sind, sonst würden die Burschen es nicht wagen, in so kleiner Zahl auszuziehen. Wie dem auch sei, wir wollen uns die Sache immerhin ein bißchen näher besehen. Es ist jetzt dunkel genug dazu.« Er trat in das kleine Kanu, prüfte sorgfältig die beiden Karabiner, die darin standen und lehnte sie gegen die Bordwand des Vorderteils, in dem er gleich darauf Platz nahm. Pati schob den leichten Kahn ab und ließ sich im Stern nieder. Mit geringer Mühe brachte er das Kanu in freies Wasser und griff nach dem kurzen, breiten Ruder. »Wohin?« fragte er leise.

»Halte nach rechts hinüber«, sagte Don Juan.

Geräuschlos glitt das Kanu über den Strom. In der Nähe des rechten Ufers hielt Pati den Bug stromab und beschleunigte mit leichten Ruderschlägen den Lauf des Fahrzeuges. Plötzlich nahm er das Ruder hoch und zischte leise, um die Aufmerksamkeit seines Gefährten zu erregen. Er konnte ihn nur noch schattenhaft im Vorderteil des Kanus wahrnehmen; der Himmel hatte sich überzogen, kein Stern spiegelte sich in dem dunklen Wasser des Parana. Während das leichte Gefährt mit der Strömung trieb, horchten beide aufmerksam nach dem Ufer hinüber. Gedämpfte Stimmen, in der lautlosen Stille gleichwohl deutlich vernehmbar, drangen zu ihren Ohren.

»Es ist viel zu früh«, hörten sie, »Don Francisco wird Widerstand finden. Die Estancia hat zahllose Leute.«

»Ich hab's ihm gesagt«, brummte eine andere Stimme, »halt du diesen gierigen Alligator zurück!«

»Näher zum Ufer!« flüsterte der Gaucho. »Möchte verdammt gerne wissen, was da vor sich geht.«

Pati gehorchte. Dem Ufer nähergekommen, ließ er das Kanu mit dem Strom treiben. Plötzlich bellten drüben Schüsse auf, von gellenden Schreien begleitet, die aber sogleich ruckartig verstummten. Eine unheimliche Stille trat ein; sie währte nur kurze Zeit, dann hallte abermals Gewehrfeuer durch die Nacht, verbunden mit wüstem Gebrüll. Gleichzeitig erhob sich über den Bäumen, wenig unterhalb der Stelle, wo das Kanu trieb, Feuerschein, den die Wolken zurückstrahlten. Ein breiter, rötlicher Lichtstreifen fiel vom Ufer her über das Wasser. Die Schüsse und das Gebrüll dauerten an.

»Dort ist eine Bucht«, flüsterte der Gaucho. »Halte dich aus dem Feuerschein heraus!« Pati trieb das Boot der Mitte des Flusses zu. Bis hierher drang der Lichtschein nicht mehr, so daß die beiden Männer sich nach der Ursache des Feuers umsehen konnten, ohne befürchten zu müssen, selber gesehen zu werden. Ein schreckensvoller Anblick bot sich ihnen. Ein am Rand einer tiefen Einbuchtung gelegenes schloßartiges Gebäude stand in hellem Feuer, hoch schlugen die Flammen empor. Aus dem Inneren des Hauses drangen Schüsse, die von außen erwidert wurden. Durch die Fenster sah man im lodernden Flammenschein Menschen im Inneren umherlaufen; dem Anschein nach befanden sich Frauen darunter. Angst- und Entsetzensschreie drangen auf das Wasser hinaus. Jetzt stürzten von der Seite des brennenden Gebäudes aus einige Männer auf die nur schattenhaft wahrnehmbaren Angreifer los; sie brachen noch im Laufen unter deren Kugeln zusammen.

Pati, schreckensstarr ob des grausigen Anblicks, hatte das Kanu unwillkürlich dem Ufer nähergetrieben; der Schauplatz des blutigen Dramas lag deutlich vor ihren Augen. Jetzt tönten auch von der Rückseite her Schüsse; das Gebäude war also von allen Seiten umstellt. Wer aus dem Hause heraustrat, wurde augenblicklich niedergeschossen; kein Zweifel, man wollte die Insassen verbrennen. Juan und Sancho hatten in den letzten Jahren in mancher Schlacht gekämpft; sie waren einiges gewöhnt; beim Anblick dessen, was sich hier vor ihren Augen abspielte, gerann ihnen das Blut in den Adern. Im Augenblick war jeglicher Parteihader vergessen. Sie wußten nicht, wer da gegen wen kämpfte, sie sahen nur eine Mörderschar, die über Wehrlose herfiel. Stumm vor Entsetzen sahen sie zu, und das Gefühl ihrer Hilflosigkeit würgte sie in der Kehle.

Die Flammen loderten höher, das Geschrei verstärkte sich, wieder krachten Schüsse. Aus der Tür des brennenden Hauses stürzte ein Neger, er schwang ein blankes Beil in der Hand. Hinter ihm wurde die Gestalt einer jungen Frau sichtbar, die ein Kind auf dem Arm trug. Der Neger stürzte sich wie ein Rasender auf zwei schattenhafte Gestalten, die ihm zunächst standen, und begrub sein Beil in ihren Schädeln. Die Frau, in ihrem weißen Kleide weithin sichtbar, lief auf das Wasser zu, das Kind an die Brust gepreßt. Eine tiefe Stimme sprach aus dem Dunkel: »Schießt sie nieder!« Mehrere Schüsse krachten, der Neger brach zusammen, gleichzeitig mit einem Gegner, den sein Beil gefällt hatte. Die Frau aber lief weiter auf das Ufer zu.

»Haltet das Weib auf! Fangt mir das Weib!« rief die tiefe Stimme.

Die Frau aber war schon am Ufer, sie sprang in ein leichtes Boot und stieß es, ein Ruder ergreifend, kraftvoll vom Land ab; es schoß weit hinaus in den Strom. Das Kind hatte sie auf dem Boden des Gefährtes niedergelegt.

»Schießt sie doch nieder, zum Teufel nochmal!« brüllte abermals die Stimme aus dem Dunkel. Ein Mann kam ans Ufer gesprungen, er richtete sein Gewehr auf die im Boot stehende Frau, die hastig das Ruder führte. Da hob der Gaucho seinen Karabiner, schoß, und der Mann stürzte nieder, bevor sein Finger noch den Abzugbügel erreichte. Das Boot mit der Frau kam näher. Aus dem Schatten der Bäume, die das brennende Gebäude umstanden, löste sich eine hohe Gestalt. Ein Mann, dessen Gesicht von einem breiten Hutrand beschattet und überdies durch eine Halbmaske verdeckt war, hob eine Büchse und zielte auf die im Feuerschein noch klar erkennbare Frau. Abermals hob Juan seinen Karabiner. Die Schüsse fielen gleichzeitig, aber während der Gaucho sich gleich davon überzeugen konnte, daß er gefehlt hatte, brach die Frau im Boot lautlos zusammen.

Bei dem ersten Schuß Don Juans mochten die Mordbrenner eventuell noch der Meinung sein, er sei vom Ufer abgefeuert worden; der zweite Schuß konnte ihnen keinen Zweifel daran lassen, daß er vom Wasser aus gefallen war.

»In die Barquilla!« brüllte der Schütze am Ufer, von dessen Gesicht außer einem dunklen Bart nichts zu erkennen war. »Tausend Pesos dem, der mir die Frau und das Kind bringt. Gebt Arnoldo das Zeichen!«

Wohl ein Dutzend abenteuerlicher Gestalten eilte dem am Ufer liegenden Fahrzeug entgegen, das sie hergetragen hatte. Das Feuer fraß sich allmählich durch das ganze Haus, die Schreie hinter seinen Mauern waren verstummt. Plötzlich stieg eine Rakete hoch.

Das führerlose Boot mit der Frau und dem Kind war, von der Strömung erfaßt, mit ziemlicher Geschwindigkeit vorwärtsgetrieben worden; es näherte sich jetzt dem Kanu der beiden Männer, das hart am Rand der starken Strömung hielt.

»Wirf den Lasso, Don Juan«, flüsterte Pati, »wir nehmen das Boot ins Schlepp.« Der Gaucho mochte von sich aus den gleichen Gedanken gehabt haben, denn der Rotkopf hatte kaum ausgesprochen, als der Lasso Juans schon die hochragende Spitze des fremden Bootes erfaßte. Er zog es heran und befestigte die Leine an einer der Ruderbänke. »Fertig!« flüsterte er, und die Ruderschaufel Patis senkte sich wieder ins Wasser.

Es war auch die höchste Zeit, denn schon nahte die Barke mit schäumendem Bug. Pati hatte das Kanu trotz aller Aufregung immer außerhalb des Lichtscheines zu halten gewußt, aber die Mordbrenner wußten nun, daß sich Freunde der Überfallenen auf dem Wasser befinden mußten, und sie waren augenscheinlich entschlossen, sie zu finden. Mit dem Einsatz seiner ganzen riesenhaften Kraft handhabte der stämmige Pati das Ruder; mit Leichtigkeit trieb er die beiden miteinander verbundenen Boote der Mitte des Stromes zu. Die Männer auf der Barquilla suchten den geheimnisvollen Schützen und das Boot mit der Frau und dem Kind natürlich stromabwärts; ihre Ruderschläge entfernten sich. Plötzlich aber flammte zu Juans und Sanchos Überraschung auch oberhalb ihres Standortes rötliches Licht auf; gleich darauf sahen sie die zweite Barquilla in jagender Fahrt herankommen. Ein Dutzend hellbrennende Fackeln warfen ihren zuckenden Schein auf das nachtdunkle Wasser. Und da nunmehr auch das stromabwärts gegangene Boot von seiner erfolglosen Jagd zurückkehrte, sahen die zwei im Kanu sich alsbald im Schein der weithin leuchtenden Fackeln erkannt.

»Schießt!« klang es aus der stromaufwärts herankommenden Barke. Mehrere Gewehre entluden sich, doch pfiffen die Kugeln vorbei, ohne Schaden anzurichten. Unter Einsatz seiner ganzen Kraft suchte Pati die beiden Boote aus der Gefahrenzone herauszubringen. Er war sich klar darüber, daß bei dem Zusammenwirken der beiden Barken nur eine der im Strom verstreuten Inseln Schutz gewähren konnte; fieberhaft suchte sein Auge nach einem geeigneten Zufluchtsort.

Abermals entluden sich mehrere Gewehre; wieder pfiffen Kugeln an den Köpfen der beiden Männer vorbei, aber die Barken kamen nun rasch heran. Da erspähte Pati die vom Fackelschein angestrahlten Baumspitzen einer Insel; er atmete auf. Doch näher und näher kamen die Barquillas.

»Die Bolas«, keuchte der Ruderer, »schnell, Juan, die Bolas!«

Der Gaucho erhob sich, in der Faust die furchtbare Waffe der Pampasreiter. Die schweren, an meterlangen Lederriemen befestigten Kugeln sausten mit furchtbarer Geschwindigkeit mehrere Male um sein Haupt, entflogen seiner Hand und schlugen mit unwiderstehlicher Kraft in den dichten Haufen der einen Barquillabesatzung. Wehgeschrei erhob sich; ruckartig erloschen sämtliche Fackeln.

»Gut gemacht, Don Juan«, lachte Pati, »nun mögen sie uns suchen.« Sekunden später berührte der Bug seines Bootes bereits die Nordspitze der Insel, deren Lage er sich genauestens eingeprägt hatte. Pati griff nach dem Schilf, das die Insel umsäumte und zog sich mit seinem Kanu vorsichtig am Ufer entlang. Auf der anderen Seite des Eilandes angelangt, ging er mit seinen Fahrzeugen stromab, bis er die Südspitze erreichte. Hier trieb er die Fahrzeuge tief in das Schilf hinein.

Auf dem Strom rührte sich nichts mehr, und nun erst fanden die beiden Männer Zeit, sich um die Insassen des mitgeschleppten Bootes zu kümmern. Pati stieg vorsichtig hinein. Das weiße Kleid der regungslos liegenden Frau leuchtete matt. Pati tastete vorsichtig nach der Stirn und dem Herzen; es war kein Zweifel: die Frau war tot. An ihrer blutbefleckten Brust aber atmete schwach ein kleines Kind. »Gelobt sei Gott, das Kind lebt!« sagte Pati, »der Mutter ist nicht mehr zu helfen.«

Bevor Juan etwas sagen konnte, ward wieder Ruderschlag vernehmbar. Gleich darauf drang schwacher Lichtschein durch das Schilf und beleuchtete die Kronen der Bäume zu ihren Häuptern. Offenbar war es den Leuten in der Barquilla gelungen, die Fackeln wieder in Brand zu setzen.

Das Boot kam stromauf; Don Juan und Sancho regten sich nicht. Nach einigen Minuten drangen Stimmen zu ihnen herüber. »Sie sind nach Entre Rios hinüber«, sagte jemand. »Ich glaube eher, sie sind drüben an Land gegangen«, antwortete ein anderer. »Kaum denkbar«, kam es zurück, »dann wären sie uns in die Fänge gelaufen.« »Ich weiß nicht, was Don Francisco anstellt, wenn wir ohne die Frau und das Kind zurückkommen«, sagte der, dessen Stimme zuerst hörbar geworden war. »Um so mehr, als der Majordomo mit dem anderen Jungen in den Wald entkommen ist«, sagte ein anderer. »Und wenn die Schufte nun auf einer dieser Inseln steckten?« äußerte der erste.

»So närrisch werden sie kaum sein; da wären sie morgen früh schon gefangen«, entgegnete der zweite.

»Ein Gaucho ist dabei«, knurrte einer der Männer, »nur diese verdammten Wüstensöhne verstehen die Bolas mit solcher Sicherheit zu werfen.« Juan lächelte grimmig, als er das Lob vernahm.

Die Barke rauschte am Standort der Männer vorüber, das Geräusch der Ruder wurde schwächer und verklang schließlich ganz.

»Was nun, Don Juan?« fragte Pati.

»Wir müssen den Strom hinab«, entgegnete der Gaucho; »morgen ist wahrscheinlich eine ganze Flotte auf dem Parana und macht Jagd auf uns.«

»Also den Strom hinab.«

»Was meinst du, wie lange brauchen wir bis Santa Fé?«

»Schätze, drei bis vier Stunden.«

»Ausgezeichnet.«

»Aber die Frau und das Kind?«

»Die Tote müssen wir natürlich hier lassen«, sagte Juan, »das Kind nehmen wir mit. Wir werden ja erfahren, wer Mutter und Kind sind.«

»Ich will noch einmal nach ihnen sehen.« Pati beugte sich nieder; der Himmel hatte sich aufgehellt; einige Sterne wurden sichtbar. Pati sah: es war eine junge, schöne Frau, die dort lag. An ihrem Hals und an ihren Händen blitzte etwas. Sorgfältig löste er ein Medaillon von ihrem Nacken und einige Ringe von ihrer Hand. Er reichte Juan den Schmuck. »Bewahre das«, sagte er, »es gehört dem Kind.« Don Juan öffnete den kleinen Lederbeutel, den er auf der Brust trug, und verwahrte die Sachen. Nicht ohne Mühe befreite Pati das ruhig atmende Kind aus dem starren Arm der toten Mutter, wickelte es in seinen Poncho und übergab es dem Gaucho, der es sanft in seinem eigenen Boot bettete, wo es ruhig weiterschlief. Pati schnitt mit seinem Messer Schilfbündel ab und bedeckte mit ihnen den Leichnam. Beide Männer zogen die Hüte und sprachen ein kurzes Gebet. Dann trieben sie das Boot mit der Frau auf den Strom hinaus, der still und gleichmäßig seine Fluten nach Süden trug.

Gleich darauf griff Pati zum Ruder; unter seinen gleichmäßigen Schlägen glitt das leichte Kanu den Fluß hinab. Einige Stunden später nahte es sich bereits Santa Fé. »Wollen wir das Kind nicht hier lassen?« fragte Pati. »Was wollen wir damit anfangen?«

»Es hier lassen, hieße, es seinem Verderben überliefern«, entgegnete Don Juan. »Es ist ja kein Zweifel, daß es diesem würdigen Don Francisco – ich habe mir den Namen und auch die Erscheinung gemerkt – hauptsächlich darauf ankam, die Kinder der getöteten Frau in seine Gewalt zu bringen. Glaube mir, Pati, hier sind finstere Kräfte am Werk; es dürfte gefährlich sein, sich damit anzulegen. Noch immer herrscht Bürgerkrieg, und man weiß nicht, wer Freund und Feind ist, außer in der Schlacht.«

»Nun, wir werden jedenfalls erfahren, wo der Überfall ausgeführt worden ist und durch wen«, sagte Pati.

»Das erste vielleicht«, entgegnete Juan, »das zweite – wer weiß! Von Santa Fé aus kennst du die Ufer?« »Wie meine Tasche.«

»Dann suche südwärts der Stadt am rechten Ufer noch vor Tagesanbruch ein sicheres Plätzchen aus.«

»Werd' es schon finden.«

»Wenn du irgendeinen verläßlichen Freund in der Nähe hättest – –«, überlegte Juan.

»Ich weiß nicht«, sagte Pati, »früher wohnte da in der Gegend ein alter Freund meiner Pflegeeltern, ein Neger, Pedro Mendoza; für dessen Zuverlässigkeit und Verschwiegenheit könnte ich bürgen. Ob er aber noch hier wohnt, ja, ob er überhaupt noch am Leben ist, weiß ich nicht.«

»Wir wollen jedenfalls nachsehen«, sagte Don Juan. »Vielleicht erfahren wir dort schon einiges, was uns interessiert.«

Sie fuhren an Santa Fé vorüber, ohne bisher einem anderen Fahrzeug begegnet zu sein. Als der Tag graute, hielt sich Pati dicht am rechten Ufer und bog nach genauer Umschau schließlich in einen Bach ein. Schon nach kurzer Zeit gewahrten sie einige Kanus, dahinter am Ufer eine kleine, von einem Garten umgebene Hütte. Pati stieg aus, ging an eines der niedrigen Fenster und pochte leise. Die Tür öffnete sich, und ein alter Neger trat in ihren Rahmen, Juan sah vom Boot aus, wie beide Männer sich umarmten. Gott sei Dank! dachte er.

Es war wirklich der alte Pedro; er hieß auch Juan wortreich willkommen; der trug das Kind, das leise weinte, in das Haus. Es war ein etwa einjähriger Junge. Pedros Frau, die herbeigeeilt war, schlug vor Staunen die Hände zusammen, gleich darauf nahm sie das kleine Geschöpf in mütterliche Obhut.

Auf Don Juans Rat hatte Pati dem Neger nur das Notwendigste mitgeteilt. Sie hätten nach beendetem Feldzug das Heer verlassen und unweit Santa Fé auf dem Strom treibend ein Boot mit einer toten jungen Frau und dem kleinen Jungen gefunden, hatte er gesagt.

Sie könnten sich selbstverständlich einstweilen in seiner Hütte verborgen halten, sagte Pedro. Er selbst begab sich unverzüglich in seinem Segelboot nach Santa Fé, um dort vorsichtig nach Ereignissen zu forschen, welche die Abtrift eines Bootes mit einer toten Frau und einem lebenden Kind zur Folge gehabt haben könnten. Er verließ sich dabei vor allem auf seine schwarzen Stammesgenossen.

Erst spät in der Nacht kehrte der Alte zurück. Er brachte überraschende Nachricht, von Entre Rios aus sei eine starke Schar Unitarier unter General Las Palinas über den Strom gesetzt, die Estanzia nach Estanzia zerstöre und in Eilmärschen auf Santa Fé zurücke, wo man sich bereits zur Verteidigung anschicke. Es sei in aller Eile nach Buenos Aires um Hilfe gesandt und die Landbewohner seien zum Kampf aufgerufen worden. Über eine ermordete Frau und deren Kind hatte er nichts erfahren können.

Don Juan hörte sich diesen Bericht an, dann sagte er nach einigem Nachdenken: »Besorge mir ein gutes Pferd, Pedro, oder sage mir, wo eines zu finden ist. Morgen früh reite ich.«

»Nimm zwei Pferde, Pedro«, sagte Pati, »ich reite mit.«

Aber das Kind! Was sollte mit dem Kind geschehen?

Das Kind wolle sie behalten, erklärte die alte Negerin, sie wolle es pflegen, als ob es ihr eigenes sei.

»Gut, Señora«, sagte Don Juan, »bewahre mir den Jungen. Laß ihn von keinem Menschen sehen, sprich nicht von ihm, denn es ist kein Zweifel, daß ihm sehr mächtige Leute nach dem Leben trachten. Gott wird es dir dereinst und ich werde es dir noch hier auf Erden lohnen, wenn ich kann.« Sie würden das Kind wie ihren Augapfel hüten und kein Wort über seine Existenz verlauten lassen, versprachen die beiden Alten.

Noch im Laufe der Nacht ruderte Pedro die beiden Männer mit ihren Sätteln, mit Zaumzeug und Waffen, einige Leguas weit den ihm wohlbekannten Bach hinauf; vor Morgengrauen setzte er sie an Land. Wie es Juan vorhergesagt, weideten dort zahlreiche Pferde. Der Lasso des Gauchos brachte bald zwei Tiere in seine Gewalt, und Minuten später galoppierten er und Pati bereits der Pampa entgegen.

Bellavista

Nördlich der Stadt Santa Fé, in dem Staat oder der Provinz gleichen Namens, lagen die Besitzungen Don Francisco de Salis'. Sie erstreckten sich weithin am Parana und tief in das Land hinein. Der Señor de Salis gebot über große Strecken hochkultivierten Landes, das Mais, Weizen, Tabak und andere Früchte in reicher Fülle erzeugte. Er besaß ausgedehnte Wälder, die wertvolle Hölzer lieferten, und ungezählte Herden von Pferden und Rindern, die in der Pampa weideten. Er war weithin als kluger und harter Mann bekannt, der reiche Einnahmen aus seinen Ländereien herauswirtschaftete.

Don Francisco war aber nicht nur ein sehr reicher, er war auch ein außerordentlich mächtiger Mann im Staat Santa Fé, und dies nicht nur wegen seines großen Vermögens, sondern vor allem durch die Gunst des mächtigen Mannes in Buenos Aires, der das Land und die Menschen mit unerbittlicher Hand nach seinem Willen lenkte.

Die Provinzen Buenos Aires, Entre Rios, Santa Fé und Corrientes befanden sich fest in der Hand des Diktators, während ihm die entfernteren Landesteile durchaus nicht immer botmäßig waren, ja sich nicht selten gegen ihn und seine Gewaltherrschaft auflehnten, in der Regel freilich nicht zu ihrem Vorteil.

Francisco de Salis entstammte einer altspanischen Familie, die schon unter dem Adelantado Martinez de Irala im Jahre 1556 ins Land gekommen war; er war außerordentlich stolz auf diese Abkunft und gehörte zu den ergebensten Anhängern de Rosas. Die Estancia Bellavista, de Salis' Landgut, war ein ungemein stattlicher Besitz. Das schloßartige, mit Seitenflügeln versehene Hauptgebäude, das teilweise erst vor kurzer Zeit erneuert zu sein schien, zog sich, von dichten Gärten und parkartigen Anlagen umgeben, dicht am Parana hin, dessen Ufer hier eine weite Ausbuchtung aufwiesen; die weitere Umgebung zeigte zahlreiche zerstreut liegende Wirtschaftsgebäude und Landarbeiterwohnungen.

An einem schönen Frühlingstag, etwa zwei Jahre nach den soeben geschilderten Ereignissen, kamen zwei Männer die gut unterhaltene Straße entlanggeritten, die längs des Flußlaufes durch die

Besitzungen Don Franciscos führte; der eine von ihnen, der mit seinem Pferde verwachsen schien, war unzweifelhaft ein Gaucho. Sein breitschulteriger Begleiter, weniger sicher zu Pferd, fiel durch rötlich schimmerndes Haar, einen Bart in der gleichen Farbe und sehr helle Augen auf. Beide blickten über die Felder und Wohngebäude hin und ließen dann das Auge auf dem Teil des Hauptgebäudes ruhen, der unter schattenden Algarobenbäumen in einiger Entfernung sichtbar wurde. Fremde waren in jenen Zeiten alltägliche Erscheinungen auf den Landstraßen; die auf den Feldern beschäftigten Arbeiter, unter denen sich auch Neger befanden, sahen nicht einmal auf.

Der voranreitende Gaucho sagte zu seinem Begleiter: »Hast du dich auch nicht geirrt, Pati? Ist das wirklich die Stelle?«

»Verlaß dich darauf, Don Juan«, sagte der andere. »Am ganzen Ufer von Santa Fé herauf liegt kein Castillo so nahe am Fluß und außerdem an einer Bucht, die eine Strömung hat. Ich habe mich nicht geirrt.«

»Um so besser«, sagte der Gaucho. »Aber dann wird es Zeit, daß wir uns nach einer Unterkunft umsehen; ich möchte nicht zu weit in die Estancia hineinreiten.«

Pati wies mit dem Arm nach rechts. »Dort«, sagte er, »das Häuschen sieht mir so aus.« Seitlich ihres Weges stand unter Erlen ein einfaches mit einer freundlichen Veranda geschmücktes Blockhaus. Eine alte, in ein buntes Kalikokleid gehüllte Negerin trat in diesem Augenblick auf die Veranda, sah flüchtig nach den Reitern hin und wandte sich gleich wieder irgendeiner Arbeit zu.

»Wir wollen bei dem Mütterchen anklopfen«, sagte Pati. Er ritt auf das Häuschen zu und rief der Negerin einen Gruß zu. »Wie ist's, Madrecilla«, sagte er, »kannst du zwei müden Reisenden Obdach gewähren und einen Becher Mate reichen?«

Die Frau sah etwas erstaunt auf, warf dann einen freundlichen Blick auf des Rotblonden gutmütiges Gesicht und sagte: »Tritt näher, Señor, wenn es dir gefällt. An einem Becher Mate soll es nicht fehlen.« Pati stieg vom Pferde, und Don Juan folgte seinem Beispiel. Sie banden ihre Pferde neben der Veranda an und schritten die wenigen Stufen hinauf. Don Juan hielt den Hut in der Hand.

»Ein Caballero aus der Pampa, Don Juan, den ich auf einer Reise begleite«, stellte Pati den Gaucho vor. »Oh«, sagte die Alte, »kommt Ihr Don Francisco besuchen?«

»Das nicht, Mutter«, antwortete Juan, »wir reiten weiter nach Santa Fé.«

Die Alte machte ein ernstes Gesicht; sie maß die jugendlichen kräftigen Gestalten ihrer Gäste mit prüfenden Blicken. »Seid ihr nicht unvorsichtig, Señores?« sagte sie. »Wißt ihr nicht, daß Krieg im Land ist? Don Francisco sucht Soldaten für die Regierung. Alle jungen Leute von uns sind ausgehoben und zur Armee geschickt worden; sie nehmen, wen sie finden.«

»Nun«, meinte der Gaucho gleichmütig, »wir sind ziemlich sicher, nicht ausgehoben zu werden.«

»Oh, gewiß habt Ihr eine Bescheinigung«, sagte die Alte. »Denn sonst ist es besser, Don Francisco und der Majordomo sehen Euch nicht.«

»Wir dienten bereits in der Armee«, sagte Don Juan.

»Schlimme Zeit, Señores!« klagte die Alte. »Meinen Enkel haben sie auch weggeholt. Aber setzt Euch, ich will Mate holen.« Damit verschwand sie im Innern des Hauses.

Don Juan sah seinen Begleiter bedeutsam an. »Du hast gehört, Pati«, sagte er, »es wird Zeit, daß wir wieder aufs Wasser kommen. Hoffentlich findest du das Kanu.«

»Es liegt sicher im Uferschilf. Ich habe mir die Stelle genau gemerkt«, erwiderte Pati.

»Ausgezeichnet«, versetzte der Gaucho, »du bist ein Prachtkerl, Pati. Aber ich gestehe dir, daß mir nicht wohl ist. Wir wollen sehen, was wir in Erfahrung bringen können, und dann unverzüglich an einen geordneten Rückzug zu Wasser denken. Wenn du dich nur nicht getäuscht hast; immerhin sind zwei Jahre verflossen seit jener Nacht.«

»In der Bucht täusche ich mich gewiß nicht«, sagte Pati. »Ob freilich noch Leute von damals hier leben, müssen wir abwarten.«

»Ich wollte, ich hätte mich früher um die Geschichte kümmern können«, knurrte der Gaucho. »Nun, wir werden ja sehen. Die Alte macht einen ordentlichen Eindruck. Versuche sie in deinem Negerkauderwelsch auszuhorchen. Sage ihr, daß du ein Prinz seiest; deine goldenen Locken werden sie davon überzeugen, und einem Prinzen widersteht man nicht.«

Da die Negerin in diesem Augenblick mit dem Mate erschien, kam Pati um eine Antwort herum. Die Alte setzte gleichzeitig einen Teller mit frischen Maiskuchen auf den Tisch und reichte einige gekochte Eier dazu. »Eßt, Señores«, sagte sie, »es ist gern gegeben.« Die beiden Männer ließen sich nicht lange nötigen.

In dem Kongodialekt, in dem dereinst seine Pflegeeltern zu ihm gesprochen hatten, sagte Pati: »Du bist eine Meisterin im Bereiten von Tortillas, Mutter.«

Die Frau sah ihn entgeistert an. »Du sprichst die Sprache der schwarzen Menschen«, stammelte sie. Pati lachte sie an. »Ja«, sagte er. »Menschen dieser Farbe danke ich mein Leben; sie vertraten Elternstelle an mir.« Und in kurzen Worten erklärte er der Alten die Geschichte seiner Jugend. Der liefen die Tränen über die Wangen, sie wußte sich vor Rührung nicht zu fassen. Schließlich aber wurde sie ernst. »Ihr kommt von Norden«, sagte sie, »dort herrscht der Krieg.«

»Wir kommen von Corrientes, Mutter.«

»Oh«, jammerte sie, »wenn dieser schreckliche Krieg doch zu Ende wäre und mein Enkel wieder daheim.«

Sie sprachen ein Weilchen über den Krieg und seine Schrecken. Dann sagte Pati, vorsichtig auf den Gegenstand seines Interesses zielend: »Es ist eine große Estancia, auf der ihr hier lebt, Mutter.«

»O ja, sie ist sehr groß«, sagte die Alte. »Don Francisco ist der reichste Estanciero am ganzen Parana.«

»Lebst du schon lange hier?«

»Ich bin hier geboren und habe die Estancia nie verlassen«, sagte die Alte.

Gut! dachte Pati, und laut sagte er: »So habt ihr gewiß einen gütigen Herrn?«

Die Negerin duckte sich unwillkürlich; sie warf einen scheuen Blick auf den Mann mit dem Goldhaar. »Wir dürfen nicht klagen«, sagte sie schließlich leise, »aber wollte Gott, Don Fernando wäre noch am Leben!«

»War das der Vater des jetzigen Herrn?«

Die Negerin schüttelte den Kopf. »Nein, sein Bruder. Er lebt nicht mehr. Sie leben alle nicht mehr. Auch Doña Maria nicht und die beiden Lieblinge.«

»Oh«, schaltete sich der Gaucho ein, »die ganze Familie? Ein Fieber hat sie hinweggerafft?«

Wieder schüttelte die Alte den Kopf. »Nein«, sagte sie, »es war anders. Don Fernando starb auf der Jagd; ein Jaguar hat ihn zerrissen.« »Und Doña Maria?« »O Gott!« Sie schlug die Hände vor das Gesicht. »Die heilige Jungfrau sei ihr gnädig! Ihr und den beiden Kleinen!«

Die Männer schwiegen, sie sahen sich verstohlen an. Die Alte aber, wohl durch Patis Geplauder im Negeridiom zutraulich gemacht, sagte gedämpften Tones: »Ihr seid Fremde. Ihr könnt nicht wissen, was hier vor zwei Jahren geschehen ist. Mörder sind über den Parana gekommen. Sie haben Doña Maria und die Kinder und viele Leute erschlagen, auch meinen Sohn.« Der Jammer kam mit der Erinnerung über sie, sie barg den Kopf in der Schürze, ihre alten Schultern zuckten.

Also doch! dachte Don Juan. Laut sagte er: »Das ist entsetzlich, Madrecilla. Über den Fluß, sagt Ihr, sind die Räuber gekommen?«

»Ja, über den Fluß. Räuber und Mörder!«

»Und ihr wehrtet euch nicht?«

»O doch! O gewiß!« sagte die Alte. »Die Männer haben gekämpft; alle. Auch mein Sohn. Sie liebten Doña Maria und die Kleinen. Cesar hat viele Räuber erschlagen. Aber sie hatten eine Menge Flinten und die unseren nur wenige. Sie wurden alle erschossen. Auch Cesar, mein armer Cesar. Er hat die Herrin bis zuletzt mit seinem Leibe gedeckt. Dann haben sie das Castillo verbrannt; es ist wieder aufgebaut. Oh, es war schrecklich, Señores!«

»Und nicht einmal die unschuldigen Kinder wurden von den Mördern geschont?« fragte der Gaucho. Die Alte warf ihm einen scheuen Blick zu, sie wiegte den Kopf hin und her.

»Sie waren die Erben der großen Besitzung?«

Die Negerin hob den Kopf und sah Juan scharf an; in dessen Antlitz war nichts als ernste Teilnahme zu lesen. »Ja«, sagte sie langsam, »Don Carlos und Don Aurelio waren die Erben von Bellavista.«

»Das nunmehr also ihrem Onkel gehört; sagtet Ihr nicht so?«

»Ja. Don Francisco de Salis, der Bruder Don Fernandos, ist jetzt unser Herr.« Wieder zeigten ihre Augen den scheuen, fast gehetzten Ausdruck. Sie sagte leise, sich mehr an Pati als an Don Juan wendend: »Manche Leute glauben, daß die Kinder noch leben – oh, die armen Kinder!«

»Sagtet Ihr nicht, sie wären mit der Mutter erschlagen?«

Die Alte wiegte wieder den Kopf. »Ich habe es nicht gesehen«, sagte sie. »Aber andere wollen gesehen haben, daß der Majordomo mit dem Ältesten davongeritten ist, als das Haus brannte. Den Kleinsten nahm die Mutter mit hinaus auf den Parana – man hat nie wieder von ihnen gehört. Don Francisco hat suchen und suchen lassen, am Strom, in den Wäldern, auf den Pampas. Die Leiche des Majordomo hat man schließlich gefunden, weit von hier, nicht aber den Jungen, mit dem er fortgeritten war.« Sie schwieg eine Weile und fuhr dann mit kläglicher Stimme fort: »Mein Mann und ich sind fast die einzigen, die jene Nacht erlebten; alle anderen sind tot oder von Don Francisco fortgeschickt worden.«

So ist das also! dachte Don Juan, Pati hat sich nicht geirrt.

»Das alles ist schlimm, Madrecilla«, sagte er laut, »doch Gott ist gütig und gerecht. Vielleicht hat Don Francisco noch die Freude, die Kinder seines Bruders eines Tages lebend wiederzufinden.«

»Gott verhüte es!« brach es unwillkürlich aus der Alten heraus. »Es wäre ihr sicherer Tod!« Gleich darauf schlug sie sich vor den Mund; ihr Gesicht nahm eine graugelbe Tönung an; sie zitterte. »Señores«, stammelte sie, »Señores – –.« Pati legte ihr die Hand auf die Schulter und sah sie treuherzig an; er sprach ein paar Worte im Negerdialekt. Die Frau beruhigte sich langsam.

»Der Señor de Salis scheint ein sehr mächtiger Herr zu sein!« sagte der Gaucho betont.

»Das ist er gewiß, Señor, das ist er gewiß«, stammelte die Alte; sie hatte die Augen eines gehetzten Tieres. »Bleiben die Señores über Nacht hier?« fragte sie.

»Nein«, sagte der Gaucho, »im Gegenteil, wir wollen gleich weiter, um heute noch, wenn auch erst sehr spät, Santa Fé zu erreichen.« Damit erhob er sich, und Pati folgte seinem Beispiel. Die Alte, zur Veranda hinausblickend, sagte: »Da kommt mein Mann, wartet solange. Er wird sich freuen, euch noch begrüßen zu können.«

Ein alter Neger kam von den Feldern heim; er sah noch kräftig und rüstig aus und trug eine Schaufel über der Schulter. Er grüßte schon aus einiger Entfernung mit seinem Strohhut. Im Augenblick, da er vor der Veranda ankam, ertönte der scharfe Hufschlag eines herangaloppierenden Pferdes. Eine gellende, jugendliche Stimme schrie: »Steh, alter Halunke! Ich habe mit dir zu reden.« Der Gaucho und Pati sahen: ein etwa vierzehn-, fünfzehnjähriger Junge, reich gekleidet, kam auf schäumendem Pferd herangesprengt; dicht vor dem Neger parierte er sein Tier, er hätte den Alten beinahe über den Haufen geritten.

»Madre de Dios, Don Agostino!« schrie der Alte und sah entsetzt zu dem Burschen auf.

»Was hatte ich dir befohlen, schwarze Kanaille!« schrie der Junge. »Solltest du nicht mein Kanu herrichten? Habe ich dir das nicht gesagt?«

Man sah, daß der Neger zitterte. »Gewiß, Euer Gnaden«, stammelte er, »gewiß habt Ihr es mir befohlen. Aber der Majordomo hat mich zur Arbeit aufs Feld geschickt, trotzdem ich ihm sagte, was der gnädige Herr mir befohlen hatte. Ich mußte gehorchen, Euer Gnaden!«

»Mir hast du zu gehorchen, mir!« schrie der Junge mit wutflammendem Gesicht. Und die Reitpeitsche, die er in der Hand trug, sauste mehrmals auf den entblößten Kopf, das Gesicht und die Schultern des alten Negers herab, dessen Stirn sich blutig färbte.

»Misericordia, Don Agostino, por la santissima madre, misericordia!« stöhnte die Alte auf der Veranda und schlug die Hände vor das Gesicht.

Die Augen Patis begannen zornig zu funkeln; man sah seinem Gesicht an, daß er dicht vor einem gefährlichen Wutausbruch stand.

Juan kannte seinen Gefährten und wußte, was er in der Wut anzurichten imstande war; er legte ihm beruhigend die Hand auf die Schulter. »Vorsicht! Ruhe, Pati!« flüsterte er, »wir sind hier allein unter Jaguaren.« Er schritt die Stufen der Veranda hinab und ging auf den Jungen zu. »Haltet Ihr es für eine würdige Handlung, einen alten Neger zu schlagen?« fragte er scharf.

Der Knabe sah überrascht auf den Gaucho, er sah dahinter die stämmige Gestalt Patis auftauchen. »Zarapeto!« brüllte er Don Juan an, »wer bist du, daß du es wagst, mich anzureden? Willst du meine Peitsche fühlen?«

»Ich würde dir das nicht raten, mein Junge«, sagte der Gaucho, »bisher hat dergleichen noch keiner ungestraft gewagt.«

»Cochinos!« schrie der Bursche auf dem Pferd. »Wer seid Ihr? Wollt Ihr mich verhöhnen? Ich lasse Euch peitschen bis aufs Blut!«

Don Juan wandte sich ab. »Komm, amigo«, sagte er, an Pati gewandt, »der Bengel hat Narrenfreiheit. Laß uns davonreiten.« Damit ging er auf sein Pferd zu. Der Junge trieb ihm das seine in den Weg und hob die Peitsche zum Schlag. Einem Blitz gleich zuckte das lange Jagdmesser in der Hand des Gauchos empor. »Jetzt gib Raum, estupido« , sagte er mit finsterem Gesicht, »gib Raum, sage ich, oder ich bahne mir den Weg!«

Der Bursche, totenblaß jetzt, riß sein Pferd zurück; seine Stimme gellte auf. »Mörder!« rief er. »Haltet sie! Hilfe! Sie wollen mich ermorden!«

Der Boden dröhnte unter den Hufen einer heransprengenden Reiterschar; in vollem Rosseslauf jagte ein hochgewachsener, schwarzbärtiger Mann in einem eleganten Reitanzug heran; eine tiefe, dröhnende Stimme rief schon von weitem: »Was gibt es da, Agostino?«

»Hilfe! Mörder!« brüllte der Knabe. Der Reiter, von einigen Caballeros und wohl einem Dutzend Dienern gefolgt, war heran. Juan und Pati wechselten, da sie den Schwarzbärtigen gewahrten, einen Blick.

»Was hat das zu bedeuten?« fragte der Reiter; er zügelte sein Pferd neben dem Jungen.

Der deutete auf den Neger. »Dieser alte Schuft hat meine Befehle nicht befolgt«, sagte er. »Ich war im Begriff, ihm eine Lektion zu erteilen, als diese beiden Ladrones sich einmischten und mich bedrohten. Der da« – er wies auf Don Juan – »hat sogar das Messer gezogen.«

Der Schwarzbärtige wandte sich Juan zu. Sein Gesicht flammte vor Zorn. Vor dem festen, ruhigen Blick der auf ihn gerichteten Augen des Gauchos stutzte er.

»Was stierst du mich an, Zarapeto!« brüllte er auf. »Wer bist du?«

»Ein friedlicher Reisender, der auf dem Wege in seine Heimat ist und hier einen Augenblick ausruhte«, sagte der Gaucho ruhig.

»Und der andere da?«

»Er ist mein Begleiter.«

»Ich bin der Alkalde des Bezirks«, schrie der Reiter. »Als solcher frage ich dich, woher du kommst und wohin du gehst.«

»Ich komme von Humberto und reite nach Buenos Aires.«

»Was tatest du in Humberto?«

»Ich hatte Geschäfte dort.«

»So!« Der Mann hatte sich beruhigt; ein Ausdruck überlegenen Spottes stand auf seinem harten Gesicht. »Du wirst nicht erwarten, daß ich dir das glaube«, sagte er, »nachdem du hier unternahmst, einen Diener gegen seinen Herrn aufzuhetzen und zum Überfluß das Messer gegen meinen Sohn zu ziehen.«

»Ich habe niemanden aufgehetzt«, sagte der Gaucho. »Und das Messer habe ich gezogen, nachdem Euer Sohn mich mit der Peitsche bedrohte.«

»Ich hätte die größte Lust, dich samt diesem rothaarigen Scheusal da am nächsten Baum aufhängen zu lassen!« sagte der Schwarzbart.

»Das würde Euch bald leid tun«, versetzte Don Juan mit immer gleicher Ruhe, »Euer Leben wäre alsdann keinen Peso mehr wert. Ihr hättet zukünftig das Messer jedes Gaucho zu fürchten.«

»Laß die Hunde hängen, Vater!« schrie der junge Agostino. »Kein Zweifel, es sind Unitarier!«

»Muéran los unitarios! Viva la confederacion!« riefen Juan und Pati wie aus einem Munde.

Ein breites Lächeln erschien auf dem Gesicht des Hacienderos. »Ganz schön«, sagte er, »aber der Ruf kostet nicht viel.« Einer der hinter ihm haltenden Caballeros sagte: »Don Manuel braucht frische Mannschaft, Don Francisco. Steck die beiden Burschen in eins der Regimenter, da werden sie Gelegenheit haben, ihre Liebe zur Föderation zu beweisen.«

»Wir haben bereits für die Republik gefochten, Señor«, sagte der Gaucho. »Jedermann weiß, daß alle Gauchos auf den ersten Ruf Don Manuels bereit stehen.«

»Laß dich nur nicht betören, Vater«, kreischte der Bursche, der diesen ganzen Vorgang heraufbeschworen hatte. »Sicher sind das Spione der Unitarier, die von Uruguay herübergekommen sind, um hier zu kundschaften.«

»Wir werden bald wissen, wer sie sind«, sagte Don Francisco. »Bindet die Burschen!« rief er den weiter zurück haltenden Leuten zu, von denen einige sogleich von den Pferden sprangen.

Juan bewahrte auch jetzt seine Ruhe, dagegen schien Pati, seiner Miene nach, entschlossen, sich nicht so ohne weiteres fesseln zu lassen. »Ruhig!« zischte ihm Juan zu, »später!« Und Pati schluckte seinen Zorn einstweilen hinunter.

Die Diener führten den Befehl aus; sie banden beiden Männern die Hände auf dem Rücken zusammen, nachdem sie ihnen vorher die Messer abgenommen hatten. Sie ließen es ruhig, mit finsteren Mienen geschehen.

»So, du Cochino!« schrie der junge Salis und trat auf Don Juan zu. »Du wolltest das Messer ziehen gegen mich? Ich werde dich Demut lehren, du bissiger Hund!« Und seine Reitpeitsche fuhr dem Gaucho einige Male quer durch das Gesicht. Das veränderte nicht einen Zug, aber ein Strahl furchtbaren, unversöhnlichen Hasses brach aus seinen Augen und traf den Burschen, der unwillkürlich betroffen zurückwich und die Peitsche sinken ließ.

Don Francisco hatte dem kleinen Zwischenspiel gleichmütig zugesehen, jetzt wandte er sich ab. »Setzt sie fest und laßt sie gebunden«, sagte er, »es scheinen verwegene Burschen zu sein.«

»Was soll mit dem alten Halunken hier geschehen, Vater?« fragte der Sprößling und wies auf den Neger, der sich mit einem Taschentuch sein blutüberströmtes Gesicht hielt.

»Er hat morgen die Estancia zu verlassen!« sagte der Estanciero. Die alte Negerin stürzte mit gerungenen Händen auf ihn zu; die Tränen liefen ihr über die Wangen. »Oh, Don Francisco«, jammerte sie, »stoßt doch alte unglückliche Leute nicht ins Elend hinaus! Wir sind hier geboren, wir haben deinem Vater, deinem Bruder und dir treu gedient, wir sind alt und schwach in diesem Dienst geworden; wo sollen wir denn hin? Mein Mann hat nichts Böses getan, er hat den Befehl des jungen Herrn nicht mißachtet, er hat dem Majordomo gehorchen müssen!«

»Der rebellische Schuft lügt!« sagte der Junge.

»Geht zum Henker, wohin ihr gehört!« schrie der Estanciero die alte Frau an. »Seid ihr morgen noch hier, lasse ich euch aus meinem Gebiet herauspeitschen!«

Der alte Antonio hörte stumpf sein Verbannungsurteil an. Er und seine Frau waren als Sklaven auf der Estancia aufgewachsen. Seit der Aufhebung der Sklaverei hatte er sich zur Familie de Salis gehörig betrachtet; die Verbannung von der Estancia war für ihn gleichbedeutend mit der Vernichtung. Er war gebrochen, es war kein Widerstandsfunke mehr in ihm. Anders aber war es mit seiner Frau. Die Alte, in der die tiefste Verzweiflung tobte, hob mit leidenschaftlicher Gebärde die Arme zum Himmel. »Gut!« schrie sie, »gut, Don Antonio! Jage uns fort! Wir gehen; Gott wird alten Menschen gnädig sein, sie werden ein Obdach finden. Aber wir kommen wieder, Don Francisco! Wir kommen wieder, Antonio und ich. Wir kommen mit den Erben Don Fernandos, Don Carlos und Don Aurelio! Die

Kinder deines Bruders werden dich eines Tages jagen, wie du uns heute jagst! Gott ist gerecht!«

Der Estanciero stieß eine wilde Verwünschung aus, er hob die Reitpeitsche zum Schlag. Aber er ließ sie wieder sinken. Die Szene hatte eine größere Anzahl Arbeiter von den Feldern herbeigelockt, unter denen auch mehrere Neger waren. Dort erhob sich jetzt ein so drohendes Gemurmel, und nicht nur unter den Schwarzen, daß es Don Francisco geraten schien, fürs erste nicht weiter in diese glimmende Glut zu blasen. »Du bist ein Weib«, knurrte er, »aber Gnade euch Gott, wenn ich euch morgen noch hier finde!« Damit wandte er sein Roß und sprengte, von seinem Sohn und den anderen Reitern gefolgt, dem Schloß zu.

Der alte Neger Antonio und sein Weib sahen sich alsbald von zahlreichen Leuten umringt, die teilnahmsvoll auf sie einsprachen und sie in ihrem Unglück zu trösten suchten. »Glaubst du wirklich, Mutter«, fragte ein alter Arbeiter, »daß die Kinder Don Fernandos noch am Leben sind?«

»Gott ist gerecht!« sagte die Alte. »Glaubt es mir: Don Carlos wird kommen und die Räuber seines Eigentums, die Mörder seiner Mutter verjagen. Sie sind mir oft im Traum erschienen, die lieben Kinder, und haben mir zugelächelt. Ich habe mehr als einmal den alten Zauber meines Volkes befragt; ich weiß, sie leben und kommen eines Tages zurück. Gebe Gott, daß Antonio und ich sie noch mit unseren alten Augen sehen.«

Während sie noch so beieinander standen und über ihre nächste Zukunft berieten, wurden Don Juan und Pati von den Dienern de Salis' zu einem kleinen, aus Balken gefügten Hause gebracht, das in der Sklavenzeit dazu gedient hatte, widerspenstige Neger zu züchtigen. Es lag an dem Waldsaum, der sich entlang des Parana dahinzog. Man stieß die beiden gefesselten Männer in den Raum, schlug die schwere Balkentür hinter ihnen zu und schob den Riegel vor.

Juan und sein Gefährte sahen sich in einem halbdunklen Raum, der sein schwaches Licht nur durch einige hochgelegene, mit Eisenstäben vergitterte Luken erhielt. Sie sahen sich um. Kein Stuhl, kein Schemel, keine Bank war vorhanden; nichts als die nackten Wände, an denen hier und da eiserne Ketten mit Handschellen befestigt waren, und der kahle Erdboden bot sich ihren Blicken. In einer Ecke lag ein Haufen fast verfaulten Maisstrohs. Die Luken waren zu hoch angebracht, als daß sie hätten hinausschauen können.

»Da säßen wir ganz hübsch in der Falle«, knurrte Pati.

Der Gaucho antwortete nicht; er stand gegen eine der Wände gelehnt und war tief in Gedanken versunken. »Es ist kein Zweifel«, sagte er nach einer Weile. »Er war es. Ich habe diese Stimme nur einmal gehört, aber sie tönt mir noch heut in den Ohren. Du hast die Stimme doch auch wiedererkannt?« fragte er.

»Der Estanciero ist der Mann in der Maske, der die Frau niederschoß«, sagte Pati, »es ist gar kein Zweifel.«

»Es ist nicht auszudenken!« Der Gaucho begann ruhelos im Raum auf und ab zu gehen. »Die Frau und die Kinder des eigenen Bruders«, flüsterte er. »Man sollte es nicht glauben!« Er blieb vor dem Rotblonden stehen. »Es steht schlimm um unser Kind, Pati«, sagte er, »gegen einen solchen Feind können wir nicht kämpfen!«

»Warum nicht, Don Juan?« fragte Pati. Die Gefangenschaft schien ihm weiter keine Sorgen zu machen.

Der Gaucho ließ die Frage unbeantwortet; seine Gedanken waren schon weiter. »Eins haben wir jedenfalls erreicht«, sagte er, »wir wissen: der Junge ist ein de Salis, der Sprößling einer der ältesten Familien des Landes, der Erbe dieses Bodens hier. Es ist alles klar. Der Vater war gestorben, die Frau und die Kinder mußten aus dem Weg geräumt werden, um dem Wechselbalg, der mich zu schlagen wagte, zur Herrschaft zu verhelfen. Darum kamen die Mörder, die man dann für Unitarier ausgab, über das Wasser. Es sind aber zwei Erben. Wo mag der andere sein, der älteste? Wahrscheinlich längst irgendwo vermodert!«

»Ich verstehe das alles nicht«, sagte Pati. »Wenn unser Kind der Erbe dieser Estancia ist, warum rufen wir dann nicht die Entscheidung Don Manuels an?«

»Ja, das wäre einfach! Manches wäre einfach auf der Welt!« Der Gaucho winkte ab; er nahm seine Wanderung wieder auf. »Ich täusche mich da nicht mehr«, sagte er, »ich habe zuviel erfahren. Dieser Don Francisco ist der Freund des Diktators. Don Manuels Freunde können tun, was sie wollen. Wer weiß, vielleicht stand der verstorbene Bruder de Salis auf der gegnerischen Seite, und seine Beseitigung kam dem Herrn da oben gerade recht. Die Kinder Don Fernandos gelten als tot. Wer aber sind wir? Ich, ein einfacher Gaucho, du, ein Mann ohne Eltern und Heimat! Was denkst du, was geschähe, wenn wir jetzt, nach fast drei Jahren, aufträten und sagten: dies ist der Sohn Don Fernando de Salis'! Erfährt dieser saubere Oheim hier von der Existenz des Kindes, ich bin überzeugt, wir können es nicht einmal schützen. Don Manuel ist allmächtig, und seine Freunde sind es auch. Nein, der kleine Junge ist als de Salis tot; nur ein Wunder kann ihn wieder zum Leben erwecken. Er wird wohl unser Kind bleiben müssen.«

»Nun, Don Juan«, sagte Pati, »wir wollen ihn liebhaben und wollen ihn reich machen.«

»Reich machen schwerlich«, sagte der Gaucho, »aber schützen wollen wir ihn, so gut wir können.« Er betrachtete aufmerksam die Wände und Luken, an der Tür blieb er stehen; die Handgelenke begannen ihm unter dem Druck der Fesseln zu schmerzen. »Was meinst du, Pati«, fragte er, »wirst du die Tür einstoßen können? Sie ist, wie ich bemerkt habe, mit einem Holzriegel verschlossen.«

Der Mann vom La Plata lachte. Er hatte oft zum Staunen aller Hafenarbeiter spielend die schwersten Lasten bewältigt. »Ich glaube nicht, daß es schwer sein wird«, sagte er.

»Kannst du deine Fesseln zerreißen?«

»Ich denke schon«, sagte Pati, »aber ich möchte es noch nicht tun. Wir könnten noch Besuch bekommen.«

Es war inzwischen fast dunkel in dem engen Raum geworden; ein Blick durch die Luken zeigte, daß bereits Sterne am Himmel standen.

»Wir können nicht mehr warten«, sagte Juan. »Mich schmerzen die Handgelenke. Kommen wirklich noch Leute, werden wir die Arme vielleicht brauchen. Versuche, deine Hände freizumachen.«

»Gut«, sagte Pati, »wie gesagt, ich glaube nicht, daß es schwierig ist.« Er ließ seine gewaltigen Muskeln spielen; sein Gesicht verzerrte sich vor Anstrengung, aber es währte kaum eine Minute, bis der Strick mit einem dumpfen Laut platzte.

»Meine Anerkennung!« sagte Don Juan. »Nun befreie meine Hände.«

Der Bootsmann rieb zunächst erst mal die seinen; es dauerte ein Weilchen, bis das Blut wieder richtig zirkulierte. Dann löste er mit ein paar Griffen den Strick, der die Hände des Gaucho auf dem Rücken zusammenschnürte.

»So«, sagte Don Juan, seine Hände reibend, »nun gefällt mir der Aufenthalt hier schon besser. Schade, daß die Verpflegung zu wünschen übrig läßt. Wie ist es, mein Prinz aus Feuerland, wirst du bei Nacht auch das Kanu wiederfinden? Den Landweg möchte ich unter den veränderten Umständen erst recht nicht riskieren.«

Das Kanu fände er jederzeit wieder, sagte Pati.

»Ausgezeichnet«, versetzte der Gaucho. »Dann fehlt mir nur noch mein Lasso, mein Zaumzeug und mein Messer zu meinem Glück, und wenn es angeht, auch noch Sattel und Karabiner.«

»Wir werden uns holen, was wir brauchen«, sagte Pati gleichmütig.

»Ja, und die ganze Estancia in Aufruhr versetzen«, knurrte Don Juan, »und uns ein Dutzend dieser verwünschten Vaqueros auf den Hals hetzen! Na, laß uns nur erst auf dem Fluß sein, dann werden wir weitersehen. Komm, mein Goldsohn, heb mich doch mal zu einem dieser Luftlöcher hoch, ich möchte ein bißchen Umschau halten.«

Pati hob den Gaucho hoch, als sei er ein Kind, und Juan sah zuerst zum Parana hinüber; er hatte sich die Lage des Blockhauses genau gemerkt, bevor man sie einsperrte. Er vermochte aber außer dem schattenhaft sich hinziehenden Waldsaum nichts zu erblicken. Auf der anderen Seite standen, wie an dem Lichtschein zu erkennen war, im Feld verstreut einzelne Häuser, dahinter sah er die erleuchteten Fenster des Herrenhauses; ein lebendiges Wesen war nirgends zu erkennen.

»Wie wär's, wenn du versuchtest, zwei von diesen Ketten hier loszubrechen«, sagte er, nachdem er wieder auf dem Boden stand, »sie würden eine gute Waffe abgeben, und wir wissen noch nicht, was kommt.«

Der Gaucho schien der Meinung, daß Patis Händen kein Werk unmöglich sei, und tatsächlich hatte er sich auch diesmal nicht getäuscht. Mit einiger Mühe gelang es dem Rotkopf, zwei Ketten aus ihren Verankerungen zu lösen. »Jetzt ist mir bedeutend wohler«, sagte der Gaucho befriedigt und wog das schwere Eisen in der Hand. »Aber noch. ist es zu früh, einen Spaziergang ins Freie zu unternehmen«, fuhr er fort; »wir wollen die Leute erst einschlafen lassen.«

Sie ließen sich nun auf dem Fußboden nieder und horchten schweigend in die Dunkelheit hinein, dann und wann einen Blick durch die Luken nach den Sternen werfend. Als Juan meinte, es sei spät genug, einen Befreiungsversuch zu wagen, ließ er sich noch einmal zu einer der vergitterten Öffnungen hinaufheben. Im Herrenhaus war noch Licht, die Arbeiterhäuser lagen im Dunkel. Plötzlich, er wollte sich schon wieder herunterheben lassen, glaubte Juan Pferdegalopp zu vernehmen. Er lauschte angestrengt, sein Auge vermochte nichts zu erblicken, aber das Geräusch wurde deutlicher. »Zwei Pferde«, flüsterte er, »sie kommen heran. Laß mich herunter, Pati.« Er glitt zu Boden. »Zwei, Pati«, sagte er, »sie kommen hierher. Einer für dich, einer für mich. Da kommen Sättel, Lassos und Pferde gleichzeitig. Komm, lege dir den Strick um die Hände, behalte die Kette in Griffnähe, möglich, daß wir sie brauchen.«

Schon ließen sich draußen Stimmen und gedämpfter Hufschlag vernehmen. Gleich darauf sprangen die Reiter ab, der Riegel wurde zurückgerissen, die Tür flog auf; im Halbdunkel des Rahmens wurde eine Gestalt sichtbar. »Kommt her, Männer!« sagte eine grobe Stimme.

»Was wollt ihr mit uns?« fragte Juan, und es hörte sich wahrhaftig an, als zittere er vor dem Strick.

»Einen kleinen Spaziergang machen, Compañero«, sagte der Mann. »Nun, wird's bald!« rief er mit umschlagender Stimme in das Dunkel des Raumes hinein, »oder soll ich euch mit dem Lasso auf die Beine helfen?«

Die beiden Gefangenen näherten sich der Tür; sie hatten die Hände auf dem Rücken.

»Na also, amigos, da seid ihr ja«, sagte der Mann. »Nimm du den dicken Burschen da an den Lasso«, rief er seinem Gefährten zu, »ich nehme den Caballero aus der Pampa.« »Komm her, Bursche!« rief der andere Reiter Pati zu, und der folgte gehorsam. Sie hatten noch immer die Hände auf dem Rücken.

Die Männer schwangen sich in den Sattel und machten den Lasso frei, um ihn über die Gefangenen zu werfen. »Los!« sagte Juan.

Wie vom Blitz getroffen flogen beide Reiter von den Pferden. Juan versetzte dem, der ihn hatte fortführen wollen, einen Faustschlag, daß ihm augenblicklich die Sinne schwanden; bei dem anderen hatte Patis Zugriff schon genügt, ihn mundtot zu machen.

»Hast du ihn?« fragte Juan.

»Ich denke, daß es reicht«, sagte Pati.

Tatsächlich waren, wie sie sich gleich überzeugten, beide Männer ohnmächtig. Sie nahmen ihnen die Messer ab und banden ihnen die Arme auf dem Rücken zusammen. Der Vorsicht halber rissen sie Stücke von einem der Ponchos und stopften die Knebel den Männern zwischen die Zähne.

»Zu Pferde, mein Goldsohn!« sagte Don Juan.

Beide schwangen sich in die Sättel. Juan legte nach Gauchoart sofort den Lasso wurfbereit. Da schallte eine tiefe dröhnende Stimme über das Feld: »Wo bleibt ihr Halunken? Wie lange soll ich noch auf euch warten?«

»Oha!« sagte Juan, »der Herr wünscht uns persönlich zu sprechen.«

Hufschlag dröhnte auf, ein Reiter sprengte heran. Im gleichen Augenblick flog der Lasso. Trotz des mangelhaften Lichtes erreichte er sein Ziel und riß den völlig überraschten Estanciero aus dem Sattel.

»Halt mein Pferd, Pati«, sagte Juan und stand schon auf den Füßen. Er untersuchte den von seinem Lasso umschnürten, regungslos daliegenden Mann, entnahm seiner Brusttasche eine kleine Pistole, befreite ihn von dem Lasso und versetzte dem Pferd Don Franciscos einen Streich, der es in wilder Flucht davonjagen ließ. Dann schwang er sich wieder in den Sattel.

»Wer seid ihr?« fragte der noch immer fassungslose Estanciero, »wollt ihr mich ermorden?«

»Nein«, entgegnete Don Juan mit erhobener Stimme, »du sollst nicht gemordet, du sollst gerichtet werden, Francisco de Salis. Ich sehe dich wieder, und dann werde ich dich zu Boden schlagen, daß du dich nicht wieder erheben sollst, Frauenmörder! Vorwärts, Pati!«

Rasch gewannen beide die Straße und sprengten nach Norden zu. Nach knapp einstündigem Ritt verhielt Pati sein Pferd und deutete nach rechts auf den dunklen Waldsaum, der ununterbrochen die Ufer des Parana begleitete. »Dort«, sagte er, »dort liegt das Kanu.«

»Woran siehst du es?«

»An den drei Pinos da drüben.«

»Gut«, sagte der Gaucho. Sie sprangen aus den Sätteln. Aufmerksam lauschten sie nach Süden, aber kein Hufschlag zeigte an, daß sie verfolgt würden.

»Sättel, Zäume, Lassos mit ins Boot«, sagte Juan. Er brach einige Disteln, die zu seinen Füßen wuchsen, und brachte sie unter die Schwanzwurzeln der Pferde. In wilder Flucht jagten die, wie von der Tarantel gestochen, in nördlicher Richtung davon. Sie fanden das Boot und beluden es mit den Sätteln, den Decken und dem Zaumzeug.

»Gott sei Dank!« sagte Pati, als er zum Ruder griff. Unter seinen mächtigen Schlägen glitt das leichte Fahrzeug schnell den Parana hinab.

Am Rio Quinto

Jahre waren ins Land gegangen, seit Don Juan und Sancho Pereira, genannt Pati, der Gewalt Don Francisco de Salis entschlüpften. Aber noch immer herrschte in Buenos Aires Don Manuel de Rosas, der harte Mann, der den Unitariern den Tod geschworen hatte. Die wirklichen wie die vermeintlichen Anhänger der unitaristischen Partei erlagen, wo immer er sie fassen konnte, seinem unerbittlichen Zugriff. Das Gewicht seiner starken Persönlichkeit und seine politische Rücksichtslosigkeit hatten den Gewaltigen durch Wahl des Kongresses zum dritten Male mit diktatorischen Vollmachten ausgerüstet an die Spitze des Staates gestellt.

Die erst in jüngerer Zeit der Wildnis abgerungenen Grenzgebiete des Landes wurden von der harten Faust de Rosas nur selten erreicht, dafür hatten sie um so härter mit anderen Gefahren zu kämpfen. Denn den hier noch immer herumstreifenden Indianerhorden waren die politischen Wirren insoweit günstig gewesen, als die Regierung weder Macht noch Möglichkeit hatte, sich um diese Fragen zu kümmern. Forts, die früher an geeigneten Stellen zum Schutz gegen die Wilden angelegt worden waren und eine starke Besatzung aufzuweisen hatten, um die Indianer von Angriffen abzuhalten oder ihre Macht zu brechen, waren geräumt worden, weil die Truppen in anderen Teilen des Landes benötigt wurden. Damit aber war der Schutzwall niedergerissen worden, der die dünnbesiedelten Grenzen deckte. Die Indianer, die im Süden hausenden Puelchen ebenso wie die kriegerischen Bewohner des noch von keinem Weißen betretenen Gran Chaco, wurden auf solche Weise zu Angriffen und Überfällen geradezu herausgefordert, und es geschah denn auch immer wieder, daß sie die Grenzen heimsuchten und großes Leid über die Bewohner brachten.

Dennoch hatte in der Pampa seit einigen Jahren Ruhe geherrscht, denn die Puelchen waren, nachdem sie bei ihrem letzten Ansturm, alles vor sich niederwerfend, tief in das Land eingedrungen, von den Gauchos schließlich so aufs Haupt geschlagen worden, daß sie seither Frieden hielten. Die Gefahr erneuter Angriffe blieb indes bei der Schutzlosigkeit der Grenze nach wie vor bestehen.

Die Pampa Argentiniens ist öder und einförmiger als die Prärie Nordamerikas. Reitet man über sie hin, so bildet das Haupt des Reiters den höchsten Punkt in der Weite. Dem ruhenden Meere gleich liegt die Fläche da, ihre Ränder verschwimmen in violettem Schein mit dem fernen Horizont.

Von den Anden her senkt sich, dem Auge unmerkbar, der Boden sanft, aber ununterbrochen nach dem Atlantischen Ozean hin, und die zahlreichen Wasserläufe, die in den himmelansteigenden Höhenzügen der Kordilleren ihren Ursprung haben, nehmen den Weg nach Osten.

Seen, die nicht alle süßes Wasser haben, Salzsümpfe und öde Strecken, an denen nur der nackte Dünensand zutagetritt, bringen einige Abwechslung in die Einförmigkeit der Steppe. Einer riesigen Felseninsel gleich erhebt sich die Sierra de Cordoba, gleich weit vom Parana wie von den Anden entfernt, unvermittelt aus der Grassteppe, weithin die endlose Pampa überragend. Auch sie sendet zahlreiche Wasserläufe gen Osten. Im Süden rinnt der Rio Quinto durch das Grasland, wasserreich in der Nähe des Höhenzuges, dem er entspringt, auf seinem Lauf indessen mehr und mehr versiegend, bis er, aufgesaugt von der Pampa, verschwindet.

Die Flußufer werden hier und da von Bäumen eingefaßt, von schlanken, hochragenden Nogals, Erlen, Algaroben und vor allem vom Ombus, von denen einige Exemplare sich sogar bis in die Steppe verirrt haben.

Auf dem linken Ufer des langsam strömenden Flusses erhoben sich, von Bäumen beschattet, einige niedrige Gebäude, aus Holz und Lehmziegeln aufgeführt. Ein umfangreicher Korral, dessen Umfassung aus Säulenkaktus und den Stämmen junger Zedern errichtet war, zeigte sich dem Blick; drinnen tummelte sich eine Anzahl munter umherspringender Pferde und Maultiere. Einen ungewohnten Anblick gewährten in diesem Teil der Pampa wohlbestellte Mais- und Weizenfelder sowie ein Garten, der sich an dem längsten, umfangreichsten der Gebäude hinzog, und in dem außer Kartoffeln und verschiedenen Gemüsen auch junge Orangen- und Pfirsichbäume sowie allerlei Blumen angepflanzt waren. Dornenhecken und lange Balkenriegel grenzten das Ganze ein, um es vor den frei weidenden Pferden und Rindern zu schützen. Der Einfluß einer umsichtig ordnenden Hand war überall spürbar.

Dies war das Heim Juan Perez', des Gaucho, der sich vor einigen Jahren hier niedergelassen hatte. Er war eines Tages mit einem Majordomo von fremdländischem Aussehen und einem dunkelhaarigen Knaben von Süden gekommen und hatte mit Hilfe von Leuten, die er aus den Niederlassungen am Höhenzug von Cordoba und am Parana angeworben hatte, nach und nach diese Heimstätte geschaffen, die ihm als altem Soldaten eine Schenkungsakte des Präsidenten Manuel de Rosas verbürgte.

Die Estancia lag einsam und war in jenem Landesteil am weitesten von allen in die Pampa vorgeschoben. Ihr Viehbestand, die hauptsächlichste Erwerbsquelle der dortigen Estancias, war nicht gering! Señor Perez wußte ihn mit Fleiß und Energie zu nützen. Er hatte einige junge Gauchos als Rinder- und Pferdehirten in seinen Diensten, und eine große Anzahl Rinder- und Pferdehäute machten alljährlich den Weg nach der Küste, wo sie beträchtlichen Gewinn einbrachten.

Die Gauchos pflegen sich ebensowenig wie die Indianer mit Feldarbeit zu befassen; die nicht unbeträchtliche Boden- und Gartenkultur auf der Besitzung des Señor Perez war deshalb das alleinige Verdienst seines Majordomos, des Señor Sancho Pereira, dessen wunderliche Haarfarbe ihm weit und breit den Namen Feuerkopf eingetragen hatte. Señor Pereira also – wir kennen den braven Pati ja bereits ebenso wie seinen Herrn – hatte mit Hilfe einiger schwarzer Arbeiter den Boden ur- und fruchtbar gemacht. Die Erzeugung von Feld- und Gartenfrüchten gab der Niederlassung ein zivilisiertes Gepräge und unterschied sie vorteilhaft von anderen Estancias dieser Gegend.

Die Sonne hatte sich eben erst am Horizont erhoben; sie verwandelte die Myriaden Tautropfen auf den Gräsern in blitzende Edelsteine. Der Himmel war klar und wolkenlos, er schwang sich wie eine gläserne Glocke über die Ebene, die nur durch den Waldsaum unterbrochen wurde, der die Ufer des Flusses einfaßte. Von fern schimmerten die Spitzen der Berge von Cordoba im rötlichen Frühlicht; sie brachten etwas Abwechslung in die großartige Eintönigkeit der Pampa.

Innerhalb der Gebäude schien alles noch m tiefem Schlaf zu liegen, als aus einem der niedrigen, mit Fellen verhangenen Fenster der größeren Behausung eine jugendliche Gestalt schlüpfte und, einen Sattel nebst dem unvermeidlichen Lasso auf dem Kopf tragend, mit unhörbaren Schritten nach dem Korral eilte.

Die Gestalt war kaum hinter der Balkenumzäunung verschwunden, als ein kräftiger Mann durch die Tür auf die offene Veranda trat und, die frische Morgenluft einatmend, einen prüfenden Blick auf Himmel und Erde warf. Es war Juan Perez, der Gaucho, nicht mehr ganz der junge Mann, den wir kennenlernten; ganz spurlos waren die Jahre nicht an ihm, dem nunmehr etwa Vierzigjährigen, vorübergegangen. Aber seine Gestalt war kräftig und sehnig wie ehedem, das gebräunte Antlitz trug die Spuren heißer Sonne und rauher Stürme. Einige Narben zeugten von den Kämpfen, an denen er teilgenommen hatte.

Da stand er und grüßte den erwachenden Morgen.

»Ave Maria!« sagte hinter ihm eine Stimme mit dem landesüblichen Gruß.

»Purissima«, antwortete er und wandte sich um, den Mann begrüßend, der soeben die Veranda betreten hatte. Es war Pati, und auch an seinem Äußeren hatte die Zeit ein wenig verwandelnd gewirkt. Er war dicker und massiger geworden, doch zeugte noch immer jede seiner Bewegungen von außergewöhnlicher Muskelkraft.

»Nun, mein Goldprinz«, sagte Don Juan lächelnd, »was jagt dich so früh von deinem Lager?«

»Ich will euch abreiten sehen«, sagte Sancho.

»Natürlich!« lachte der Gaucho. »Don Aurelio auf dem Schimmel! Das muß man gesehen haben. Aber wo bleibt denn der Junge? Verschläft wahrhaftig den schönen Morgen. Aurelio!« rief er laut nach dem Hause zu, »raus aus dem Bett! Benimmst dich wahrhaftig wie ein Pampashase im Winter!«

»Der Pampashase ist schon da!« sagte lachend eine frische Stimme. Die Männer wandten den Kopf, und heran galoppierte auf einem schneeweißen Pferd, dem man die edle arabische Abkunft in jeder Linie seines Leibes ansah, ein gut gewachsener junger Mann. Mit ausgezeichneter Haltung saß der wohl Achtzehnjährige zu Pferde; das dunkelblaue Wollhemd, die knapp sitzenden ledernen Hosen und die hohen Stiefel mit den silbernen Sporen unterstrichen den schlanken Bau seines Körpers. Das fast klassisch geschnittene, von dunklen Locken umgebene Gesicht mit den vor Lebenslust blitzenden Augen nahmen sofort für ihn ein.

»Ich nehme den Pampashasen zurück, mein Junge!« lachte Don Juan und betrachtete den Jüngling mit offensichtlichem Wohlgefallen. »Wie ich sehe, bist du mir sogar zuvorgekommen.«

»Wer weiß, vielleicht verdiene ich mir den »Pampashasen« ein andermal, Vater«, lachte der Junge.

»Du willst den Cid reiten?« fragte der Gaucho und runzelte ein wenig die Stirn.

»Ja, ich wollte gern. Ist es dir nicht recht?«

»Ich weiß nicht recht; eigentlich – aber gut, erproben wir, ob er hält, was er verspricht.«

An sich hatte der Gaucho den Schimmel mit großer Sorgfalt eigens für Aurelio gezüchtet, denn für diesen Jungen, den er einst als hilfloses Kind dem erstarrten Arm seiner toten Mutter entnommen hatte, war Juan Perez nichts zu gut. Zusammen mit Sancho Pereira hatte er das Kind mit einer Liebe und Sorgfalt erzogen, die der einer fürsorgenden Mutter gleichkam. Er war selber Junggeselle geblieben. Pati hatte, nicht zuletzt des Jungen wegen, vor Jahren eine Lebensgefährtin genommen; sie war ihm schon nach kurzer Ehe durch den Tod wieder entrissen worden. Aurelio ahnte bis zur Stunde nichts von seiner Abkunft, er hielt sich für Juans Sohn und erwiderte die Zuneigung der beiden Männer auf das zärtlichste.

Juan, der alljährlich einige Male nach Buenos Aires und nach Santa Fé ritt und dabei niemals versäumte, alles zu erkunden, was auf seines Schützlings Zukunft Bezug haben könnte, hatte die Verhältnisse bisher stets zu ungünstig gefunden, um offen für die Rechte Aurelios einzutreten. Zu stark schienen die feindlichen Mächte, mit denen er zu ringen gehabt hätte; der Kampf mußte auf günstigere Zeiten verschoben werden. So hatte er denn seinerseits für Aurelios Zukunft getan, was er konnte. Den Namen Aurelio hatte er ihm von dem Augenblick an gegeben, da er von der alten Negerin auf der Estancia Bellavista erfahren hatte, daß der jüngste Sohn Fernandos diesen Namen führte. Er hatte den Jungen zu seinem persönlichen Erben eingesetzt und außerdem einen Priester in Buenos Aires, einen Mann ohne Menschenfurcht, ins Vertrauen gezogen, ihm alles, was er über Aurelios Herkunft wußte, unter eidlicher Bekräftigung mitgeteilt und die von Pater Hyacinth darüber angefertigten Dokumente vor Zeugen unterzeichnet. Auch hatte er dem Cura für alle Fälle die Schmucksachen, die Pati der Leiche der Mutter abgenommen hatte, anvertraut.

So also lagen die Dinge. Juan Perez kannte die Macht, die Schlauheit und die Rücksichtslosigkeit der Männer, die ein Interesse daran hatten, seinen Schützling zu verderben. Vielleicht waren die Befürchtungen, die er hatte, übertrieben, jedenfalls bestimmten sie seit Jahren sein Handeln. Sie hatten ihn vom Rio de Salado nach Norden in die einsamen Gegenden Cordobas getrieben. Am Salado lag ihm Buenos Aires zu nahe. Auch der Angriff der Puelchen vor einigen Jahren hatte ihn seines Pflegesohnes wegen besorgt gemacht. Nachdem er das Seine dazu beigetragen hatte, die Roten niederzuwerfen, suchte er einen Teil des Landes auf, der ihren Überfällen weniger ausgesetzt war als die Ufer des Salado. Und diesem letzten Umzug verdankte die Estancia am Rio Quinto ihre Entstehung.

»Komm, Aurelio, wir wollen frühstücken«, rief der Gaucho dem Jüngling zu. Der stieg ab, band den Schimmel an einen Pfosten der Veranda und sprang die paar Stufen mit elastischen Schritten hinauf. Eine alte Mulattin erschien und trug in einer großen Blechkanne heißen Mate auf, dazu Eier, gebratene Hühnchen und frischgebackene Tortillas. Juan und Aurelio setzten sich, und Pati, der sich durchaus als Majordomo fühlte und den Rangunterschied zwischen dem Gaucho und sich peinlich aufrecht erhielt, nahm erst Platz, nachdem beide saßen.

Don Juan sah sich um und fragte: »Wo ist Don Estevan?«

»Er schläft noch«, lachte Aurelio. »Wahrscheinlich träumt er von einer neuen Gattung Stipa, die er entdeckt hat.«

»Also lassen wir ihn schlafen«, sagte der Gaucho, und alle machten sich an das Frühstück.

»Der Estrangero hat sich lange nicht sehen lassen«, äußerte Juan nach einer Weile.

»Er wird seine bösen Tage haben«, sagte Aurelio. »Dann sitzt er in seiner Höhle und brütet, und nichts und niemand lockt ihn heraus.«

»Schade, daß er so menschenscheu, ja, ich möchte sagen, menschenfeindlich ist.« Juan wiegte nachdenklich den Kopf. »Ich schätze ihn nämlich sehr, er ist ein zuverlässiger und redlicher Mann.«

»Oh«, sagte Aurelio, »er macht Ausnahmen mit seiner Menschenfeindlichkeit. Mich beispielsweise hat er ins Herz geschlossen, seit er mich aus den Klauen des Jaguars rettete.«

»Den Schuß werde ich ihm meiner Lebtage nicht vergessen«, versicherte der Gaucho.

»Das war aber auch ein Schuß, Vater«, eiferte sich der Junge. »Wahrhaftig, der Mann handhabt seine lange Buche so unfehlbar wie du den Lasso oder die Bolas.«

»Der Neid muß es ihm lassen, aber ich neide es ihm nicht einmal«, versicherte Juan.

»Und reiten! Reiten kann er auch, Vater. Nicht gerade wie du und ich, aber für einen Estrangero immerhin erstaunlich.«

»Er war drüben in seiner Heimat wohl Soldat und hat in einem Reiterregiment gedient; da ist es schließlich kein Wunder. Wie gesagt, schade, daß man ihn so selten sieht.«

»Ich habe von ihm schießen gelernt, Vater, es geht schon ganz gut«, sagte Aurelio. »Wenn die Puelchen wieder einmal in der Pampa erscheinen sollten, dann will ich unsere Reiter lehren, wie man angreift und den Feind wirft. Ich stürme mit der langen Lanze voran.«

»Laß das, Aurelio«, sagte Don Juan ernst, »du wirst den Krieg leider noch früh genug kennenlernen. Und übrigens: der Estrangero mag für europäische Verhältnisse ein vortrefflicher Krieger sein; für uns Gauchos ist es sicher das beste, wir bleiben bei unserer alten Kampfweise.«

Das Frühstück näherte sich bereits seinem Ende, da erschien, aus dem Hause heraustretend, eine Gestalt auf der Veranda, die sich in dieser Umgebung einigermaßen sonderbar ausnahm. Es war dies ein schmächtiger junger Mann in moderner Kleidung, in dessen magerem, bartlosen Gesicht neben der stark vorspringenden Nase vor allem die großen Brillengläser auffielen, die vor offenbar kurzsichtigen Augen funkelten. Er kam langsam heran, rieb sich die Hände und machte einen ziemlich verschlafenen Eindruck.

»Da ist ja Don Estevan«, sagte der Gaucho. »Schämt Euch, Doktor, den schönen Morgen zu verschlafen!«

»Wenn Aurelio mich nur geweckt hätte, Señor«, sagte der Mann, zweifellos ein Gelehrter; seine Stimme war so sanft wie sein Gesichtsausdruck.

Der Jüngling lachte. »Nein, Doktor«, sagte er, »Ihr schlieft so friedlich, daß es eine Sünde gewesen wäre, Euch zu stören.«

»Ich bin spät zur Ruhe gegangen«, bemerkte Don Estevan. »Ich schrieb nämlich in der Nacht noch an meiner Abhandlung über die Erycinidae.«

»Um so mehr Grund, Euch zu stärken, Don Estevan«, sagte der Hausherr höflich und wies mit einladender Bewegung auf den Tisch. Der Bakkalaureus Don Estevan Manzano, Graduierter der Universität zu Buenos Aires, nahm mit höflicher Verbeugung neben Aurelio Platz.

Der junge Gelehrte lebte schon seit längerer Zeit auf der Estancia. Denn Juan Perez, der selber nur eben lesen und schreiben konnte, wußte den Wert von Wissen und Bildung sehr wohl zu schätzen. Er hatte deshalb die Verpflichtung gefühlt, Aurelio mit geistigem Rüstzeug versehen zu lassen. Pater Hyazinth, dem er sich auch insoweit anvertraute, hatte ihn in dieser Meinung bestärkt und ihm den jungen, kränklichen Gelehrten, dem die Ärzte einen Aufenthalt in der Pampa zur Festigung seiner Gesundheit verschrieben hatten, zugewiesen. Kurz entschlossen hatte der Gaucho ihn samt einer Maultierladung von Büchern, Papier, Tinte, Karten und dergleichen mit sich genommen.

Aurelio hatte unter Don Estevans Anleitung bereits überraschende Fortschritte gemacht, und der junge Doktor, dem die Pampaluft recht gut bekommen war, hing mit herzlicher Zuneigung an seinem Schüler. Da er von Haus aus Naturforscher war – Naturalista sagt man dortzulande –, bot die Pampa ihm ein reiches und ergiebiges Studienfeld.

»Sie wollen jagen, Señor Perez?« fragte Don Estevan während des Frühstücks.

»Ja, mein Lieber. Im Osten haben sich Nandus sehen lassen; wir wollen ihnen nachstellen.«

»Kommt doch mit, Doktor«, sagte Aurelio, »wir wollen einmal Seite an Seite über die Pampa fliegen.«

Der Gelehrte lächelte schwach. »Nein, Aurelio«, sagte er, »zum Pampasreiter bin ich einmal verdorben, ich will den Tag lieber meinem Studium widmen. Sollte euch aber irgendwo eine breitblätterige Prionida unterkommen, so wäre ich dankbar, wenn ihr mir einige Exemplare mitbringen wolltet; hier in der Nähe wächst sie nämlich nicht.«

Ihr habt Vorstellungen von einer Straußenjagd! hätte Aurelio am liebsten gesagt, aber er unterdrückte die Bemerkung. »Sollte ich die Pflanze entdecken, will ich gerne daran denken«, sagte er nur. Don Juan erhob sich. »Auf jetzt, Aurelio«, sagte er, »da kommt Pablo mit den Pferden.« Er schnürte die Bola um den Leib, warf den Poncho über und bestieg sein Roß, das von einem jungen Hirten vorgeführt wurde. Auch Aurelio nahm die Bolas von der Wand, befestigte sie an seinem Leib, warf den Poncho über und schwang sich auf den Schimmel. Der Lasso und das lange Messer fehlten natürlich bei keinem der Männer. Pablo führte einen hinter seinem Sattel befestigten ledernen Beutel mit Verpflegung bei sich.

Nach fröhlichen Abschiedsworten ritten Juan Perez und Aurelio davon. Sancho Pereira sah ihnen mit strahlendem Lächeln nach; seine Blicke galten vor allem Aurelio.

»Was für ein Reiter!« rief er begeistert, »und Lasso, Bolas und Lanze führt er bald besser als Señor Perez.«

»Auch tapfer soll er sein«, äußerte der Gelehrte, »ja, es gibt Leute, die ihn tollkühn nennen.«

»Tapfer ist er, der Bursche, das ist wahr«, versicherte Pati. »Vor zwei Jahren war er mit Juan Perez da drüben in den Bergen« – er deutete auf die Höhen von Cordoba – »zufällig scheuchte er einen Jaguar auf. Er warf die Bolas nach der Bestie, doch sein Arm war zu schwach, auch besaß er noch nicht Übung genug im Gebrauch dieser Waffe; er reizte das Tier nur zur Wut, und der Jaguar nahm ihn an. Da sprang der Junge entschlossen aus dem Sattel, wickelte blitzschnell den Poncho um seinen linken Arm, zog das Messer und erwartete den Ansprung der Bestie. Perez sah das alles, war aber zu weit entfernt, um selber eingreifen zu können, und halbtot vor Schreck. Er zittert noch heute, wenn er daran denkt, aber er sagt auch jedesmal, es sei bewunderswert gewesen, wie unerschrocken der Junge sich zum Kampf gestellt hätte.«

Don Estevan kannte die Geschichte längst, doch gab er dem Majordomo gerne Gelegenheit, seiner Begeisterung über Aurelios Tapferkeit die Zügel schießen zu lassen.

»Gott hat über den Jungen gewacht, Señor«, fuhr Pati fort, »denn die Gefahr, in der er schwebte, war entsetzlich, und ich weiß nicht, was aus der Sache geworden wäre, wenn nicht der fremde Jäger erschienen wäre und die Bestie abgeschossen hätte. Es war ein Estrangero«, fügte er hinzu, »ein Aleman.«

»Ich habe schon öfter über diesen Estrangero sprechen hören«, sagte der Gelehrte, »was ist er für ein Mann?«

»Ich kann nicht viel über ihn sagen«, antwortete Pati, »es wird viel Gutes und manches Sonderbare über ihn erzählt. Er ist noch jung, haust ganz allein in den Bergen und lebt von dem Ertrag seiner Büchse, denn er ist ein trefflicher Jäger. Wie er zu schießen versteht, hat er ja schon damals bewiesen, als er Aurelio vor dem Ansprung des Jaguars rettete. Der Señorito hat ihn seit damals einige Male besucht, und er war auch selber schon hier, aber man hört nur selten von ihm; er liebt die Einsamkeit.«

»In Uruguay, in Entre Rio und auch in Buenos Aires leben viele Alemans; man sieht sie recht gern, und ich habe bisher nicht gehört, daß sie ungesellig sind«, sagte Don Estevan.

»Auch nördlich von hier, am Rio Tercero, wohnen Landsleute des Estrangero«, bemerkte der Majordomo. »Nun, wir wollen uns über die Grillen des Mannes nicht den Kopf zerbrechen«, fügte er hinzu, »ich denke mir, Gott hat den Estrangero zur rechten Zeit damals des Weges geschickt, um unserem Aurelio das Leben zu retten.« Damit erhob er sich, um nach den Feldern zu sehen, auf denen bereits einige Schwarze ihre Morgenarbeit verrichteten, und auch Don Estevan verließ die Veranda, um sich an seinen Schreibtisch zu begeben.

Don Juan, Aurelio und der junge Hirte waren indessen am Flußufer entlanggeritten, das auf einer großen Strecke weit von Baumwuchs frei war. An einer seichten Stelle kreuzten sie den Quinto. Drüben ließ Juan Perez den Blick über die Landschaft schweifen. Hier und da waren einzelne Gruppen weidender Pferde und Rinder zu sehen, nichts aber von dem Wild, das zu jagen sie ausgezogen waren. Der Gaucho prüfte den Wind; ein leichter Luftzug kam von Südwest. Er deutete in diese Richtung und sagte: »Da drüben sind sie, wir müssen zu ihnen reiten.«

Sie setzten sich in Trab und mochten einige Stunden in der schnellen Gangart der Pampaspferde geritten sein, als Juan sich im Sattel erhob. »Seht ihr?« sagte er, »da drüben!« Und nun gewahrte auch Aurelio in weiter Ferne noch die hochragenden Tiere, die ruhig ihre Nahrung suchten.

»Noch sind sie nicht aufgescheucht«, sagte der Gaucho. »Wenn unsere Burschen aufpassen und die Nandus nicht zu früh flüchtig werden, können wir sie nach Süden treiben. Dann mag Cid beweisen, was er kann.«

Sie nahmen die Bolas von der Hüfte, Aurelios Augen funkelten im Jagdeifer.

»Reite du nach links, Pablo«, befahl Juan Perez dem Hirten, »und du, mein Junge, halte dich rechts. Bleibt in gleicher Höhe mit mir und gebt acht, daß sie nicht nach Norden entkommen.«

Die Jungen schwenkten nach links und rechts ab, und im Abstand von etwa zweihundert Metern galoppierten alsdann alle drei vorwärts. Bald schon wurden sie der Hirten ansichtig, die schon am Vorabend ausgesandt waren, um das Wild nach Süden und Westen hin einzukreisen.

Sie mochten den Straußen vielleicht auf eine halbe Legua nahegekommen sein, als eines der großen Tiere plötzlich den Kopf hob und zu ihnen herüberäugte. Im gleichen Augenblick wurden die Riesenvögel, es mochten wohl ihrer zwanzig sein, nach Süden flüchtig. Von dorther aber nahten sich nun drei Reiter, die ihre Ponchos schwangen. Augenblicklich wandten die Nandus sich nach Westen, aber auch von dorther jagten ihnen drei Reiter mit flatternden Ponchos entgegen. Einen Augenblick verhielten sie, zu einem Trupp zusammengeschart, dann wandten sie und jagten nach Norden davon.

Don Juan ließ einen hellen Schrei ertönen, das Zeichen zum Beginn der Jagd. Und während die Hirten nun in ausgedehntem Halbkreis dem dahinstürmenden Wild den Weg nach Süden und Westen verlegten, suchten Juan und seine zwei Begleiter ihm die Flucht nach Norden unmöglich zu machen.

Die von allen Seiten bedrohten Tiere stutzten wieder, aber nur einen Augenblick, dann teilte sich der Trupp, und sie jagten nach Westen und Osten davon. Sie durchbrachen den Kreis, und nun galt es, ihnen nachzusetzen; jetzt kam es auf die Schnelligkeit der Pferde und auf die Geschicklichkeit der Reiter an. Mit Sporen und gellenden Rufen feuerten die Jäger ihre Pferde an. Doch unaufhaltsam stürmte das geängstigte Wild durch die Pampa, die Reiter hinter sich lassend.

Von Todesangst gepeitscht, jagten die riesigen Vögel dahin. Durch hastige Schläge ihrer kurzen Flügel suchten sie ihren Lauf zu beschleunigen. Die Reiter kamen kaum näher, doch zeigte sich nun bald, daß Aurelios Schimmel die beiden anderen Rosse an Schnelligkeit weit übertraf; schon nach kurzer Zeit hatte er erheblichen Vorsprung gewonnen.

Wilder und aufregender wurde die Jagd. Die Strauße schienen über die Pampa zu fliegen, und die schäumenden Pferde gaben ihnen kaum nach. Einer der Strauße, der von Aurelio verfolgt wurde, zeichnete sich durch besondere Größe aus; er war auch an Schnelligkeit seinen Gefährten überlegen. Dich! Dich! dachte Aurelio, dich will ich haben! »Es gilt, Cid!« flüsterte er, »es gilt jetzt die Probe!« Und der Schimmel rechtfertigte alle Erwartungen, die ein so guter Pferdekenner wie der Gaucho auf ihn gesetzt hatte. Er verschlang förmlich den Raum.

Bald blieben Juan und Pablo zurück; der Abstand zwischen ihnen und dem dahinjagenden Aurelio vergrößerte sich immer mehr. Der Junge, die Augen unverwandt auf das flüchtige Nandu gerichtet, hatte die Bolas wurfbereit in der Rechten. Er näherte sich bereits den ersten Straußen, die deutliche Zeichen der Ermattung erkennen ließen, doch beachtete er sie kaum; auf den voranjagenden großen Vogel hatte er es abgesehen. Die anderen Nandus stoben, von panischem Schrecken erfaßt, auseinander und suchten links und rechts ihren Weg, als der Schimmel an ihnen vorüberjagte. Aurelio sah sie gar nicht; einige hundert Schritt vor ihm stürmte das ersehnte Wild über die Pampa. »Cid!« flüsterte er, »Cid!« Und bald schon erkannte er: der Schimmel war schneller als der Vogel. Langsam aber sicher verringerte sich der Abstand zwischen Jäger und Wild. Jetzt galt es, die ganze Geschicklichkeit des Reiters zu zeigen. Wie ein Sturmwind brauste Cid dahin, immer näher kam er dem von Todesangst beflügelten Tier. Schon begann Aurelio, die Bolas um den Kopf zu schwingen, um zum tödlichen Wurf auszuholen, da strauchelte Cid über ein Kaninchengehege, deren viele die Pampa unterwühlten, und nur die unübertreffliche Sicherheit des Reiters bewahrte diesen vor dem Sturz. Cid hatte sich nicht verletzt, er stürmte weiter, aber der Strauß hatte Vorsprung gewonnen.

»Adelante! Adelante!« rief Aurelio, das Pferd anfeuernd, da bog der Vogel plötzlich nach links aus, Aurelio stieß einen Jubelruf aus, gab dem Pferd die Sporen und war mit wenigen Sätzen dem Nandu in der Flanke. Die Bolas wirbelten um den Kopf, entflogen, umwickelten die armdicken Ständer des Straußes, der wie vom Blitz getroffen zu Boden stürzte.

Aurelio brachte Cid zum Stehen und sprang ab. Die Beine des Nandus waren zerschlagen. Gegen die Bolas gibt es, wenn sie ihr Ziel erreichen, keine Rettung. Jetzt galt es, das Tier schnell zu töten. Das ist, wenn es mit dem Messer geschehen muß, keine ungefährliche Sache, denn der Strauß versteht, kräftige Schnabelhiebe zu führen. Das Tier hob den Kopf; Aurelio wollte sich eben herunterbeugen, als eine Büchse krachte, und es, durch das Auge geschossen, leblos zurücksank. Staunend wandte Aurelio den Kopf; an der Stelle, wo der Strauß so plötzlich abgebogen war, stand ein hochgewachsener Mann, die noch rauchende Büchse in der Hand. Neben ihm erhob sich soeben ein Maultier aus dem Gras.

»Oh, Señor«, rief Aurelio sichtlich erfreut, »ich danke Euch. Ihr erspartet mir, das Tier abzustechen.« Ohne weiter seiner Beute zu achten, ging er auf den Mann zu, der ihn erwartete.

Es war dies ein hochgewachsener, kräftiger Mann, größer als die Männer spanischer Abkunft; langes blondes Haar fiel unter einer Pelzmütze herab, die Augen über der kräftigen Nase waren von lichtem Blau. Er trug ein grünes Jagdhemd, hirschlederne Beinkleider und hohe, derbe Reitstiefel. Seine Augen waren mit freundlichem Ausdruck auf Aurelio gerichtet.

»Ich freue mich sehr, Euch hier so unvermutet begrüßen zu können«, sagte Aurelio und nahm die Hand, die der Fremde ihm entgegenstreckte. »Ihr habt lange nicht mehr von Euch hören lassen.«

»Auch ich freue mich, mein Junge«, sagte der Mann. »Bist du etwa ganz allein in der Pampa?«

»Nein, Señor. Mein Vater ist auch hier und mehrere unserer Peons. Wir wollten Nandus jagen.«

»Du bist ein prächtiger Reiter, mein Junge, und du hast da, scheint mir, ein großartiges Pferd.«

»Nicht wahr, Señor!« Aurelios Augen strahlten. »Cid ist das beste Pferd in der ganzen Pampa. Vater hat ihn für mich aufgezogen und selbst zugeritten.«

»Du bist wahrhaftig ein erstaunlicher Bursche«, sagte der Mann. »Wie du die Bolas handhabst, das muß man gesehen haben.«

»Nun«, wehrte Aurelio ab, »der Wurf war wohl nicht schlecht, aber an meines Vaters Kunst darf ich mich nicht messen.«

»Du wirst es deinem Vater schon noch gleichtun, mein Junge.«

»Ich habe mich auch mit der Lanze geübt«, sagte Aurelio, »so, wie Ihr es mich gelehrt habt. Neulich habe ich im vollen Jagen bei zehn Versuchen nur einmal den Ring gefehlt.«

»Gut«, lobte der Blondbärtige, »gut, mein Junge, du wirst die Lanze vielleicht eines Tages noch brauchen. Aber wie steht's mit der Wissenschaft?«

Aurelio lachte und schien ein wenig verlegen. »Ich kann nicht sagen, daß es mir Vergnügen macht, über den Büchern zu sitzen«, versetzte er. »Aber immerhin, Don Estevan ist ganz zufrieden mit mir.«

»Lerne, hijo mio«, sagte der Fremde. »Dein Vater hat klug getan, als er Don Estevan kommen ließ. Auch das Wissen wirst du eines Tages noch brauchen.«

»Ich glaube Euch gern, Señor«, lächelte der Junge, »aber warum habt Ihr Euch solange nicht bei uns sehen lassen? Wo habt Ihr gesteckt? Ich war selbst dreimal in Eurer Behausung, ohne Euch anzutreffen.«

»Ich habe die Pampa nach Süden zu durchstreift«, sagte der Mann. »Eben komme ich zurück und war auf dem Wege zu Euch.«

»Großartig!« strahlte der Junge. »Ich hab Euch schon mächtig vermißt.«

Der Mann hob die Hand. »Da kommt dein Vater«, sagte er.

Tatsächlich sprengte der Gaucho soeben mit verhängten Zügeln heran. Er rief schon von weitem: »Seid mir gegrüßt, amigo. Ich freue mich, Euch zu treffen.«

»Das ist beiderseits, Don Juan«, sagte der Fremde und streckte dem vom Pferde Gesprungenen die Hand entgegen, die Juan Perez mit offensichtlicher Freude ergriff. Gleich darauf wandte er sich dem Jungen zu. »Gut gemacht, Aurelio«, sagte er. »Und Cid? Was sagst du zu Cid?«

»Oh, Vater, er ist ein großartiger Raumverschlinger, ich habe es ja gewußt.«

»Kein Caballero in Buenos Aires hat ein besseres Pferd«, sagte der Gaucho.

Die Peons kamen nun heran. Es waren noch zwei weitere Strauße erlegt worden; die Hirten hatten sie bereits abgebalgt und führten die Bälge mit. Pablo machte sich sogleich daran, auch den von Aurelio niedergestreckten Riesenvogel abzuziehen. Die Kadaver nahm man nicht mit; das wäre mühsam und zwecklos gewesen.

»Nun seht euch aber nach Brennmaterial um und macht Feuer«, sagte Juan Perez, »ich verspüre erheblichen Appetit. Seht, daß wir Mate bekommen und öffnet den Beutel.«

»Dort drüben wächst Brea«, sagte der Fremde und deutete auf die Stelle, wo er mit seinem Maultier gerastet hatte. Es dauerte nicht lange, da brannte das Feuer, Wasser lieferte ein unscheinbares Rinnsal, das dem Fremden und seinem Maultier bereits Erquickung geboten hatte, und bald darauf verbreitete der Paraguaytee seinen angenehmen Duft.

Die Männer streckten sich ins Gras, füllten ihre Becher und ließen sich die Speisen munden; der Fremde hatte seinerseits ein gebratenes Kaninchen zu dem Festmahl beigesteuert. Sie sprachen zunächst über die Jagd. »Ihr habt den Strauß durch den Kopf geschossen, Estrangero«, sagte Don Juan, »es ist staunenswert.«

»Es ist eine Sache der Übung«, entgegnete der andere gleichmütig. »Ihr wißt dafür besser mit Lasso und Bolas umzugehen; ich bin froh, daß ich mich auf meine Büchse verlassen kann.«

»Glaubt Ihr, daß auch Aurelio schießen lernen wird?«

»O gewiß. Warum nicht? Hand und Auge sind gut. Schickt ihn wieder mal für ein paar Wochen zu mir in die Berge. Da kann er sich üben.«

»Ja, Vater, ja!« rief Aurelio begeistert.

»Also«, sagte Don Juan, »ich habe nichts dagegen. Der Junge kann nicht genug lernen, und bei Euch weiß ich ihn in guten Händen. Er wird also kommen.«

»Ich werde mich freuen«, sagte der Fremde. Er griff nach der neben ihm liegenden Doppelbüchse, wies zum Himmel und sagte: »Siehst du den Raubvogel dort oben, Aurelio?«

Aurelio folgte mit den Augen der weisenden Hand. »Ja, Señor«, antwortete er.

»Ich verfolge ihn schon den ganzen Tag«, sagte der Fremde. »Es ist ein Kondor der Anden; er streicht so weitab von seiner Heimat.

Der Kadaver deines Straußes lockt ihn an, deshalb streicht er so niedrig. Hier, nimm die Büchse. Ich denke, er wird in Schußweite kommen; dann versuche dein Glück.« Aurelio griff nach der Waffe und spannte die Hähne.

»Langsam mit dem Lauf von unten nach oben gehen und etwas vorhalten, wenn er kommt«, sagte der Mann.

Aller Blicke waren nun auf den mächtigen Vogel gerichtet, den bisher niemand beachtet hatte. Verhältnismäßig niedrig zog er in majestätisch gleichmäßigem Fluge dahin. Schweigend, in atemloser Spannung warteten die drei; Aurelios Hand zitterte im Jagdeifer. Jetzt kam der Kondor in Schußnähe; Aurelio legte an, hob langsam den Lauf und drückte ab. Der Kondor zuckte sichtbar zusammen, flog aber weiter. Beschämt ließ der Junge die Büchse sinken.

»Gut gemacht, mein Freund«, sagte indessen der Fremde, »der Kondor gehört dir.« Aurelio sah ihn zweifelnd an, da senkte sich schon der König der Lüfte, geriet ins Flattern, überschlug sich einige Male und stürzte gleich darauf zur Erde nieder. Dort schnellte er gleich einem Federball auf und ab. Die Gauchos stimmten ein Freudengeschrei an.

Glücklich lief Aurelio von allen Peons gefolgt nach der Beute. Das Tier war inzwischen verendet; sie betrachteten es staunend. Noch keiner von ihnen hatte bisher einen so gewaltigen Raubvogel in der Nähe gesehen. Der Beifall über den sicheren Schuß gab sich in lauten Ausrufen kund. Die Kugel war dem Kondor durch die Brust gedrungen. Er wurde unter lautem Hallo herbeigetragen und zu Don Juans Füßen niedergelegt. Es war ein stattliches Exemplar; selbst der Gaucho betrachtete staunend die ungeheure Spannweite der Flügel, die an drei Meter betragen mochte.

»Das hat der Junge von Euch gelernt, Estrangero«, lachte Don Juan, »es ist bewundernswert. Ich habe, als ich im Kriege war, auch schießen gelernt, aber es liegt nun einmal nicht in unserer Art; es ist Zufall, wenn eine Kugel auf solche Entfernung trifft.«

»Es war ein guter Schuß«, sagte der Fremde trocken. »Aurelio wird ein vortrefflicher Schütze werden.«

Sie sprachen noch mancherlei, aber allmählich kam die Müdigkeit über alle. Die Mittagshitze war drückend, und die Straußenjagd war anstrengend gewesen; einer nach dem anderen streckte sich zum Schlaf aus. Nur Aurelio wachte noch lange in der Freude über sein ungewöhnliches Jagdglück.

Stunden später brachen sie auf; sie wollten noch vor Sonnenuntergang die Estancia erreichen. Die Pferde waren ausgeruht, hatten geweidet und wurden auch noch getränkt, obgleich ein Pampaspferd vierundzwanzig bis sechsunddreißig Stunden ohne Wasser auskommen kann und oft genug auch muß. Auch der Fremde hatte sein starkes Maultier bestiegen und sich bereit erklärt, die Jagdgesellschaft zu begleiten, sehr zur Freude Aurelios, der seinen Kondor vor sich festgebunden hatte, und zur Zufriedenheit Juan Perez', der dem Deutschen herzlich und dankbar zugetan war, seit er den Jungen vor dem Zugriff des Jaguars gerettet hatte.

Sie ritten zunächst ziemlich schnell, da sie sich viele Leguas von ihrem Heim entfernt hatten; später wurde es dann nötig, die Pferde langsamer gehen zu lassen. Nun gesellte sich Don Juan dem Deutschen zu, und beide ritten in einiger Entfernung hinter den anderen her.

»Ihr lebt noch immer einsam in Euren Felsschluchten, amigo?« fragte Don Juan.

»Ja, amigo, und es ist gut so«, antwortete der Fremde.

Der Gaucho warf ihm von der Seite her einen prüfenden Blick zu. »Ihr scheint die Menschen nicht sonderlich zu lieben«, sagte er. Der andere antwortete nicht gleich; über sein offenes Gesicht liefen Schatten, die Augen unter den dichten Brauen waren zusammengezogen, als lauschten sie nach innen.

»Ich sehne mich jedenfalls nicht nach Menschen«, sagte er dann schließlich. Er wandte sich Perez zu. »Sucht mich zu verstehen«, fuhr er fort, »ich bin kein Menschenfeind. Ich habe meine Heimat seinerzeit verlassen müssen, politischer Umstände wegen, die Euch nicht weiter interessieren können, und dann habe ich, schon hier im Lande, einige trübe Erfahrungen gemacht.«

»Die mag wohl jeder Mensch im Leben machen«, sagte nachdenklich der Gaucho. »Ihr lebt schon lange hier?«

»Vier Jahre werden's demnächst«, antwortete der Deutsche. »Früher habe ich in Entre Rios gewohnt; es leben dort Landsleute von mir. Ein gewisses trauriges Erlebnis hat mich dann davongetrieben. Ich ging über den Parana und fand in den Bergen von Cordoba eine neue, mir zusagende Heimstätte. Dort hause ich seitdem.«

»Wenn ich Euch so ansehe«, sagte der Gaucho, »Ihr seid noch jung, ich schätze Euch auf nicht viel über Dreißig, obgleich Haar- und Barttracht Euch älter machen. Man sagt, die Zeit heile viele Wunden. Sollte es sich wirklich lohnen, in Eurem Alter mit den Menschen zu grollen? Auch ein tätiges Leben schenkt Vergessen.« Der Fremde streifte ihn mit einem nachdenklichen Blick, sagte aber nichts.

»Ihr müßt vielleicht über eine solche Äußerung eines Halbwilden staunen«, fuhr Don Juan fort. »Ich weiß schon, daß ich ein Halbwilder bin. Ich verstehe den Lasso und die Bolas zu schwingen, kann aber nur mühsam lesen und schreiben. Nun, Estrangero, ich war auch einmal jung und ein wilder, reichlich gedankenloser Gesell, der in den Tag hinein lebte und nicht mehr von der Welt wußte, als er in der Pampa und auf seinen Kriegszügen gesehen hatte. Dann hat mir Gott eines Tages eine Aufgabe gestellt, mir, dem wilden Gaucho. Seht, seit jenem Tag hat mein Leben einen Sinn, und ich bemühe mich, die Aufgabe mit meinen schwachen Kräften zu lösen. Mich dünkt nun, jeder Mensch hat Pflichten zu erfüllen, die ihm Gott auferlegt hat, der eine diese, der andere jene. Glaubt Ihr wirklich, daß Euch nicht auch ein Auftrag fürs Leben geworden ist, Ihr, der Ihr jung und kräftig wie ein schmollendes Kind in Eurer Felshöhle hockt? Seid mir nicht böse, daß ich Euch das so geradezu sage, aber ich bin für dieses Leben Euer Schuldner, und wahrhaftig, ich meine es gut.«

»Ihr braucht mir das nicht zu versichern, Don Juan«, sagte der Deutsche, »und Ihr müßt reden, wie Euch der Schnabel gewachsen ist. Vielleicht kann ich Euch eines Tages eine Antwort geben, für heute müßt Ihr sie mir noch erlassen.«

Sie schwiegen nun wieder eine Weile; der Fremde schien in Grübeln versunken, und Juan Perez störte ihn nicht. Der Deutsche selbst brach schließlich das Schweigen. »Ich bin zum erstenmal diesseits des Parana mit Ureinwohnern zusammengestoßen«, sagte er.

Don Juan zuckte bei diesen Worten so heftig zusammen, daß er unwillkürlich die Zügel anzog und sein Pferd zum Stehen brachte. »Indios?« fragte er, »diesseits des Parana? Wo?«

»Zwei Tagesreisen von hier«, sagte der Deutsche.

»Caracho! Wieviel?«

»Oh, es waren nur drei.«

»Führten sie Lanzen?«

»Nein.«

»Por le nombre de dios, was ist das?«

»Fürchtet Ihr Gefahr?« fragte der Fremde und schien einigermaßen erstaunt.

»Was haben die Puelchen hier in der Pampa zu schaffen? Wie benahmen sie sich übrigens gegen Euch?«

Der Deutsche lachte knurrend. »Oh, ich bin ganz gut mit ihnen fertig geworden«, sagte er. »Ich habe sie in ihrem Lager überrascht. Sie zogen etwas grimmige Gesichter, schienen aber Respekt vor meiner Büchse zu haben.«

»Wie waren sie gekleidet?«

»Einer trug den Poncho, die anderen Fellmäntel. Und alle drei hatten sie Perlenbänder in den Haaren.«

»Puelchen!« Der Gaucho schien noch immer fassungslos. »Und sie ließen Euch entkommen?« staunte er.

»Was heißt entkommen?« lachte der Deutsche. »Wir verkehrten freundschaftlich miteinander. Der mit dem Poncho sprach ganz gut Spanisch. Vielleicht haben mein Äußeres und meine Sprechweise ihnen gesagt, daß ich kein Argentinier sei. Sie forschten nach meiner Landsmannschaft, mit der sie natürlich, als ich sie ihnen verriet, nicht viel anzufangen wußten.«

»Sagten sie nicht, was sie hier wollten?«

»Wenn ich sie richtig verstanden habe, wollten sie nach dem Parana, um Stuten in Empfang zu nehmen, die ihnen die Regierung versprochen hat.«

Der Gaucho war sehr ernst geworden. So hoch nach Norden kamen diese Burschen? Das sah verdächtig aus. »Außer diesen dreien saht Ihr keine Indios?« fragte er.

»Nein.«

»Wunderbar genug, daß sie Euch entkommen ließen.«

»Und warum sollten sie mir feindlich gegenübertreten?«

»Ihr kennt die Puelchen nicht, Aleman«, sagte der Gaucho. »Sei überzeugt, daß Ihr Euer Leben nur Eurer Büchse zu verdanken habt. Alle Wetter! Die Roten in der Pampa! Laßt uns eilen. Das müssen die Nachbarn wissen. Die Grenze muß gewarnt werden. Und sprecht bitte nicht mit Aurelio von dieser Begegnung. Es sind jetzt sechs Jahre her, daß wir mit den Puelchen kämpften, nachdem sie unvorstellbares Elend über die einsam gelegenen Estancias gebracht hatten. Sicher wollen sie jetzt, da die Pampa mehr denn je von Truppen entblößt ist und sie neue Kraft gewonnen haben, abermals einen Ansturm versuchen. Hinter den drei Burschen, die Ihr getroffen habt, lauert sicherlich der teuflische Jankitruß. Vorwärts! Vorwärts!« rief er den anderen zu, und alle setzten sich in Galopp.

Die Pampa ist pfadlos. Der Estrangero würde ohne den Kompaß, den er mit sich führte, sicherlich nie den Weg zu den Bergen von Cordoba zurückgefunden haben. Der Gaucho aber, von früher Jugend an mit der Pampa vertraut, mit den Augen eines Falken und dem Ortssinn eines Hundes begabt, richtet sich nach unscheinbaren Merkmalen, um den Weg in der Wüste mit unfehlbarer Sicherheit zu finden. Er sieht am fernen Horizont Dinge, die ein ungeübtes Auge selbst mit dem Fernglas nicht wahrnehmen würde.

So nahm denn die kleine Reiterschar unter der Führung Don Juans ihren Weg in schnurgerader Richtung durch die Ebene. Die Pferde liefen in leichtem Galopp; sie sollten nicht überanstrengt werden, vor allem das Muli des Deutschen, das indessen wacker durchhielt, obgleich es an seinem Reiter und dessen Gepäck nicht eben leicht zu tragen hatte.

Auf dem weiteren Ritt fand Aurelio Gelegenheit, sich dem Deutschen zu nähern. Er hatte das ernste, verschlossene Gesicht Don Juans wahrgenommen, aber nicht zu fragen gewagt. Nun sah er, daß auch der Deutsche in ernste Gedanken versunken schien. Er zögerte ein Weilchen, dann sagte er leise: »Denkt Ihr an Eure Heimat, Estrangero?«

»Nein«, sagte der Fremde; es war offensichtlich, daß er über diesen Gegenstand nicht zu sprechen wünschte.

»Ihr habt sicherlich viel von der Welt gesehen«, fuhr der Junge nach einer kleinen Weile fort, »gewiß auch viele Städte.«

»O ja, mein Junge«, antwortete der Fremde, »vieler Menschen Städte.«

»Auch Buenos Aires?«

»Gewiß, Aurelio.«

»Ich möchte so gern einmal die Städte des Ostens sehen«, sagte der Junge. »Schon oft habe ich Vater gebeten, mich mitzunehmen, aber er hat es mir jedesmal abgeschlagen.«

»Du wirst die Städte noch früh genug kennenlernen«, versetzte der Deutsche. »Dann wirst du dich zurück nach der Pampa sehnen. Dein Vater wird Gründe gehabt haben, dich bisher nicht mitzunehmen.«

»Habt Ihr in Buenos Aires auch Don Manuel gesehen?« fragte der Junge nach einer Pause.

Der Deutsche schüttelte den Kopf.

»Er soll ein gewaltiger Mann sein. Viele sagen, er bringe dem Lande Segen.«

»Ich weiß«, sagte der Fremde, »die Gauchos hängen an ihm.«

»Aber – –«; Aurelio zögerte und fuhr dann mit etwas gedämpfter Stimme fort, »mein sanfter Doktor gerät außer sich, wenn der Name de Rosas erwähnt wird.«

»Dein Doktor ist ein kluger Mann«, sagte der Deutsche trocken. »Was sagt denn dein Vater von Don Manuel?«

»Gar nichts«, antwortete der Junge, »er spricht nie über ihn, weder Gutes noch Böses.«

»Und der Rotkopf? Euer Majordomo?«

»Oh«, lachte Aurelio, »der denkt und sagt immer nur, was Vater denkt und sagt.«

»Ja, sie sind ein recht merkwürdiges Paar«, sagte der Deutsche.

»Sagt nichts gegen Pati«, sprudelte Aurelio heraus, »er hat in vielen Schlachten Seite an Seite mit Vater gekämpft, jeder von ihnen hat dem anderen das Leben gerettet. Pati ist Vater auf Tod und Leben ergeben.«

»Waffenbrüderschaft bindet«, sagte der Deutsche.

Die Sonne neigte sich schon und warf lange Schatten in das Gras der Pampa, als die Reiter sich dem Rio Quinto näherten. Die Pferde bekamen neue Spannkraft, und ihr Galopp gewann an Munterkeit.

Sie waren eben so weit, daß sie das andere Ufer des Flusses überblicken konnten, da zügelte Don Juan plötzlich sein Roß und musterte mit scharfem Blick die Gegend. Alle verhielten die Pferde. Sie sahen einen Reiter in geringer Entfernung sein augenscheinlich erschöpftes Tier zur Anspannung seiner letzten Kräfte antreiben.

»Was hat das zu bedeuten?« fragte der Gaucho.

Das taumelnde Tier kam näher; es drohte Jeden Augenblick zusammenzubrechen. Der Reiter trug die Tracht der wohlhabenden Hazienderos des Ostens. Sein Kopf war unbedeckt, das dunkle Haar umflatterte wild seine Stirn. Langsam ritt Juan zum Ufer des Quinto, von den anderen gefolgt. Außer dem erschöpften Reiter war weit und breit kein lebendes Wesen zu erblicken. Der Mann schien weder den Fluß noch die Männer zu sehen; er nahte dem Ufer, das Pferd stolperte und brach ruckartig zusammen. Der Reiter stürzte über seinen Kopf weg zu Boden.

Kurz entschlossen spornte der Gaucho sein Pferd und ritt eilig durch das seichte Wasser; Aurelio, der Estrangero und die Peons folgten ihm. Drüben sprangen sie von den Tieren und näherten sich dem betäubt daliegenden Mann. Aurelio kniete nieder und hob das bleiche Gesicht des Gestürzten empor. Der Ohnmächtige war ein nicht mehr junger Mann, dessen jetzt erschlaffte Züge edle Formen zeigten.

Auf einen Wink Juans holte einer der Peons in seinem Hut Wasser aus dem Fluß und besprengte damit die Stirn des Mannes. Der öffnete bald darauf die Augen und richtete einen verstörten Blick auf die ihn umstehende Menschengruppe. »Macht's rasch, Leute«, sagte er in heiserem Ton; sein flackerndes Auge wanderte von einem zum anderen. »Wer seid ihr?« stammelte er, »seid ihr seine Henker?« Jetzt haftete sein Blick auf Aurelios Gesicht, wurde starr und verschleierte sich. »Fernando«, stöhnte er, »Fernando! Jesus, wo bin ich?« Sein Blick wanderte, er traf Juan und den Deutschen und wurde sogleich wieder finster. »Macht's kurz«, sagte er, »ihr habt mich ja nun. Ich bin José d'Urquiza, der Sieger von Indios muerte, und weiß zu sterben.«

»Wer verfolgt Euch, Señor?« fragte Don Juan.

»Wer denn anders als ihr? Oder wie?« Er richtete sich etwas auf; seine Augen flackerten. »Seid ihr nicht Salis Spürhunde?« flüsterte er.

»Wir sind friedliche Leute, Señor«, sagte der Gaucho. Der Name d'Urquiza hatte ihn aufhorchen lassen und der Name de Salis noch mehr. »Warum verfolgt man Euch, Señor?« fragte er.

Der Mann schien wieder bei sich, er richtete sich auf. »Was denn? Wer seid Ihr denn? Wo kommt Ihr denn her? Warum hat man mich verfolgt? Weil es den edlen de Salis nach meinen Gütern gelüstet. Darum mußte ich plötzlich ein Unitarier, ein Hochverräter sein! Die Mörder sind mir dicht auf den Fersen.« Er richtete den Blick wieder auf Aurelios Gesicht und ließ ihn lange darauf haften. Juan war sehr erregt, denn er wußte, daß er in dem General José d'Urquiza, einen der besten Männer des Landes vor sich hatte, ebenso aber auch, wie gefährlich es war, der Rache des Diktators oder eines seiner Günstlinge ein Opfer zu entziehen. Der Zwiespalt seiner Gefühle war seinen Zügen abzulesen.

Der Estrangero gewahrte die tiefe Bewegung des Gauchos. Er kannte dessen aufrichtigen Charakter und wußte genug von der innerpolitischen Lage des Landes; so war es ihm nicht schwer, Juans Gedanken nachzuempfinden. Ihn selbst hinderten keinerlei Bedenken. Deshalb wandte er sich jetzt an den Verfolgten und sagte: »Wenn es Euch recht ist, Señor, bringe ich Euch über den Fluß und führe Euch zu einer sicheren Zufluchtsstätte. Ich fürchte nämlich, meine Freunde hier werden Euch beim besten Willen nicht schützen können.«

Der Gaucho atmete erleichtert auf und ergriff impulsiv die Hand des Deutschen, um sie zu drücken. Der Verfolgte blickte aufmerksam in das offene bärtige Gesicht. »Ich vertraue Euch, Señor«, sagte er, »und ich folge Euch.« Darauf wandte er sich an Juan, sah forschend in seine Züge und richtete alsdann den Blick wieder auf Aurelio. »Um der Liebe Gottes willen, Señor«, fragte er mit eigentümlich bebender Stimme, »wer ist dieser Junge?«

»Mein Sohn, Señor«, entgegnete Juan Perez ruhig; man merkte ihm die tiefe Betroffenheit, die die Frage in ihm ausgelöst hatte, nicht an. D'Urquiza sah noch einmal prüfend in Aurelios Gesicht, dann wandte er sich mit einem leisen Seufzer ab. »Nun, Gott segne ihn«, sagte er.

»Vorwärts, Señor«, mahnte der Deutsche. »Zeit ist nicht zu verlieren.« Er half dem Erschöpften in den Sattel seines Maultieres. »Adios, muchas mercedes!« murmelte der und ritt auf dem von seinem Eigentümer geführten Maultier in das seichte Wasser. Bald war er am jenseitigen Ufer, und der Deutsche leitete das Tier dem nahen Waldsaum zu, der den Quinto weiter oberhalb begrenzte.

»Kommt zur Estancia«, rief Juan kurz und ritt das Ufer hinauf. Ohne sonderliche Überraschung gewahrte er, oben angelangt, einen Reitertrupp, der auf erschöpften Pferden flußabwärts kam. Er blieb stehen und musterte die Reiter. Es waren ihrer sechs, von denen fünf bewimpelte Lanzen führten, während der Voranreitende nur einen Säbel trug. Den Leuten fielen Ponchos von den Schultern, aber die Beine steckten in Hosen und Stiefeln, wie sie von den Lanceros getragen wurden.

»Reite zum Haus«, rief Juan Aurelio zu, »sage Pati, er möge seine Flinte bereithalten. Du selbst bleibe dort.«

Aurelio eilte sofort zu den Gebäuden hinüber, wo der Majordomo schon sichtbar war; er wunderte sich über die Weisung, selbst dort bleiben zu sollen, aber er war gewöhnt, den Wünschen und Befehlen des Vaters bedingungslos nachzukommen.

»Löst die Bolas, Männer«, sagte Juan zu seinen Peons, »man weiß nicht, wer da kommt.« Die Vaqueros nahmen die Wurfgeschosse zur Hand, hielten sie aber unter dem Poncho verborgen. Wenige Minuten später hielten die Lanzenreiter vor dem sie ruhig erwartenden Gaucho.

»Habt ihr ihm zur Flucht verholfen?« schrie der voranreitende Soldat, den die goldene Schnur um den breitrandigen Hut als Offizier auswies. »Es geht Euch schlecht, wenn Ihr es tatet. Wo steckt der Verräter?«

»Ich weiß nicht, von wem Ihr sprecht, Señor«, entgegnete Juan ruhig.

»Er ist hier auf den Fluß zugeritten«, schrie der Offizier, »wir haben es genau gesehen. Leider hat er uns von der Fährte abgebracht, und das Wasser war weiter oben nicht passierbar.«

»Wenn Ihr den Mann meint, der eben zu Tode erschöpft hier ankam und dessen Pferd dort liegt, der reitet da drüben auf dem Maultier«, versetzte der Gaucho.

In dem scheidenden Licht konnten die Reiter soeben noch gewahren, wie der Deutsche und der Verfolgte unter den Bäumen verschwanden.

»Ihm nach!« schrie der Offizier, »wir haben ihn! Wo ist die Furt?«

»Was habt Ihr mit dem Mann?« fragte mit gemessener Höflichkeit der Gaucho.

»Seht Ihr nicht, was ich bin, wer wir sind? Wir setzen einem Hochverräter nach, auf dessen Kopf ein hoher Preis gesetzt ist«, brüllte der Soldat.

»Oh«, Juan Perez lächelte leicht, »der Mann sagte, er würde von einer Mörderbande verfolgt.«

»Caracho! Wir werden ihm die Mörderbande eintränken. Wo ist die Furt?«

»Da drüben«, antwortete der Gaucho und wies die Richtung. »Aber ich würde Euch raten, vorsichtig zu sein. Der Flüchtige ist von einem Manne begleitet, der eine Doppelbüchse trägt und von dem ich zufällig weiß, daß er auf zweihundert Schritt einen Peso trifft.«

Der Häscher stutzte. Zwar trug er im Gürtel Pistolen, und einige seiner Männer, die dem Gespräch stumpfsinnig lauschten, waren mit Karabinern ausgerüstet, doch schien es ihm wohl bedenklich, sich einer weittragenden Büchse auszusetzen, noch dazu im Wald, der den Schützen deckte. Seine Wut richtete sich gegen den Anwesenden. »Ihr habt ihm durchgeholfen«, schrie er, »das sollt Ihr büßen.«

Juan Perez zog die dunklen Augenbrauen zusammen und entgegnete in einem Ton, der eine unverkennbare Drohung mitschwingen ließ: »Wer bist du denn, mein Bursche, daß du es wagst, gegen mich eine solche Sprache zu führen? Ich bin der Alkalde dieses Bezirkes und hätte nicht übel Lust, dich meinen Lasso fühlen zu lassen, wenn du nicht bald höflich wirst.«

»Was?« brüllte der Mann mit verzerrtem Gesicht, »du Gauchoschlingel wagst es, mir Widerstand entgegenzusetzen und mir zu drohen? Ich halte hier mit Vollmacht des Gobernadors von Santa Fé, Don Francisco de Salis, als Alguacil, um einem Verbrecher nachzusetzen, und du trittst mir entgegen? Du machst dich selber des Hochverrates schuldig!«

»Leere Worte, Mann!« sagte Juan Perez wegwerfend. »Hindere ich dich, dein Opfer einzufangen? Ich hindere dich nicht, ich habe dir sogar gezeigt, wo es zu finden ist. Außerdem sind wir hier in der Provincia Cordoba und nicht in Santa Fé, und dein Señor de Salis hat hier nichts zu sagen.«

»Alle Gobernadors haben Befehl, den verruchten d'Urquiza einzufangen«, rief der Alguacil. »Befehl des Präsidenten. Willst du dich dem auch widersetzen?«

»Ich widersetze mich überhaupt nicht«, sagte der Gaucho. »Tu was du mußt, und laß friedliche Leute in Ruhe«; er wandte sich nachlässig ab.

Die Lanceros hatten inzwischen, als der Wortwechsel zwischen ihrem Anführer und dem Gaucho heftiger wurde, ihre Karabiner schußfertig gemacht. Als der Offizier, der außer sich vor Wut war, dies bemerkte, riß er eine Pistole aus dem Halfter und schrie: »Du bist mein Gefangener! Ergib dich, Hochverräter, oder ich schieße dich nieder!«

Er hatte das kaum zu Ende gesprochen, da flog er mit unbegreiflicher Geschwindigkeit aus dem Sattel und fand sich neben Pati wieder, der ihn mit kräftiger Faust aufrechthielt, ihm aber zugleich die Pistole aus der Hand nahm. Der Majordomo war unbemerkt herangekommen und hatte schon neben dem Offizier gestanden, als dieser die Pistole zog. Juan lachte herzlich über des Mannes verdutztes Gesicht, wandte aber den Kopf, als er Hufschlag vernahm. Im gleichen Augenblick hielt Aurelio neben ihm, eine gespannte Büchse in der Hand. Die Sonne sandte ihre letzten Strahlen auf sein zornflammendes Gesicht. Der Soldat starrte den Jüngling verblüfft an; seine Augen weiteten sich. »Nombre de dios!« entrang es sich seinen Lippen, »Don Fernando!« Juan und Pati zuckten zusammen; sie verstanden, was in dem Alguacil vorging.

»Was wollen diese Leute, Vater?« fragte Aurelio.

»Mich als Hochverräter verhaften.«

»Sie sollen es wagen!« Der Junge hob das Gewehr und blitzte den Offizier an. Der erwiderte den Blick. »Wer seid Ihr?« fragte er. »Der Sohn meines Vaters, Señor«, antwortete Aurelio.

Der Offizier holte tief Atem und sah sich im Kreise um. Neben ihm stand, die Flinte in der Hand, der furchtbare Rotkopf, der ihn aus dem Sattel gerissen hatte. Dort hielten Juan und seine Peons die Bolas zum Schleudern bereit, außerdem näherten sich eben zwei Neger mit Spießen in der Hand. Sein Blick haftete dann wieder auf Aurelio, der ihm mit schußbereiter Büchse gegenüberstand. Seine Reiter schienen angesichts der Lage durchaus nicht bereit, zu seinem Beistand einzugreifen.

Er verbiß seinen Grimm und wandte sich Juan zu. »Ich ersuche Euch, Señor«, sagte er, »keine weitere Gewalt gegen mich anzuwenden. Ich bin eine obrigkeitliche Person.«

Der Gaucho zuckte die Achseln. »Mag immerhin sein«, sagte er. »Erlaubt Ihr Euch aber Übergriffe gegen freie Bürger des Staates, dann dürft Ihr Euch nicht wundern, wenn wir Gewalt mit Gewalt begegnen.«

»Es ist gut, Señor. Kann ich jetzt unbehindert reiten?«

»Wohin Ihr wollt, Señor«, versetzte höflich der Gaucho. »Wir haben zuviel Achtung vor den Befehlen Seiner Excellenza und den Vollstreckern seiner Befehle, als daß wir es wagen würden, Euch hindernd in den Weg zu treten.« Dabei zog er, zur Verabschiedung grüßend, den Hut. Der Alguacil stieg in den Sattel, und Pati händigte ihm die abgenommene Pistole ein. Gleich darauf ritten die Lanceros den Quinto hinauf davon.

Juan lenkte sein Pferd, in Nachdenken versunken, den Gebäuden zu; Aurelio hielt dicht neben ihm. »Ich glaube, ich hatte dir gesagt, du solltest im Haus bleiben«, sagte der Gaucho, sich seinem Sinnen entreißend. »Ja«, stammelte Aurelio, »ja, Vater, ich weiß. Aber da ich doch sah, daß Gefahr dich bedrohte, konnte ich nicht bleiben. Verzeih mir, Vater!« Der Gaucho lachte ihm zu.

Als sie abgestiegen waren, flüsterte Juan dem Majordomo zu: »Komm, Pati, es gibt einiges zu bereden.« Und er begab sich, von dem Rotkopf gefolgt, in sein Zimmer.

Niemand auf der Estancia gewahrte, daß der Alguacil in einiger Entfernung von der Ansiedlung hielt, daß er sich umwandte und drohend die Faust erhob.

Der Verfolgte

Der Deutsche, oder wie er bei seinen Freunden hieß, der Estrangero, hielt, nachdem er hochherzig und kurzentschlossen dem verfolgten General José d'Urquiza zur Flucht verholten hatte, das Maultier an einer von Unterholz freien Stelle an.»Ich denke, Señor«, sagte er, »wir bleiben hier über Nacht. Es nützt nichts, den Weg in der Pampa fortzusetzen, denn wir müssen den Fluß wieder kreuzen, wenn wir mein Asyl, das auch das Eure werden soll, in den Felsen des Cordobagebirges erreichen wollen. Drüben sind Eure Verfolger. Wir müssen die bewaldeten Flußufer auch auf unserem weiteren Marsch als Deckung behalten.«

»Ganz, wie Ihr meint, Señor«, entgegnete Don José, »ich bin wie ein hilfloses Kind Eurer Großmut und Einsicht überliefert.« D'Urquiza stieg ab und ließ sich auf einem umgefallenen Stamm nieder; unter den Bäumen herrschte bereits tiefe Dämmerung.

»Ich verlasse Euch einen Augenblick«, sagte der Deutsche, »ich will einen Blick über den Fluß werfen und nach Euren Feinden ausschauen.«

»Geht, Señor.« Der Gehetzte schloß die Augen vor Müdigkeit. Der Estrangero aber nahm sein Gewehr und pirschte sich zwischen den Bäumen nach dem Flusse hin. Im Begriff, einen am Ufer stehenden Baum zu erklettern, gewahrte er jenseits bereits den Trupp der Verfolger, der langsam stromauf ritt. Durch sein Glas sah er deutlich die verdrossene Miene des Anführers. »Das reinste Galgengesicht!« murmelte er. Ein grimmiges Lächeln spielte um seine Lippen. Sie wollen uns den Weg nach den Bergen abschneiden, dachte er. Nun, versucht's nur, Burschen, hütet euch aber vor meiner Büchse. Eigentlich geht mich das alles gar nichts an, dachte er, zurückgehend. Warum mische ich mich in die Angelegenheit anderer Leute? Was geht mich der fremde Mann an? Trotzdem! redete eine andere Stimme in ihm dagegen, ich mußte eingreifen, durfte es nicht geschehen lassen. Er ist, gleichgültig aus welchem Grunde, ein Unglücklicher. Juan Perez konnte ihm nicht helfen; er muß den Diktator fürchten. Ich lache seiner!

Es war völlig dunkel, als er wieder bei d'Urquiza anlangte. »Zunächst ist keine Gefahr, Señor«, sagte er. »Ruht unbesorgt. Ich werde Feuer machen und Euch Mate bereiten.« Er suchte Holz zusammen und entfachte mit Hilfe dürrer Zweige schnell eine wärmende Flamme. Dann sattelte er das Maultier ab, das geduldig stehen geblieben war, und band es mit dem Lasso, der an seinem Sattel hing, an einen Baum, zu dessen Füßen es reichliches Futter fand. Er öffnete seinen Mantelsack und reichte d'Urquiza den Rest eines Kaninchenbratens. Bald konnte er ihm auch einen Becher Tee geben, der dem Ermatteten sichtlich wohl tat.

Er ließ sich nun gleichfalls nieder und betrachtete beim flackernden Schein des Feuers das bleiche Gesicht des Generals. Es war dies ein edles, geistvolles Antlitz; die fein geschwungene Adlernase und der dunkle Lippenbart verliehen ihm etwas Kühnes und Vornehmes zugleich. Die Kleidung des Argentiniers verriet, wiewohl sie ziemlich mitgenommen war, den Mann von Rang und Stand.

»Ihr seid Ausländer, Señor?« fragte der General, nachdem er sich gestärkt hatte.

»Ja, Señor, ich bin Deutscher.«

»Ich bin Euch mein Leben schuldig«, sagte Don José. »Die Gauchos dort drüben würden es schwerlich gewagt haben, dem Diktator eines seiner Opfer zu entziehen.«

»Sie hätten es wohl nicht gekonnt«, entgegnete der Deutsche, »aber Juan Perez ist ein aufrechter und ehrlicher Mann.«

D'Urquiza machte eine müde Bewegung mit der Hand. »Doch, wie alle Gauchos, ein Sklave de Rosas.« Er schien nachzusinnen. Nach einem Weilchen wandte er den Kopf und fragte: »Wer war der junge Mann an der Seite des Gauchos?«

»Sein Sohn.«

»Seltsam!« Er schüttelte nachdenklich den Kopf. »Wie der Zufall manchmal spielt«, fuhr er fort. »Der Jüngling hatte eine geradezu verblüffende Ähnlichkeit mit einem längst verstorbenen Jugendfreund von mir. Ich wußte im ersten Augenblick nicht, was ich denken sollte.« Der Deutsche schwieg.

»Ihr seid in der Gegend ansässig?« fragte der General nach einer Weile. »Wie nenne ich Euch?«

»Ansässig?« Der Befragte lächelte; es war sehr viel Bitterkeit in diesem Lächeln. »Ihr könnt es meinetwegen so nennen«, sagte er, »Ihr werdet mein Heim ja zu sehen bekommen. Und mein Name? Was ist ein Name? Hier gelten Namen nicht viel. Meine wenigen Freunde nennen mich den Estrangero oder den Jaguartöter.«

»Ganz hübsche Ehrennamen, Señor«, lächelte d'Urquiza. »Denkt übrigens nicht, daß ich mich in Euer Vertrauen drängen will. Nur, Ihr legt offenbar Wert darauf, verborgen zu leben, und da drängt sich mir von selbst eine Frage auf: Verfolgt Euch der Tyrann in Buenos Aires?«

Der Estrangero schüttelte den Kopf. »Nein«, sagte er, »der Ehre kann ich mich nicht rühmen, dafür bin ich denn doch zu unbedeutend. Außerdem habe ich mich hier niemals politisch betätigt.«

»Um so mehr weiß ich Eure Hilfe zu schätzen«, versicherte der General. »Ich, Señor«, brach es gleich darauf in bitterer Selbstanklage aus ihm heraus, »ich gehöre zu den Feiglingen, die den Tyrannen an der Spitze des Staates bis heute geduldet haben. Es ist nur gerecht, wenn ich nun wie ein Wolf von ihm gehetzt werde.« Auf den fragenden Blick des andern hin fuhr er fort: »Der Name d'Urquiza ist alt und zählt zu den ersten im Lande. Ich diente in der Armee und habe in mancher blutigen Schlacht für mein Land gekämpft. Als Rosas von seiner besoldeten Meute zum zweiten Male an die Spitze des Staates berufen wurde, schied ich aus dem Heer aus und zog mich auf meine Güter in Santa Fé zurück. Hier habe ich fern von aller Politik gelebt, bis dem gegenwärtigen Herrn dieser Provinz, dem Señor de Salis, mein sich mehrendes Eigentum zu gefallen begann. Eine Anklage auf Hochverrat, noch dazu gegen einen vermögenden Mann, ist gleichbedeutend mit Verurteilung, Verschwinden im Kerker, Hinrichtung und Konfiskation seines Vermögens. Sie wurde erhoben. Francisco de Salis wollte mein Gut, und also wurde ich des Hochverrates angeklagt. Ein Freund, den ich bei der Regierung in Santa Fé hatte, unterrichtete mich davon. Ich erkannte die Größe der Gefahr, rettete Weib und Kind über den Parana, wo sie, wie ich hoffe, in Sicherheit sind, und geriet dann selbst in die Hände der Häscher, denen ich mit Gefahr meines Lebens entrann und in die Pampa flüchtete, wo Ihr mich, fast zu Tode gehetzt, den Verfolgern entrissen habt. Aber« – und ein Zug eiserner Entschlossenheit zeigte sich in d'Urquizas Gesicht – »habe ich gefehlt, indem ich die Henker meines Volkes teilnahmslos gewähren ließ, so will ich diesen Fehler, soweit ich vermag, wieder gutmachen: fortan ist mein Leben dem Kampf gegen die Schurken geweiht, die das Vaterland verwüsten.«

Er schwieg und starrte finster vor sich hin. Der Deutsche schwieg eine Weile, dann sagte er: »In Eurem Volk, General, wohnt ein gesunder Sinn, ich zweifle nicht, es wird sich seiner Bedrücker zu entledigen wissen.«

»Gott möge es geben, und ich will dazu helfen«, sagte d'Urquiza. Bald darauf schlummerte er ein. Der Deutsche schob ihm den Sattel seines Maultieres unter den Kopf und umhüllte ihn mit einer Decke. Er selbst wickelte sich in seinen Poncho und sah nachdenklich ins Feuer. »Das nennen sie hierzulande Freiheit!« murmelte er, »wahrhaftig, bei den Tieren des Waldes herrscht mehr Gerechtigkeit!« Er saß noch lange, bis auch er schließlich die Ruhe suchte. Das Feuer brannte nieder, und die Schatten der Nacht senkten sich auf die beiden Schläfer.

Der Tag graute kaum, als der Estrangero den Schlaf abschüttelte und aufsprang, ohne den noch tief im Erschöpfungsschlaf liegenden General zunächst zu stören. Er ging zum Waldsaum hinüber und überblickte von dort aus prüfend den westlichen Teil der Pampa. Von einem Baum aus beobachtete er alsdann den Osten und die blauen Berge von Cordoba. Doch gewahrte er nichts, was auf die Anwesenheit von Menschen hindeutete. Er ging zurück, entzündete von neuem ein Feuer und bereitete Mate. Der General öffnete die Augen und schaute anfangs erstaunt, dann aber im vollen Bewußtsein seiner Lage um sich. »Gibt es Neues, amigo?« fragte er, sich aufrichtend.

»Nichts, Señor, von Euren Verfolgern ist weit und breit nichts zu sehen.«

»Mil gracias, santissima madre!« sagte der Argentinier leise und erhob sich. Er streckte die Arme. »Ich habe tief und fest geschlafen und fühle mich wie neugeboren«, versicherte er.

»Desto besser«, sagte der Deutsche, »wir haben noch einen weiten Weg vor uns. Nehmt einen Becher Mate und versucht diesen Rest eines Bratens, den ich mir in der Pampa verschaffte.« D'Urquiza nahm beides dankend entgegen und frühstückte mit augenscheinlich gutem Appetit. »Was beginnen wir nun, Don - -?« fragte er. »Ach, nennt mir doch einen Namen, irgendeinen, damit ich Euch nicht immer mit Aleman oder Estrangero anreden muß.«

»Wenn es denn sein muß«, lachte der Deutsche, »nennt mich also Enrique, wenn Ihr wollt. Mein Vorname lautet im Deutschen Erich; das ist der spanischen Zunge nicht geläufig.«

»Ausgezeichnet. Also was beginnen wir, Don Enrique?«

»Wir ziehen so rasch wie möglich am Rio Quinto nach Nordwesten hinauf; ehe er sich dann nach Osten wendet, müssen wir versuchen, die Pampa zu kreuzen, um das Gebirge zu gewinnen. Dort könnt Ihr aller Verfolgung spotten.«

»Adelante!« D'Urquiza erhob sich. »Doch ich wollte, ich hätte ein Pferd; wir Argentinier sind das Gehen nicht gewöhnt.«

»Um so mehr wir Deutschen«, lachte der andere. »Ihr nehmt wieder das Maultier, Don José; im Wald müssen wir ohnehin Schritt reiten, und weiter oben können wir leicht ein Pferd haben, wenn Ihr den Lasso zu gebrauchen versteht; ich habe es leider nicht weit in dieser Kunst gebracht.«

»Nun, ein Pferd hoffe ich mir damit fangen zu können«, sagte der General. »Ich will lieber auf einem nackten Gaul reiten als zu Fuß gehen, und der Lasso ist Zügel genug.«

»Gut, so wollen wir aufbrechen.«

Der Deutsche sattelte das gut ausgeruhte Maultier, das der Flüchtling bestieg, und schritt, die Doppelbüchse schulternd, in nördlicher Richtung durch den hochstämmigen Wald, dessen Unterholz wenig Schwierigkeiten bereitete. Der Waldstreifen, in dessen Schatten sie sich bewegten, war von unterschiedlicher Breite, zog sich aber an diesem Ufer des Quinto fast ununterbrochen dahin, während jenseits die Pampa streckenweit nur durch einen Schilfsaum vom Flusse getrennt war.

Sie hatten wiederholt kleine Wasserläufe zu kreuzen, was indessen ohne sonderliche Schwierigkeiten vor sich ging. Mehrere Male trafen sie auch auf Rehe, von der zierlichen Art, die in Argentinien heimisch ist, doch wagte der Deutsche nicht zu schießen, um die Feinde nicht aufmerksam zu machen, für den Fall, daß diese die Verfolgung wirklich fortsetzen sollten, was er fast bezweifelte.

Als er diese Ansicht äußerte, sagte der General: »Der blutdürstige Gomez, den de Salis mir nachgeschickt hat, ein Verbrecher, der unzählige Morde auf dem Gewissen hat, bleibt gewiß auf der Jagd, solange ihm auch nur einige Aussicht winkt, mich zu fangen. Er weiß gut, daß wir mit dem Maultier nicht weit kommen werden und daß viel Raum zwischen uns und bewohnten Stätten liegt, die mir Zuflucht gewähren könnten. Seid versichert, er kehrt erst nach Osten um, wenn er jegliche Hoffnung aufgeben muß, mich als Gefangenen mitzuführen oder zu erschlagen.«

»Nun, im Notfall muß meine Büchse sprechen«, sagte der Deutsche, »ich bin entschlossen, von ihr Gebrauch zu machen.«

Die Sonne stand schon tief, als sie an eine offene, nur von Gras bedeckte Stelle kamen, die sie überqueren mußten, um wieder den Schutz des Waldes zu gewinnen. Auch das linke Ufer des Quinto war hier baumlos. Sie hielten unter den letzten Bäumen an. Der Deutsche gewahrte nichts Beunruhigendes. Zwar schlug er d'Urquiza vor, die Nacht abzuwarten und dann in ihrem Schutz in die Pampa zu reiten, aber die letzten Ausläufer der Höhen von Cordoba lagen bereits so verlockend vor ihnen, und der Verfolgte sehnte sich nach einiger Sicherheit in den pfadlosen Bergen und ihren Schlupfwinkeln, so daß er darum bat, den Weg fortzusetzen. Sein Begleiter sah nach den Zündhütchen seiner Waffe, fühlte nach den Patronen, die er sich selbst bereitet hatte, und sagte: »Wohlan denn, Don José! Lauern die Burschen hier, dann müssen wir uns eben wehren.«

Sie hatten nicht tausend Schritt im Grase zurückgelegt, als der Deutsche, der aufmerksam den Boden betrachtete, plötzlich Pferdespuren entdeckte. Er ließ d'Urquiza halten und ging weiter. Dreimal kreuzte er eine solche Spur, die stets parallel mit der anderen lief. Er erkannte sofort, daß es nicht freiweidende Pferde sein konnten, die hier ihre Hufe dem Boden eingedrückt hatten, sondern daß die

Verfolger, oder ein Teil von ihnen, auf dieser Seite des Quinto sein mußten. Er richtete abermals das Glas auf die Umgebung, doch war nirgendwo etwas Verdächtiges zu gewahren. Sie setzten darauf ihren Weg in rascher Gangart fort, so schnell, als der Deutsche mit dem Maultier Schritt halten konnte.

Plötzlich erschienen jenseits des Flusses drei Reiter, die bisher der Waldsaum verdeckt hatte; zwei von ihnen trugen Lanzen. Ihr Jubelgeschrei deutete an, daß die Flüchtlinge entdeckt waren. Dem Geschrei folgten auch gleich darauf einige Schüsse aus den Karabinern, die aber wohl nur Signale sein sollten, dann sprengten die Reiter an das jenseitige Flußufer heran.

D'Urquizas Züge wurden hart. »Jetzt gilt's also«, sagte er leise. »Es ist entsetzlich, daß ich Euch in solche Lage bringen muß, Señor.«

»Schwatzt jetzt nicht«, antwortete der Deutsche und spannte, langsam weitergehend, den Hahn seiner Büchse.

»Lebend bekommen sie mich nicht«, knirschte der General.

»Ich will den Burschen zeigen, mit wem sie es zu tun haben«, sagte der Deutsche. »Ihre Karabiner fürchte ich nicht. Erstens tragen sie nicht weit, und zweitens kenne ich die Schießkünste dieser Leute. Ich will auch einstweilen noch ihr Leben schonen, aber sie sollen wissen, womit sie zu rechnen haben.«

Die Verfolger hatten sich inzwischen bis auf zweihundert Schritt genähert. Sie machten Miene, den Fluß zu überschreiten, als der Deutsche die Büchse hob. Ein Feuerstrahl, ein Knall, und das vorderste der Pferde stürzte, durch den Kopf getroffen, zu Boden, seinen Reiter vornüber ins Wasser schleudernd. Das erregte drüben anscheinend Entsetzen. Die noch sichtbaren Reiter sprangen eilends ab und deckten sich gegen so gefährliche Schüsse hinter ihren Pferden. In dieser Stellung warfen sie ihrem Gefährten den Lasso zu, um ihn dem Strom zu entreißen.

Der Deutsche lud ruhig und unerschüttert den abgeschossenen Lauf. »Por le nombre de dios! Das nenne ich schießen!« rief der General. Er hatte kaum ausgesprochen, da jagten zu ihrer Linken drei Reiter hinter den Bäumen hervor, die gleich den vorigen einen Freudenschrei ausstießen, als sie die gesuchten Opfer vor sich sahen. In vollem Galopp, die langen Lanzen schwingend, kamen sie heran.

»Das wird ernst«, äußerte der Deutsche, »sie kommen auf mich zu, und ich kann sie nicht schonen, wenn ich uns retten will.«

Die Herannahenden schienen keine Ahnung von der Gefahr zu haben, der sie entgegengingen; sie deckten sich nicht einmal hinter dem Hals ihrer Pferde. Mit derselben ruhigen Bewegung wie vorher hob Don Enrique die schwere Waffe. Er schoß, und augenblicklich war einer der Sättel leer. Zu Tode erschrocken, verhielten die Begleiter des Gestürzten ihre Pferde. Nie hätten sie sich träumen lassen, daß eine Büchse auf solche Entfernung hin mit so tödlicher Sicherheit gebraucht werden könnte. Während sie zaudernd hielten, lud der Schütze, der nicht ohne äußerste Not beide Läufe zugleich abfeuern wollte, das Gewehr.

Da schrie der Mann, der ins Wasser geschleudert worden war – es war dies der Anführer der Lanceros – in zornigem Ton etwas herüber. Die beiden Reiter machten Anstalten, aufs neue heranzusprengen; als sich aber die todbringende Waffe auf sie richtete, rissen sie ihre Pferde herum und jagten in einer Eile davon, die dem Deutschen ein Schmunzeln abnötigte. »So, nun will ich die anderen ein bißchen erschrecken«, sagte er. Kühn schritt er mit erhobener Büchse auf das Ufer zu, aber der gebadete Alguacil sprang mit einer bewundernswerten Schnelligkeit hinter einem der sich in den Sattel werfenden Reiter auf, und wie die andern beiden beeilte er sich, aus dem Bereich dieser Waffe zu kommen. Erst in weiter Entfernung hielten sie und schauten zurück.

»Nombre de dios! Ihr seid ein Krieger, Aleman!« sagte bewundernd der General, »wahrhaftig, das nenne ich kaltes Blut und Schützenkunst!«

»Wir wollen uns nun wieder in den Schutz der Bäume begeben, Don José«, sagte statt einer Antwort der Deutsche. »Obgleich ich glaube, daß die Kerle sich hüten werden, mir wieder auf Schußweite nahe zu kommen. Vorher will ich mich aber überzeugen, ob der Bursche dort tot ist und Euch, wenn möglich, ein Pferd verschaffen.«

Er ging nach der Stelle hinüber, wo der zweite Lancero gefallen war; das Pferd stand ruhig neben seinem Reiter, der Mann war offenkundig tot. Die Kugel war ihm in die Stirn gedrungen. Das Pferd blieb ruhig stehen, als der fremde Mann näher kam, denn Enrique hatte die Vorsicht gebraucht, den Lasso mitzunehmen; die zugerittenen Tiere fürchten ihn außerordentlich und machen keinen Versuch, ihm zu entrinnen. Er ergriff das Pferd am Zügel und führte es zu Don José, der es sogleich bestieg.

In kurzer Frist erreichten sie den Wald. Durch das Glas überzeugte sich der Deutsche, daß die Verfolger den Fluß gekreuzt hatten, denn er erblickte fünf Reiter, von denen zwei auf einem Pferd saßen, die sich nach Osten zu entfernten. Nach ungestörter Nachtruhe und ohne weiteres Abenteuer erreichten sie am anderen Tag die Felsenberge von Cordoba und die seltsame Behausung des Deutschen.

Die beiden de Salis

Wir hörten bereits, daß in dem Staat Santa Fé seit einigen Jahren Don Francisco de Salis als Gobernador herrschte. Unter dem Einfluß des Diktators de Rosas gewählt, stand er seinem hohen Gönner in der rücksichtslosen Ausnützung der ihm übertragenen Machtbefugnisse in keiner Weise nach. Er war weit und breit gehaßt von allen, die nicht seine Kreaturen waren. Er wußte es und lachte darüber, denn die wilde, mordlustige Horde seiner Soldados schützte ihn vor dem Unwillen der Bevölkerung.

Seine Eigenschaft als Gobernador zwang ihn mehr, als ihm lieb war, im Regierungsgebäude zu Santa Fé anwesend zu sein, von wo er, so oft er konnte, nach seiner Estancia Bellavista ritt, die er dem Aufenthalt in der Stadt vorzog.

Das Regierungsgebäude in Santa Fé, noch von den Spaniern im 18. Jahrhundert angelegt, zeigte den Charakter spanischer Bauten; es war ziemlich umfangreich. In seinem Arbeitszimmer weilte der Gobernador an einem mit Papieren bedeckten Tisch, von denen er einige der Durchsicht unterzog.

Die hohe, gebietende Gestalt war ihm trotz der fortschreitenden Jahre geblieben, aber in das noch dichte, dunkle Haar hatten sich zahlreiche weiße Fäden gemischt; das Gesicht war hager und zeigte scharfe Linien. Die starken, dichten Augenbrauen, die ihr ursprüngliches Schwarz bewahrt hatten, gaben ihm durch den Gegensatz zu dem lichteren Haupthaar und Bart einen noch so finstereren Ausdruck als früher.

Die Tür, die in das mit Beamten, Offizieren und Bittstellern gefüllte Vorzimmer führte, öffnete sich, ein Diener trat ein und meldete kurz: »Don Agostino.« Ihm auf dem Fuße folgte ein junger Mann in elegantem Reitanzug. »Nun, Vater«, sagte der Eingetretene, »werden die Lasten der Regierungsgeschäfte dir gestatten, deinem gehorsamen Sohn einen Augenblick zu widmen?«

Er gähnte und warf sich nachlässig in einen Sessel, die Beine übereinanderschlagend. Don Agostino hatte wenig von seinem Vater, er war nur von Mittelgröße, mager und knochig; sein blasses, unschönes Gesicht mit den tiefliegenden, stechenden Augen und dem herrischen Zug um den weichlichen Mund zeugte von einem lockeren Leben.

»Hältst du es doch einmal für nötig, dich bei mir sehen zu lassen?« knurrte der Gobernador und warf dem Sohn einen abschätzenden Blick zu.

»Aber, bester Vater, wann hast du denn Zeit für mich?« Don Agostino gähnte schon wieder. »Außerdem«, sagte er, »deine Regierungsgeschäfte langweilen mich, und für anderes hast du doch kaum Sinn.«

»Schweig!« herrschte Don Francisco ihn an. »Ich möchte dir sagen, daß ich über dein Verhalten wenig erfreut bin. Es ist unverträglich mit deinem Namen, daß du dich in Gesellschaft der liederlichsten Burschen von Santa Fé unter Begehung übler Streiche im Lande herumtreibst.«

»Wenn ich gewußt hätte, daß du schlechter Laune bist, hätte ich mir diesen Besuch geschenkt«, versetzte der liebenswürdige Sohn. »Was willst du überhaupt? Ich habe mit Molino und Tejada, vollendeten Caballeros, ein wenig die Provinz durchstreift, um meine Kenntnisse von Land und Leuten zu verbessern und – –«

»Spar dir die Redensarten«, schnitt der Gobernador ihm das Wort ab. »Hier liegt eine stattliche Anzahl von Beschwerden über dich und deiner Freunde wüstes Treiben.«

»Wahrhaftig, du langweilst mich. Laß die Beschwerdeführer hängen, dann brauchst du dich nicht weiter mit ihrem Geschwätz zu befassen. Was haben wir denn getan? Ein altes, baufälliges Haus angezündet, weil uns in der Nacht fror. Ja, mein Gott, der Mensch muß sich wärmen, wenn er friert; daß das Feuer um sich griff, war nicht unsere Schuld. Tejada hat einen elenden Vaquero niedergestochen, weil der Bursche es nicht nötig hatte, ihm aus dem Wege zu gehen. Por le nombre de dios! Man muß dem Volk Respekt beibringen; es ist ohnehin aufsässig genug.«

Don Francisco sah seinen Sprößling finster an. »Treibe es so weiter«, sagte er, »und es wird nicht lange dauern, bis du mir das ganze Land aufgehetzt hast.«

»Wozu hast du deine Leibgarde?« Don Agostino räkelte sich.

»Hör zu«, sagte der Gobernador, »es ist widerlich, dich daherschwatzen zu hören. Es sind Fehler gemacht worden, von denen ich nicht weiß, wie sie korrigiert werden können. Das Vorgehen gegen d'Urquiza war so ein Fehler. Es hat weit mehr Erbitterung hervorgerufen, als ich ahnen konnte, und es wird Zeit vergehen, bis Gras über diese Geschichte gewachsen ist. Und wem verdanke ich sie? Dir. Oder vielmehr meiner Langmut gegen dich.«

»A bah!« sagte Agostino barsch, »es scheint, du wirst alt, mein Lieber! Ich mußte d'Urquizas Estancia haben; sie ist, abgesehen von Bellavista, die schönstgelegene am ganzen Parana. Ist übrigens die Schenkungsurkunde für mich schon da?«

»Nein!«

»Vielleicht hast du die Freundlichkeit, dich dieserhalb zu bemühen, verehrter Papa.« Er richtete sich etwas im Sessel auf, seine kleinen Augen kniffen sich enger zusammen, der böse Zug um seine Lippen trat schärfer in Erscheinung. »D'Urquiza mußte fort«, zischte er. »Nicht nur, weil ich seine Estancia brauche und nicht nur, weil er es wagte, sich flegelhaft gegen mich zu benehmen, sondern auch, weil er gefährlich ist.«

»Er hat viel Anhang im Land, du solltest das nicht vergessen.«

»Eben weil er Anhang hat.«

»Vielleicht hast du recht, auf die Dauer gesehen. Im Augenblick war die Maßnahme gegen ihn ein Akt politischer Dummheit; es tut mir leid, daß ich dir nachgegeben habe. Außerdem bin ich d'Urquizas wegen in Sorge. Gomez ist noch nicht zurück.«

»Nicht die Maßnahme als solche, aber die Durchführung war ein Akt politischer Dummheit«, erklärte der junge de Salis. »Es ist jämmerlich, wie deine Organe in dieser Sache versagt haben. Seine Frau und seine Kinder sind entkommen, er selbst geriet nur durch Zufall in unsere Hände, und statt daß nun die Sache in irgend einer unauffälligen Form liquidiert worden wäre, bewacht man ihn so nachlässig, daß er in die Pampa entfliehen kann und erst wieder eingefangen werden muß.«

»Es fehlt nur noch, daß du mir Vorwürfe machst!« brauste Don Francisco auf.

»Es handelt sich nicht um Vorwürfe, sondern um die Feststellung von Tatsachen«, sagte Don Agostino. »Du kannst dich darauf verlassen, wäre ich mit der Affäre beauftragt gewesen, ich hätte sie besser erledigt.«

»Er muß gewarnt worden sein.« Der Gobernador zuckte mißmutig die Achseln. »Ich muß hier Verräter haben«, sagte er, »es ist nicht anders möglich. Nun, entkommen kann er nicht, die Pampa gewährt ihm keine Zuflucht, und die Kordilleren erreicht er nicht.« Er begann unruhig im Zimmer auf und ab zu gehen, während sein Sprößling in dem Lehnstuhl sitzenblieb.

»Es gärt ringsum«, sagte de Salis, »nicht nur drüben in Entre Rios und Corrientes, sondern auch hier. Die Anzeichen mehren sich.«

»So haben wir vielleicht in Señor d'Urquiza mit sicherem Instinkt einen der Unruhestifter erwischt«, bemerkte der Sohn.

Don Francisco schüttelte den Kopf. »Nein«, sagte er. »D'Urquiza war des politischen Treibens müde und vollkommen ungefährlich. Entkommt er jetzt unserem Anschlag, dann haben wir in ihm einen erbitterten Feind, der uns zu schaffen machen wird.«

»Pah, Gomez wird ihn fangen«, entgegnete gleichmütig Don Agostino. »Und übrigens, wovor du dich offenbar fürchtest, teurer Vater, das erscheint mir durchaus wünschenswert. Laß die Hydra der Unzufriedenheit ihre Köpfe hervortreiben, wir schlagen sie ab und konfiszieren Estancia nach Estancia. Doch ehe ich's vergesse, ich brauche etwas Geld.«

Der Gobernador blieb stehen. »Schon wieder?« sagte er.

»Was heißt»schon wieder«? Ich begreife dich nicht.« Der junge Herr zog erstaunt die Brauen hoch. »Ich habe im Monte etwas verloren und außerdem verschiedene kleine Ausgaben gehabt. Bitte, gib mir eine Anweisung auf dreißigtausend Pesos.«

Don Francisco stand wie erstarrt; seine Augen drohten aus den Höhlen zu treten. »Bist du wahnsinnig?« zischte er. »Willst du mich, willst du uns mit Gewalt ruinieren?«

Der Señorito erlaubte sich zu grinsen. »Die fürstlichen Manieren habe ich von dir geerbt, verehrter Papa«, sagte er, »du bist das Ideal eines Grandseigneurs, und ich bin, wie du weißt, dein gehorsamer

Sohn. Und übrigens haben wir ja d'Urquizas ganzen Besitz. Sei also vernünftig und knausere nicht.«

Das Gesicht des Gobernadors erschien plötzlich grau; die sonst so beherrschten Züge wirkten schlaff und zerfallen. Er warf einen beinahe scheuen Blick auf den gleichmütig im Sessel lehnenden Sohn und ging dann mit müden Bewegungen zu seinem Schreibtisch, an dem er sich niederließ.

Er hatte die Feder soeben erst zur Hand genommen, als ein leises Klopfen an der Tür eine Meldung des Dieners ankündigte.

»Entra!« rief er.

Der Diener trat ein und meldete: »Gomez ist zurück, Excellenza.« De Salis sprang auf. »Herein mit ihm!« rief er hastig.

Gleich darauf stand der Häscher im Raum. Er hatte sich nur flüchtig Zeit genommen, die Spuren seines wilden Streifzuges in Gesicht und Kleidung zu verwischen.

»Nun, hast du ihn?« fragte der Gobernador.

»Nein, Excellenza, leider nicht. Er ist uns entkommen.«

Das Gesicht des Gobernadors lief blaurot an. »Was?« schrie er, »du hast ihn entwischen lassen?«

In Gomez' Gesicht waren Furcht, Tücke und kriecherische Unterwürfigkeit sonderbar gemischt; er hob die Arme und ließ sie mit resignierender Geste wieder fallen. »Wir waren ihm dicht auf den Fersen«, sagte er. »Die Spur führte nach dem Rio Quinto, und dort stellten wir ihn. Und wir hätten ihn jetzt, wenn sich dort nicht Leute gefunden hätten, die ihn uns im letzten Augenblick entrissen.«

»Was für Leute?« knirschte de Salis; er schäumte vor Wut.

»Ein elender Gaucho, ein widerlicher Cabezarojo und ein Aleman.« Und er berichtete kurz über die Vorgänge, die zum Entkommen des Flüchtlings geführt hatten. »Dieser Hund von Aleman hat mir das Pferd und den besten meiner Männer auf eine geradezu unglaubliche Entfernung niedergeschossen«, sagte er. »Unter diesen Umständen waren meine Burschen nicht mehr in den Bereich seiner Büchse zu bringen, und ich mußte umkehren.«

»So geht's«, murmelte Agostino, »wenn man einen Dummkopf auf eine solche Expedition schickt. Aber ich habe es vorher gesagt.«

Der Gobernador trat dicht an Gomez heran. »Du sprachst von einem Gaucho«, sagte er, »wie soll ich das verstehen? Die Gauchos sind Señor de Rosas treu ergeben.«

»Und trotzdem hat ein Gaucho d'Urquiza zur Flucht verholfen«, entgegnete Gomez. »Ein höchst kaltblütiger Schurke, dessen Estancia unmittelbar am Rio Quinto liegt.«

»Das ist sonderbar!« De Salis schüttelte den Kopf.

In Gomez' Augen kam ein kaltes Glitzern; er sah den Gobernador herausfordernd an. »Übrigens habe ich am Rio Quinto, bei eben diesem Gaucho, eine Überraschung erlebt, Excellenza«, sagte er.

»Was heißt das? Was für eine Überraschung?«

»Neben dem Gaucho hielt ein junger Mann, der eine solch auffällige Ähnlichkeit mit Eurem verewigten Bruder Don Fernando aufwies, daß jeder, der den Vater gekannt hat, ihn für den Sohn halten muß.«

Der Gobernador zuckte zusammen, als hätte der andere ihm einen Schlag versetzt; in seine Augen kam ein unheimliches Flackern. »Was soll der Unsinn?« fragte er. Es sollte scharf klingen, aber die Stimme hatte einen Bruch.

Gomez erstattete eingehenden Bericht über sein Zusammentreffen mit Aurelio.

De Salis, der aufmerksam zugehört hatte, trat an seinen Schreibtisch zurück; so lag sein Gesicht im Schatten. »Kennst du den Namen des Gauchos?« fragte er und mühte sich um die natürliche Klangfarbe seiner Stimme.

»Juan Perez«, sagte der Häscher.

Don Francisco wandte sich ab. »Du hast dich durch ein Naturspiel bluffen lassen«, sagte er.

»Möglich natürlich«, versetzte Gomez; in seine Stimme kam ein öliger Ton, »allein wer weiß? Vielleicht haben Excellenza durch einen glücklichen Zufall hier einen der so lange gesuchten Erben

Don Fernandos gefunden. Wenn Excellenza den jungen Mann gesehen hätten – –«

»Schweig!« herrschte ihn der Gobernador an.

Der Señorito, der bisher dem Gespräch ziemlich teilnahmslos gefolgt war, schien plötzlich interessiert. »Oha«, sagte er, »was sind das denn für erstaunliche Neuigkeiten? Ich denke, die Kinder meines verehrten Herrn Oheims sind bei dem Überfall damals zugrundegegangen? Nun muß ich hören, daß nach ihnen gesucht wurde?«

»Infantiles Geschwätz!« sagte der Vater, aber es fiel ihm schwer, seine Züge zu beherrschen.

»Erstaunlich! Erstaunlich!« murmelte Don Agostino.

Der Gobernador bekam sich allmählich wieder in die Gewalt. »Es ist gar kein Zweifel, daß die Kinder tot sind«, sagte er, »es konnte nur nicht bewiesen werden, da man die Leichen nicht fand. Dadurch kamen allerlei Gerüchte auf. Schon um diesen Gerüchten den Boden zu entziehen und mich keinem unsinnigen Verdacht auszusetzen, mußte ich also Nachforschungen anstellen lassen. Nachforschungen, die selbstverständlich im Sande verliefen.«

»Immerhin: erstaunlich, wie gesagt, was man so alles erfährt!« Die Züge des jungen Herrn drückten allerlei Zweifel aus. Aber Señor de Salis war nicht geneigt, sich mit seinem Sohn in Debatten über diesen Gegenstand einzulassen. »Ich habe jetzt noch einige Staatsangelegenheiten mit Gomez zu besprechen«, sagte er, »laß uns einen Augenblick allein.«

»Schön!« Don Agostino griff nach seinem Hut. »Die Anweisung hole ich mir dann«, sagte er, zur Tür gehend, »und, wenn ich dir einen Rat geben darf: den jungen Mann, der eine so verblüffende Ähnlichkeit mit meinem Herrn Oheim aufweist, würde ich mir auf alle Fälle etwas näher betrachten.« Er neigte mit übertriebener Grandezza den Kopf und verschwand.

Die Tür hatte sich kaum hinter ihm geschlossen, als der Gobernador jede Maske fallen ließ. »Was fällt dir eigentlich ein?« brüllte er Gomez an, »wie kommst du Cochino dazu, in Gegenwart meines Sohnes solche Märchen aufzutischen?«

Der Alguacil mit dem Gaunergesicht zuckte die Achseln; der Zorn seines Gebieters schien ihn nicht weiter zu beunruhigen. »Ich dachte natürlich, Don Agostino sei in alles eingeweiht«, sagte er.

»Zarapeto! Er weiß soviel, als ihm nötig ist. Aber nun kein Geschwätz mehr! Was steckt hinter dieser Geschichte? Was ist Wahrheit daran? Denke nicht, daß du mit mir scherzen kannst.«

»Excellenza geruhen ungnädig zu sein.« Gomez schien tief gekränkt. »Wie soll ich wissen, was Wahrheit ist?« sagte er. »Ich habe Euer Gnaden pflichtschuldigst berichtet, was ich gesehen habe. Wenn je eine Ähnlichkeit zwischen Vater und Sohn existierte, dann hier. Ich für meine Person habe nicht den geringsten Zweifel, daß Don Fernandos Sohn vor mir stand.«

»Demonio!« Don Francisco knirschte mit den Zähnen. »Konntest du nicht mehr erfahren? Für was oder wen gilt der Mensch? Zum Teufel! Er wird eben der Sohn des Gauchos gewesen sein.«

»Er war zweifellos kein Gaucho, sondern von altspanischem Blut«, sagte Gomez. »Und er trug ganz unverkennbar die Züge von Eurer Excellenza verstorbenem Bruder.«

»Gut!« Der Gobernador, der mit ruhelosen Schritten den Raum durchmessen hatte, blieb ruckhaft stehen. »Gut!« sagte er. »Und was soll das? Jetzt, nach siebzehn Jahren? Nimm deinen Hirnkasten ausnahmsweise einmal in Anspruch. Nehmen wir an, deine Vermutung habe irgendwelche realen Grundlagen. Wer weiß davon? Kann man annehmen, daß selbst dieser Gaucho etwas davon weiß? Wären, wenn irgendwer Kenntnis von diesen Zusammenhängen hätte, nicht längst irgendwelche Schritte unternommen worden, die angeblichen Rechte des jungen Mannes durchzusetzen?«

»Ich weiß es nicht«, sagte Gomez mit undurchdringlichem Gesicht.

»Du weißt es nicht! Du weißt überhaupt nichts! Du bist ein Narr!« Don Francisco nahm seine Wanderung wieder auf. »Und welcher der beiden Sprößlinge meines Bruders soll es deiner Ansicht nach denn sein?« fragte er nach einer Weile.

»Auch das weiß ich natürlich nicht«, antwortete Gomez. »Aber nach Lage der Dinge kann es eigentlich nur der älteste sein, mit dem der Majordomo damals davonjagte, als wir das Schloß angezündet hatten.«

»Den du Cochino entkommen ließest!« Ein flammender Blitz aus den schwarz überbuschten Augen traf den Häscher. »Das alles ist lächerlich«, sagte Señor de Salis, »wer wollte heute noch die Abstammung des jungen Mannes beweisen? Wir vertun die Zeit, indem wir uns mit der Geschichte befassen.«

»Derartige Prätendenten finden zuweilen mächtige Gönner«, sagte Gomez. »Umstände und Verhältnisse ändern sich manchmal über Nacht«, setzte er mit dünnem Lächeln hinzu. »Don Manuel ist nicht unsterblich.«

Wieder blieb der Gobernador stehen; ein gefährlicher Blick streifte den Mann an der Tür. »Du bist eine Kanaille, Gomez«, sagte er, »und du solltest dich vorsehen. Noch lebt Don Manuel nämlich. Und noch lebe ich. Und du solltest aus langer Erfahrung wissen, daß ich meine Interessen wahrzunehmen weiß. Glaubst du, du könntest mich mit einem Schatten ängstigen? Hirngespinste!« Eine herrische Handbewegung fegte den aufgerufenen Schatten hinweg. »Viel schlimmer ist, daß du d'Urquiza entkommen ließest. Der Mann ist wirklich gefährlich, denn er findet überall geeigneten Boden für seine Umtriebe. Also, was wird? Schwätze jetzt nicht länger, sondern mach' sachliche Vorschläge.«

»An Stelle Eurer Excellenza würde ich mich des Gaucho Juan Perez und seines sogenannten Sohnes versichern. Der Grund liegt nahe. Da beide zweifellos einem Hochverräter zur Flucht verhalfen, sind sie selber des Hochverrats schuldig. Dann werden wir weiter sehen.«

»Gut. Zieh mit dreißig zuverlässigen Lanceros zum Rio Quinto und nimm sie gefangen.«

Die Gaunervisage verzog sich zu einem Grinsen. »Mein Gesicht ist dort an der Grenze zu bekannt geworden«, sagte Gomez. »Ich möchte Euer Excellenza deshalb bitten, einen Mann, den man nicht kennt, mit dieser Aufgabe zu betrauen. Mein Erscheinen warnt die Leute unnötig, und die Pampa ist weit.«

»Auch gut. Ich will deiner Feigheit diese Brücke bauen, zumal du deine Dummheit so hervorragend unter Beweis gestellt hast. Nun zu d'Urquiza. Was rätst du in diesem Fall?«

»Beordern Excellenza fünfzig Leute nach Cordoba mit einem Befehl des Präsidenten an den dortigen Gobernador, sie mit seiner ganzen Macht zu unterstützen, um den Hochverräter gefangen zu nehmen. Señor Ortega wird sich nicht weigern können, denn die Sicherheit der Konföderation steht auf dem Spiel.«

»Diese Aufgabe wirst du übernehmen, Gomez. Du hast den Mann entkommen lassen, du wirst ihn wieder einfangen. Ich sage dir mit aller gebotenen Ernsthaftigkeit: ich muß ihn haben, tot oder lebend. Ich rate dir nicht, ihn ein zweites Mal entkommen zu lassen.«

In Gomez' Augen blinkten tückische Lichter, aber seine Stimme klang glatt und geschmeidig. Er sagte: »Mit genügender Macht ausgestattet und von Señor Ortega unterstützt, werden wir den Mann unschädlich machen. Aber ich brauche Geld, vermutlich viel Geld, zu dieser Expedition. Excellenza können sich das selber ausrechnen.«

Der Gobernador sah aus, als würge ihn der Ekel. Er ließ sich am Schreibtisch nieder, schrieb eine Anweisung aus und reichte sie Gomez abgewandten Gesichts. »Hier hast du, was du brauchst«, sagte er. »Für den Kopf d'Urquizas zahle ich dir tausend Pesos, und den Leuten kannst du zweitausend zur Verteilung in Aussicht stellen.«

»Mil gracias, Excellenza!« Gomez nahm das Papier, faltete es und steckte es zu sich. »Excellenza sind der großzügigste aller Caballeros«, sagte er. Don Francisco sah ihn nicht an. »Heute abend reitest du«, befahl er. »Die Befehle für die Mannschaft und das Schreiben für Señor Ortega erhältst du rechtzeitig. Geh.«

Er wartete, bis Gomez das Zimmer verlassen hatte. Ein Schütteln durchlief seinen Körper, und ein gepreßtes Stöhnen entrang sich seinen Lippen. Er zog ein Taschentuch und wischte sich den kalten Schweiß von der Stirn. Dann ging er, ein müder Mann plötzlich, zu seinem Schreibtisch und setzte sich.

Die Felshöhle

Wahrhaftig, ein seltsames Heim hatte sich Don Enrique, der Aleman, geschaffen. Es war die Höhle eines nackten Felsens, die er sich zum Aufenthalt gewählt hatte, und diese Höhle war nur auf einem steilen, schwer passierbaren Pfad erreichbar. Dennoch war sie weniger unwirtlich, als General d'Urquiza heimlich befürchtet hatte. Felle von Hirschen, Rehen und Jaguaren boten behagliche Ruhelager. Ponchos, Sättel, Zaumzeug und anderes, was zum Leben in der Pampa gehört, waren reichlich vorhanden. Ein aus Steinen errichteter Herd trug Kochgeschirre aus Eisen und Blech; verschiedene Büchsen, Fäßchen und Packen, die geordnet aufgespeichert lagen, zeigten an, daß auch Nahrungsmittel vorhanden waren, die die Wildnis selber nicht bot. Waffen, Gewehre, Pistolen und ein schwerer Säbel fanden sich vor und waren als Schmuck an der Felswand befestigt. Der großartige Fernblick gab der sonderbaren Wohnstätte einen besonderen Reiz. Der Zugang zur Höhle befand sich über einer schroffen Felswand; von hier aus ging der Blick ungehindert über bewaldete Höhen und fruchtbare Täler hinweg bis in die Weite der Pampa.

»Dies ist mein Haus, General«, sagte der Deutsche, als die beiden Flüchtlinge angekommen waren, »Ihr seid herzlich willkommen darin.«

D'Urquiza blickte sich um. »Es ist besser und behaglicher, als ich mir vorgestellt hatte«, sagte er. »Seid Ihr auch ein Einsiedler, so offenbar doch kein Asket, der sich von Heuschrecken nährt.«

Don Enrique lächelte leicht. »Nein«, versetzte er, »ich denke, ich werde Euch ganz leidlich ernähren können. Dort ist Tabak und Maispapier; vielleicht sind Euch Cigarritos gefällig. Ich werde inzwischen für unseren Mittagstisch sorgen.«

»Wie ich aus Euren Vorräten sehe, steht Ihr in laufender Verbindung mit der Zivilisation?«

»Doch, ja«, antwortete der Deutsche, »ich bin zwar so etwas wie ein freiwilliger Robinson, aber ich habe mich nicht ganz mittellos in die Wildnis zurückgezogen. Zudem bin ich ein ziemlich fleißiger und nicht ganz erfolgloser Jäger; die Jaguarfelle bringen mir einen ganz hübschen Ertrag. Von Zeit zu Zeit reite ich nach Rosario am Tercero, verkaufe meine Beute und kaufe ein, was ich brauche.«

»So kennt man dort Euer Asyl?«

»Nein, das kennt man nicht. Die Leute vermuten zwar, daß der seltsame Aleman irgendwo in den Bergen haust, aber das ist auch alles. Zudem wohnen am Fuße des Gebirges, nach Osten hin, mehrere Deutsche. Ich hause ganz einsam hier, und kein Mensch kann gegen meinen Willen meine Zitadelle betreten. Bei einer Belagerung könnte mich nur der Hunger aus meiner Festung treiben, zu erobern ist sie nicht.«

»Ich habe es zu meiner Freude bemerkt«, sagte der General.

»Außerdem führt ein allerdings etwas gefährlicher Pfad über die Felsen ins Gebirge«, fuhr Don Enrique fort. »Für den Fall also, daß man mir einmal zuleibe wollte, steht mir immer noch ein Schlupfloch offen. Doch ich werde schwerlich einmal belagert werden. Ich fühle mich glücklich im Umgang mit der Natur und beneide keinen Menschen.«

»Das ist es eben, was mich befremdet«, sagte d'Urquiza. »Ein Mann in Euren Jahren – – wie alt seid Ihr eigentlich?«

»Ich wurde unlängst dreißig.«

»Erstaunlich!« sagte der General. »Ein Mann in Euren Jahren vergräbt sich in die Einsamkeit. Es muß ein böses Schicksal sein, das Euch dazu trieb.«

»Ich habe Schiffbruch im Leben erlitten«, versetzte der Deutsche. »Und ich habe die Menschen verachten gelernt. Aber sprechen wir nicht davon; es ist gut, wie es ist. Sprechen wir lieber von Euch. Rechnet Ihr noch mit weiterer Verfolgung?«

»Die Dinge liegen nicht ganz einfach«, sagte d'Urquiza. »Ich will versuchen, Euch die Zusammenhänge zu erklären. Der Gobernador von Cordoba, Ortega, ist mein alter Freund und Waffengenosse; er ist wohl auch gleicher Gesinnung wie ich; ich werde ihn jedenfalls um Schutz bitten. Kann er mir nicht helfen, und das ist, wie die Dinge liegen, natürlich möglich, dann muß ich meinen Weg nach Corrientes nehmen, wo ich Freunde habe. Finde ich auch dort keine

Zuflucht, werde ich versuchen, mich nach Paraguay oder Brasilien zu retten.«

»Nun, das hat wohl Zeit«, versetzte Don Enrique. »Zunächst erholt Euch von Euren Strapazen und sammelt neue Kräfte.«

»Es ist leider nötig«, entgegnete der General, »ich fühle mich matt und fiebrig, es war ein bißchen viel.« Sie aßen, plauderten rauchend noch ein Weilchen, alsdann legte der General sich zur Ruhe nieder. Don Enrique aber stieg den engen, gewundenen Felspfad hinab und suchte das versteckte Tal auf, in dem seine Maultiere weideten. Gras und Wasser waren hier reichlich vorhanden; die Tiere waren kräftig und wohlgenährt. Hier hatte er auch sein Maultier und das erbeutete Pferd untergebracht. Er freute sich, nach längerer Abwesenheit alles in guter Ordnung zu finden und machte sich auf den Rückweg. Da er lange Zeit in völliger Einsamkeit hier gelebt hatte, war er innerlich so sicher geworden, daß er seiner Umgebung keine übertriebene Aufmerksamkeit schenkte. Und so entging ihm etwas, was ihm gewiß nicht entgangen wäre, wenn er sich in fremder Umgebung befunden hätte.

Zwei Augen verfolgten ihn. Ihr Besitzer stand hinter einem Busch und betrachtete staunend den ruhig und sicher dahinschreitenden Mann. Als dieser verschwunden war, trat ein noch junger, schmächtiger Bursche hinter dem Buschwerk hervor, in dessen stechenden Augen es unheimlich funkelte. »Caramba!« murmelte der Bursche. »Auch diese Einöde bevölkert? Es war der Aleman, der Jaguartöter, den ich in Rosario gesehen habe. Wollen doch feststellen, was der hier zu suchen hat.« Der Unbekannte kroch durch das Gras nach dem Felsen hin, aufmerksam den Boden prüfend. Er hielt plötzlich inne und sah alsdann genauer zu. »Es waren zwei«, flüsterte er. »Wo ist der Aleman nur hergekommen?« Er bewegte sich vorsichtig auf die Stelle zu, wo er Don Enrique hatte auftauchen sehen, drang mit leichter Mühe durch das Gebüsch, das zwischen Felsenwänden das Tal absperrte und gewahrte gleich darauf die Maultiere und das Pferd. Er stieß einen Jubelschrei aus. »Sogar Sattel, Zaumzeug und Lasso sind da«, staunte er. Tatsächlich hatte Enrique die Ausrüstung des Pferdes unten gelassen, da das Tier bald wieder gebraucht werden sollte.

»Wunderbar!« sagte der Bursche, »genau das, was ich brauche. Nun sollen sie mich jagen, die Cochinos! Das Pferd wirst du mir lassen, Aleman. Es ist ohnehin nur eine kleine Entschädigung dafür, wie deine Landsleute mich behandelt haben. Aber sie sollen noch an mich denken, die Halunken!«

Er ergriff den Lasso, fing mit leichter Mühe das Pferd ein und sattelte es schnell. Er trieb das Tier durch das deckende Gebüsch und dann eine Strecke auf der grasbedeckten Talsohle hinauf; gleich darauf war er zwischen den bewaldeten Hügeln verschwunden.

Als sich Don Enrique am anderen Tag nach seinem Korral begab, war er höchst erstaunt, das Pferd nicht vorzufinden. Im ersten Augenblick dachte er, es sei entlaufen, aber bald belehrte ihn das Fehlen des Sattelzeuges, daß es gestohlen sein mußte. Zu der Überraschung gesellte sich nun ernste Besorgnis. Nie hatte er während seines ganzen Aufenthaltes hier einen Menschen gewahrt; die kahlen Felsen und die engen Täler lockten nicht einmal einen Jäger an. Wer hatte das Pferd geraubt? Schließlich sagte er sich, daß der Zufall einen Flüchtling hierhergeführt haben müsse, der die sich unvermutet bietende Gelegenheit nützte, sich beritten zu machen. Denn hätte es einen Diebstahl gegolten, so wären ja die Maultiere viel wertvollere Objekte gewesen. Dem General sagte er einstweilen nichts von seiner Entdeckung, um ihn nicht zu beunruhigen. Er selbst aber war von jetzt an sehr wachsam. In den nächsten Tagen durchstreifte er wiederholt die ganze Umgebung und musterte von geeigneten Punkten aus die Pampa, ohne freilich das mindeste Verdächtige zu entdecken.

Eines Abends, als sie im Schein der letzten Sonne rauchend vor der Höhle saßen, sagte der General nach einem längeren Schweigen: »Ich will mich gewiß nicht in Euer Vertrauen drängen, Don Enrique, aber es ist doch nun so, daß ich Euch viel, ja alles verdanke. Euer Schicksal beschäftigt mich. Sind Eure Erlebnisse, die Euch in die Einöde führten, derart, daß sie sich nicht erzählen lassen?«

»Es gibt da kein Geheimnis«, sagte der Deutsche, »nur lohnt es eigentlich der Mühe nicht, darüber zu reden. In meinem Lande sind immer wieder Menschen durch politische Engstirnigkeit der Heimat entfremdet und hinausgejagt worden; es ist auch mir so gegangen. Ich kam mit dem Rest meiner Habe in Euer schönes Land, und ich kam in Gesellschaft eines anderen, eines Mannes, der mir nach dem Tode meiner Eltern am nächsten stand. Die Freundschaft hat in meiner Heimat einen besonderen Rang, und wir waren Freunde. Ich vertraute ihm, wie ich mir selber vertraute. Und er betrog mich in der schamlosesten, in einer beinahe nicht glaublichen Weise. Mir stieg die Galle ins Blut, mir brach eine ganze Welt zusammen; ich ging in die Einsamkeit.«

Er schwieg und sah finster vor sich hin. Nach einer Weile sagte der General: »Vertrauensbruch ist schlimm, ich fühle das nach. Wo der Mensch nicht mehr vertrauen kann, ist er schlimmer daran als ein gehetztes Wild. Gleichwohl – –«; er suchte nach Worten.

»Ich will Euch den Vorgang erzählen«, sagte der Deutsche. »Mit dem Geld, das ich herübergebracht hatte – mein Freund besaß nichts – kaufte ich Land, in Entre Rios, am Parana. Wir begannen gemeinsam zu wirtschaften und kamen gut vorwärts. Ich aber war ruhelos damals. Mir fehlte die Heimat; es gab Wunden zu verschmerzen. Ich brauchte eine andere, mich innerlich berührende Beschäftigung. Ich begann, mich um meine engeren Landsleute zu kümmern, deren viele im Land lebten. Zu diesem Zweck hatte ich oft weite Ritte zu unternehmen. Die Rechtszustände im Land – Ihr wißt das am besten – waren nicht ganz sicher. Eines Tages, bevor ich zu einer Reise nach Santa Fé und Corrientes aufbrach, die mich monatelang fernhalten mußte, verschrieb ich meinem Freunde mein gesamtes unbewegliches Eigentum und übergab ihm mein bares Vermögen. Er sollte frei und ungehindert wirtschaften und meine Interessen wie seine eigenen wahrnehmen können.

Meine Bestrebungen um einen engeren Zusammenschluß meiner Landsleute wurden schließlich von der Regierung mißtrauisch betrachtet, und ich bekam den deutlichen Wink, sie einzustellen. Ich machte mich einigermaßen niedergedrückt auf den Heimweg. In La Paz angekommen – meine Estancia lag da in der Nähe – wurde ich verhaftet und verschiedenen Verhören unterworfen. Schließlich wurde mir bedeutet, daß ich als heimatloser Vagabund das Land zu verlassen habe. Ich berief mich auf meine Rechte als Grundbesitzer und Bürger des Staates; man lachte mich aus. Als ich nachdrücklicher aufbegehrte, führte man mich auf meine Estancia und stellte mich meinem Freund gegenüber. Mit kalter Ruhe erklärte der, ich hätte nicht das geringste Eigentumsrecht an dem Grund und Boden, der sein eigen wäre, und zeigte meine Verschreibung vor. Ich war so entsetzt und fassungslos, daß ich überhaupt nichts zu erwidern wußte. Schließlich sagte ich, zitternd vor Erregung: "Wenn du mein Eigentumsrecht leugnest, werde ich des Landes verwiesen." Er zuckte die Achseln. In mir drehte sich alles, ich begriff das nicht. "So gib mir wenigsten mein bares Geld", sagte ich endlich, "ich bin ja völlig mittellos." Er wandte sich an die mich begleitenden Beamten und sagte: "Der Herr phantasiert, Señores!" Damit kehrte er mir den Rücken zu. Die Beamten lachten und blinzelten ihm verständnisvoll zu. Ich wußte nicht, was das alles bedeuten sollte, ich war beinahe wahnsinnig. "Kommen Sie zum Frühstück, Señores", sagte mein Freund zu den Männern, wandte sich ab und ließ mich stehen. Einer der Beamten drohte mir noch, daß ich in die Strafkolonie geschickt würde, wenn man mich nach drei Tagen noch in Entre Rios erwischte.«

Don Enrique schwieg wieder einen Augenblick; er fuhr sich mit müder Bewegung über die Stirn. »Ich war damals nahe am Verzweifeln«, sagte er, »ich bin tagelang umhergeirrt und schließlich in die Wildnis geflohen.« Er lächelte bitter. »Das ist nun alles vorbei«, sagte er, »und es ist gut so.«

»Es ist unbegreiflich und nicht zu fassen«, sagte Don José nach einer Weile drückenden Schweigens. »Trotzdem: ich würde die Gesamtheit nicht entgelten lassen, was ein einzelner verbrach.« Der Deutsche antwortete nicht. Er saß noch einige Zeit, dann erhob er sich, griff nach der Büchse und betrat die Höhle. D'Urquiza blieb nachdenklich zurück.

Am nächsten Tag früh, die Sonne hatte sich eben erst über den Horizont erhoben, drangen Begrüßungsrufe von unten herauf. Enrique erkannte an der Stimme Aurelio. »Willkommen, mein Junge!« rief er herunter, »bring dein Pferd in den Korral und komm herauf.«

Während er Feuer anzündete und den Kessel zur Matebereitung aufsetzte, erschienen im Eingang zur Höhle Aurelio und Juan Perez.

»Oh, Vater und Sohn!« rief der Deutsche erfreut, »doppelt willkommen in meiner Einsiedelei!« Die Begrüßung war allerseits herzlich, doch schien der Gaucho durch die Anwesenheit des Generals d'Urquiza etwas befremdet.

»Ich dachte, Ihr wäret längst fort, Señor«, sagte er, indem er dem Verfolgten die Hand reichte. Der Deutsche schaltete sich ein und erklärte, daß Erschöpfung, Schwäche und Fieber den General bisher zurückgehalten hätten. »Ich werde Don Enrique nicht lange mehr lästig fallen«, sagte der nicht ohne Bitterkeit.

Aber es achtete im Augenblick niemand auf ihn. Don Enrique freute sich herzlich, Aurelio wieder einmal bei sich zu sehen, und er gab seiner Freude auch unverhohlen Ausdruck. Man setzte sich fröhlich zum Frühstück, zu dem Aurelio einige Kaninchen beisteuerte, die er unterwegs geschossen hatte. »Ich hoffe, wir werden einige Hirsche und Jaguare vor die Büchse bekommen«, sagte er. Der Deutsche lachte zustimmend. Er erschien Aurelio heiterer und aufgeschlossener, als er ihn bisher erlebt hatte. Im Verlaufe des Gesprächs erzählte er nun auch, daß man ihm vor einigen Tagen ein Pferd samt Sattel- und Zaumzeug aus dem Korral gestohlen habe.

»Ein Pferd gestohlen? Aus Eurem Korral?« fuhr Juan auf.

»Es ist nicht zu bezweifeln.«

»Woher wißt Ihr, daß es gestohlen wurde? Kann es nicht entlaufen sein?«

»Schwerlich«, lachte der Deutsche. »Es war weder gesattelt noch aufgezäumt.«

»Wie lange ist das jetzt her?«

»Heut ist der dritte Tag.«

Juan erhob sich. »Ich will nach den Spuren sehen«, sagte er.

»Jetzt noch, am dritten Tag?« fragte Don Enrique verwundert.

»Es hat nicht geregnet.«

»Und mein Vater ist der beste Pfadfinder der ganzen Pampa«, setzte Aurelio hinzu.

»Gut.« Der Deutsche erhob sich. »Kommt, Don Juan«, sagte er. Er nahm die Büchse und folgte dem Gaucho. Aurelio, gleichfalls seine Büchse ergreifend, schloß sich an. Unten ging Don Juan auf den Korral zu, bat die anderen zurückzubleiben und richtete das Auge scharf auf den Boden. Zum großen Erstaunen Enriques fand er schnell die Hufeindrücke des vermißten Tieres zwischen denen der

Pferde, die er und Aurelio geritten hatten, heraus. Er verfolgte sie bis zu der Stelle, wo der Dieb sich in den Sattel geschwungen hatte, dies alles mit der Sicherheit, mit der ein guter Jagdhund der frischen Spur eines Wildes folgt.

»Hier ist der Mann aufgestiegen«, sagte er. »Wir wollen später zusehen, wohin er geritten ist.«

Der Deutsche, der langsam hinterhergegangen war, vermochte auf dem Boden überhaupt nichts zu bemerken, was nach Pferde- oder Menschenspuren aussah, obgleich er doch als Jäger nicht eben ungeübt war. Er sah deshalb ziemlich ungläubig drein. Aurelio lächelte ihm zu. »Ihr dürft es ruhig glauben, amigo«, sagte er, »Vater sieht ihn aufsteigen.«

Der Gaucho ging zum Eingang des Korrals zurück. »Wir wollen nun sehen, woher der Bursche gekommen ist und was er für ein Mann war«, sagte er. Er durchforschte mit großer Aufmerksamkeit den Boden, betrachtete nachdenklich einen wilden Orangenbusch, trat heran und ging um ihn herum. Enrique und Aurelio folgten ihm.

»Hier«, sagte der Gaucho nach einer Weile, »hier hat der Mann gelegen. Es ist ein magerer, ziemlich langer Kerl, der außer seinem Messer sicherlich keine Waffe bei sich führte. Er muß Euch, Señor, gesehen haben, wie Ihr in den Korral gingt und wieder herauskamt. Er hat sich aufgerichtet und Euch beobachtet.«

»Ich verstehe kein Wort«, sagte Don Enrique trocken. Der Gaucho lächelte. »Es ist weiter kein Geheimnis dabei«, versicherte er, »nur ein bißchen Übung, die man sich im Laufe der Jahre erwirbt. Der Mensch hinterläßt überall, wo er sich bewegt, ziemlich deutliche Spuren, man muß sie nur sehen. Die Körper, Größen- und Gewichtsverhältnisse des Diebes gehen ziemlich klar aus den Eindrücken hervor, die er hier hinterlassen hat. Auch Waffen würden Eindrücke hinterlassen, so er welche gehabt hätte. Wenn man gebückt hinter einem Busch steht und nach jemand auslugt, liegt es nahe, daß man sich irgendwo festhält, und auch das hinterläßt Spuren am Gesträuch. Übrigens, der Mann war noch ziemlich jung. Ich habe mir vorhin sehr genau die Stelle betrachtet, wo er aufs Pferd gestiegen ist. Ich verstehe was von Pferden und weiß, wie sie sich benehmen; bei älteren Leuten tritt das Pferd mehr hin und her, weil sie begreiflicherweise nicht mehr so leicht in den Sattel kommen. Seht Euch einmal die Spuren an und beobachtet den Unterschied; Ihr werdet sofort feststellen, wo Aurelio aufstieg und wo ich aufgestiegen bin.«

»Ganz schöne Erklärungen«, sagte der Deutsche. »Mir kommt die Sache nichtsdestoweniger unheimlich vor. Aber mein Respekt vor Euch wächst, Don Juan, und er war schon immer nicht gering.«

Der Gaucho lachte. »Wir wollen uns nun ansehen, woher der Dieb kam und wohin er ging«, sagte er. »Hole die Pferde, mein Junge.«

Während Aurelio sich zum Korral begab, ging er an den Büschen entlang, kreuzte die Spur, die das gestohlene Pferd bei dem Abritt hinterlassen hatte, ging noch ein Stückchen weiter und erklärte dann: »Der Mann kam von Norden, verfolgt wahrscheinlich, denn freiwillig kommt niemand zu Fuß in die Pampa oder in diese Schluchten.«

Aurelio brachte die Pferde, und er und Don Juan verfolgten die Hufspur nun weiter. Don Enrique blieb zurück, um den General nicht so lange allein zu lassen. Nach einer Stunde etwa waren die Reiter wieder da. »Der Bursche ist nach Osten entwischt«, sagte der Gaucho, »ich habe seine Spur meilenweit mit dem Auge verfolgt.«

»Meilenweit, mit dem Auge?« lächelte Enrique.

»Das ist nun weiter gar keine Besonderheit«, versetzte der Gaucho. »Jeder Pampasbewohner vermag die Spur eines flüchtigen Pferdes durch das unberührte Steppengras auf viele Leguas hin mit dem bloßen Auge zu verfolgen. Übrigens scheint der Kerl halbverhungert gewesen zu sein; er hat sich einen Pampashasen eingefangen und zum Teil roh verzehrt. Vermutlich handelt es sich um einen flüchtigen Verbrecher, der von Alguacils verfolgt wurde. Ein anständiger Mensch hätte, nachdem er den Korral entdeckte, nach dem Eigentümer geforscht und seine Gastfreundschaft erbeten, die ja nie verweigert wird. Von dem Kerl ist übrigens sicher nichts weiter zu befürchten; der ist froh, ein Pferd zwischen den Knien zu haben und nach Osten entkommen zu können.«

Der Deutsche sah auf. »Fürchtet Ihr denn überhaupt etwas?«

»In diesen unruhigen Zeiten ist allerlei möglich«, antwortete der Gaucho. Er wandte sich dem Jungen zu. »Geh in die Höhle und brate die Kaninchen, Aurelio«, sagte er. »Ich habe offen gestanden einen guten Appetit von dem Morgenritt mitgebracht.«

»Ich wollte einiges mit Euch besprechen«, fuhr er fort, nachdem der Junge in der Höhle verschwunden war. »Ich habe Euch Aurelio nicht ohne Absicht jetzt hierher gebracht; ich befürchte Unruhen für die nächste Zeit.«

»Unruhen?« Der Deutsche horchte auf. »In welcher Beziehung?«

»Ihr habt mir ja selbst von Eurem Zusammentreffen mit den Puelchen erzählt.«

»Und wegen dieser drei Indios glaubt Ihr - -?«

»Ich kenne die Puelchen besser als Ihr«, sagte der Gaucho. »Ich habe meine Erfahrungen mit ihnen. Nun, die Grenze ist gewarnt; unvorbereitet träfen sie uns diesmal nicht, wie damals vor sieben Jahren. Aber etwas anderes beunruhigt mich. Damals habe ich den Jungen tiefer ins Land hineingeschickt, das geht diesmal nicht. Und deshalb sähe ich ihn gern für die nächste Zeit in Eurer Obhut. Ich weiß. Ihr seid ihm zugetan und werdet ebenso für ihn sorgen wie ich.«

»Das werde ich ganz gewiß, und ich tue es gern; es ist mir eine Freude«, warf der Deutsche ein, »aber ich verstehe nicht - -«

»Kommen die Puelchen, gibt es einen harten Kampf«, fuhr Don Juan fort. »Und ich bin ein sterblicher Mensch. Aurelio aber wäre ohne mich nirgendwo sicher. Auch nicht auf meiner Estancia. Auch dort drohen ihm Gefahren, gegen die ihn mein guter Pati nicht schützen kann, obgleich er gewiß sein Leben für ihn hergäbe. Ich schätze Euch, Estrangero, ich habe Euch kennengelernt, und heute möchte ich Euch verpflichten. Sollte ich im Kampf gegen die Puelchen fallen, oder sollte mir sonst etwas zustoßen, wollt Ihr dann etwas für den Jungen tun?«

»Ich werde für ihn tun, was irgend in meinen Kräften steht«, sagte der Estrangero einigermaßen bestürzt, »aber ich verstehe wahrhaftig nicht den Grund Eurer Besorgnis.«

»Hört zu«, sagte der Gaucho. »Aurelio ist ein vater- und mutterloses Kind.«

»Wie? Er ist nicht Euer Sohn?«

»Nein, er ist nicht mein Sohn, obgleich ich ihn den Sohn meines Herzens genannt habe. Er ist von edlem Blut, als Wickelkind in das Elend hinausgeschleudert worden und mir vom Zufall in die Arme getrieben. Oder vom Schicksal. Der junge Bursche hat mächtige Feinde, obgleich er in seinem jungen Leben noch keinem Menschen ein Leid zugefügt hat; er ist von schamlosen Verbrechern um sein Erbe betrogen worden. Und nicht nur um sein Erbe, sondern auch um seinen Namen. Wird irgendwo bekannt, wer er ist, hat er mit unbarmherziger Verfolgung und Vernichtung zu rechnen. Pati kennt die Zusammenhänge, aber, wie gesagt, er kann ihn nicht schützen. Pati hat, solange ich mit ihm zusammen bin, immer nur mit meinen Gedanken gedacht; er stände, geschieht irgend etwas, den Ereignissen völlig hilflos gegenüber. Und weil das nun so ist und weil ich sonst keinen Menschen weiß, dem ich bedingungslos vertrauen möchte, darum wende ich mich an Euch und frage noch einmal: Wollt Ihr etwas für Aurelio tun?«

»Alles, was ich vermag«, versetzte noch einmal Don Enrique. »Und Ihr könnt Euch nicht denken, was Euer Vertrauen mir bedeutet.«

»Hört zu«, sagte der Gaucho. »Erreicht Euch die Nachricht von meinem Tode, so sucht zunächst Pati auf; er wird Euch über alles unterrichten, was Ihr über Aurelios Herkunft und Verhältnisse wissen müßt. Der Pater Hyazinth, Cura an der Dreifaltigkeitskapelle in Buenos Aires, hat alles, was die Abstammung Aurelios beweist, in seinem Besitz, an ihn müßt Ihr Euch dann wenden. Der Junge selbst darf erst im letzten Augenblick von seiner Abstammung und seinen rechtlichen Ansprüchen erfahren. Ich möchte unter keinen Umständen, daß er ohne zwingenden Grund seine Unbefangenheit verliert.«

»Ihr könnt Euch in jeder Beziehung auf mich verlassen«, sagte der Deutsche. »Ich werde jeden Eurer Wünsche peinlich erfüllen.«

»Aurelio muß seinem Vater außerordentlich ähnlich sein«, fuhr der Gaucho fort, »denn dem Alguacil, der hinter d'Urquiza her war, ist er aufgefallen, und d'Urquiza selbst nicht weniger. Diese Ähnlichkeit allein könnte möglicherweise hinreichen, um ihn zu gefährden, ja seinen Untergang herbeizuführen, wenn er in die Hand seiner Feinde fiele.«

»Darf ich wissen, wer diese Feinde sind?« fragte Don Enrique. »Ich frage nicht aus Neugier.«

»Vor allem einer der mächtigsten Männer dieses Landes, der Gobernador von Santa Fé, Don Francisco de Salis, dem, als einem der fanatischsten Anhänger Rosas, auch dessen Machtfülle zu Gebote steht.«

»Das sind allerdings gefährliche Feinde«, sagte tief beeindruckt der Deutsche.

»Ihr habt nun den Grund, warum ich Aurelio nicht in die dichter besiedelten Landesteile senden kann«, fuhr der Gaucho fort. »Bei der verblüffenden Ähnlichkeit mit seinem Vater, der ein im ganzen Lande wohlbekannter Mann war, ist das schlechthin unmöglich.«

Der Gaucho schwieg, und auch sein Begleiter war tief in Gedanken versunken. Welch wunderliches Schicksal! dachte er. Und zum erstenmal seit Jahren kam ihm der Gedanke, daß es neben dem eigenen, sein ganzes Leben umgestaltenden Erlebnis auch noch andere bittere Erfahrungen gäbe, über die nachzudenken sich lohnen möchte.

Während sie so schweigsam nebeneinander dahinschritten, hob der Deutsche schließlich den Kopf und sagte: »Die Anwesenheit d'Urquizas hier schien Euch nicht angenehm zu überraschen.«

»Offen gestanden, nein«, antwortete der Gaucho. »Es ist das eine zwiespältige Sache. Ich weiß, daß der General ein Ehrenmann ist, ich weiß, daß Habsucht und Niedertracht ihn von Haus und Hof gejagt haben. Ich habe selbst unter ihm gedient. Aber dieser jetzt zum äußersten getriebene Mann bedeutet gegenwärtig den Bürgerkrieg. Und ich gehöre zu der Gauchoreiterei der Regierung. Ich erschrak, als ich ihn noch bei Euch sah, weil seine Anwesenheit Aurelio Gefahr bringen kann, denn ich bin überzeugt, Rosas läßt nicht ab, den General zu verfolgen. Übrigens habe ich über dem Pferdediebstahl ganz vergessen, Euch zu fragen, ob Ihr ihn ungefährdet hierher gebracht habt.«

Enrique berichtete von dem Zusammentreffen mit den Häschern.

»Seht Ihr!« sagte der Gaucho sehr besorgt.

»Ihr überschätzt die Gefahr, Don Juan«, versicherte der Deutsche. »Das Gebirge ist ausgedehnt, und niemand weiß, wo ich hause. Auch wird man auf Seiten der Verfolger schwerlich annehmen, daß d'Urquiza noch hier ist, wo ihm nach allen Seiten die Flucht offenstand. Meine Felsenburg ist uneinnehmbar, und der über die Felsen führende Pfad sichert uns für den äußersten Fall immer einen Fluchtweg. Ich kenne jede Windung, jede Höhle in diesem Felsengewirr. Und außerdem wird d'Urquiza morgen weiterflüchten.«

Diese Mitteilung beruhigte den Gaucho außerordentlich. Sie erreichten den Fels, Perez trieb seine Pferde auf den Platz, der als Korral diente, nahm aber vorsichtig Sattel und Zaumzeug mit nach oben. Bald duftete ihnen der Braten entgegen, und Aurelio rief, als die beiden Männer im Eingang des Wohnraumes erschienen: »Du wirst mit meiner Kochkunst zufrieden sein, Vater.«

Der General trat auf den Gaucho zu und sagte: »Ich weiß jetzt erst, wer du bist, Kamerad. Im Feldzug gegen Uruguay führtest du bei Indio muerte die Gauchoreiterei auf dem linken Flügel.«

»Allerdings, General.«

»Vor wenigen Tagen hast du zu meiner Rettung beigetragen. Gestatte, daß ich dir danke.« Er reichte dem Gaucho impulsiv die Hand. »Ich bin auf der Flucht«, sagte er, »gehetzt wie ein Wolf. Wie meine Zukunft sich gestalten wird, wie ich enden werde, ich weiß es nicht. Aber ich werde bis zum letzten Atemzug für Glück und Wohlfahrt unseres schönen Landes arbeiten und, wenn es sein muß, kämpfen. Solange ich lebe, werde ich dir dankbar verbunden sein, Juan Perez.«

»Gott füge alles zum besten, General«, sagte der Gaucho und drückte die Hand des Verfolgten.

Aurelio sagte: »Denke dir, Vater, der General findet in meinen Zügen eine große Ähnlichkeit mit einem seiner Jugendfreunde.«

»Ja, Don Juan«, schaltete d'Urquiza sich ein, »die Ähnlichkeit deines Sohnes mit Fernando de Salis, einem der edelsten und besten

Männer des Landes und dem teuersten meiner Freunde, ist verblüffend.«

»So darf sich Aurelio Glück wünschen, einem so vornehmen Caballero zu gleichen, ich meinerseits sehe die Züge seiner längst verstorbenen Mutter in ihm«, sagte Perez ruhig.

Sie sprachen während des Essens von gleichgültigen Dingen, ohne die Politik des Landes zu berühren, denn General d'Urquiza wußte, daß Perez als Gauchoreiter auf der Seite seiner Verfolger stehen mußte und wollte seine Gefühle nicht verletzen. Er sprach seinen Entschluß aus, am nächsten Tage aufzubrechen, da er sich wieder kräftig fühle. Juan, der dies mit Befriedigung vernahm, erklärte, daß er selbst noch am Abend reiten wolle.

»Ich hoffte, Ihr würdet uns einige Tage schenken«, sagte der Deutsche. »Und außerdem, bei Nacht? Wie wollt Ihr bei Nacht durch die Pampa finden?«

»Der Gaucho und die Pampa sind eins, Don Enrique«, lachte Don Juan. »Die Sterne weisen mir den Weg, der Wind, die Gräser, die Sümpfe, die Wasserläufe. Aber alles dessen wird es gar nicht bedürfen, denn ich bin überzeugt, daß mein Pferd, das ich ebenso wie Aurelios Cid selbst gezüchtet habe, seinen Weg ganz allein findet. Bleiben kann ich leider nicht. Ich wollte Euch nur Euren jungen Gast bringen. Aurelio weiß, daß ich einer Versammlung der Gauchohäuptlinge beiwohnen muß, auf der unsere Angelegenheiten besprochen werden.«

Sie saßen nachher lange schweigend vor der Höhle und blickten auf das großartige Landschaftsbild, das die südlichen, romantisch gestalteten Ausläufer der Cordobaberge mit der gleich einem Ozean sich ausbreitenden Pampa dahinter dem Auge bieten. Als die Sonne sich zu neigen begann, erklärte Juan, daß er abreiten wolle, und Aurelio sprang hinab, um das Pferd zu satteln. Der Gaucho verneigte sich vor dem General und sagte: »Ich wünsche, Don José, daß Eure ferneren Wege von dem Glück begleitet sein mögen, das zugleich das Glück des Vaterlandes ist.« D'Urquiza drückte ihm warm die Hand.

Don Juan ging von Enrique begleitet hinab und fand von Aurelio gehalten sein gesatteltes Pferd. Der Deutsche, der wußte, wie sehr

Perez den Jungen liebte, und wie tief er sich um ihn sorgte, war verblüfft ob der stoischen Ruhe, mit der sich der Abschied vollzog. Don Juan strich leicht über Aurelios dunkle Locken und sagte, ohne daß seine Stimme irgendein Gefühl verraten hätte: »Gehab dich wohl, mein Junge, handhabe fleißig die Büchse. Hasta luego!« Dem Deutschen drückte er stumm die Hand. Mit einem kurzen »Hasta luego!« sprengte er gleich darauf auf seinem Braunen davon, von Aurelios Blicken gefolgt.

Die Nacht brach schnell herein, und nach kurzer Zeit suchten die Zurückgebliebenen das Lager auf.

Ohne sein Zutun, unbewußt fast, war der einsame Deutsche in das Leben der Menschen zurückgerissen und mit Verantwortung für andere belastet worden. Er kannte genug von Argentiniens Vergangenheit, um zu wissen, daß er in der Person des Generals d'Urquiza einen Mann beherberge, von dem möglicherweise die Zukunft des Staates abhing. Nun war ihm auch noch Aurelio anvertraut. Das seltsame Schicksal des Jungen erhöhte die Teilnahme des Einsiedlers. Der Gedanke lag nahe, Aurelio sei der Sohn jenes Fernando de Salis, des Jugendfreundes d'Urquizas, dem er so ganz ähnlich sah. Verhielt es sich so, dann durfte er in dem wieder zur Macht gekommenen General einen Bürgen der hoffnungsvollen Zukunft des Jünglings erblicken. Die Besorgnis um die Sicherheit der ihm anvertrauten Menschen, das Mißtrauen, das durch die Erscheinung des Pferdediebes zusammen mit Don Juans Äußerungen in ihm erweckt worden war, scheuchte ihn im Verlaufe der Nacht mehrmals vom Lager auf und ließ ihn auf verdächtige Geräusche horchen. Doch störte kein fremder Laut die feierliche Stille.

Bald nach Sonnenaufgang waren alle munter. Da der General erklärte, er wünsche erst gegen Mittag abzureiten, schlug Don Enrique, dem im hellen Tageslicht alle Besorgnisse geschwunden waren, Aurelio vor, einen Hirsch zu schießen, dessen Standort in einer der benachbarten Bergwaldungen ihm bekannt war.

Das Glück begünstigte die Jäger, sie kamen an den Hirsch heran, und Aurelio vermochte ihn mit einem wohlgezielten Schuß zu erlegen. Enrique weidete das Tier aus, und beide schafften die Beute nach der Stelle, wo ihre Reittiere standen. Sie wurde dem Muli des

Deutschen aufgeladen, und in guter Stimmung über den glücklichen Jagdverlauf traten sie gleich darauf den Rückweg an.

Sie mochten etwa noch eine halbe Legua von der Höhle entfernt sein, als der Junge, während sie einen schmalen Sandstreifen durchquerten, plötzlich stutzend seinen Schimmel anhielt und aufmerksam zu Boden starrte.

»Was gibt's, Aurelio?« fragte der Estrangero.

»Das gestohlene Pferd«, sagte der Junge leise und deutete auf die Erde.

»Wie? Was heißt das?«

»Der Dieb ist zurückgekehrt, er ist vor kurzer Zeit ins Tal geritten.«

Enrique betrachtete nun auch prüfend den Boden und bemerkte jetzt freilich die unverkennbare Hufspur. Verblüfft sah er auf. »Du willst mir doch nicht sagen wollen, daß du in dieser Spur die des gestohlenen Pferdes erkennst?« spottete er.

Aurelio blieb ernst. »Ein Gaucho irrt sich nicht in einer Pferdespur, die er einmal gesehen hat«, sagte er. »Der Dieb oder wenigstens das gestohlene Pferd sind vor uns.«

»Ich werde noch wundergläubig«, sagte der Deutsche, doch steckte der Ernst des Jungen ihn unwillkürlich an. Sie griffen ihre Waffen fester und ritten weiter, der Spur nach, die auf die Höhle zuführte.

Schon nach kurzer Zeit zeigte sich, daß eine Schar Reiter, nach Aurelios Schätzung dreißig bis vierzig Mann stark, von Osten kommend, sich mit dem einzelnen Reiter vereinigt hatte. Auf der Flucht vor ihnen war der Einzelne nicht, denn sowohl sein Pferd als das der anderen waren Schritt gegangen.

»Bei meinem Leben!« rief Don Enrique, »das gilt dem General. Der Spitzbube hat die Reiter hergeführt. In den Wald, Aurelio«, setzte er gleich darauf kurz entschlossen hinzu, »ich kenne hier Weg und Steg. Hier draußen würden wir der Übermacht erliegen, ohne d'Urquiza nützen zu können.« Er trieb sein Maultier rasch in die Büsche, und Aurelio folgte ihm. An geeigneter Stelle banden sie die

Tiere an. Enrique eilte mit großen Schritten vorwärts. Der nur ans Reiten gewöhnte Jüngling vermochte ihm nur mit Mühe zu folgen.

Nach einer halben Stunde befanden sie sich der Höhle gegenüber, durch dichtes Gebüsch gegen Sicht gedeckt. Vorsichtig bog der Deutsche die Zweige eines Erlenbusches auseinander und erschrak, als er ganz nahe mehr als dreißig mit Lanzen bewaffnete Reiter erblickte, von denen viele die Uniform der Lanceros trugen. Die Anführer, die in einer kleinen Gruppe abseits hielten, schienen zu beraten. Er erkannte unter ihnen deutlich den Führer des Trupps, der ihn am Rio Quinto angegriffen hatte. Auch Aurelio erkannte den Alguacil wieder.

Der zerlumpte Bursche, der neben den Offizieren hielt und das gestohlene Pferd unter sich hatte, deutete mehrmals auf den Korral und nach der Stelle, wo der Felspfad nach oben führte.

»Der Bursche hat hier spioniert und uns verraten«, sagte Enrique. »Mach dich schußfertig.«

Auf einen Befehl hin stieg die Hälfte der Leute von den Pferden. Einige gingen nach dem Korral hinüber, während andere, die Karabiner in der Hand, auf die Mündung des Felspfades zuschritten. Das war der entscheidende Augenblick, der sofortiges energisches Eingreifen erforderte. Gelangten einige Lanceros auch nur so weit nach oben, daß der Fels sie deckte, war der General verloren.

»Jetzt gilt's!« murmelte der Deutsche, und während Aurelio voll inneren Grauens zögerte, die todbringende Waffe auf Menschen zu richten, ließ der kampfgewohnte Estrangero seine Büchse zweimal sprechen. Die beiden vordersten Lanceros stürzten tödlich getroffen nieder, während die Felsen vom Knall der Waffe widerhallten.

Die Wirkung der überraschenden Schüsse war gewaltig. Unter Entsetzensrufen sprangen die übrigen zurück zu ihren Pferden, schwangen sich auf und jagten davon. Auch die anderen, die dem Eingang des Korrals nahegekommen waren, folgten in größter Eile ihren Gefährten. Im Nu waren alle hinter den nächsten Baumgruppen verschwunden.

»Das sind Helden!« rief Enrique. »Wir müssen die Gelegenheit benützen, um zur Höhle hinüber zu wechseln. Was fehlt dir, Aurelio? Warum blickst du so trübe?«

»Es ist das erstemal, daß ich Menschenblut vergießen sah«, sagte der Jüngling leise.

»Denke ja nicht, daß ich es gern tue«, versetzte der Deutsche. »Es gibt Situationen im Leben, da bleibt keine Wahl. Sei überzeugt, wir verteidigen hier nicht nur den General d'Urquiza, einen würdigen Mann, sondern auch unser eigenes nacktes Leben. Ich weiß, mit wem wir es zu tun haben. Komm schnell, laß uns hinüberschleichen.«

»Mein Cid –«

»Die Tiere dürfen wir jetzt nicht beachten. Bleibe an meiner Linken. Ich denke, die Schüsse werden den General aufgeschreckt haben.«

Die Lanceros waren nach Norden entflohen, und Enrique wollte den ihm anvertrauten Jungen gegen etwaige Schüsse von dorther mit seinem Körper decken. Er nützte Büsche und Felsgestein aus, und sie gelangten rasch an den Fuß des Felsens. Die beiden Männer, die unter den Kugeln des Estrangeros gefallen waren, lagen leblos da. Enrique nahm die ihnen entfallenen Karabiner an sich, hieß Aurelio vorangehen und eilte nach. Fast oben angelangt, rief er: »Ruhe, Excellenza! Wir sind es.«

»Kommt!« klang es von oben herab. Die Vorsicht des Deutschen war nicht unnötig gewesen, denn die Schüsse hatten d'Urquiza aufgeschreckt. Sie sahen ihn, als sie die Höhle betraten, mit geladenem Karabiner vor sich stehen, bereit, sein Leben teuer zu verkaufen. »Was war das?« fragte er.

Don Enrique gab ihm einen kurzen Bericht über das Vorgefallene und erzählte ihm nun auch von dem Pferdediebstahl und von den Feststellungen Juan Perez'.

»Also Rosas Häscher sind am Werk!« sagte der General. »Ein sonderbarer Zufall muß sie hierhergeführt haben. Denn ein Spion war der Pferdedieb sicherlich nicht. Spione haben Pferde und Waffen. Aber was nun?«

»Wir können hier jeder Belagerung trotzen«, sagte Enrique. »Und notfalls bleibt uns immer noch der Rückzug über die Felsen. Übrigens haben die Kerle einen solchen Respekt vor meiner Büchse, daß sie sich schwerlich in deren Nähe wagen werden.«

»Täuscht Euch nicht«, sagte d'Urquiza, »unter den Lanceros gibt es verwegene Leute.«

»Wir sind auch nicht von Pappe!« knurrte der Deutsche. »Außerdem wollen wir vorsichtig sein. Aurelio, behalte du den Pfad nach unten im Auge. Einige Steinblöcke genügen, um jeden Angriff abzuschlagen. Zu ersteigen ist der Fels von keiner Seite. Wenn wir uns zurückziehen, müssen wir uns schließlich an Lassos herablassen.«

»Man kann an Lassos auch nach oben klettern«, sagte der General.

Das machte den Deutschen stutzig. »Gut«, sagte er schließlich, »vielleicht. Dann ist den Kletterern der Weg leicht zu verlegen. Ich will indes einmal Umschau halten.«

Er ging hinaus und stieg an dem Felsen, der die Höhle deckte, in die Höhe. Oben angekommen, legte er sich nieder und prüfte aufmerksam die Umgebung. Zu seiner Überraschung bemerkte er, daß die Lanceros, von denen einige gesehen haben mochten, wie er mit Aurelio den Wald verließ, sich ringsum verteilt hatten, und daß selbst der waldige Berg, zu dem die Belagerten im Notfall ihren Rückzug nehmen mußten, besetzt war. Das deutete darauf hin, daß die Leute die ersehnte Beute nicht entkommen lassen wollten. Enrique wurde durch die Beobachtung nachdenklich gestimmt, denn er war sich der hohen Verantwortung bewußt, die er, besonders Aurelio gegenüber, auf sich genommen hatte. In die Höhle zurückgekehrt, machte er dem General Mitteilung von dem, was er gesehen hatte.

»Am Tage scheint kaum Gefahr«, sagte d'Urquiza, »aber vermutlich werden sie in der Nacht versuchen, uns zu überraschen. Ich begreife vollkommen, wieviel den Señores de Rosas und de Salis daran liegt, mich in ihre Gewalt zu bekommen.«

Tatsächlich ging der Tag ruhig vorüber. Wiederholtes Beobachten überzeugte den Deutschen, daß die Belagerer in ihren Stellungen geblieben waren. Zu seinem Leidwesen sah er seine schönen Maultiere und auch Aurelios Cid in ihrem Besitz.

Die Nacht war sternenklar. Nachdem sie hereingebrochen war, übertrug Don Enrique Aurelio wieder die Wache am Felspfad. Er wälzte einige mächtige Felsbrocken neben ihn hin und sagte: »Du hast ein feines Ohr, mein Junge; bei dem geringsten verdächtigen Geräusch von unten laß die Steine hinabrollen. Sollte es nur blinder Alarm gewesen sein, so schadet es auch nichts.«

»Verlaßt Euch darauf, ich werde wachen«, versicherte Aurelio.

»Ich selbst will hinauf auf den Fels«, sagte der Deutsche. »Der General hat mich besorgt gemacht. Naht dringende Gefahr, dann gib einen Schuß ab; Gewehre sind genug da. Don José wird dir Beistand leisten, und ich bin auch selbst bald wieder zurück.«

Indessen, die Nacht ging hin, ohne daß die Ruhe im geringsten gestört worden wäre. Die prachtvollen Sternbilder der südlichen Halbkugel zogen am Himmel vorüber, der Wind rauschte leise in den Bäumen, Fledermäuse huschten gespenstisch durch die Luft, dann und wann ließ sich eine ferne Tierstimme vernehmen, aber kein verdächtiger Laut drang zu den Felsen hinauf.

Schon begannen die Sterne im Osten zu erbleichen, als Aurelio lauschend sein Ohr nach unten neigte. Unheimlich war der Laut langsam heraufschleichender, weich umhüllter Füße, aber des Jünglings scharfes Gehör vernahm ihn doch. Er hatte die Büchse und einen der Karabiner, die den Toten gehört hatten, neben sich liegen, vor sich die zum Hinabrollen bestimmten Felsblöcke. Noch lauschte er angestrengt; da der Pfad mehrere Windungen machte, hätte er die Gegner nicht sehen können, auch wenn die Nacht weniger dunkel gewesen wäre.

Plötzlich ertönte von oben der scharfe Knall von Enriques Doppelbüchse. Da schleuderte Aurelio rasch drei der Felsstücke hinab und griff zur Büchse. Aus der Höhle eilte mit schußfertigem Karabiner der General und stieg unter Lebensgefahr den Felsen hinan, um den Deutschen zu unterstützen, falls er angegriffen würde. Von dem nach unten führenden Felspfad scholl Schmerzgebrüll herauf. Die mit mächtiger Gewalt zur Tiefe stürzenden Steine schienen ihre beabsichtigte Wirkung nicht verfehlt zu haben. Oben erschien General d'Urquiza eben zur rechten Zeit; Enrique hatte seine beiden Läufe abgeschossen. Einer der auf ihn eindringenden Lanceros, die tatsächlich, wie d'Urquiza es vermutet hatte, mit Hilfe von Lassos die Felsen erklettert hatten, war von seiner Kugel gefallen, den zweiten hatte er in der Dunkelheit gefehlt, und der dritte war eben im Begriff, mit der Lanze auf ihn einzudringen, als der General den Karabiner an die Wange riß und feuerte. Der Mann stürzte schwer hintenüber, und zwei andere, die schattenhaft im Hintergrund auftauchten, wichen, einen neuen Gegner vor sich sehend, eilig zurück. Schon hatte Enrique die Doppelbüchse wieder geladen und eilte den Weichenden nach. Als er sie erblickte, eilig nach unten kletternd, schoß er, und ein dumpfer Aufschrei belehrte ihn, daß er getroffen hatte. Die Gegner waren verschwunden, der Überfall abgeschlagen. Als er sich, rasch wieder ladend, umwandte, hörte er die Stimme des durch d'Urquiza niedergestreckten Mannes: »Misericordia por totos santos, Señor!«

»Bist du verwundet?« fragte der Deutsche.

»Schwer, Señor, mein Bein ist getroffen.«

Enrique machte sich erst wieder schußfertig, bevor er sich dem Manne näherte. Er warf einen Blick nach unten, doch nichts war zu erkennen, was auf eine Wiederholung des Angriffes hätte schließen lassen. Dann trat er zu dem Mann, und auch der General kam heran. In der Dämmerung war der Verwundete bereits gut zu erkennen.

»Die Waffen fort!« schrie Enrique ihm zu.

Der Mann schob stöhnend die Lanze von sich und warf das Messer weg. »Tötet mich nicht, Señores!« sagte er.

»Wir sind keine Mörder. Wer bist du?«

»Ein Lancero des Gobernadors von Santa Fé.«

»Was wolltest du hier?«

»Wir haben Befehl, den General d'Urquiza zu verhaften.«

»Wie kommt ihr dazu, ihn hier zu suchen?«

»Wir waren in Cordoba beim dortigen Gobernador, damit er uns helfe, den General zu fangen, doch er erklärte, daß er keinen Mann zur Verfügung habe, und so mußten wir unverrichteter Dinge wieder fort. Als wir durch die Pampa nach Süden ritten, fingen wir auf dem Pferd eines Kameraden, den ein Aleman jüngst erschossen, einen Burschen ein, der in seiner Angst gestand, wo er das Pferd gefunden und daß er auch den Aleman gesehen habe. Er hat uns hierhergeführt.«

»Wie stark seid ihr?« setzte Don Enrique das Examen fort.

»Wir waren fünfunddreißig Mann, als wir ins Tal ritten. Wieviel jetzt noch leben, weiß ich nicht.«

»Was vermutest du? Werden deine Kameraden einen neuen Angriff versuchen? Sage die Wahrheit, und ich will dich verbinden, im anderen Fall jage ich dir eine Kugel durch den Kopf, sobald ich merke, daß du gelogen hast.«

»Einen neuen Angriff wird man schwerlich wagen«, sagte der Mann. »Die Felsen sind schwer zu erklimmen. Ihr seid jetzt gewarnt, und die Männer fürchten Eure Büchse. Aber weichen? Ich glaube es nicht. Auf den Kopf des Generals ist ein hoher Preis gesetzt.«

»Aber wenn der General nun gar nicht hier wäre?«

»Unser Anführer glaubt, daß er noch hier ist, Señor.«

»Nun, mag er bei seinem Glauben bleiben«, sagte Don Enrique trocken, »ich werde jetzt Verbandzeug holen, um Eure Wunde zu verbinden.« Er ging und sagte leise zu d'Urquiza: »Danke Euch für den Schuß, General. Er kam zur rechten Zeit. Mit einer Lanze hätte ich es aufgenommen, ich bin ein ganz guter Bajonettfechter, aber nicht mit dreien.« Er half dem General den steilen Weg hinab und fand dort, wo der Pfad mündete, Aurelio mit der gespannten Büchse in der Hand. »Nun?« fragte er.

»Die Steine müssen Wunder gewirkt haben«, sagte der Junge, »ich hörte unten schreien, habe aber keinen Gegner gesehen.«

Als der Deutsche mit dem Verbandszeug und einem Instrument, die Kugel aus der Wunde zu entfernen, auf dem Felsen erschien, stieg gerade der Sonnenball über dem Horizont empor. Er sah jetzt, daß er in dem Verwundeten einen jungen, verwegen aussehenden Burschen vor sich hatte, der bleich am Boden saß und wimmerte. Enrique untersuchte die Wunde, fand, daß es sich um einen glatten Durchschuß handelte, verband den Mann und gab ihm zu trinken. In etwa vierzehn Tagen werde er geheilt sein, verhieß er. Der

Lancero stammelte einen Dank, und der Deutsche, der ihn jetzt nicht in die Höhle hinabschaffen wollte, bettete ihn im Schatten eines Felsstückes auf dem üppig sprießenden Gras. Die Sonne strahlte nun bereits vom hellen Himmel hernieder, und Enrique benützte sein Glas, um die Umgebung zu durchsuchen. Er stellte sogleich fest, daß sie nach wie vor von den Lanceros eingeschlossen waren. Allerdings befanden die Belagerer sich außerhalb des Schußbereiches seiner Büchse. So mußte man sich eben gedulden und die fernere Entwicklung der Dinge abwarten.

Er stellte nun den General an den Felsweg, sandte Aurelio hinauf, um oben Wache zu halten und machte sich selbst an die Bereitung eines Frühstücks. Während er noch damit beschäftigt war, vernahm er den hellen Ruf Aurelios. Er ergriff die Büchse und eilte nach oben.

»Seht, Don Enrique, was bedeutet das?« Der Junge wies in das Tal hinab, in das der Felspfad mündete.

Zu seinem Erstaunen sah der Deutsche, daß ihre sämtlichen Gegner in einem Haufen hielten und nach Nord ausschauten. Plötzlich ertönte, aus vielen Kehlen gerufen, ein schallendes »Adelante!«, und um eine Baumgruppe herum sprengte eine Reiterschar mit eingelegten Lanzen auf die Lanceros zu. Die warteten aber die Entwicklung des Angriffs erst gar nicht ab, sondern machten auf der Stelle kehrt und jagten auf schnaubenden Rossen davon, als sitze ihnen der Teufel im Nacken. Mit finsterem Grimm sah Aurelio den zerlumpten Burschen, der die Lanceros hergeführt hatte, auf dem Rücken seines Cid hinterherjagen. Er legte den Finger an den Mund und pfiff dem Tier, das von Jugend auf an diesen Lockruf seines jungen Herrn gewöhnt war. Cid bäumte sich wild bei dem vertrauten Laut und warf sich herum. Ehe der Reiter ihn wieder in seiner Gewalt hatte, flog diesem ein Lasso über den Kopf und riß ihn aus dem Sattel.

Die plötzlich aufgetauchte Reiterschar brauste vorüber. Enrique sah ihr in maßloser Verblüffung nach. Aurelio, glücklich, seinen Cid wiederzubekommen, eilte hinab, an dem erstaunten General vorüber, der offensichtlich auch noch nicht wußte, was er von der Sache halten sollte. Vom Fels kam jetzt der sehr erregte Enrique herab. Ehe der General noch eine Frage an ihn richten konnte, rief von unten eine dröhnende Stimme in deutscher Sprache herauf:

»Heda, Landsmann! Steckt Ihr da oben?«

»Hier!« antwortete fassungslos der Estrangero.

Man vernahm Schritte auf dem Felspfad, ein hochgewachsener Mann mit blondem Vollbart erschien, hinter diesem ein geschmeidiger Vaquero.

»Ein hübsches Adlernest habt Ihr Euch hier gebaut, Landsmann«, sagte der mit der dröhnenden Stimme, »mir scheint, ich bin gerade noch zurechtgekommen, um Euch das Ungeziefer zu verscheuchen?« Enrique, unfähig ein Wort zu sagen, drückte dem Blondbärtigen stumm die Hand.

Der Vaquero, ein Mann mit einem klugen Gesicht, hatte den General ins Auge gefaßt und war mit der leisen Frage an ihn herangetreten: »General d'Urquiza?« Als der General bejahte, zog der Vaquero ihn beiseite und verwickelte ihn in eine leise geführte Unterhaltung.

»Wie, um alles in der Welt, kommt Ihr hierher, Landsmann?« fragte Enrique, der sich mittlerweile gefaßt hatte, den Blondbärtigen.

»Das ist bald gesagt«, antwortete der. »Ihr wißt ja, daß am Tercero und am Bergabhang von Cordoba zahllose Deutsche wohnen, die engen Kontakt miteinander halten. Der Bursche, den sie da unten eben gefangen haben, ein elendes Subjekt, hatte einen Freund von mir, Klaus Hansen, ermordet und beraubt. Nun, da sind wir, unserer dreißig zusammen, zu Pferde gestiegen und haben, von zwei Vaqueros geführt, die Verfolgung aufgenommen. Wir hatten uns eben in Bewegung gesetzt, da kam jener Mann dort« – er deutete auf den Vaquero, der mit dem General d'Urquiza sprach – »und teilte uns mit, daß hier im Süden des Gebirges ein Deutscher in Gefahr sei, von den Soldknechten des Diktators in Buenos Aires umgebracht zu werden. Ich kannte den Mann, der durchaus kein Vaquero, sondern ein Senator aus Cordoba ist, die rechte Hand des Gobernadors, und wußte also gleich, daß mehr dahinterstecke. Nun sind wir Deutsche alle dem Gobernador ergeben, der ein ehrenwerter, uns wohlgesinnter Mann ist, und deshalb beschlossen wir, die

Gelegenheit zu nützen und hier einzuschreiten. Wir stießen auf die Spur des Banditen, folgten ihr, hörten, während wir lagerten, Eure Schüsse, brachen auf, jagten die Lanceros des Herrn de Salis zum Teufel, und da sind wir also. Das ist die ganze Geschichte.«

»Es ist eine großartige Sache!« versicherte Don Enrique und drückte dem Blondbärtigen die Hand.

»Wer ist der Señor, mit dem der Senator spricht?« fragte er und deutete heimlich auf d'Urquiza.

»Ein Mann, den ich vor Herrn de Salis' Söldnern gerettet habe«, antwortete Enrique.

»Also unser Freund!« stellte der andere fest. »Aber nun kommt mit hinunter und begrüßt Eure Landsleute«, fuhr er fort. Enrique folgte ihm und sah sich, unten angekommen, von einigen zwanzig Männern umringt, die trotz der Ponchos, mit denen sie bekleidet waren, sogleich als Estrangeros erkennbar waren. Sie standen in Gruppen umher und plauderten. Als Enrique mit seinem Begleiter herankam, richteten sich aller Augen auf ihn. Plötzlich stieß einer der Männer einen Überraschungsruf aus und kam schnellen Schrittes heran. »Aber das ist doch Erich Stormar«, rief er; Freude und Erstaunen malten sich gleicherweise auf seinem Gesicht.

»Stormar, seid Ihr's oder seid ihr's nicht?« »Natürlich ist er es!« rief ein anderer, der herangekommen war. »Wo habt Ihr denn um alles in der Welt gesteckt? Wir dachten, Ihr wäret längst nicht mehr im Lande.«

Don Enrique stand schweigend auf und sah auf die Männer; er war blaß geworden, aber in seinen Augen zuckte es verdächtig. »Ja«, sagte er schließlich leise, demjenigen, der ihn zuerst angerufen hatte, die Hand reichend, »ich bin es. Was hilft das Leugnen, da ihr einmal da seid?« Es erwies sich nun gleich, daß noch mehrere alte Bekannte von ihm unter den Männern waren, die sich nun einer nach dem anderen herandrängten, um ihm die Hand zu schütteln. Er ließ das alles einigermaßen teilnahmslos und gewaltsam bemüht, seine Bewegung zu verbergen, über sich ergehen.

»Es hieß unlängst, Ihr seiet tot, der Tyrann habe Euch verschwinden lassen«, sagte einer. »Großartig, daß Ihr am Leben seid. Aber warum vergrabt ihr Euch so? Ihr müßt mit uns kommen, Land genug ist vorhanden.« Enrique antwortete nicht.

»Ich war vor einigen Monaten am Parana«, sagte ein anderer der Männer, »da sah ich Euren Freund Arno Thormäl. Ihr wart früher doch immer unzertrennlich. Ich fragte ihn nach Euch, aber er sagte, Ihr seiet verschollen und wahrscheinlich nicht mehr am Leben. Thormäl ist mittlerweile ein großer Mann geworden, er hat eine Estancia, um die ihn ein Graf beneiden könnte. Wird der eine Freude haben, wenn er erfährt, daß wir Euch hier gesund und munter angetroffen haben.«

Das sehr blasse Gesicht Stormars hatte sich über diesen Worten zusehends verfinstert; er biß die Lippen zusammen und schwieg. »Was habt Ihr denn?« fragte der gesprächige Landsmann, aber Stormar winkte ab. »Später«, sagte er nur. Sein Blick fiel auf Aurelio, der, auf seinem wiedererlangten Cid sitzend, herangekommen war und staunend die stämmigen, durchweg blonden und ihn begreiflicherweise fremdartig anmutenden Gestalten der Reiter betrachtete. Er sah, daß Don Enrique von den Estrangeros jubelnd und freundschaftlich begrüßt wurde und schloß daraus und aus dem Äußeren der Männer sogleich, daß es sich um Landsleute seines Lebensretters handeln müsse. Als Stormar sich jetzt abwandte und der Junge den düsteren, fast zerquälten Ausdruck auf dem Gesicht des verehrten Mannes gewahrte, ritt er auf ihn zu und fragte: »Was ist das, Don Enrique? Freut Ihr Euch nicht, Landsleute getroffen zu haben? Es sind doch Landsleute von Euch?«

Stormar sah ihn an, und sein Gesicht hellte sich auf. »Doch, Aurelio«, sagte er, »ich freue mich sehr. Es kam da nur manches ein bißchen unerwartet. Auch Freude braucht Zeit, um zu wirken.«

Die deutschen Reiter hatten Feuer angezündet und bereiteten sich eine Mahlzeit. Nicht weit von ihnen lag der Bursche, der die Lanceros hergeführt hatte und von Cids Rücken mit dem Lasso heruntergeholt worden war, gebunden auf der Erde. In seinen zerrissenen Zügen malten sich Angst und Entsetzen; er wußte, daß er keine Gnade zu erwarten hatte.

Nach einiger Zeit kam auch der General in Begleitung des als Vaquero verkleideten Senators heran. Da sein Gastfreund ihm alle Vorräte der Höhle zur Verfügung gestellt hatte, trug er einen der dort vorhandenen Ponchos um die Schultern gehängt. Erich Stormar ging auf ihn zu. »Das war Hilfe in der Not, General«, sagte er; »es sind alles Landsleute von mir.«

»Ich hörte es«, antwortete d'Urquiza, »und ich kann dem Geschick nicht genug für diese Wendung danken, mit der schlechterdings niemand rechnen konnte. Der Zusammenhang der Dinge ist übrigens ganz einfach. De Salis hatte den Gobernador von Cordoba um Hilfe ersucht. Ortega ist aber ein alter Freund und Waffenbruder von mir. Selbst konnte er sich nicht bloßstellen, doch war er entschlossen, mich zu retten. Deshalb sandte er den Señor Dorrego aus« – er stellte den verkleideten Senator mit einer Handbewegung vor –, »und er vermochte es, Eure Landsleute, die gerade dabei waren, einen Spitzbuben zu jagen, für den Fall zu interessieren. Ich werde mich nun zunächst mit den Alemans nach Cordoba begeben, von dort aus werden wir weiter sehen. Wollt Ihr Euch nicht Eurer Einsamkeit entreißen und mit mir kommen?«

Stormar schüttelte den Kopf. »Erlaßt mir das jetzt, Don José«, sagte er, »Ihr könnt jederzeit auf mich zählen, und ich denke, eines Tages werde ich dabei sein, jetzt gehe es noch nicht.«

Die deutschen Reiter begannen sich fertig zu machen. Der noch auf der Felskuppe liegende Gefangene wurde mit Hilfe eines Lassos heruntergeschafft; er sollte ebenso wie der gebundene Mörder und Pferdedieb mitgenommen werden. Noch einmal wurde Stormar von den Männern bestürmt mitzukommen; er schüttelte den Kopf. »Ich werde zu Euch kommen«, sagte er, »später. Ich bin noch nicht soweit.«

Sie schüttelten ihm die Hände und schwangen sich auf die Pferde. Die Gefangenen nahmen sie in die Mitte. General d'Urquiza ging auf den neben seinem Cid stehenden Aurelio zu. »Leb wohl, mein junger Freund!« sagte er. »Bewahre José d'Urquiza ein gutes Andenken.« Er verabschiedete sich herzlich von dem zurückbleibenden Deutschen, schwang sich gleichfalls aufs Roß und ritt den anderen nach.

Erich Stormar, neben Aurelio stehend, sah hinter ihm her. »Dort reitet der Retter Argentiniens«, sagte er leise und wandte sich dann ab. Das Tal lag still und friedlich wie früher. Die Lanceros hatten immerhin Zeit gefunden, ihre Toten und Verwundeten mitzunehmen. Auch von denen, die Aurelio zweifellos mit den herabgeschleuderten Felsstücken getroffen hatte, war nichts mehr zu sehen.

Einige Tage vergingen den beiden in der Felseinsamkeit Zurückgebliebenen in vollkommener Ruhe. Sie ritten in die Bergwälder und in die Pampa und stellten den Hirschen nach; Erich. Stormars Wesen lockerte sich zusehends auf. In den Mußestunden erzählte er dem lauschenden Jungen von der fernen Heimat und von seinen Erlebnissen.

Eines Abends war Aurelio noch einmal auf den Felsvorsprung hinausgetreten, um die unvergleichliche Pracht des dunklen Sternenhimmels zu betrachten. Er war so in die Großartigkeit des Anblicks versunken, daß er auf nichts weiter achtete. Plötzlich glaubte er am südwestlichen Horizont ein Licht aufflackern zu sehen; das kam ihm sonderbar vor. Er ging zu Stormar in die Höhle und erbat sich sein Fernglas, um mit dessen Hilfe die auffällige Erscheinung zu prüfen. Er gewahrte in weiter Ferne deutlich drei rötliche Lichtpunkte. Stormar trat neben ihn und erstaunte, als er den Jüngling heftig zusammenzucken sah. »Was gibt es denn?« fragte er. Der sah ihn aus schreckenstarren Augen an. »Los Indios!« murmelte er.

»Indios? Wo?«

»Die Fanale am Rio Quinto leuchten«, stammelte Aurelio, »es ist gar kein Zweifel, die Puelchen sind da!« Nun schrak auch Stormar, der ja die Befürchtungen Don Juans kannte, zusammen. »Täuschst du dich auch nicht?« fragte er.

»Nein, Don Enrique«, sagte Aurelio. »Die Fanale warnen die Grenze vor den roten Räubern und rufen die Gauchos zusammen.« Er nahm die Büchse und sagte abschiednehmend: »Adio, amigo mio!«

»Was heißt das? Wohin willst du gehen?«

Aurelio sah ihn erstaunt an. »Wohin? Zu meinem Vater natürlich. Soll ich an seiner Seite fehlen, wenn der Puelche kommt?«

»Es wird dir nichts übrigbleiben, mein Junge«, sagte der Deutsche. »Denn ich kann dich nicht reiten lassen.«

In den Augen des Jünglings flammte es auf. »Was heißt das, amigo?« stieß er heraus. »Die Feuerzeichen rufen zum Kampf, mein Vater ist in Gefahr, und Ihr wollt mich zurückhalten?«

»Um dich vor dieser Gefahr zu schützen, hat dich dein Vater hierher gebracht«, sagte Stormar. »Ich bin ihm verantwortlich für deine Sicherheit.«

Das Antlitz des Jungen wurde fahl, seine Augen verschleierten sich. »Er liebt mich nicht«, stammelte er, »mein Vater liebt mich nicht. Sonst müßte er wissen, daß ich an der Schande sterben würde, wenn ich an seiner Seite im Kampfe fehlen müßte. Ich kann Euch nicht gehorchen, Señor«, sagte er, ruhiger werdend, aber mit unheimlicher Entschlossenheit. »Ich kann auch meinem Vater diesmal nicht gehorchen; Ihr würdet mich mit Gewalt zurückhalten müssen, und das werdet Ihr nicht tun. Gebt mir eine von Euren Lanzen, Don Enrique, ich werde sie brauchen.«

Er wartete die Antwort nicht ab. Er ergriff eine der an der Wand lehnenden Lanzen, flüsterte: »Hasta luego, amigo!« und eilte leichtfüßig davon.

Einen Augenblick nur stand der Deutsche verwirrt, dann eilte er dem Jungen nach. Aber Aurelio kam schon auf dem gesattelten Schimmel aus dem Korral geritten, die lange Lanze in der Hand.

»Ich reite mit dir«, sagte der Deutsche kurzentschlossen, »ich bin gleich bereit.«

Der Jüngling lächelte. »Teurer Freund«, sagte er, »Euer Maultier kann mit meinem Cid unmöglich Schritt halten. Fürchtet nichts! Gott ist über uns allen. Hasta luego!« Er gab dem Tier die Sporen und sprengte davon.

Schwer bedrückt blieb Erich Stormar zurück. Er wußte, es hatte keinen Sinn, dem Jüngling nachzureiten. Er kannte die heimlichen Zeichen nicht, die dem Gaucho den Weg durch die Pampa weisen, und außerdem hatte Aurelio selbstverständlich recht; sein bestes Maultier konnte mit dem Schimmel Cid nicht Schritt halten. Von den widerstreitendsten Empfindungen hin- und hergerissen, stieg er wieder zu seiner Höhle hinauf.

In der Pampa

Aurelio jagte durch die nächtliche Pampa. Die Wahl des Weges überließ er Cid. Seine Pulse jagten, und in seinem Herzen hämmerte die Unruhe. Der Vater war in Gefahr! Er selbst ging dem Unbekannten entgegen, einem Erlebnis, das er nur vom Hörensagen kannte. Er wußte: der Puelche war der Feind, der grausame, hinterlistige, von dessen erbarmungsloser Kriegführung die Gauchos an den abendlichen Feuern schaurige Dinge erzählten.

Keine Anwandlung von Furcht war in ihm. Er wußte, wenn die Gauchos aufgeboten wurden, um zum Kampf für ihr Leben und Eigentum anzutreten, lag der Sammelplatz südlich des Rio Quinto an einem weit ausgedehnten salzigen Sumpf, in einer Stellung, die dem von Süden andringenden Feind den Weg nach den Siedlungen verlegte und zugleich den sich sammelnden Gauchos einige Sicherheit gegen übermächtigen Angriff gewährte.

Dort würde er den Vater finden. Es hatte keinen Sinn, ihn erst auf der Estancia zu suchen. Die Sterne wiesen ihm den Weg nach Süden, der ihn schließlich an die Ufer des Rio Quinto führen mußte. Dabei war er sich klar darüber, daß er in dieser Nacht nicht mehr weit kommen würde. Cid war bereits von der Jagd ermüdet, und es war nicht klug, ihn zu Tode zu hetzen. Immerhin, das Ufer mußte er erreichen.

Und er erreichte es. Das Pferd gab her, was es zu geben hatte. Als es das frischere und weichere Pampasgras unter sich fühlte, das die Nähe des Flusses verriet, eilte es schneller vorwärts. Und schließlich glänzte vor ihm das silberne Band des Quinto; Aurelio sprang aus dem Sattel. Den Übergang über das Wasser mußte er auf den Morgen verschieben, er war bei Nacht zu gefährlich. Er sattelte Cid ab und ließ ihn laufen. Dann suchte er sich eine Lagerstatt unter einem dichtbelaubten Baum, wickelte sich in Poncho und Pferdedecke und streckte sich, den Sattel als Kopfkissen benutzend, zur Ruhe aus.

Die Sonne stand schon ziemlich hoch am Himmel, als er erwachte, und er machte sich Vorwürfe, so lange geschlafen zu haben. Nachdem er hastig das bißchen Mundvorrat, das noch von der Jagd her in seiner Tasche steckte, verzehrt hatte, sattelte er das Pferd, sah vorsorglich nach Büchse und Zündhütchen, stieg auf und ritt langsam am Ufer entlang, nach einer Furt suchend. Bald fand er eine zum Übergang geeignete Stelle und überquerte den Fluß.

Und wiederum nahm er den Weg nach Süden, mit der Sicherheit des Pampasbewohners sich nach den Gräsern richtend, die dem kundigen Auge deutlich die Spuren der kalten südlichen Luftströmungen zeigten. Er überanstrengte Cid nicht, denn er wußte, daß das Pferd für den Notfall bei Kräften bleiben mußte. Unausgesetzt flog sein prüfender Blick über die ungeheure Fläche der Pampa, er beobachtete den Flug der Vögel, aber nichts Verdächtiges fiel ihm auf. Als es an der Zeit war, eine weitere Ruhepause eintreten zu lassen, erlegte er mit den Bolas ein Pampaskaninchen, zündete mit Hilfe von Breasträuchern Feuer an und briet sich die Jagdbeute.

Er verbrachte eine zweite Nacht im Pampasgras und setzte seinen Ritt mit dem ersten Morgengrauen fort. Oft kreuzte er nun kleine Wasserarme, an deren Lauf er sich orientieren konnte, um die Richtung nach Süden nicht zu verlieren. Cid hielt alles, was er versprochen hatte, er durchmaß spielend den Raum.

Im Laufe des Nachmittags fiel ihm am Schilfsaum eines Baches, der in einiger Entfernung vorüberfloß, etwas auf. An einer Stelle folgten die langen Halme nicht mit gleicher Regelmäßigkeit dem sie beugenden Luftzug, auch schienen einige Gräser geknickt.

Was hatte das zu bedeuten? Er kannte die Indianer der Pampa und ihre Kriegsweise nur aus den Schilderungen anderer, wußte aber sehr wohl, daß gegenüber diesen mit der Schläue des Fuchses ausgestatteten Kriegern die denkbarste Vorsicht am Platze war. Seiner Berechnung nach konnte er nur mehr wenige Leguas von den Salzsümpfen entfernt sein, denn er ritt durch hartes Gras. War der durch den Schilfsaum gekennzeichnete Wasserlauf sumpfig, dann war es möglich, daß sich dort vor ihm ein Hirsch gesuhlt hatte. Waren die Indios aber schon auf dem Kriegszug, dann war es auch nicht unmöglich, daß ihre Späher bis nördlich der Sümpfe streiften.

Plötzlich flogen zu seiner Rechten, weit oberhalb der ihm verdächtigen Stelle, einige Enten auf. Aurelio stutzte. Was hatte die Tiere hochgescheucht? Sein Auge mühte sich, den Schilfsaum zu durchdringen, aber er gewahrte nichts Verdächtiges; die Enten fielen gleich darauf wieder ein.

Er beschloß dennoch, den Bach weiter unten zu durchreiten. Als er sich dem Ufer näherte, strengte er Auge und Ohr auf das äußerste an, vernahm aber nichts als das leise Rauschen des Schilfes und sah auch nichts, was Verdacht erregen konnte. Er ritt in das Schilf hinein, das einen schmalen Saum bildete, dann durch das ziemlich seichte Wasser, und gewann ohne Schwierigkeit das jenseitige Ufer.

Als er drüben den Schilfsaum eben verlassen wollte, strauchelte Cid, der mit den Vorderhufen in eine unsichtbare Vertiefung geraten war, und der Reiter, gezwungen, der unfreiwilligen Bewegung zu folgen, neigte sich nach vorn. Diese Bewegung rettete sein Leben, denn dicht hinter seinem Kopf sauste eine schwere Kriegsbola vorbei, die, mit großer Sicherheit geschleudert, ihn unfehlbar getroffen haben würde, wenn das ausgleitende Roß ihn nicht vornüber gerissen hätte.

Bedienen die Pampasindianer sich auf der Jagd gegen große Tiere dreier dieser durch Riemen miteinander verbundenen Schleuderkugeln, während sie gegen geringeres Wild nur zwei anwenden, so schleudern sie im Krieg, besonders beim Angriff, um den Gegner zu verwirren, nur eine Kugel, die wie die anderen an einem kurzen Riemen um das Haupt geschwungen und dadurch zu tödlicher Wirkung beflügelt wird.

Aurelio fühlte das Sausen des Geschosses, er kannte das Geräusch, und, den Kopf wendend, sah er in etwa fünfzig Schritt Entfernung einen braunen Reiter halten, dessen von langem, dunklen Haar umrahmter Kopf gerade noch über das Schilf hervorragte. So sehr er erschrak, faßte er sich doch sogleich, gab Cid die Sporen und legte die Lanze ein.

Der Schimmel flog wie ein Pfeil vorwärts; ein gellender Ruf des Indios folgte ihm. Nach einigen gewaltigen Sprüngen riß Aurelio das Tier herum, daß es sich auf der Hinterhand fast auf der Stelle drehte, und hielt die Lanze vor. Schon hielt er dem Wilden gegenüber und sah in die dunklen, haßfunkelnden Augen des Mannes. Der Wilde mochte überrascht sein; er hatte wohl vorausgesetzt, daß der Reiter auf dem Schimmel die Flucht ergreifen würde. Jetzt warf er gewandt sein Pferd zur Seite und beschrieb in leichtem Galopp einen Bogen um seinen jugendlichen Gegner. Aurelio ließ Cid halten, folgte mit leichter Drehung der Bewegung des Puelchen und musterte den Wilden, der ihn mit so tückischem Angriff überfallen hatte.

Er sah einen kräftigen Mann von dunkler Hautfarbe mit den charakteristischen Gesichtszügen der Indios vor sich. Das straffe, lang herabwallende Haar war durch ein glitzerndes Band zusammengehalten, ein wallender Poncho fiel dem Mann von den Schultern herab, die lange, mit Straußenfedern geschmückte Lanze ruhte leicht in seiner Hand.

Der Mann, obgleich sicherlich älter als Aurelio, war gleichfalls noch jung, er war stämmiger und vor allem erheblich breitschulteriger als dieser. Nachdem sie ein Weilchen einander lauernd und beobachtend umkreist hatten, ließ der Puelche sein Pferd wieder in leichtem Bogen ansprengen; Aurelio vollführte die entgegengesetzte Bewegung, so daß die beiden Reiter einen Kreis beschrieben, dessen Durchmesser wohl siebzig bis achtzig Schritt betragen mochte. War Aurelio auch noch nie im Kampf gewesen, so war er doch in allen Phasen des Reiterkampfes Mann gegen Mann durch Juan geübt worden und wußte, daß es dem Wilden darauf ankam, ihm die Sonne ins Gesicht zu bringen, um dann auf ihn loszustürmen. Der Puelche erkannte bald, daß er einen Reiter ersten Ranges und ein unvergleichliches Pferd vor sich hatte, das dem leisesten Schenkeldruck folgte.

Als der Indio bei der kreisenden Bewegung der beiden Reiter zum zweitenmal die Sonne im Rücken hatte und sie Aurelio gerade in die Augen schien, sprengte er plötzlich mit eingelegter Lanze auf den jungen Gaucho los. Aber mit einigen Sprüngen seines Cid nach links vereitelte der Jüngling den gefährlichen Angriff und bot dem Indio die Brust, während sie beide die Sonne zur Seite hatten.

Wieder begann dasselbe Manöver wie vorher. Als durch Aurelios Geschicklichkeit und die Vortrefflichkeit seines Pferdes auch der zweite Angriff mißlang, lachte der Junge dem Indio in das Gesicht. Der fühlte den Hohn umso tiefer, als sein Gegner noch so jung war. Plötzlich sprengte er zurück.

Aurelio blieb an seinem Platz halten; die Sonne hatte er nun zur Rechten. In einer Entfernung von zweihundert Schritt hielt auch der

Wilde. Aurelio sagte sich, daß der eigentliche Angriff nun erfolgen werde; sein Auge haftete fest auf dem Feind. Der Puelche setzte sein Pferd in leichten Galopp, direkt auf Aurelio zu. Dieser tat augenblicklich das gleiche und steigerte den Lauf seines Tieres, sobald der Indio eine raschere Gangart einschlug.

Sie mochten noch hundert Schritt voneinander entfernt sein, da legte der Puelche die Lanze ein und sprengte nun im vollen Rosselauf heran, gellende Schreie ausstoßend und die Spitze seiner Waffe in kreisende Bewegung setzend.

Gleichzeitig mit dem Puelchen spornte auch Aurelio seinen Cid zu rasendem Lauf, auch seine Lanze bewegte sich hin und her, um den Gegner irrezuführen, nur Sekunden dauerte es, bis die Reiter sich erreichten, und nur sekundenlang währte die Entscheidung. Im letzten Augenblick war es Aurelio durch eine blitzschnelle Bewegung gelungen, die Lanze des Indios zur Seite zu drängen; dicht an seiner Schulter stieß sie vorbei ins Leere, gleichzeitig traf die eigene Waffe den Roten in die Brust. Er mußte sie loslassen, um nicht mitgerissen zu werden. Blitzschnell riß er sein Pferd herum und griff für alle Fälle nach der Büchse. Da sah er den Puelchen zu Boden stürzen.

Langsam ritt er heran und sah mit Schaudern den Todeskampf des Gegners. Er zog ihm die Lanze aus der Wunde und suchte ihm beizustehen, doch tat der Mann schon nach wenigen Minuten seinen letzten Atemzug.

Nach der Anstrengung des Kampfes fühlte Aurelio sich ermattet und niedergeschlagen. Er hatte einen Menschen töten müssen; in seinem Innern krampfte sich etwas zusammen, wenn er daran dachte, aber er hatte keine Gelegenheit, lange betrüblichen Gedanken nachzuhängen, denn als er jetzt aufsah, gewahrte er einen Reiter, der von Osten her in rascher Gangart auf ihn zusprengte. Er sah sofort, daß es sich um einen Indianer handelte. Er warf einen hastigen Blick über die Pampa und sah: auch von Westen jagte ein Mann heran, ebenfalls ohne Zweifel ein Puelche. Und endlich, der Atem drohte ihm zu stocken, gewahrte er auch im Süden, wenn auch noch in weiter Entfernung, drei herannahende Reiter, die er gleichfalls für Indios halten mußte. Mit solcher Übermacht konnte er keinen Kampf aufnehmen; jetzt galt es, der Schnelligkeit Cids zu vertrauen.

Ein Jüngling von weniger Kühnheit und Umsicht wäre nach Norden zu entflohen, Aurelio sagte sich indessen, daß er sich dadurch von seinen Freunden entfernte, und das wollte er nicht. Sehr viele Späher der Puelchen konnten in diesem Teil der Pampa unmöglich sein. Er beschloß, dem von Osten herankommenden Gegner unmittelbar entgegenzureiten. Gelang es ihm, diesen kampfunfähig zu machen, dann durfte er hoffen, in der Nacht nach Süden ausbrechen und am anderen Tage die Salzsümpfe erreichen zu können. Entschlossen, sich der unausweichlichen Gefahr zu stellen, befestigte er die Lanze an seinem linken Arm und nahm die Büchse zur Hand. Er hatte sich in diesen Tagen unter Erich Stormars Anleitung geübt, auch vom Rücken des jagenden Pferdes zu schießen. In raschem Galopp jagte er nach Osten zu, dem Puelchen entgegen. Bald darauf bemerkte er, daß die von Süden kommenden Reiter ihre Richtung geändert hatten, und zwar nach Osten zu. Doch waren sie noch zu weit entfernt, um bei einem Zusammentreffen Aurelios mit dem Puelchen eingreifen zu können.

Die schußfertige Büchse in der Hand sprengte Aurelio dem Indio entgegen. Doch war er entschlossen, die Waffe nur im äußersten Fall zur Verteidigung seines Lebens anzuwenden, einen so nachhaltigen Eindruck hatte der Tod des ersten Gegners auf ihn hinterlassen. Er mochte sich dem Puelchen etwa auf tausend Schritt genähert haben, als dieser hielt und nach Süden ausschaute; doch kam er gleich darauf wieder näher. Aurelio ließ ihn herankommen. Zweihundert Schritt, dachte der Junge, eine weite Entfernung, aber es müßte schon gehen. Der Puelche deckte sich, so gut es gehen wollte, hinter dem Hals seines Pferdes. Er rechnete wohl nicht ernstlich damit, daß eine Büchse auf diese Entfernung hin sicher zu treffen vermöchte. Aurelio zielte auf die Brust des Indianerpferdes und drückte ab. Das Tier bäumte sich auf und brach in die Knie. Der Indianer sprang ab und jagte mit hastigen Sprüngen auf das Unterschilf zu. Aurelio ließ ihn laufen; er wußte, daß er von dem unberittenen Mann nichts mehr zu fürchten hatte. Er sah nach dem von Westen kommenden Gegner aus, aber der hatte sonderbarerweise bereits gewendet und jagte in der Ferne davon. Dagegen waren die drei Reiter im Süden inzwischen so nahe herangekommen, daß

Aurelio es für gut hielt, seinen Cid ausgreifen zu lassen, damit ihm nicht der Weg nach Osten abgeschnitten würde. Eben wollte er sich in Galopp setzen, als er gewahrte, daß einer der drei Reiter eine Lanze emporhob und einige sonderbare Schwenkungen damit veranstaltete. Er schrie auf vor Freude. Er wußte: da kam Juan Perez heran; er kannte das Lanzenzeichen.

»Adelante! Adelante!« rief er Cid zu und sprengte, die Zeichen mit seiner Lanze beantwortend, in vollem Lauf auf die Reiter zu. Kurze Zeit darauf hielt er vor Don Juan, der ihn mit einem Gemisch von Stolz, Rührung, Freude und Mißbilligung anblickte.

»Wie kommst du hierher?« fragte der Gaucho, und mühte sich, dem Mißfallen im Ton seiner Stimme das Übergewicht zu verschaffen.

»Oh, Padrazo« – Aurelio sah dem Gaucho treuherzig in die Augen –, »ich sah die Fanale brennen, und ich wäre gestorben vor Scham, wenn ich in müßiger Sicherheit hätte bleiben müssen, während du in den Kampf zogst.«

»Und Don Enrique?« fragte Don Juan.

»Oh, Vater, er wollte mich halten, aber ich bin ihm fortgelaufen. Er sagte mir auch, warum du mich in die Berge geschickt hast, aber – o, Padrazo, das war nicht recht! Ich gehöre an deine Seite, wenn Gefahr droht.«

Satansbengel! dachte der Gaucho, und in seinen Augen schimmerte es. Er kämpfte die Rührung nieder, aber er drückte dem Jungen die Hand. »Du hast dich wehren müssen?« fragte er.

»Ja, Vater!«

»Der Puelche ist ins Schilf entwischt.«

»Ich wollte ihn nicht töten, Vater. Mich schaudert's noch, wenn ich an den Tod des andern denke.«

»Du hast zweimal kämpfen müssen?«

Aurelio berichtete in kurzen Worten, was sich ereignet hatte. Des Gauchos Auge leuchtete in wildem Stolz bei den schlichten Worten des Jungen. Er lobte ihn nicht, aber er streichelte ihn mit den Blicken. »Wir lagen im Gras«, sagte er, »um die Pampa zu überwachen, und gewahrten Cid erst nach dem Schuß.«

»Du hast Cid erkannt?«

»Da war nicht viel zu erkennen«, sagte der Gaucho. »Kein Puelche reitet einen Schimmel, und auch kein erfahrener Gaucho wird auf einem so auffälligen Tier in den Kampf ziehen. Komm, wir wollen uns den Toten ansehen.«

Juans beide Begleiter waren, nachdem sie Aurelio freundlich zugenickt hatten, sofort auf den Schilfsaum zu weitergeritten.

»Wo sind deine Vaqueros?« fragte Aurelio.

»Sie fangen den Burschen ein, den du geschont hast.«

Sie ritten der Stelle zu, wo Aurelio mit dem ersten Puelchen aneinandergeraten war. Juan fragte nach d'Urquiza und erfuhr nun staunend und nicht wenig erschrocken von den Ereignissen im Cordobagebirge und von der Gefahr, in der Aurelio geschwebt hatte. »Die Tiger sind am Werk!« murmelte er, »aber sie werden nicht gar zu lange mehr triumphieren. – Dein Aleman ist ein braver Kerl«, sagte er zu Aurelio, »ich wußte das schon lange. Es ist gut, daß Landsleute ihn aufgestöbert haben; hoffentlich entreißen sie ihn seiner sinnlosen Vereinsamung.«

Vom Bach her verkündete Jubelgeschrei, daß die Vaqueros den Indio gefangen hatten. Eben brachten sie den mit einem Lasso umschnürten Mann heran und stellten ihn vor Don Juan hin. Der Gefangene zeigte den finsteren Trotz, mit dem der Indianer der unabwendbaren Gefahr zu begegnen pflegt. Er trug einen zerrissenen Poncho auf dem nackten Oberkörper, die Chiripa und die landesübliche Botas aus der Haut eines Pferdebeines.

»Sprichst du Spanisch, Puelche?« fragte Perez. Der Indianer antwortete nicht.

Juan zuckte die Achseln. »Laß uns weiterreiten«, sagte er, »es ist zwecklos, einen Indio, der nicht sprechen will, von seinem Vorsatz abbringen zu wollen.« Bald darauf hielten sie vor dem toten Puelchen. Der Gefangene stieß einen unterdrückten Seufzer aus, als sein Blick auf die Leiche fiel. Juan sah an Tracht und Stirnband sogleich, daß er einen Mann von hohem Rang vor sich hatte. »Wer ist das,

Puelche?« fragte er den Gefangenen. Aber der antwortete auch jetzt nicht, doch jedem, der die indianische Natur kannte, mußte die innere Bewegung des Mannes auffallen. Einer der Vaqueros hob das dem Toten entfallene glänzende Stirnband mit der Lanzenspitze auf und betrachtete es eingehend. Plötzlich durchlief ein Zucken sein Gesicht, und ein Ausruf des Staunens entrang sich seinen Lippen. »Es ist Maripil, der Sohn von Jankitruß«, sagte er, Don Juan das Band hinreichend, »hier ist sein Zeichen: die Viper.«

»Santissima madre!« fuhr der Gaucho auf, »Maripil, die beste Lanze der Puelchen?« Sein dunkler Blick suchte und fand Aurelio. »Ahnst du, wen du getötet hast?« sagte er und konnte nicht verhindern, daß seine Stimme zitterte. Aurelios Antlitz rötete sich. »Ich habe mich gewehrt, wie du es mich gelehrt hast, Vater«, sagte er.

»Nun, por le nombre de dios! Diese Tat macht deinen Namen in der ganzen Pampa bekannt«, rief der Gaucho, und nun flammte offener Stolz in seiner Stimme. »Maripil war der erste Krieger der Puelchen. O, salve hijo mio! Das ist ein guter Beginn!«

»Salve Aurelio!« riefen die Vaqueros und strahlten den Jungen an, der sich vor Verlegenheit nicht zu fassen wußte.

»Zurück nun zu den Unseren«, rief Juan Perez, »wir haben bereits zu lange verweilt. Nehmt das Pferd Maripils mit«, befahl er den Vaqueros. Das Tier weidete in der Nähe und wurde ohne Mühe eingefangen. Man befahl dem Gefangenen, es zu besteigen; er bekam einen Lasso um den Hals und ritt nun zwischen den anderen mit nach Süden.

Bald trafen sie auf die vordersten Vorposten der Gauchos, die gut versteckt aufgestellt waren, und nicht lange darauf waren sie bei den auf einer von Sümpfen umgebenen Landzunge lagernden Männern, die zur Verteidigung der Grenze ausgezogen waren. Die Stellung war gut gewählt, schützte vor Überfällen, war leicht zu verteidigen und zugleich bedrohlich für die vordringenden Puelchenscharen, die von hier aus in der Flanke gefaßt werden konnten. Alles das wußten die Indios gut, ganz gewiß ihr kampferfahrener Häuptling Jankitruß. Die Gauchos waren sehr zur Überraschung des Puelchenführers so zeitig im Feld erschienen.

Die Ankommenden wurden von allen Seiten mit Zurufen begrüßt, doch hielt Juan Perez nirgendwo an, sondern ritt zwischen den Feuern hindurch, um Alfonso Diaz, den obersten Führer der Gauchos, zu suchen; bald darauf traf er ihn an einem der Feuer in Gesellschaft mehrerer Unterführer.

»Nun, Juan Perez, was bringst du uns?« fragte Diaz.

Juan sprang vom Pferd. »Ich bringe dir, Capitano, in meinem Sohn Aurelio den Sieger über Maripil, den Sohn des Jankitruß. Er hat ihn in der Pampa in tapferer Notwehr mit der Lanze getötet.«

Diaz und die anderen fuhren bei diesen Worten empor und sahen verblüfft auf Aurelio, der sich vor dem Capitano verneigte. Von den nächsten Feuern kamen einige Männer heran.

»Wie?« fragte Diaz, den Blick auf Aurelios jugendliche Züge gerichtet, »du, Junge, hast Maripil getötet, den Besten der Puelchen?«

Aurelio wußte nichts zu antworten, er verneigte sich.

»Hier ist Maripils Stirnband«, sagte Juan, es Diaz überreichend, »und dort ist sein Pferd.« Von dem war der Gefangene inzwischen heruntergehoben worden; sein Sattel und Zaumzeug waren reich mit Silber besetzt.

»Nun«, sagte Diaz, ein narbenbedeckter Mann von etwa fünfzig Jahren, »du wirst groß werden in der Pampa, mein Junge. Maripil war noch gefährlicher als sein Vater. Juan Perez, du bist um einen solchen Sohn zu beneiden.« Er reichte Aurelio die Hand; die näherstehenden Gauchos drängten sich herbei, und der Junge bekam viele Hände zu schütteln.

Nur einer blieb abseits, ein noch junger Mann mit nicht unschönen Zügen, die aber jetzt von Neid und Mißgunst entstellt schienen. Es war der Sohn des Capitano. Niemand achtete auf ihn, auch Aurelio nicht.

Einem Lauffeuer gleich verbreitete sich die Kunde durch das Lager, der Sohn des Gauchos Juan Perez habe den tapfersten und geschicktesten Krieger der Puelchen im Einzelkampf getötet. Und auch Juan Perez hatte Mühe, seine innere Bewegung zu verbergen.

Der gefangene Puelche war vor den Capitano geführt worden. Diaz richtete in spanischer Sprache verschiedene Fragen an ihn; er antwortete so wenig wie vorher. Der Capitano ließ einen Mann rufen, der den Puelchendialekt sprach. Der fragte den Gefangenen. wie viele Krieger Jankitruß für den Überfall aufgeboten habe. »Genug, um euch alle an den Schweifen ihrer Rosse durch die Pampa zu schleifen!« antwortete der Puelche höhnisch. Weiteres war auch in seiner Stammessprache nicht aus ihm herauszubringen.

Die Nacht war hereingebrochen, überall loderten die Feuer. Reges Leben herrschte im Lager, Gitarren klangen auf, hier und da ertönte ein Lied.

Aurelio saß in einer Runde junger Männer; er mußte immer wieder die Einzelheiten seines Kampfes mit Maripil schildern. Währenddessen weilte Don Juan im Kreise der Gauchoführer, um die für die bevorstehende Auseinandersetzung erforderlichen Maßnahmen mit ihnen zu beraten.

Reiterkünste

Die nächsten Tage blieben noch ruhig. Eine weitere stattliche Schar Gauchos traf ein, sonst geschah nichts von Bedeutung. Das Lager war in weitem Umkreis wohlbewacht. Die Führer konnten von sich aus nichts unternehmen, solange über die Absichten und Pläne des Gegners nichts Näheres bekannt war. Es waren Kundschafter seit Tagen unterwegs; ihre Rückkehr wurde mit fieberhafter Spannung erwartet. Weiter südlich befand sich ein zweiter Sammelpunkt des Gauchoheeres, und es war durchaus notwendig, daß beide Gruppen gemeinsam operierten. Die Puelchen pflegten ihre Raubzüge stets mit starken Kräften zu unternehmen, zudem war Jankitruß als kluger und erfahrener Häuptling bekannt; zweifellos war er über Stärke und Verteilung der Gauchos längst eingehend unterrichtet.

Die neu eingetroffenen Gauchos hatten viel Vieh mitgebracht; man litt keine Not im Lager und war durchaus guter Dinge. Um die Männer zu unterhalten, hatte Alfonso Diaz die Durchführung von Reiterspielen angesetzt. Etwa zwanzig junge Männer, die besten und kühnsten Reiter der Grenze, hatten sich zum Wettkampf gemeldet, unter ihnen auch Aurelio.

Die Sonne hatte eben den Zenit überschritten, als die Lagerinsassen sich zusammenfanden, um den Spielen beizuwohnen. Für den Sieger im Wettkampf waren drei Preise ausgesetzt worden: ein Poncho von feiner Vikunawolle, ein Paar silberne Sporen und ein reich geschmückter Zaum. Als Preisrichter waren einige ältere angesehene Männer der Gauchoreiterei bestimmt worden; sie saßen unter dem Vorsitz des Anführers Diaz auf einem erhöhten Platz.

Aurelio war nur einem kleinen Teil der Anwesenden bekannt gewesen, jetzt, nach seinem Sieg über Maripil, war sein Name in aller Munde.

Einundzwanzig junge Gauchos hielten am Rande der Rennbahn auf ihren Pferden, ausschließlich Reiter von ungewöhnlicher Geschicklichkeit; Aurelio auf Cid war der jüngste unter ihnen. Es galt zunächst, die Kunst des Reiters im jähen Herumwerfen des Pferdes zu zeigen. Zwei Lassos waren in etwa zwei Fuß Höhe parallel nebeneinander ausgespannt worden; der Zwischenraum betrug nur wenig mehr als eine gute Pferdelänge. In diese Gasse hinein galt es in vollem Rosseslauf zu sprengen, das Pferd in dem engen Raum herumzureißen und zum Ausgangspunkt zurückzujagen. Das Kunststück vermochte selbst nach dem Urteil der auf dem Pferderücken groß gewordenen Gauchos nur ein guter Reiter zu vollbringen. Es gelang vielen, aber nach dem einstimmigen Ausspruch aller Preisrichter wurde die schwierige Übung von Aurelio am fehlerlosesten durchgeführt; er wurde zum Sieger erklärt.

Die zweite Aufgabe bestand darin, einen am Zweig eines Ombusbaumes in Reiterhöhe hängenden Ring in voller Karriere mit der Lanze zu durchstechen. Nur zwölf Bewerber meldeten sich für das schwierige Unternehmen. Zweien von ihnen gelang es: dem jungen Diaz und Aurelio.

Nunmehr gab es ein Wettrennen auf ungesatteltem und ungezügeltem Pferd; nur der Lasso durfte zur Lenkung benützt werden. Eine stattliche Anzahl junger Männer hatte sich gemeldet; Aurelio ritt nicht mit. Diese Übung zeigte die Reitergeschicklichkeit der Gauchos in vollem Glanz. Jeder Fremde, der unbefangen dem glänzenden Schauspiel beiwohnte, mußte zu der Überzeugung kommen, hier die besten Reiter der Welt vor sich zu haben. Sieger in diesem Wettrennen wurde der Junge Diaz.

Nach Beendigung dieser Vorführung kamen mehrere junge Leute zu Aurelio und machten ihm freundschaftliche Vorwürfe, daß er nicht mitgeritten sei. Er. könne sich doch nicht an allem beteiligen, sagte Aurelio.

»Aber von den Pfählen springen wirst du doch?«

»Ich weiß nicht«, sagte Aurelio, »ich möchte lieber nicht.«

Diaz' Sohn, der eben heranritt und die Äußerung gehört hatte, verzog sein Gesicht zu einem spöttischen Lächeln. »Du wagtest wohl den Ritt auf dem ungesattelten Pferd nicht, Don Aurelio?« fragte er. »Ja, dazu gehören Reiter!«

»Ich wollte dir den Sieg nicht streitig machen, Don Jeronimo«, antwortete Aurelio ruhig.

»Mir den Sieg streitig machen?« Diaz lachte schallend. »Der Mann ist größenwahnsinnig!« sagte er und ritt davon. Aurelio begriff gar nicht, wie Jeronimo zu einer solchen Äußerung kommen konnte, doch vermochte er nicht lange darüber nachzudenken, denn nun drangen die anderen wieder auf ihn ein. »Noch den Sprung von den Pfählen, Don Aurelio!« wurde ihm von drei, vier Seiten zugerufen, und er besann sich nun nicht mehr lange. »Gut«, sagte er, »ich mache es. Dann wird Don Jeronimo sehen, daß ich es sehr wohl hätte wagen können, zum Ritt auf dem nackten Pferd anzutreten.«

Die Burschen klatschten in die Hände vor Begeisterung, und schnell wurden die Vorbereitungen zu dem beabsichtigten Kunststück getroffen. Zwei Pfähle wurden so nahe nebeneinander in die Erde gerammt, daß ein Pferd eben noch dazwischen durchlaufen konnte.

»Sucht ein feuriges Pferd aus!« sagte Aurelio.

Ein wilder Rappe wurde von den Reservepferden herbeigeholt. Die jungen Männer banden nun ihre Lassos zusammen und bildeten mit ihnen auf der einen Seite der beiden Pfähle eine lange Gasse, deren Abschluß eben von den Pfählen gebildet wurde. Jeronimo Diaz war wieder herangekommen; er hielt auf seinem Pferde; sein Gesicht war finster verkniffen.

Aurelio stellte sich, den Lasso in der Hand, mit den Füßen spreizbeinig auf die beiden Pfähle, den Rücken der Gasse zugewandt. Don Juan kam heran, er blickte nicht unbesorgt auf den Jungen, der, allen sichtbar, auf den Pfählen stand. Er wußte um die Gefährlichkeit des Kunststückes, das Aurelio da unternehmen wollte; freilich nicht zum ersten Male.

Jetzt wurde der Hengst sattellos mit Lassohieben und wilden Zurufen weit hinter Aurelio in die Gasse getrieben, um zwischen den Pfählen hindurch den Weg ins Freie zu suchen. Mit flatternder Mähne raste das geängstigte Tier in wildem Lauf durch die Gasse. Es erreichte die Pfähle, glitt zwischen ihnen hindurch und – auf seinem Rücken saß Aurelio, warf dem Tier blitzschnell den Lasso über die Nase und zog zu. Das Tier bäumte auf, machte einen Seitensprung, aber der Reiter saß fest; die eisernen Schenkel und der Lasso Aurelios belehrten das rasende Tier, daß es seinen Meister gefunden habe. Zitternd kam es eine Minute später in leichtem Galopp, völlig in der Hand seines Reiters, zurück.

Stumm hatten alle dem gewagten Sprung auf den bloßen Rücken des wilden Pferdes zugesehen; nun, da Aurelio zurückkam, brach ein nicht endenwollendes Jubelgeschrei aus. Aurelio sah sich so von den vor Begeisterung tobenden und schreienden Männern umringt, daß sein Pferd stehen mußte, ob es wollte oder nicht.

Als der Jubel sich gelegt hatte, sagte einer der Anwesenden spöttisch zu Jeronimo Diaz:»Nun, mach es nach, wenn du's wagst!«

»Albernes Kunststück!« sagte Jeronimo.

»Ich wollte, ich könnt's«, entgegnete der andere trocken.

Man sah dem jungen Diaz an, daß er innerlich kochte. Er wandte sich jetzt finsteren Blickes Aurelio zu. »Kannst du auch ein jagendes Pferd mit der Lassoschlinge am rechten Hinterfuß einfangen?« fragte er.

»Ich denke schon«, antwortete Aurelio kühl; er sah nun, daß Diaz ihn reizen wollte. »Ja, ich kann noch mehr«, fuhr er fort, »ich kann auf dem Pferd reiten, das du am Hinterhuf fängst.«

»Diablo!« murmelte Diaz, »es ist eine unwahrscheinliche Frechheit!« »Gut«, sagte er gleich darauf. »Mit Prahlen ist's nicht getan. Zeige uns, was du zu können behauptest, dann wollen wir es glauben.«

Unter den Gauchos wurden Überraschungsrufe laut. Jeder wußte, daß hier das Leben vom Bruchteil einer Sekunde abhing. Sprang der verfolgte Reiter nicht im Augenblick aus dem Sattel, da die Schlinge sich um das Bein des Pferdes legte, war er rettungslos verloren. »Tue es nicht, Aurelio«, sagte Don Juan, der herangekommen war und finsteren Gesichts die kurze Auseinandersetzung mit angehört hatte. »Ich bin herausgefordert worden, Vater«, antwortete der Junge, »ich muß es annehmen.« Hier und da erhob sich Murren unter den Gauchos, aber jeder sah ein: Aurelio war gefordert worden, er konnte nicht mehr zurück. Mit brennendem Interesse folgten die Männer den Vorbereitungen. Cid wollte Aurelio der Gefahr, gelähmt zu werden, nicht aussetzen, er wählte deshalb mit Sorgfalt ein anderes ihm geeignet erscheinendes Pferd und sattelte es selbst mit großer Aufmerksamkeit. Das Tier ging leicht und gehorsam unter seiner geschickten Hand. Auch Jeronimo bestieg seinen Renner.

»Also den rechten Hinterhuf, Don Jeronimo«, wiederholte Aurelio die Bedingung.

In Jeronimos Auge glimmte ein gefährlicher Funke. »Wohl, den rechten Hinterhuf«, antwortete er.

Einer von Aurelios Freunden mochte den Blick bemerkt haben. »Nimm dich in acht«, flüsterte er dem Jungen zu, »es könnte ein Versehen vorkommen.« Aurelio lächelte stolz.

Die beiden Reiter sprengten im Galopp an und flogen leicht über das Gras. Jeronimo Diaz war ein vorzüglicher Reiter und handhabte die Wurfschlinge mit Meisterschaft. Nur wenigen war es überhaupt gegeben, den Huf eines dahinjagenden Pferdes mit dem Lasso zu fangen.

Tief auf den Hals seines Rosses gebeugt, jagte Aurelio heran. Angestrengt lauschte er dem Hufschlag des Verfolgers. Jeronimo ritt ein besseres Pferd als er.

Jetzt gab er seinem Gaul die Sporen, und flüchtiger ging er unter ihm dahin. Der Blick Jeronimos und die Äußerung seines Freundes hatten ihn doch mit leisem Mißtrauen erfüllt. Er mußte, wollte er ungefährdet davonkommen, auf der dem gefangenen Fuß entgegengesetzten Seite abspringen. Rückwärts zu schauen ist bei dieser Gangart nicht möglich. Schon nahten sie sich dem Lager, und Jeronimo jagte bereits dicht hinter ihm her, den Lasso ums Haupt schwingend.

Vorgebeugt, sein Tier fest am Zügel und seinen Lauf mit den Sporen beflügelnd, die Schenkel angepreßt, während er die Füße aus den Bügeln gezogen hatte, jagte Aurelio in das Lager hinein, zwischen die vor Aufregung fiebernden Männer. Einer dunklen Befürchtung nachgebend, hatte er den Kopf etwas nach links geneigt, so daß sein Blick gerade noch den Hinterfuß des Rosses erreichen konnte.

Die Schlinge des Lassos entflog Jeronimos Hand und faßte, während er sein starkes Pferd herumriß und ihm die Sporen in die Flanke preßte, den l i n k e n Fuß des verfolgten Tieres. Aurelio sah den Lasso heranfliegen und verließ mit gewaltigem Schwung den Sattel auf dessen r e c h t e r Seite. Er strauchelte kaum, während das eben verlassene Pferd in die Knie stürzte, ohne sich übrigens ernsthaft zu verletzen.

Donnernder, nicht endenwollender Jubel begleitete die Ausführung des verwegensten und gefährlichsten aller Reiterkunststücke, das demjenigen, der den rechten Augenblick versäumte, den Tod bringen konnte.

»Victor! Victor!« schrien alle wie besessen. »Viva Don Aurelio! Viva Don Aurelio!« brauste es über die Pampa.

Juan Perez biß die Zähne zusammen und verkrampfte die Fäuste. »Dem Himmel sei Dank!« stammelte er in den brandenden Jubel hinein. Aber dieser Jubel war kaum verebbt, da drangen rauhe und drohende Stimmen von der Stelle herüber, wo die Preisrichter saßen.

»Er ist ein Schurke! Ein feiger, mörderischer Schurke!« brüllte ein Mann über den Platz. Augenblicklich verbreitete sich lähmende Stille. »Er hat bewußt und absichtlich nach dem linken Huf geworfen!« rief die Stimme. »Dabei wußte er, daß das Leben des Reiters auf dem Spiele stand.«

Alle wandten sich dem Redner zu. Es war dies ein alter Gaucho aus der Nachbarschaft Juan Perez', der Aurelio seit Jahren kannte. Er trat drohend auf Jeronimo zu, der neben seinem Vater stand. Die Preisrichter zeigten alle ernste, düstere Mienen, und der alte Diaz schien fassungslos; er blickte mit einem Ausdruck irren Entsetzens auf den Sohn. Und jetzt erst wurde den meisten klar, was eigentlich geschehen war. Viele hatten zu weit gestanden, um Einzelheiten feststellen zu können, andere hatten in der Erregung des Augenblicks nicht darauf geachtet.

»Ich habe mich in der Aufregung geirrt«, stammelte der durch die finsteren Mienen der Männer eingeschüchterte Junge Mann.

»Wem willst du das vorlügen?« schrie der alte Gaucho. »Du, der beste Lassowerfer weit und breit, wirst in einem solchen Fall links und rechts verwechseln! Ginge es nach mir, du solltest diesen Schurkenstreich büßen!«

Ringsherum erhob sich drohendes Murmeln. »Ruhe! Frieden!« mahnten andere. »Es war ein Zufall, muß ein Zufall gewesen sein; ein Gaucho tut so etwas nicht.«

Da trat Juan Perez vor, dem nun erst klar wurde, was da geschehen war. Er sah Jeronimo, und er täuschte sich so wenig wie die überwiegende Mehrzahl der Gauchos über die wahren Zusammenhänge. »Jeronimo Diaz«, rief er mit vor Zorn und Erregung bebender Stimme, »hättest du nach der Verabredung geworfen und mein Sohn wäre gestürzt, so wäre es des Schicksals Wille gewesen, und wir hätten uns fügen müssen. Aber dein Wurf bedeutete den Tod für Aurelio, und dieser Wurf war beabsichtigt, du wirst das vergebens bestreiten. Die Heiligen haben ihn geschützt und dich mit. Denn wäre ihm ein Unglück begegnet« – die Stimme wurde schneidend –, »so wahr ich Juan Perez heiße, du hättest es mit dem Leben bezahlt! Hüte dich, mir in den Weg zu kommen, Jeronimo Diaz, meine Bolas sind als unfehlbar bekannt.«

Jeronimo war bei diesen Worten kreidebleich geworden. Der alte Diaz, aschgrau im Gesicht, kam auf Perez zu. »Oh, Juan Perez«, murmelte er, »was bedeutet das?« – »Sei ruhig, Don Alfonso«, antwortete Juan, »du bist ein ehrenwerter Mann. Wollte Gott, es wären alle wie du!«

Aurelio kam heran. »Ich will und kann das nicht glauben«, sagte er, »es war sicherlich nur ein unglücklicher Zufall!«

»Der dir das Leben kosten konnte«, sagte einer der Preisrichter.

Die Stimmung war sehr gedrückt, die Freude an den Reiterspielen allen verleidet. Doch wurde Aurelio einstimmig der erste Preis zuerkannt. Der kostbare Poncho, ein Meisterstück chilenischer Arbeit, wurde ihm überreicht. Jeronimo Diaz, der ohne dieses Zwischenspiel mindestens den zweiten Preis verdient hätte, ging, gleichfalls nach einstimmigem Urteil, leer aus.

Die Gauchos saßen hinterher gleichwohl noch lange beisammen, und hier und da ließ sich auch wieder eine Gitarre vernehmen. Im Laufe des Abends ließ sich ein alter Gaucho neben Juan Perez nieder, von dem dieser wußte, daß er mit der Familie Diaz befreundet war. »Ich bin überzeugt, daß du Don Jeronimo unrecht getan hast«, sagte der Mann, »er hat sicherlich nicht absichtlich falsch geworfen.«

»Ich wünschte, daß du recht hättest«, antwortete Perez.

»Trage es ihm jedenfalls nicht nach. Schon seines Vaters wegen nicht.«

»Ich bin nicht nachtragend«, sagte Juan, »aber Jeronimo soll sich hüten, mich von neuem zu reizen.«

»Er ist selber ganz niedergeschlagen.«

»Freut mich zu hören«, knurrte Don Juan.

Sie schwiegen eine Weile, dann sagte der Freund der Diaz:

»Dein Sohn reitet einen wundervollen Schimmel. Würdest du ihn nicht verkaufen, wenn man dir genug bietet?«

Juan Perez sah den anderen an; ein Zucken lief über sein Gesicht. »Was würde man mir denn dafür bieten?« fragte er.

»Was würdest du zu drei jungen Hengsten aus Mendozas Gestüt sagen?«

»Ich kenne die Tiere nicht.«

»Sie stammen von dem berühmten Renner Mustafa ab.«

»Das ließe sich hören«, sagte Perez. »Wer bürgt für die Bezahlung?«

»Sie stehen im Korral von Alfonso Diaz«, sagte der Mann. »Er selbst wird bürgen.«

»Gut«, versetzte Juan Perez, »die Bürgschaft Alfonso Diaz' genügt mir. Gebt noch Sättel und Zaumzeug für die Hengste dazu und der Tausch ist mir recht.«

»Es ist abgemacht?«

»Es ist abgemacht. Der Schimmel gehört Euch.«

»Gut«, sagte der Gaucho und entfernte sich; Juan blieb in Gedanken versunken zurück.

Bald darauf traf er mit Aurelio zusammen. »Hör zu, mein Sohn«, sagte er, »wenn wir reiten, wirst du den Braunen nehmen. Es ist ein vortreffliches Pferd. Zudem bist du leichter als ich; es wird großartig unter dir laufen. Ich selbst werde Maripils Pferd nehmen.«

»Und Cid?« fragte Aurelio befremdet.

»Cid habe ich verkauft.«

»Vater! Du hast Cid verkauft? Aber warum? Wie konntest du nur?« Er war fassungslos.

»Es war notwendig, Aurelio«, sagte der Gaucho. »Finde dich damit ab.«

Aurelio pflegte sich den Weisungen und Entscheidungen des Vaters bedingungslos zu fügen; er tat es auch jetzt, aber der Schmerz über Cids Verlust stand deutlich in seinem Gesicht. Er begriff sie nicht, diese Entscheidung, sie erschien ihm als eine Strafe, und er wußte nicht, wofür.

»Sei ruhig, mein Junge«, sagte der Gaucho, und schon aus dem Klang seiner Stimme war zu entnehmen, daß es sich nicht um eine Strafmaßnahme handeln konnte, »sei ruhig, du wirst ein schöneres und besseres Pferd erhalten, ich verspreche es dir. Und übrigens: Schmäh meinen Braunen nicht. Du wirst auch auf ihm Ehre einlegen. Danke Gott, Aurelio, daß er dir heute so gnädig war.«

Sie suchten das Lager auf, aber Aurelio konnte noch lange nicht schlafen. Er trauerte Cid nach; zum ersten Male verstand er den Vater nicht.

Die Puelchen

Am Morgen erschienen Boten im Lager und fragten nach dem Capitano. Sie berichteten über die Lage in der Pampa und brachten Botschaft von dem Befehlshaber der weiter südlich operierenden Gauchoschar. Alfonso Diaz ließ die Unterführer zusammenrufen und unterrichtete sie über die eingetroffenen Meldungen. Danach hielten die Puelchen in starker Zahl im Westen des Waldsees. Der Anführer der südlichen Abteilung schlug vor, Diaz sollte mit ihm am Ufer des Salmonero, eines salzigen Sumpfes etwa in der Mitte zwischen beiden Kampfgruppen gelegen, zusammentreffen. Die Caudillos stimmten zu, und gleich darauf riefen die dumpfen Töne der Hörner die Reiter in den Sattel. In kurzer Zeit war alles bereit. Aurelio bestieg den Braunen seines Vaters; Cid war bereits abgeholt worden, und Don Juan schwang sich auf das gefangene Indianerpferd, dem er den eigenen Sattel aufgelegt hatte.

Die Gauchoschar war in drei Abteilungen gegliedert, deren jede unter einem besonderen Anführer stand, während Alfonso Diaz das Ganze leitete. Bei der ersten Abteilung, die auch zuerst aufbrach, befand sich Jeronimo Diaz; er ritt, wie Aurelio zornig bemerkte, auf Cid. Die zweite Abteilung folgte, mit ihr Alfonso Diaz selbst; die dritte stand unter dem Befehl Juan Perez'. Sie bestand größtenteils aus jüngeren Leuten; Aurelio unter ihnen.

Die Reiter waren in landesüblicher Art mit Lanze, Lasso und Bolas ausgerüstet. Nur wenige trugen Gewehre auf dem Rücken; auch Aurelio führte seine Büchse mit. Späher waren der vorrückenden Streitmacht weit vorausgesandt, die nun in leichtem Galopp über die Pampa ritt.

Nach einigen Stunden machten sie Halt und fütterten die Pferde. Sie sprachen von dem bevorstehenden Kampf. Aurelio fiel ein, was ihm Don Enrique über europäische Reiterangriffe erzählt hatte. »Unsere Kampfesweise ist falsch«, sagte er. »Ein geschlossener, wohlformierter Angriff erzielt ganz andere Wirkungen als der Ansturm einer ungeordneten Reiterschar.« Die jungen Männer hörten ungläubig zu; einige lachten. Sie waren gewöhnt, in wilden Haufen, jeder einzelne sich der Schnelligkeit seines Pferdes überlassend, anzugreifen, der eigenen Kraft und Geschicklichkeit vertrauend.

»Du wirst uns noch erzählen, daß die Europeos besser reiten als die Gauchos!« lachte ein junger Mann.

»Nein, Don Emilio«, sagte Aurelio, »das glaubt selbst mein Freund, der Aleman, nicht. Er sagt, die Gauchos seien die ersten Reiter der Welt. Trotzdem würden sie einem geschlossenen Angriff europäischer Reiterformationen nicht widerstehen können.«

»Das mag er ruhig glauben«, sagte Don Emilio, »er hat sicher noch keine Gauchos beim Angriff gesehen.«

»Wahrscheinlich doch«, erwiderte Aurelio, »sicherlich können wir jedenfalls von den Europeos, was die Kriegführung betrifft, mancherlei lernen. Mein Vater hat unter den großen Capitanos gefochten, und sie alle hatten ihre Feldherrenkunst von den Europeos gelernt oder sie in Spanien oder Frankreich erworben.«

»Da drüben sollen die Leute gar zu Fuß kämpfen, habe ich gehört«, sagte ein anderer, »mich schaudert, wenn ich daran denke.«

»Sie kämpfen wirklich zu Fuß«, versetzte Aurelio, »und mein Lehrer, Don Estevan, hat mir erzählt, daß selbst die furchtbaren Reiterangriffe des großen Franzosenkaisers Napoleon in einer großen Schlacht an den fest im Viereck stehenden Fußtruppen gescheitert sind.«

»Napoleon hätte Gauchos haben müssen, dann hätte er gewonnen«, lachte ein junger Mann.

Während sie noch so dasaßen und plauderten, riefen die Hörner zum Aufsitzen. Wenig später saßen alle im Sattel. Von Süden her jagten, noch weit entfernt, einige Reiter heran; sie winkten mit den Lanzen.

Von der mittleren Abteilung der Gauchos hielten Alfonso Diaz und seine Unterführer. Sie sahen nach Süden aus. Aller Augen folgten ihren Blicken.

»Die Puelchen kommen«, sagte Juan Perez und deutete auf einige nach Westen flüchtende Strauße, die so weit entfernt waren, daß nur das schärfste Auge sie wahrnehmen konnte. »Dort reiten sie«, sagte er und machte noch auf einen kreisenden Kondor aufmerksam, der einem Pünktchen gleich am Horizont schwebte.

»Wenn Murillo nicht rechtzeitig eintrifft, müssen wir den Kampf allein aufnehmen oder den Puelchen den Rücken zeigen«, bemerkte Alfonso Diaz.

»Wir werden gleich hören«, rief einer der Caudillos, »dort kommen schon die Späher.« Ohne deren Ankunft abzuwarten, beorderte Don Alfonso zwei jüngere, gut berittene Gauchos, den Befehlshaber der anderen Gauchogruppe, Murillo, aufzusuchen und ihn über Lage und Stellung zu unterrichten.

Die Späher kamen heran und meldeten, daß eine starke Indianerschar nordwärts ziehe; die ungefähre Zahl hatten sie nicht feststellen können. Von Murillo hatten sie nichts bemerkt. Die Indios hatten den Salmonero umgangen und waren nach Norden vorgedrungen, bevor die beiden Gauchogruppen sich vereinigen konnten. Das schloß indessen nicht aus, daß sie sich mit einem Teil ihrer Kräfte direkt gegen Murillo gewandt hatten. Jankitruß, der Puelchenhäuptling, war ein sehr erfahrener Reiterführer.

Die Männer ordneten sich nun in drei Haufen, die beim Angriff nach einem bestimmten Punkt vordringen sollten. Den scharfen Augen der Gauchos bezeichneten flüchtige Tiere die Stellung der Indianer, und es währte nicht lange, da gewahrten sie auch schon deren Vortrab.

»Wir werden bald wissen, wie stark sie sind«, äußerte Juan Perez, »die müssen dort vor uns über die Bodenwelle.« Bald erhoben sich, in weiter Entfernung noch, riesige Staubwolken. »Es sind mindestens zweitausend Pferde, die dort herankommen«, sagte Juan.

»Dann wird es geraten sein, den Rückzug anzutreten«, versetzte Alfonso Diaz, »wir sind kaum achthundert Mann. Wollen wir nicht von Murillo abgedrängt werden, müssen wir nach Osten; dann haben wir die Puelchen in der Flanke. Gelingt es ihnen, uns den Weg nach Süden zu verlegen, müssen wir fechten, oder sie vernichten Murillo.«

Während er noch überlegte, gewahrte man einige Reiter, die von Südosten kamen; das konnten nur Boten Murillos sein. Die Reiter näherten sich mit großer Schnelligkeit. Sie waren Abgesandte Murillos und meldeten, daß ihr Capitano mit seiner Gruppe heranziehe, da ihm die Bewegung der Puelchen nicht verborgen geblieben sei. »So nehmen wir den Kampf auf«, sagte Diaz.

Die Boten wußten weiter zu berichten, daß sie weiter nördlich eine kleine Reiterschar bemerkt hätten. Bei diesen Reitern habe es sich zweifellos nicht um Indianer gehandelt. Die hier versammelten Gauchos hatten nichts von diesen Reitern gesehen; sie maßen der Meldung keine Bedeutung bei; wahrscheinlich handelte es sich um einen Karawanenzug nach Mendoza.

Die Feinde kamen näher; schon waren die weit auseinandergezogenen Linien der Puelchen zu erkennen. Bald mußte man mit ihnen zusammenstoßen.

Alfonso hatte seinem Sohn, der am rechten Flügel weilte, wiederholt sagen lassen, er solle nicht den Schimmel reiten, doch der Junge hatte sich nicht belehren lassen. Der Cid sei das beste Pferd der Pampa, hatte er erklärt, und er wolle es reiten, wenigstens solange es Tag sei. Juan Perez hatte seine Leute nach Gauchoart geordnet. Sein Gesicht war ernst und verschlossen, dann und wann streifte ein sorgenvoller Blick das Gesicht Aurelios. Die immer näherkommenden Puelchen verfolgten offensichtlich die Absicht, die Gauchos auf beiden Flanken zu überflügeln.

Perez hatte die Flintenträger zu einer geschlossenen Gruppe vereinigt. Die Männer hatten den Befehl, die Kampfhandlungen mit einem Salvenfeuer zu eröffnen, bevor sie zur Lanze griffen und sich an dem allgemeinen Angriff beteiligten. Er wußte aus Erfahrung, daß die Puelchen zuerst ihre Bolas zu schleudern pflegten, ehe sie die Lanze zum Angriff senkten; er hoffte, sie durch die Schüsse zu erschüttern und seinen eigenen Vorstoß auf solche Weise wirksamer zu machen.

Die heranstürmenden Indios boten mit ihren flatternden Ponchos und den wehenden, mit Bändern geschmückten langen Haaren einen malerischen Anblick. Manches Auge ging spähend nach Südosten, aber von Murillos Gauchos war noch nichts zu bemerken. »Tief zielen!« rief Perez, »trefft die Pferde!«

Eine lange, dunkle Reihe Indianer kam wogend heran; allen voran ritt ein hochgewachsener Krieger. Aurelio hob seine Büchse und schoß; der Mann stürzte vom Pferd.

»Feuer!« rief Juan, und die Büchsen der Gauchos entluden sich. Sie richteten Verwirrung in den Feindreihen an; die gefürchteten Bolas kamen nicht.

»Adelante!« schrie Diaz, »Adelante!« antwortete der Ruf der Unterführer. Drüben erscholl das wilde Gebrüll der Indianer, hier das Feldgeschrei der anstürmenden Gauchos; mit eingelegten Lanzen prallten die Reiterhaufen aufeinander.

Das aus fünfzig Gewehren abgegebene Feuer der Gauchos hatte die Indianer stark erschüttert; schon vor dem Zusammenstoß wälzten sich Männer und Pferde am Boden. Die Gauchos, obgleich unregelmäßiger anreitend als die Indios, waren dadurch im Vorteil; sie wüteten wie die Teufel. Die Puelchen warfen die Pferde herum, jagten davon.

Die Gauchos, kampfglühend, wollten hinterher, das donnernde »Alto!« Juan Perez' hielt sie zurück.

»Sammeln!« befahl er, »die Gewehre laden!« Er ritt zwischen den jungen Leuten umher. »Nie nachstoßen ohne Befehl!« sagte er, »die Wilden sind tückisch.«

Vom rechten Flügel, dem offenbar der Hauptstoß gegolten hatte, klang tosendes Geschrei herüber. Die Männer sahen: die Gauchos dort drüben wankten, wichen zurück, allen voran das weiße Pferd Jeronimo Diaz'. Fünfzig Reiter waren ihm auf den Fersen. War er verwundet? Er schien des Pferdes nicht Meister, die Feinde erreichten ihn, drei, vier Lassos fielen auf ihn nieder, rissen ihn aus dem Sattel; reiterlos jagte Cid über die Pampa. Infernalisches Jubelgeschrei gellte bei den Indios auf.

»Das ist die Rache für Maripil und die Vergeltung für den Lasso am linken Fuß«, murmelte Perez. »Warum mußt du den Schimmel reiten, auf dem Jankitruß' Sohn besiegt wurde?« Kaltblütig flog der Blick des Gauchos über das Feld. Die Stellung der Kämpfenden hatte sich verschoben. Erst war der rechte Flügel der Puelchen zurückgewichen, jetzt der der Gauchos. Doch noch hielt das Zentrum die Stellung.

Freilich, die Übermacht der Feinde war groß. Die auf dem rechten Flügel geworfenen Gauchos jagten davon, von einer großen Zahl Indianer gefolgt. Doch der geschickte Kazike Jankitruß, der mit wilder Freude gesehen hatte, wie der Reiter des Schimmels stürzte, in dem alle Puelchen den Besieger Maripils vermuten mußten, ordnete seine Leute bereits zu einem zweiten Angriff.

Aurelio, der im dichtesten Gewühl gekämpft hatte, ritt unter seinen Gefährten umher und beschwor sie, in geschlossenem Treffen zu fechten. »Gut«, riefen einige, »ordne du uns, du bist der erste Reiter der Pampa.«

Schnell ordnete Aurelio die jungen Männer in zwei Abteilungen; Juan ließ ihn gewähren. Die Schlachtreihe der Puelchen setzte sich schon in Bewegung, als von Norden her Schüsse krachten und alle hinter den flüchtigen Gauchos einhersprengenden Indianer in höchster Eile zurückjagten. Dicht hinter ihnen tauchte eine dichtgeschlossene Reihe von Reitern auf, die im Trab herankamen. Nun begann sich auch der versprengte Flügel der Gauchos wieder zu sammeln.

Doch die Puelchen griffen nun mit aller Gewalt den linken Flügel und gleichzeitig das Zentrum an. Juans Augen weilten auf Aurelio, der in der Mitte wie selbstverständlich das Kommando ergriffen hatte. Die Puelchen kamen heran, die Büchsen der Gauchos krachten und lösten verheerende Wirkung aus. Die geschlossene Reihe der jungen Männer, Juan Perez und Aurelio voraus, ging zum Angriff über. Dicht geschlossen, die Lanzen eingelegt, jagten sie auf die ungeordnet herankommenden Indios los. Sie warfen, eine undurchdringliche Mauer, die Puelchen im ersten Anprall über den Haufen.

Gleichwohl wurde im Zentrum hart gekämpft. Jankitruß führte hier persönlich. Alfonso Diaz, schwer getroffen durch den Tod des Sohnes, focht wie ein Rasender. Aber die Übermacht war zu stark; es war kein Zweifel, daß die Indios am Ende das Feld behaupten mußten, da erscholl in der Flanke der Puelchen ein Schlachtruf, wie er bis zu diesem Tage wohl nie zuvor in der Pampa gehört wurde. »Hurrah!« brüllte es, und an die fünfzig Männer auf starken Pferden jagten in geschlossener Schlachtordnung zwischen die Indios, alles niederwerfend, was sich ihnen in den Weg stellte. Allen voran sprengte ein blonder Mann mit blitzendem Säbel, der nach links und rechts wuchtige Hiebe austeilte.

»Vater!« rief Aurelio jubelnd, »hörst du, Vater? Don Enrique ist da mit den Alemans!«

Staunend sahen die Söhne der Pampa, wie die Alemans in die Scharen Jankitruß' einbrachen. Das Zentrum der Gauchos sammelte sich wieder und drang abermals vor. Und auch der rechte Flügel formierte sich neu und stellte sich nochmals zum Kampf.

Jankitruß gab das Zeichen zum Rückzug. Seine Männer waren weit über das Schlachtfeld zersprengt.

»Adelante! Adelante!« erklang es aus den Reihen der Gauchos, und »Adelante!« hallte es im Rücken der Indios wider. Murillos Schar stürmte heran. Da faßte Entsetzen die ohnehin schon weichenden Puelchen. Tote und Verwundete zurücklassend, jagten sie nach Westen in wilder, regelloser Flucht, von Murillo und Diaz' rechtem Flügel, der die Scharte auswetzen wollte, verfolgt. Die anderen blieben zurück; Mensch und Tier waren nach dem heißen Kampf erschöpft.

»Gott sei gelobt!« sagte Juan Perez; sein flammender Blick suchte Aurelio, der vor seiner tapferen Schar hielt. Die Gefahr war beseitigt, die Indios auf der Flucht, von Tausenden rachgierigen Gauchos verfolgt.

»Vater, hier ist Don Enrique«, rief Aurelio.

Dort hielten die fünfzig Deutschen von Cordoba, vor ihnen Erich Stormar. Juan Perez und Aurelio ritten hin. »Don Enrique!« »Amigo mio!« tönte es hin und zurück; Hände fanden sich zu herzhaftem Druck.

»Was sollte ich machen?« sagte Erich Stormar. »Als Aurelio mir davonlief, ritt ich zu meinen Landsleuten nach Cordoba und stellte ihnen die Gefahr vor, die den Ansiedlungen von den Indios drohte. Ich sagte ihnen, daß es ihre Pflicht als nunmehrige Kinder Argentiniens sei, den Nachbarn in der Gefahr beizuspringen. Es ist mir nicht schwer geworden, sie zu überzeugen. – Da sind meine Männer«, sagte er, auf seine Reiter deutend. »In der Eile, die geboten war, konnte ich nur diese kleine Schar zusammenbringen.« Perez ritt zu ihnen hin und sagte den von allen angestaunten Alemans Worte herzlichen Dankes.

Bald darauf brachte man ihm die Nachricht, daß auch Alfonso Diaz gefallen sei. Damit fiel nach den getroffenen Vereinbarungen der Oberbefehl an ihn. Er befahl, sich der Verwundeten anzunehmen und ein Lager für die Nacht vorzubereiten. Eine Gefahr seitens der Puelchen war nicht mehr zu erwarten.

Die Gauchos zählten an achtzig Tote und eine größere Zahl Verwundeter; die Verluste der Puelchen betrugen ein Vielfaches.

Die Nacht kam heran, und die Feuer wurden entzündet. Juan Perez und Aurelio weilten mit ihren engsten Gefährten bei den Deutschen, die so rechtzeitig in den Kampf eingegriffen hatten. Mit Verwunderung betrachteten die Gauchos die stämmigen, größtenteils hochgewachsenen und blondbärtigen, ihnen so fremdartigen Gestalten der Estrangeros, deren schwungvollem Angriff Jankitruß am Ende erlegen war. Aurelio saß neben seinem Freund aus dem fernen Deutschland, und er sowohl als auch Juan Perez freuten sich, daß der Bann, der Erich Stormar den Menschen ferngehalten hatte, gebrochen schien. Die blonden Männer, die selbst außer einigen leichter Verletzten keine Verluste zu beklagen hatten, waren nun nach der Schlacht heiter und guter Dinge, sie sangen die Lieder ihrer Heimat, denen die Gauchos mit Interesse lauschten.

Der furchtbare Ernst des Tages war vergessen, und bald breitete sich der Friede der Nacht über die schweigende Pampa.

Gefährlicher Besuch

Pati, genannt der Feuerkopf, arbeitete im Garten der Estancia. Er warf von Zeit zu Zeit einen Blick nach Süden, als ob er von dorther etwas erwarte. Auf der Veranda saß im vollen Licht der Morgensonne die alte Mulattin und nähte. Sie sah auf, als Don Estevan aus der Tür trat, und war nicht wenig erstaunt, ihn mit einer alten Reiterpistole und zwei Karabinern beladen zu sehen.

»Um Gottes Willen, Don Estevan«, sagte sie, »was wollt Ihr denn mit dem Schießzeug?«

Der junge Gelehrte schob seine Brille zurecht, sah die Alte flüchtig an und antwortete mit bedächtigem Ernst: »Es könnte ja immerhin sein, daß es den Indios einfiele, auch unserer Estancia einen Besuch abzustatten. Ich halte es jedenfalls für richtig, wenn wir uns auf diese Möglichkeit vorbereiten.«

Da wärest du gerade der Rechte! dachte die Mulattin und konnte angesichts der schmächtigen Gestalt des Lehrers ein Schmunzeln nicht unterdrücken. »Bringt bloß das schreckliche Zeug wieder fort«, sagte sie, »ich sehe es schon losgehen.«

»Señora«, versetzte der Bakkalaureus, »ich habe böse Dinge von diesen Puelchen und Pehuenchen gehört und will Sancho veranlassen, noch einige Verteidigungsmaßregeln für den Fall eines Angriffs zu treffen.«

In eben diesem Augenblick betrat Pati die Veranda. »Nanu, Don Estevan«, sagte er, »was treibt Ihr denn da?«

»Lacht mich nicht aus«, antwortete der Gelehrte. »Wie wäre es, wenn wir eine Art Wall um das Haus errichteten und alle verfügbaren Schußwaffen bereitmachten?«

»Redet ihm das bloß aus, Don Sancho«, sagte die Alte, »es gibt sonst noch ein Unglück.«

Pati sah den Bakkalaureus mit einem offenen Lachen an. »Gebt Euch keine Mühe, Don Estevan«, sagte er, »die Gauchos stehen gegen die Roten im Feld. Wie sollten die Puelchen hierher kommen?«

»Die Gauchos könnten immerhin der Übermacht weichen müssen«, versetzte der Gelehrte.

»Weichen?« Pati schien entrüstet. »Die Gauchos vor diesen lumpigen Indios weichen? Ihr habt Vorstellungen!«

»Ich bin geneigt, alles für möglich zu halten und mich deshalb auf alle Möglichkeiten vorzubereiten«, sagte Don Estevan.

Pati wurde plötzlich ernst. »Denkt nicht, daß ich Euch höhnen will, oder daß ich Eure Sorge gering achte«, sagte er, »nur über eines dürft Ihr Euch ruhig klar sein: wenn die Gauchos geschlagen sind, dann sind die Puelchen wie der Wirbelwind hier und schneiden uns mit oder ohne Vorbereitungen die Hälse ab.«

»Das will ich wenigstens so lange wie möglich zu hindern suchen«, sagte der Bakkalaureus, dem es, obgleich er stets hinter den Büchern hockte, keineswegs an Mut und Entschlossenheit fehlte. »Es ist schade, daß wir Don Aurelio nicht hier haben«, sagte er, »er könnte in die Pampa reiten und uns als eine Art Vorposten dienen.«

Pati warf einen Blick in die fernen Berge und sagte: »Es ist gut, daß Aurelio nicht hier ist. Zu halten wäre er nicht gewesen, und zum Kampf mit den Puelchen ist er noch zu jung. Er ist bei dem Aleman ganz gut aufgehoben.«

»Das ist schon richtig«, versetzte der Bakkalaureus, »und im Grunde bin ich auch froh, daß er bei dem Aleman ist. Der Mann weiß auch geistige Güter zu schätzen; der Junge kann manches von ihm lernen.« Er unterbrach sich plötzlich und wies mit der Hand nach draußen. »Was sind denn das für Reiter?« sagte er und zeigte auf den Waldsaum am Fluß.

Pati sprang jäh auf und blickte hinaus. Dort drüben ritten fünf Lanceros; sie kamen den Rio Quinto herauf. Er wandte sein Auge und erblickte eine zweite Gruppe uniformierter Lanzenreiter, die von der anderen Seite näherkamen. Im Antlitz des Rotkopfes erschien ein grimmiger Ausdruck. »So, sind die Kanaillen schon da!« murmelte er.

Ein junger Neger, der im Feld gearbeitet hatte, kam atemlos zur Veranda gelaufen und meldete: »Soldados kommen von Osten her, viele Soldados.« Pati zwang sich zur Ruhe. »Na, hoffentlich bringen sie Gutes«, sagte er. »Geh an deine Arbeit, und sei höflich zu den Soldados!« Als der Neger fort war, wandte er sich Don Estevan zu und sagte: »Wenn Ihr Aurelio lieb habt, Señor, so laßt vor den Soldaten kein Wort über seinen Aufenthalt verlauten.« Der Gelehrte sah ihn erstaunt an. »Wenn Ihr meint, daß es dem Jungen Nachteil bringen könnte, gewiß nicht«, antwortete er. Pati wandte sich der Mulattin zu: »Hast du gehört, Jaquita?«

»Ich habe gehört, Don Sancho«, die Alte sah Pati mit großen Augen an, »Jaquita wird nichts sagen.«

Pati trat vor die Veranda und sah nach den Lanceros aus; die schwenkten ein und kamen auf die Estancia zugeritten.

»Ah, da ist ja der Cabezarojo, den Gomez so ins Herz geschlossen hat«, murmelte der voranreitende Offizier, als er den Rotkopf erblickte, »also sind wir an der richtigen Stelle.« Er kam heran, zügelte sein Pferd und sagte, die Hand leicht an das Käppi legend:

»Nun, mein feuerhaariger Freund, wem gehört denn diese schöne Estancia?«

»Sie gehört Señor Perez, Euer Gnaden«, antwortete Pati und zog seinen breitrandigen Strohhut.

»Und wer bist du?«

»Der Majordomo Don Juans, Sancho Pereira«, antwortete Pati.

»Ich hoffe, Ihr werdet den Soldados seiner Excellenz einige Gastfreundschaft gewähren«, sagte der Offizier.

»Die Soldados Seiner Excellenza sind willkommen«, entgegnete der Majordomo, »sie mögen dieses Haus als das ihrige betrachten.«

»Danke, mein Freund, wir wollen von der Einladung Gebrauch machen.« Er sprang ab, warf den Zügel seines Pferdes einem der Soldaten zu und betrat die Veranda, wo Don Estevan und die Mulattin beieinander standen. Sancho sah, daß der Mann die Abzeichen eines Lugarteniente trug.

Der Leutnant, ein kräftiger, untersetzter Mann mit hochfahrenden Zügen, warf sich in einen der Sessel und musterte die Anwesenden. »Diable, was hast du für einen brennenden Busch auf dem Haupt!« sagte er zu Pati. »Wo stammst du her, Mann? Bist du ein Ingles?«

»Nein, Señor«, antwortete Pati, »ich bin ein Bürger dieses Landes und habe für Don Manuel im Felde gestanden.«

»Caramba! Müssen die unitarischen Hunde gelaufen sein, wenn sie deine brandrote Mähne sahen! – Wer seid Ihr, junger Mann, und was macht Ihr da mit den Gewehren?« wandte er sich Don Estevan zu.

Der Gelehrte warf ihm einen wenig freundlichen Blick zu und sagte mit gemessener Höflichkeit: »Ich bin nicht gewöhnt, in dieser Weise angeredet zu werden, Señor.«

Der Offizier warf ihm einen stechenden Blick zu. »Nun, mein mageres Hühnchen, du wirst dich daran gewöhnen müssen«, zischte er. Dann wandte er sich wieder dem Majordomo zu: »Kann ich die Ehre haben, dem Herrn der Estancia meine Aufwartung zu machen?«

»Bedaure sehr, Señor. Don Juan ist leider abwesend«, sagte Pati.

»Oh, das ist bedauerlich.« Der Offizier schien unangenehm überrascht. »Ist er zum Abend zurück?«

Pati zuckte bedauernd die Achseln. »Das ist sehr zweifelhaft, Señor.«

Der Offizier wandte sich ab; sein Gesicht hatte sich beträchtlich verfinstert. »Dann sorgt für Speise und Trank für mich und meine Leute«, sagte er kurz.

»Sehr wohl, Señor.« Der Majordomo verneigte sich leicht. »Ihr werdet Euch nicht zu beklagen haben.« Er gab Befehl, eine Kuh für die Lanceros zu schlachten, und forderte die Mulattin auf, Mate zu bereiten. Als er um das Haus ging, bemerkte er, daß ein Teil der Reiter nach Osten zu in einem Halbkreis aufgestellt war, während die übrigen den Flußübergang besetzt hielten.

Dieser Überzahl Widerstand zu leisten, falls sie Gewalt anwenden würden, war nicht denkbar. Pati segnete die Stunde, die Juan und Aurelio von der Estancia fortführte, denn er fürchtete für beide; daß auch ihm Gefahr drohen könnte, daran dachte er nicht.

Der Offizier hatte es sich auf der Veranda bequem gemacht; er sprach kräftig den Speisen zu, die die Mulattin ihm vorsetzte. Der Bakkalaureus war mit seinen Gewehren in das Innere des Hauses gegangen. Die Lanceros hatten draußen am Fluß Feuer entzündet und brieten bereits Stücke der frisch geschlachteten Kuh.

Pati ging gleichfalls ins Haus und in Juans Gemach. Hier nahm er zwei gute Büchsen von der Wand, untersuchte sie sorgfältig und versteckte sie in der Nähe der kleinen Tür auf der Rückseite des Gebäudes. Dann erschien er wieder in seiner gewöhnlichen, phlegmatischen Haltung auf der Veranda.

Der Offizier hatte zwar mit gutem Appetit gefrühstückt, schien aber gleichwohl schlechter Laune. Er pfiff nach dem Fluß hinüber; einer seiner Männer kam herbeigesprungen. Er flüsterte ein paar Minuten lang eindringlich mit dem Mann und schickte ihn alsdann nach dem Ufer zurück. Gleich darauf bestiegen zwei Lanceros ihre Pferde und überquerten den Quinto.

Don Estevan betrat die Veranda wieder, ausgerüstet mit einer Botanisiertrommel; er wollte an dem Offizier vorbei ins Freie hinaus. Der Lugarteniente rief ihn an. »Kommt einmal hierher, Ihr bebrillter Ziegenbock«, sagte er, »ich will Euch ein bißchen näher betrachten.«

»Ihr scheint nicht zu wissen, mit wem Ihr sprecht«, sagte Don Estevan finster.

»Jedenfalls mit einem dreisten Burschen«, knurrte der Offizier, »aber ich schätze, er wird bald bescheidener werden. Kommt hierher!« schrie er, »ohne Umstände jetzt!«

Der schmächtige Gelehrte trat furchtlos auf ihn zu und sah ihm mit kaltem Blick in die Augen.

»Wer seid Ihr?« herrschte der Offizier ihn an.

»Mit welchem Recht fragt Ihr mich das?« sagte Don Estevan.

»Mit diesem!« schrie der Lugarteniente und schlug auf seinen Säbel. »Ich stehe hier im Namen des Präsidenten und bin beauftragt, nach verdächtigem Gesindel zu suchen.«

»So sucht immerhin«, entgegnete Don Estevan und wandte sich ab.

»Hierher!« brüllte der Offizier. »Hierher auf der Stelle oder ich lasse Euch an einen Pferdeschweif binden und durch die Pampa schleifen.«

»Das werdet Ihr bleiben lassen«, entgegnete Don Estevan, »ich bin Graduierter der Universität zu Buenos Aires.«

»Hab mir schon gedacht, wo Ihr herstammt«, schrie der Offizier, »was treibt Ihr hier auf der Estancia?«

»Ihr werdet meine Antwort kaum verstehen, Señor«, lächelte der Bakkalaureus, »ich treibe botanische Studien.«

»So? Treibt Ihr? Ich denke mir schon, Freundchen, was Ihr hier treibt«, knurrte der Offizier »und verlaßt Euch darauf, ich bringe es heraus. – Wer ist das?« herrschte er die eben eintretende Mulattin an, auf den Bakkalaureus deutend.

»Das ist Don Estevan, Señor«, antwortete Jaquita verschüchtert.

»Was tut der Mann hier?«

»Was soll er tun, Señor? Er lehrt Don Aurelio das Lesen.«

»Wer ist Aurelio?«

»Der junge Señor, Euer Gnaden.«

»So, der junge Señor. Und wo steckt der junge Señor?«

»Er ist mit Don Juan in die Pampa geritten.«

Pati kam herein; er hatte die letzten Worte gehört. »Was befehlt Ihr, Señor?« fragte er höflich.

»Ich will wissen, was dieser bebrillte Jüngling aus Buenos Aires hier tut und wo deine Herren sind! Ich würde mich nicht wundern, wenn ich hier in ein verdammtes Unitariernest geraten wäre.«

In Pati begann der Zorn aufzusteigen, doch bezwang er sich. »Mueran los Unitarios« rief er. »Wir sind gute Konföderierte, Señor.«

»Nun, das wird sich bald zeigen«, sagte der Offizier. Er ließ einen langen Pfiff ertönen. Im gleichen Augenblick wurde vom Süden her heller Hufschlag hörbar, gleich darauf hielt mit strahlendem Gesicht dicht vor der Veranda – Aurelio auf seinem Cid.

»Aurelio!« riefen Pati, Don Estevan und die Mulattin wie aus einem Munde.

»Lieber, alter Pati!« strahlte Aurelio; plötzlich erstarrte sein Gesicht, er gewahrte die Soldaten. Vom Fluß her jagte der herbeigepfiffene Lancero heran. Pati kam zur Besinnung; dicke Schweißtropfen traten ihm auf die Stirn. »Aurelio«, flüsterte er, »um Gottes Willen, Aurelio, du mußt ja fort, du mußt fort!« Er geriet ins Stammeln.

»Por el nombre de Dios!« sagte der Offizier, »da hätten wir ja das junge Hähnchen im Garn. Steig ab!« schrie er Aurelio zu, zog gleichzeitig sein Pistol aus dem Gürtel und spannte den Hahn.

Keines Wortes mächtig, aus allen Wolken gerissen, saß Aurelio auf dem Schimmel; nichts als Erstaunen stand in seinem Gesicht. Das Pistol des Offiziers fiel zur Erde und entlud sich. Der sanfte Don Estevan, der dicht neben den Lugarteniente getreten war, hatte es ihm aus der Hand geschlagen. Der Offizier fuhr herum. »Diable!« brüllte er, »wer wagt es – –? Du Lump!« schrie er den Bakkalaureus an, »bist du wahnsinnig geworden?« Zehn Lanceros parierten vor der Veranda ihre Pferde und umringten Aurelio, der noch immer keines Wortes mächtig war.

»Herunter mit dem Burschen!« schrie der Offizier, auf den Jüngling deutend und zog den Säbel.

Pati, nunmehr zum äußersten entschlossen, hob eben die Faust, um den Mann niederzuschlagen, da dröhnte der Boden abermals unter zahlreichen Pferdehufen; dicht vor der Gruppe verhielt Juan Perez sein schnaubendes Roß, neben ihm Erich Stormar, die Büchse in der Hand, und hinter den beiden an die dreißig junge Gauchos.

»Was geht hier vor?« schrie Juan den überraschten Offizier an, »wer seid Ihr?«

»Ich denke, das seht Ihr«, sagte dieser, »ein Offizier der Armee.«

»Und was wollt Ihr hier? Was bedeutet Euer Auftreten im Haus eines friedlichen Mannes?«

Der Lugarteniente hatte sich gefaßt, er trat einen Schritt zurück. »Ihr seid ja wohl Juan Perez, und der junge Mann auf dem Schimmel ist Euer Sohn?« sagte er. »Nehmt also Kenntnis davon, daß ich beauftragt bin, Euch beide und diesen rothaarigen Burschen da als Hochverräter zu verhaften. Im Namen Don Manuels!« setzte er hinzu, wohl wissend, welchen Zauber dieser Name auf alle Gauchos auszuüben pflegte.

Tatsächlich entstand unter den Reitern bei diesen Worten eine heftige Bewegung. Jetzt kommt es darauf an! dachte Perez; er war sehr blaß geworden, bewahrte aber nach außen hin völlige Ruhe und Gelassenheit.

»Befehl ist Befehl!« sagte er, »habt also die Güte, mir den von Seiner Excellenza unterzeichneten Haftbefehl zu zeigen.«

Der Lugarteniente, von der Ruhe des Gauchos verblüfft, kam ins Stammeln. »Ich habe nur mündlichen Befehl«, sagte er.

»Oh!« versetzte Don Juan mit vollkommener Beherrschung. »Nun, von Don Manuel habt Ihr ihn kaum, das müßte sehr sonderbar zugehen. Zudem sehe ich, daß Ihr die Abzeichen der Provincia Santa Fé an der Uniform tragt. Ihr lügt, wenn Ihr sagt, daß Ihr auf Befehl des Präsidenten handelt.«

Das Gesicht des Offiziers lief hochrot an. »Caracho!« schrie er, »du Gauchohund wagst es, mich einen Lügner zu nennen?«

»Ich will dir etwas sagen«, entgegnete Perez mit gelassener Verachtung in der Stimme, »ich bin Capitano der Gauchoreiterei und bekleide hier außerdem das Amt des Alkalden. Ich verspüre nicht übel Lust, dich als Räuber und Wegelagerer aufhängen zu lassen.«

»Wagt es, mich anzurühren«, stammelte der Offizier, »ich bin Lugarteniente im Dienste der Republik und handle auf Befehl des Gobernadors von Santa Fé, Don Francisco de Salis.«

»Nun also, da haben wir es ja!« Juan Perez zuckte gleichmütig die Achseln, »ein Offizier der Provincia Santa Fé will in unserer Provincia Verhaftungen vornehmen. Und das alles im Namen der Konföderation, die die Freiheit der Staaten und Provinzen garantiert. Wir sind hier keine Unitarier!« schrie er, »wir werden dafür sorgen, daß das Gesetz der Konföderation hier nicht angetastet wird. Was meint Ihr, Companeros?« wandte er sich an seine berittenen Begleiter.

»Viva la confederacion! Mueran los salvajes Unitarios!« riefen die Männer wie aus einem Munde. Einer der jungen Gauchos trieb sein Pferd ungestüm vor. »Wage es, die Hand an Aurelio Perez, den

Helden der Pampa zu legen!« brüllte er den Offizier an, »wahrhaftig, du kommst nicht lebend von der Stelle!«

»Ja, wagt es, ihr Schurken!« schrie es jetzt von allen Seiten, »wagt es, und keiner von euch sieht den Parana wieder!« Sie schwangen drohend die Lanzen.

Der Lugarteniente war sehr bleich geworden; seine zwischen den zornigen Gauchos eingekeilten Lanceros fühlten sich reichlich unbehaglich. Die in den Feldern nach Osten hin verteilt gewesenen Soldaten hatten sich zwar genähert, hielten sich aber abwartend in respektvoller Entfernung.

»Ich hoffe nicht, daß Ihr Gewalt gegen uns brauchen wollt«, sagte der Offizier und sah sich unruhig um.

»Unsererseits ist hier von Gewalt keine Rede«, antwortete der Gaucho, »wir kommen soeben von unserem Sieg über die Puelchen zurück und wünschen nichts, als in Frieden gelassen zu werden.«

»Puelchen? Sieg gegen die Puelchen?« stammelte der Lugarteniente.

»Da hättet ihr Gelegenheit gehabt, die Waffen zu erproben, die ihr jetzt niederlegen werdet«, versetzte Perez. »Macht schnell, Mann, legt die Waffen nieder und räumt diese Gegend!«

Der Offizier zögerte; erst als unter den berittenen Gauchos drohendes Murren aufkam, gab er grimmigen Gesichts seinen Leuten den Befehl zur Waffenniederlegung, indem er selbst seinen Säbel auf die Erde warf. Einige der Gauchos, die abgesessen waren, sammelten die Lanzen, Karabiner und Säbel der Lanceros auf, und der Offizier bestieg das ihm von einem seiner Männer vorgeführte Pferd. »Wenn Ihr dieses Verhalten nur nicht eines Tages bereut«, stieß er heraus. Ein Hohngelächter antwortete ihm. Er biß die Zähne zusammen und wandte sein Roß. Bald darauf sahen die Zurückbleibenden die Lanceros in scharfem Trabe nach Osten davonreiten.

Schweigend, maßlos erstaunt, war Aurelio den ihm unverständlichen Vorgängen gefolgt. »Was war das, Vater?« fragte er jetzt.

»Die Klaue des Panthers, mein Junge«, sagte der Gaucho; er winkte ab. »Nichts mehr davon. Hier, Pati« – er wandte sich dem Majordomo zu –, »hier, sieh dir diesen furchtlosen Pampakrieger an. Er hat gegen die Puelchen gekämpft und den Sohn ihres Häuptlings getötet. Seine Freunde haben ihm das Geleit gegeben.«

Aurelio sprang aus dem Sattel und umarmte den Feuerkopf, dem die Augen voll Wasser standen. Er begrüßte dann Don Estevan und die alte Mulattin; seine Gefährten stiegen derweil von den Pferden.

»Her jetzt, was Küche und Keller zu bieten haben«, rief Juan, »Jaquita, bewirte die Caballeros, daß es mir Ehre macht. Heut ist ein Freudenfest, wir feiern einen der glorreichsten Siege, die in der Pampa erfochten wurden.« Während er dann dem staunenden Pati einen kurzen Bericht über die jüngsten Ereignisse gab, wurde aufgetragen, was die Vorratskammern enthielten. Es wurde gebacken und gebraten, und bald saß die ganze Schar in fröhlichster Stimmung beisammen. Juan Perez verteilte Zigaretten, und die allgemeine Fröhlichkeit stieg auf den Höhepunkt.

Pati schien indessen sorgenvoll. »Was werden wir nun aber tun?« fragte er den Gaucho leise. »Morgen, Alter«, antwortete der, »morgen werden wir weitersehen. Heute kommen die Lanceros nicht wieder.« Gitarren wurden herbeigeholt, und heitere und schwermütige Lieder klangen in die Pampa hinaus.

Früh am andern Morgen brachen die jungen Gauchos auf, um nach ihren eigenen verstreut liegenden Behausungen weiterzureiten. Erich Stormar blieb noch zurück; Juan Perez hatte ihn darum gebeten. Er ging in schweren Sorgen umher. Als Aurelio gegen Mittag mit dem Bakkalaureus in die Pampa hinausgeritten war, wo der Gelehrte einigen Pflanzen nachjagte, saß er mit dem Deutschen auf der Veranda. »Es ist gut, daß wir einmal allein sind, Don Enrique«, sagte er, »ich möchte einiges mit Euch besprechen. Ihr habt Euch als tapferer und teilnehmender Freund erwiesen, ich habe Vertrauen zu Euch. Und ich möchte Euch jetzt Dinge sagen, die ich mit keinem meiner Landsleute zu besprechen wage. Ich habe Euch unlängst schon gesagt, daß Aurelio nicht mein Sohn ist und daß ein Geheimnis um seine Geburt schwebt. Ich will Euch heute mehr sagen.«

»Euer Vertrauen ehrt mich«, antwortete der Deutsche, »ich werde es zu verdienen suchen.«

»Hört zu, Don Enrique«, fuhr Perez fort, »ich habe gestern va banque gespielt. Hätte der Lugarteniente einen schriftlichen Verhaftungsbefehl des Diktators gehabt, dann wären wir verloren gewesen, mindestens hätte ich meine Gauchos in furchtbare Verlegenheit gebracht. Jetzt, da ich die Lanceros wie geprügelte Hunde davongejagt habe, wird man am Parana und in Buenos Aires erst recht Rache brüten. Aber hört erst die Vorgeschichte.« Und er erzählte mit gedämpfter Stimme, was er in jener Schreckensnacht am Parana vor siebzehn Jahren erlebt hatte.

Als er schwieg, sah er in ein fassungsloses Gesicht. »Und dieser Meuchelmörder ist heute Gobernador von Santa Fé?« fragte Stormar. »Daß so Unglaubliches möglich ist!«

»Und der mächtigste Mann nach Manuel de Rosas!« sagte Juan bitter. »Ich habe es unter den herrschenden Umständen für aussichtslos gehalten, gegen Don Francisco aufzutreten«, fuhr er gleich darauf fort; »Ihr werdet das begreifen. Hätte ich Rosas für mich gewinnen können, wäre es möglich gewesen«, sagte er, »aber ein solcher Versuch konnte nicht gelingen, Rosas und de Salis sind ein Herz und eine Seele. Und Rosas wird, wie in anderen Dingen, so auch in dieser Sache, tun, was de Salis will. Schon damals, als der Alguacil den General d'Urquiza fangen wollte, war die Gefahr groß; dem Mann war die Ähnlichkeit Aurelios mit seinem Vater aufgefallen. Diesmal ist sie unendlich größer. Wären gestern die jungen Gauchos nicht zur Stelle gewesen, hätte die Sache jetzt schon ihr trauriges Ende gefunden. Aurelio und ich, ja selbst mein alter Pati, wären bereits auf dem Weg in die Gefängnisse von Santa Fé. Eines ist deshalb klar: Weder Aurelio noch ich können länger auf der Estancia bleiben. Das ist schlimm«, sagte er und stützte den Kopf in die Hand. »Wir haben hier, Pati und ich, Jahr um Jahr geschuftet, damit wir unserem Pflegesohn einst ein Erbe hinterlassen könnten, wenn es uns schon nicht gelänge, ihm zu seinem Namen und seinem Vermögen zu verhelfen.«

Der Deutsche sah nachdenklich vor sich hin. »Das alles ist sehr böse«, sagte er leise.

»Werde ich des Hochverrats angeklagt«, fuhr Don Juan fort, »und das geschieht zweifellos, dann wird mein Eigentum ohne weiteres konfisziert, und ich kann in die Pampa zu den Straußen gehen oder nach Chile auswandern, um als Verbannter zu sterben.«

Pati betrat heiteren Gesichts die Veranda. »Was ist?« fragte er erschrocken, als er die düsteren Mienen der beiden Männer gewahrte.

»Oh, nicht viel, Companero« – Perez lächelte verkrampft –, »wir überlegen nur gerade, wohin wir unsere Schritte lenken sollen, wenn wir die Estancia verlassen.«

»Die Estancia verlassen?« stammelte Pati und riß die Augen auf, »aber warum denn, um alles in der Welt?« Aber dann schien ihm etwas zu dämmern. »Oh!« sagte er nur und fuhr sich mit der Hand in das leuchtende Haar.

»Ich würde jedenfalls nicht dazu raten, einen zweiten Besuch der Lanceros abzuwarten«, sagte Juan.

»Oh, mucha miseria!« stöhnte Pati.

»Setz dich zu uns. Alter, wir müssen gemeinsam beraten«, sagte Juan.

Erich Stormar sah auf; eine nachdenkliche Falte erschien zwischen seinen Augenbrauen. »Ich hätte eventuell einen Vorschlag«, sagte er.

»Laßt ihn hören.«

»Es scheint zwar ein bißchen windig bestellt mit der Konföderation, für die der Herr in Buenos Aires zu kämpfen vorgibt«, begann Stormar, »doch gibt es immerhin einige Staaten in diesem Land, die von den ihnen zustehenden Grundrechten Gebrauch machen und sich nicht ohne weiteres der Diktatur von oben fügen. Wie wäre es, wenn Ihr mit Eurem Pflegesohn in einen dieser Staaten ginget. Ich denke in erster Linie an Cordoba. Der dortige Gobernador, Señor Ortega, liefert Euch gewiß nicht aus, wenn Ihr Euch unter seinen Schutz stellt.«

»Nein«, antwortete Perez, »das wird er wohl nicht tun. Es ist dies ein Vorschlag, den ich selbst vorbedacht habe. Aber ich kann diesen Weg nicht gehen. Ich bin in der Pampa geboren und bin ein Gaucho. Meine Heimat am Salado habe ich Aurelios wegen verlassen, um uns hier eine neue Heimat zu schaffen. Die Gauchos sind Don Manuel ergeben. Würde ich nach Cordoba oder einer der nördlichen

Povincias gehen, dann könnte der Fall eintreten, daß ich gezwungen wäre, eines Tages die Waffen gegen de Rosas zu führen. Das hieße, wie die Dinge liegen, aber, daß ich sie gegen die Gauchos führen müßte. Das will ich und kann ich nicht. Mich nach Chile wenden, hieße das Vaterland verlassen und Aurelios Zukunft endgültig preisgeben – auch das kann ich nicht.«

Aber zu seinem Recht kann Aurelio zweifellos nur gelangen, wenn der Diktator und mit ihm sein Mordgeselle de Salis stürzt«, sagte der Deutsche, »das wißt Ihr selbst doch am besten.«

»Ich weiß es«, versetzte der Gaucho, »aber was soll ich daran tun? Ich muß es Gott überlassen, den Jungen zu seinem Recht und zu seinem Eigentum zu verhelfen. Meine Aufgabe aber ist es, ihn bis dahin vor Gefahren zu schützen.«

»Ja, aber wie?« Der Deutsche war mittlerweile in heftige Erregung geraten. »Ich habe keine ruhige Stunde mehr, bis ich den Jungen in Sicherheit weiß«, sagte er.

Pati, der in dumpfem Brüten dagesessen hatte, räusperte sich. »Wenn ich mir auch einmal eine Bemerkung erlauben dürfte«, sagte er. »Ihr, Don Juan, seid zwar ein viejo cristiano und sehr klug, aber manchmal habe ich auch einen Gedanken.«

»Sprich ihn aus, Pati, sprich ihn aus«, lächelte Juan.

»Ihr wollt nicht nach Cordoba oder weiter nach Norden gehen«, sagte Pati. »Gut. Ich verstehe das. Aber warum geht Ihr dann nicht mit Aurelio nach Buenos Aires?«

Die beiden anderen sahen erstaunt auf.

»Ich bin dort auf gewachsen«, fuhr Pati fort, »ich kenne jeden Winkel, jeden Fußbreit der Umgebung und will zehn Jahre dort weilen, ehe mich auch nur einer meiner alten Bekannten entdeckt.«

Perez verzog spöttisch das Gesicht. »Mit Aurelio direkt in die Höhle des Pumas!« sagte er, »Torheit!«

»Nein, Don Juan«, Erich Stormar schaltete sich ein, »nein, vielleicht ist das gar kein törichter Gedanke. Buenos Aires ist groß, stark bevölkert, und niemand wird Euch dort suchen, gerade dort nicht. Der Gedanke Don Sanchos ist vielleicht kühn, aber nicht töricht.«

»Nach der Stadt des Diktators?« Der Gaucho schüttelte den Kopf.

»Voraussetzung wäre natürlich, daß Ihr die Mittel habt, um eine Zeitlang dort zu leben«, sagte Stormar.

»Das wäre nicht so schlimm«, versetzte der Gaucho, »ich habe etwas Geld bei einem Banquero dort stehen und mehr als tausend Pesos von einem Kaufmann für Häute zu bekommen; an Mitteln würde es also einstweilen nicht fehlen, allein – –«

»Wenn ihr Euch nicht nach Chile, Paraguay oder Brasilien retten und auch nicht in eine der nördlichen Provincias übersiedeln wollt, möchte ich Buenos Aires wirklich für die geeignetste Zuflucht halten«, sagte der Deutsche.

Pati schaltete sich ein. »Droht uns dort Gefahr«, sagte er, »so ist der La Plata, den ich so genau kenne wie Don Juan die Pampas, unser Zufluchtsort. Das Wasser hinterläßt keine Spuren.«

»Eines ist jedenfalls klar«, ergänzte Stormar, »in der dünn bevölkerten Pampa werdet Ihr leichter aufgespürt als in der großen Stadt. Außerdem seid Ihr dort im Mittelpunkt aller Begebenheiten, die Einfluß auf Aurelios Schicksal haben können.«

Juan Perez erhob sich und ging mehrmals auf der Veranda hin und her. Schließlich blieb er am Tisch stehen, sah den Feuerkopf an und sagte mit einem schwachen Lächeln: »Gingen wir wirklich in die Stadt, müßtest du, guter Pati, jedenfalls zurückbleiben. Es ist mir überhaupt vollkommen rätselhaft, wo wir dich unterbringen sollten.«

»Ich? Zurückbleiben?« stammelte Pati erschrocken. »Aber warum denn?«

»Weil dein goldener Schopf uns schon in den ersten vierundzwanzig Stunden zum Verhängnis würde, mein Lieber. Er hat hier in der Pampa schon bei mehreren Leuten Aufsehen erregt. Der Alguacil, der neulich d'Urquiza verhaften wollte, und der Lugarteniente, der uns gestern beehrte, haben ihn sicherlich in gutem Andenken behalten, davon sei überzeugt.«

Der gute Pati! Er fuhr sich mit beiden Händen in das brandrote Haar und sah ganz verzweifelt von einem zum anderen. »Aber das geht doch nicht«, stammelte er, »denkt doch einen Augenblick nach,

Don Juan. Ich soll Euch und Aurelio verlassen? Das geht doch nicht! Das ist doch überhaupt nicht auszudenken!«

»Ja, es ist schlimm, Pati«, sagte der Gaucho. Es war ihm nicht leicht zumute, wahrhaftig, aber wie er den alten Gefährten, den treuen Pati, so ratlos und verzweifelt vor sich sah, kam ihm ein Lächeln an.

»Don Juan«, stammelte der Majordomo, »wenn Ihr meint, wenn Ihr wirklich meint, meine Haarfarbe könnte Euch, könnte Aurelio Gefahr bringen, dann – dann –«, er würgte an den Worten, die nicht herauswollten.

»Ich meine das ganz ernst, Pati«, sagte der Gaucho. Habe nur keine Angst! dachte er dabei, habe nur keine Angst, daß ich mich von dir trenne, wir werden schon einen Ausweg finden.

»Dann«, vollendete Pati, »dann müßte man mein Haar eben färben.«

Nur wer Sancho Pereira und seinen Stolz auf sein goldleuchtendes Haar kannte, vermochte zu ermessen, was dieses Zugeständnis ihn kostete. Juan kannte ihn; er legte dem Guten die Hand auf die Schulter und schüttelte sie. »Ach, du Goldjunge, du Cabezarojo, du Barbirojo«, sagte er, »du bist wahrhaftig der Treueste der Treuen. Aber wenn wir zusammenbleiben wollen«, fuhr er, schnell ernst werdend, fort, »wird, fürchte ich, nichts anderes übrigbleiben. Du wirst dich eine Zeitlang von deinem Goldkopf trennen müssen, zum Leidwesen aller Señoras und Señoritas, die ihn so oft bewunderten. Aber wie machen wir das? Wie stellen wir das an?« Er sah sich etwas ratlos um. »Wie sollen wir das Licht der aufgehenden Sonne so schnell in schlichte Dämmerung verwandeln?«

»Macht Euch nur immerhin lustig über mich«, seufzte Sancho, »ich bin mit diesem Schopf geboren, und er gefällt mir. Aber Rat gäbe es schließlich, wenn es denn sein muß«, fuhr er verdrießlich fort, »nämlich Don Estevan gefällt mein Haar auch nicht; er hat mir mehrmals geraten, es durch einen Absud von der Schale der Paranuß braun zu färben. Ich habe ihm gesagt, das würde er nicht erleben und wenn er hundert Jahre alt würde.«

»Schlimm, daß er es nun vermutlich doch erlebt«, sagte Juan lächelnd. »Nun, Paranüsse haben wir genug, und wenn Don Estevan sich auf die Kunst versteht, dann soll er dir an Stelle des rotgoldenen einen braunen Schopf verschaffen.« Pati sah düster vor sich hin. Der Gaucho klopfte ihm noch einmal ermutigend auf die Schulter und nahm alsdann seine Wanderung über die Veranda wieder auf. »Also gut«, sagte er, »versuchen wir es, ich sehe vorderhand keinen anderen Weg. Gehen wir nach Buenos Aires. Nur die Estancia hier, mein und Aurelios Eigentum, wie rette ich das?«

»Solltet Ihr unter Euren Nachbarn keinen Käufer finden?« fragte Stormar.

Der Gaucho schüttelte den Kopf. »Schwerlich. Was sollten sie denken, würde ich jetzt nach dem Besuch der Lanceros plötzlich verkaufen? Es müßte ja ihr Mißtrauen geradezu wecken. Und dann, selbst wenn sich einer bereitfände, woher sollte er das Geld dazu nehmen? Geld ist selten in der Pampa, und Häute nützen mir nichts.«

»Ihr habt wertvolle Pferde und Maultiere im Korral«, sagte der Deutsche. »Wenn es Euch recht ist, nehme ich sie mit und verkaufe sie für Euch in Cordoba.«

»Wollt Ihr nach Cordoba?«

Stormar nickte. »Ja«, sagte er, »ich will zu meinen Landsleuten dort. Den Einsiedler habe ich abgestreift. Ich will versuchen, noch einmal zu beginnen.«

»Das freut mich, das freut mich wahrhaftig«, sagte der Gaucho. »Gut, nehmt die Tiere mit, auch unseren wiedererworbenen Cid. Aurelio darf den auffälligen Schimmel nicht reiten, wenn wir nach der Stadt ziehen. Meine Vaqueros können Euch begleiten. Wir wollen die Sache kurz machen, da es nun einmal sein muß. Ich werde meine Angelegenheiten so schnell wie möglich ordnen. Überlegen muß ich mir noch, was ich meinen Nachbarn sage. Ich muß ja auch meine Ämter als Gauchocapitano und Alkalde in andere Hände legen. Dem treuesten und erfahrensten meiner Vaqueros werde ich die Estancia übergeben, und dann mag kommen, was will. Nimmt man mir mein Eigentum, so werden meine Hirten und Neger sich schon zu helfen wissen. Sprecht einstweilen nicht mit Aurelio über die Sache, er erfährt alles noch rechtzeitig genug.«

»Und Don Estevan?« fragte der Deutsche.

»Ihn nehmen wir mit. Er ist treu und verschwiegen und uns absolut ergeben. Und in Buenos Aires wird er uns nützlich sein. – Und nun nicht mehr weiter geredet; es ist beschlossen«, sagte Perez abschließend, »jetzt gibt es einiges zu tun.«

Schon am nächsten Tag suchte Juan Perez seine Nachbarn auf und teilte ihnen mit, daß er nach dem Parana aufzubrechen gedenke, teils in Handelsgeschäften, teils, um sich beim Gobernador von Santa Fé wegen des Vorgehens der Lanceros zu beschweren. Er legte seine Ehrenämter in geeignete Hände und bat, während seiner Abwesenheit gelegentlich nach seinem Eigentum zu sehen. Er ließ bei der Gelegenheit auch durchblicken, daß er mit dem Aleman, der so ritterlich in den Kampf gegen die Puelchen eingegriffen, ein gutes Geschäft gemacht und ihm eine größere Anzahl Pferde und Maultiere verkauft habe.

Niemand fand etwas Besonderes an dieser Reise, und alle wünschten dem geachteten Capitano guten Erfolg und frohe Wiederkehr. Die Reise war indessen gar nicht so einfach zu bewerkstelligen, denn es war klar, daß sehr bald schon wieder Lanceros auf dem Wege sein würden, um den Gaucho und seinen Sohn zu verhaften. Es galt, etwaige Verfolger über die Richtung des eingeschlagenen Weges zu täuschen. Es mußte damit gerechnet werden, daß die Soldaten sich eines erfahrenen Restreadores bedienen würden.

Aurelio hatte mit großer Freude vernommen, daß er den Vater diesmal auf der Reise nach dem Osten begleiten sollte. Er verzichtete zwar nur sehr ungern auf Cid, gab ihn aber vertrauensvoll in Don Enriques Hand, der ihn gut zu pflegen versprach. Und auch Don Estevan, der nur Aurelios wegen so lange auf der einsamen Estancia ausgehalten hatte, freute sich herzlich über die Heimkehr.

Nachdem alle Vorbereitungen getroffen waren, gab Don Juan die Estancia dem Vaquero Tomasio und schärfte dem schlauen und ihm bedingungslos ergebenen Manne ein, sie, so gut er es vermöchte, zu bewachen. Don Estevan hatte eine Tinktur gebraut und dem in sein Schicksal ergebenen Pati die Haare so gründlich in ein schönes dunkles Braun umgefärbt, daß der Majordomo fast nicht wiederzuerkennen war. Juan sagte ihm, daß er sich außerordentlich zu seinem Vorteil verwandelt habe, aber das war für Pati ein schwacher Trost, er überzeugte ihn nicht.

Eines Abends wurde schließlich aufgebrochen. Juan, Aurelio, Erich Stormar und Don Estevan ritten in Begleitung einiger Vaqueros, die die Pferde und Maultiere geleiteten, gemeinsam nach Norden. Juan hatte beschlossen, nicht den Weg durch die Pampa zu nehmen, sondern den Lauf des Rio Tercero zu benutzen, der bei Rosario in den Parana mündet. Er hoffte dadurch unliebsamen Begegnungen auszuweichen. Sie erreichten am nächsten Morgen den Rio Quarto, wo sich Stormar von den anderen verabschiedete. Er hatte sich von Juan die Adresse des Bankiers, Señor Fungal in Buenos Aires geben lassen, um dorthin den Erlös für die verkauften Tiere zu überweisen. Sie nahmen herzlichen Abschied. In breiter Linie ritt Stormar dann nach der Verabredung mit den Tieren in den Strom, verließ ihn ebenso und setzte seinen Weg nach Norden fort.

Als die Kolonne außer Sicht war, ging Juan mit den Seinen in den hinterlassenen Spuren in den Fluß, der um diese Jahreszeit seicht war, und ritt wohl eine Legua in seinem Bett stromab. Dann schickte er Aurelio und Don Estevan an Land mit dem Maultier, das Estevans Gepäck und Herbarien trug, weiter unten verließ Pati das Wasser und nach geraumer Zeit erst Juan selbst.

Sie erreichten das Ufer des Rio Tercero in der Nähe von Villa Nueva, ohne sich indessen der Stadt zu nähern. Im dichten Uferschilf ließen sie sich nieder. Alsdann begab sich Pati, den Fluß kreuzend, mit den Pferden und Maultieren nach der Stadt, um sie dort zu verkaufen, ein passendes Boot zu erwerben, Rinderhäute einzuhandeln, das Boot damit zu beladen und seinen Weg flußab zu nehmen.

Er erledigte diese Aufträge schnell und kam schon gegen Abend des zweiten Tages an der Stelle an, wo Juan und Aurelio im Schilf auf ihn gewartet hatten. Nachdem alles an Bord des flachen, aber tragfähigen Bootes verstaut war, das außer großen Rudern auch Segel hatte, fuhren sie langsam den Tercero hinab.

Die Gefangennahme

Buenos Aires, die Stadt der »guten Lüfte«, ist nach dereinst vom Mutterlande erlassenen Bestimmungen einförmig, in regelmäßigen Vierecken, Cuadras, erbaut; aus der Vogelperspektive gesehen gleicht sie einem Schachbrett. Damals bot das Innere der Stadt nur geringen Reiz. Die mit seltenen Ausnahmen ungepflasterten Straßen waren schmal, die Häuser meist einstöckig und unscheinbar; ihre anmutige Seite war, in der Art römischer und arabischer Bauten, dem Hofraum zugewandt. Diese Hofräume waren selbst im Stadtinnern durch Gartenanlagen verziert, wodurch die Stadt einen ungewöhnlichen Flächenraum einnahm. Schön waren die ausgedehnten Parkanlagen, die sich vom La Plata aus nach dem Stadtkern erstreckten. An den Ufern des Flusses lagen die stattlichsten Bauten, vor allem die Regierungsgebäude. Hier bot sich dem Fremden ein prächtiger, imposanter Anblick, der durch den reich mit Fahrzeugen aller Art belebten Strom, in dessen silbernen Fluten sich die Paläste spiegelten, noch erhöht wurde.

Reizvoll war die nächste Umgebung von Buenos Aires. Größere und kleinere, in duftigem Grün versteckte Häuser schafften der Stadt einen eindrucksvollen Rahmen. Orangen, Feigen, Pfirsiche, Granatäpfel und mit Blüten übersäte Rosensträucher füllten die von Mauern umgebenen Gärten, hier und da von schlanken, hochstämmigen Palmen überragt. Buntfarbige Kolibris umflatterten, Schmetterlingen gleich, Strauch und Baum. In diesen Gärten fanden sich unter Bäumen versteckte, von Wein und Rosen umrankte Häuschen, die zu Rast und Erholung einluden.

In einem dieser anmutigen Häuser im Norden der Stadt und in der Nähe des Stromes weilten in einem Zimmer des Erdgeschosses Don Estevan und Aurelio. Garten und Haus waren Eigentum von Estevans Mutter, Señora Manzano. Schon seit einigen Monaten lebte Aurelio hier als Pensionär. Der junge Mann hatte in seinem Äußeren alles abgestreift, was an den Gaucho erinnerte. Ein eleganter und kleidsamer Sommeranzug samt der dazu gehörigen feinen Wäsche hatten ihn vollkommen verwandelt. Jetzt saß er augenscheinlich mißmutig in einem Sessel und starrte verdrießlich vor sich hin. Sein Gesicht war blaß und hager geworden und der kindliche Ausdruck daraus verschwunden.

Don Estevan, der seinen Zögling schon eine Zeitlang heimlich beobachtet hatte, legte endlich das Buch aus der Hand und sah offen zu ihm auf. »Was denkst du, Don Aurelio?« fragte er.

»Ich denke an die Pampa«, antwortete der Junge. »Ich denke seit Wochen jeden Tag daran und, wahrhaftig, ich halte es nicht lange mehr hier aus. Warum mein Vater nur darauf besteht, mich hier zu vergraben? Freilich, er teilt das Leid ja mit mir, ihm fehlen die Weite und die Freiheit der Pampa sicherlich nicht weniger als mir.«

»Du wirst dir selbst sagen, daß dein Vater die gewichtigsten Gründe hat«, versetzte der Gelehrte, »und wenn er dir diese Gründe nicht mitteilt, so hat er zweifellos auch dafür einen Grund.«

»Ja«, seufzte Aurelio, »er will einen Gelehrten aus mir machen, einen Caballero, ich weiß. Ich bin aber nur ein Gaucho, der in die Pampa gehört.«

»Benutze die Zeit und lerne, Aurelio«, sagte Don Estevan, »was du gelernt hast, bleibt für alle Zeit dein Eigentum.«

»Ich will mich ja nicht sperren«, der Junge warf dem Älteren einen fast hilflosen Blick zu, »ich sehe staunend auf das riesige Wissensgebiet, das vor mir liegt, manchmal fürchte ich mich davor, vor allem aber begreife ich nicht, wozu mir dieses Wissen später einmal nützen soll.«

»Vielleicht dazu«, sagte sehr ernst Don Estevan, »einen klaren Blick in die Verhältnisse unseres Landes zu gewinnen, seine Vergangenheit und Gegenwart kennenzulernen, sie mit der Geschichte anderer Länder zu vergleichen, um, wenn du ein Mann geworden bist, selbst einmal einsichtsvoll in die Geschicke deines Landes eingreifen zu können.«

»Oh, ich wollte, ich könnte das jetzt schon«, rief Aurelio, und seine Augen blitzten, »es wäre hier manches anders in Buenos Aires.«

»Still!« mahnte Don Estevan, »du weißt, jedes laute Wort ist hier gefährlich.«

»Zum Henker mit aller Gefahr und aller Geheimniskrämerei!« grollte der Junge, »sind das freie Männer, die nicht offen ihre Meinung sagen dürfen?«

»Um Gottes willen, leise!« sagte Estevan erschrocken, »du weißt, daß ein unbedachtes Wort hier den Tod bringen kann. Rosas hat seine Celadores überall.«

»Das ist es eben«, seufzte Aurelio. »Wäre ich nur in der Pampa unter freiem Himmel. Ich tauge nicht für die Stadt.«

Irgendwoher ertönte plötzlich und unerwartet leises Wehgeschrei; die jungen Männer horchten auf. Es waren weibliche Stimmen, die da klagten und jammerten.

»Es kommt dort aus dem Garten«, sagte Aurelio und deutete durch das Fenster nach rechts hinaus, »ich will nachsehen, was das zu bedeuten hat.«

»Bleib! Bleib um Gottes willen hier!« mahnte Don Estevan, doch Aurelio war weit davon entfernt, zu hören; er war schon aus der Tür. Der Gelehrte folgte ihm zögernd. Beide durchschritten den umfangreichen Garten und gingen zwischen Agaven und Rosenbüschen bis zu der Mauer, die das Besitztum zum Nachbargrundstück hin abgrenzte.

An der Mauer zogen sich Weinspaliere hin. Aurelio kletterte behende hinauf und blickte mit der instinktiven Vorsicht des Pampasbewohners in den Nachbargarten hinüber. In etwa hundert Schritt Entfernung sah er vor dem kleinen, säulengeschmückten Haus mehrere wenig vertrauenerweckende Männer, die sich fluchend bemühten, einen älteren, gebundenen Mann aus den ihn umschlingenden Armen einer Frau und eines jungen Mädchens zu lösen. Aurelio wußte, daß der Gebundene Señor Ramirez war, ein vornehmer Argentinier, der hier abgeschieden mit Frau und Tochter lebte.

»Ich lasse euch peitschen, verdammte Weiber!« rief einer der Männer, »elendes Unitariergesindel!« Dabei versetzte er der Señora einen Stoß, daß sie zurücktaumelte.

»Misericordia, misericordia por todos Santos!« jammerte das Mädchen, den Vater noch fester umschlingend.

169

Bleich, zitternd vor Zorn und mit funkelnden Augen sah Aurelio zu der Gruppe hinüber. Estevan, der neben ihm stand, flüsterte: »Ruhig, Aurelio, um alles in der Welt bleib ruhig, das sind Leute von Rosas Geheimpolizei.«

»Soll ich ruhig zusehen, wenn sie Señor Ramirez ermorden?« knirschte der Junge. Und schon machte er Anstalten, über die Mauer zu springen, als eine starke Hand ihn zurück und von der Mauer herabzog. Aurelio sah in das ernste Gesicht von Juan Perez.

»Komm!« sagte Juan scharf und wandte sich dem Hause zu. Aurelio, noch bleich vor Aufregung über das, was er gesehen, folgte schweigend, aber er zitterte an allen Gliedern. Hinter ihnen ging Don Estevan, glücklich, daß der Junge gehindert worden war, eine Unbesonnenheit zu begehen, die unheilvolle Folgen haben mußte. Schweigend betraten die drei die Studierstube des Bakkalaureus.

»Was war das, Don Estevan?« fragte Juan Perez, der noch wie in der Pampa den Poncho trug, aber die Chiripa und die rohen Botas durch die Kleidung ersetzt hatte, die von den Landleuten in der Nähe der Stadt getragen wurde.

Don Estevan erstattete Bericht.

»Ist es nicht furchtbar, Vater?« fragte Aurelio. »Sollte ich ruhig zusehen, wie vor meinen Augen schreiendes Unrecht geschah?«

Juan Perez' Gesicht blieb unbewegt. »Woher willst du wissen, ob Unrecht war, was da geschah?« sagte er. »In dieser Stadt gilt nur ein Wille, der Don Manuels. Es wäre Vermessenheit und Torheit, sich dagegen aufzulehnen. Willst du dein, willst du mein Leben durch eine unbedachte Handlung aufs Spiel setzen?«

Aurelio senkte den Kopf. »Es ist schrecklich, Vater«, sagte er leise, »nimm mich fort aus der Stadt, ich kann hier nicht mehr atmen.«

»Ein Weilchen mußt du dich noch gedulden, mein Junge«, sagte der Gaucho ruhig, »es wird der Tag kommen, wo du wieder atmen kannst.«

»Aber was hält uns hier? Warum verbergen wir uns? Was haben wir zu fürchten, wenn wir die Stadt verlassen?« Die großen offenen Augen sahen vertrauensvoll, aber wie in ratloser Frage zu dem Gaucho auf.

»Du wirst es zeitig genug erfahren«, antwortete der. »Glaube mir, es ist besser für dich, wenn du es jetzt noch nicht weißt. Schon daß wir dem General d'Urquiza – um Gottes willen, sprich den Namen nie aus – zur Flucht verhalfen, würde uns nach Santos Lugares bringen, wenn unsere Anwesenheit bekannt wäre. Und dennoch sind wir hier sicherer als in der Pampa. Wir müssen uns gedulden, bis die Zeit kommt, wo wir unser Haupt wieder offen erheben können.«

Traurig sah Aurelio vor sich nieder.

»Geh, sattle dein und Don Estevans Pferd«, sagte Juan Perez. »Reitet ein wenig ins Freie, es wird Euch die Zeit vertreiben.«

Aurelio ging hinaus, um die Pferde zu satteln. Kaum hatte er das Zimmer verlassen, da zog Don Juan einen Brief hervor und reichte ihn Don Estevan hin. »Lest mir vor, was da geschrieben steht«, sagte er, »für mich ist das eine zu schwierige Aufgabe.« Der junge Mann öffnete den Brief und las laut:

»Teuerster Don Juan!

Diese Zeilen sende ich durch einen zuverlässigen Mann nach der Stadt, um sie für Euch bei Señor Fungal niederzulegen. Er überbringt zugleich die Summe von neunhundertvierzig Pesos, die ich aus dem Verkauf Eurer Tiere gelöst habe, in guten Unzen.

Vom Rio Quinto habe ich Euch leider nichts Gutes zu berichten. Ich machte mit etwa dreißig Companeros – denn allein wollte ich mein Gesicht dort nicht zeigen – einen Ritt nach Süden und suchte zuerst Eure Nachbarn auf. Wir wurden als Kampfgenossen in der Puelchenschlacht freudig begrüßt und gut aufgenommen, doch machte sich alsbald Mißtrauen gegen uns geltend, da Gerüchte an den Rio Quinto gedrungen waren, man sei in Cordoba feindlich gegen Don Manuel gesinnt. Ich wußte diesen Verdacht zu zerstreuen.

Dann erkundigte ich mich vorsichtig nach Euch und Aurelio, was ja schließlich nahelag. Zu meinem Leidwesen erfuhr ich, daß Euer Eigentum auf Befehl des Diktators konfisziert worden sei. Ihr ständet im Verdacht des Hochverrates, hättet einem Hochverräter zur Flucht verholfen und Euch durch Eure Flucht noch weiter verdächtig gemacht.

Einige Tage nach Eurer Abreise traf ein Kommando Lanceros ein, mit dem schriftlichen Befehl des Präsidenten, Euch, Aurelio und Sancho zu verhaften und Euer Eigentum für den Staat in Besitz zu nehmen.

Eure Nachbarn, das muß ich zu ihrer Ehre sagen, machten energische Versuche, Eure und Eures Sohnes Rechte zu wahren, wichen aber zurück, sobald sie den schriftlichen Befehl des Diktators zu Gesicht bekamen. Es ist trotzdem keiner da, der Eurer nicht mit Liebe und Anhänglichkeit gedenkt. Ich besuchte Eure Estancia, auf der sich einige Lanceros niedergelassen hatten, die häufig Streifzüge nach der Grenze von Cordoba hin unternehmen. Merkwürdigerweise wollten diese Leute in mir einen Aleman erkennen, der einen General, einen "verwünschten Unitarier", vor den Soldados der Regierung mit Waffengewalt geschützt haben soll. Sie beharrten so fest auf dieser Ansicht, daß sie mich verhaften wollten und dieses Vorhaben erst aufgaben, als meine Gefährten und ich die Hähne unserer Büchsen spannten. Euch und Aurelio vermutet man, wie Eure Nachbarn aussagten, in Cordoba. Offensichtlich legt man großen Wert darauf, Euch gefangenzunehmen. Unser würdiger Freund, Ihr wißt, wen ich meine, befindet sich noch hier, und es geht ihm gut, auch scheint sein Geschäft sich gut anzulassen. Mit den besten Wünschen für Euer und Aurelios Wohlergehen und vielen Grüßen an Don Sancho bin ich Euer

Enrique.

Habt Ihr Gelegenheit, mir Mitteilungen zu machen, so treffen sie mich in Cordoba beim Gobernador.«

»Ja, so ist das nun«, sagte Don Juan, nachdem Estevan den Brief hatte sinken lassen. Ein dunkler Schatten erschien auf seinem Gesicht, doch hatte der kraftvolle Mann sich gut in der Gewalt. »Kein Wort vom Inhalt dieses Briefes zu Aurelio«, sagte er, »ich will ihn noch nicht mit diesen Dingen belasten.«

»Ich werde schweigen, Señor«, sagte der junge Gelehrte ernst, »aber ich muß Euch sagen, ich habe Sorge um den Jungen.«

»Ich habe größere«, versetzte der Gaucho kurz. »Und noch eins, Don Estevan. Ich kann den Jungen nicht einsperren, und doch wäre es geboten. Ich habe Angst, ihn aus dem Hause zu lassen. Ich beschwöre Euch deshalb: Seid vorsichtig bei Euren Ausritten, vermeidet jeden Anflug einer Gefahr, jede Möglichkeit einer unliebsamen Begegnung.«

»Was in meinen Kräften steht, werde ich gewiß tun«, versprach der Gelehrte.

Aurelio kam fertig zum Ausritt zurück und meldete, daß die Pferde bereitständen. »Reitest du mit uns, Vater?« fragte er. »Nein, mein Junge, ich will Pati am Fluß aufsuchen.« »Ist es dir recht, wenn wir dich begleiten? Ich habe den guten Pati zwei Tage nicht gesehen.«

»So kommt.«

Juan ging hinaus, und die beiden folgten ihm. Vor der Gartenpforte stiegen sie auf die Pferde. Zwischen Gärten, Mauern und Agavenhecken ritten sie langsam dem La Plata zu und dann ein Stück an dessen Ufer entlang. Juan Perez war schwer bedrückt. Zwar hatte er sich damals gleich gesagt, daß sein Verhalten bei der Flucht d'Urquizas und seine Behandlung der Lanceros ihn auf die Liste der Staatsfeinde bringen würden, doch hatte er im stillen immer noch gehofft, daß die Entlegenheit seiner Estancia sie vor der Konfiskation bewahren werde. Da bin ich nun gegen die Puelchen angetreten, dachte er bitter, habe dazu mitgeholfen, die Grenze vor endlosem Unglück zu bewahren; nun bin ich ein Heimatloser und habe auf die Dauer wahrscheinlich nicht einmal mehr die Möglichkeit, den Jungen vor dem Zugriff seiner Verfolger zu schützen.

Er wohnte nicht mit Aurelio zusammen; sie hatten sich gleich nach ihrer Ankunft in Buenos Aires bemüht, jede Spur zu verwischen und durch die Art ihrer Wohnung und Beschäftigung jede Verdachtsmöglichkeit von vornherein auszuschalten. Während Aurelio bei Don Estevans Mutter untergebracht worden war, hatte Juan selbst sich in der Nähe als Pferdehändler niedergelassen, in einer Berufstätigkeit also, die oft von Gauchos ausgeübt wurde und keinen Verdacht erregen konnte. Pati war zu seinem ursprünglichen Gewerbe zurückgekehrt und führte eine Barquilla auf dem La Plata als Frachtfahrzeug. Er trieb dieses Geschäft freilich nur zum Schein, doch gab es ihm Gelegenheit, weite Fahrten zu unternehmen und zwanglos im ganzen Hafengebiet zu verkehren. Eine schnellsegelnde Lancha hatte er mit Juans Geld angekauft; das Fahrzeug lag stets segelfertig an einer unverdächtigen Stelle. Sowohl Juan Perez als Pati getrauten sich nur selten und unter Beachtung größtmöglicher Vorsicht nach Aurelios Behausung. Doch war bisher alles gut gegangen; Rosas suchte seine Opfer unter den Gebildeten und Reichen, die allein er zu fürchten hatte, nicht unter dem Volk.

Die Reiter kamen an einer Reihe von Hütten vorbei, die in der Hauptsache von Negern bewohnt wurden, die im Hafen arbeiteten. In einer kleinen Bucht lagen Patis Fahrzeuge verankert, und an deren Ufer stand die kleine, aus Lehmziegeln erbaute Hütte, die er bewohnte. Er selbst saß auf einer Bank neben deren Eingang. Niemand hätte in dem dort sitzenden Manne mehr den ehemaligen Schiffer vom La Plata mit dem auffallenden Haarschmuck erkannt. Zudem waren ohnehin nur noch wenige seiner ehemaligen Bekannten am Leben und in Buenos Aires tätig. Die unaufhörlichen Bürgerkriege und die zur See geführten Kämpfe gegen Uruguay und England hatten unter der Hafenbevölkerung aufgeräumt. Und Pati selbst lebte so zurückgezogen, wie es sein nachlässig geübter Beruf als Barkenführer irgend erlaubte.

Jetzt strahlte er, der Gute, da er Don Juan und Aurelio kommen sah. Zum Glück war niemand in der Nähe, so daß er keinen Grund hatte, seine Freude zu verbergen. »Was Neues, Don Juan?« fragte er.

»Nicht viel«, entgegnete Juan einsilbig.

»Hier im Hafen gehen allerlei Gerüchte um«, sagte Pati. »In Entre Rios sollen Unruhen ausgebrochen sein. Die Leute sollen dort die roten Bänder der Föderation abgerissen und fortgeworfen haben.«

Juan horchte auf. »So?« sagte er ein wenig abwesend. »Nun, davon mußt du mir mehr erzählen. Aurelio und Don Estevan wollen einen Spazierritt unternehmen und sind nur vorbeigekommen, um dir guten Tag zu sagen.«

Die beiden verabschiedeten sich denn auch bald und ritten davon, während Juan und Pati sich auf Patis Barke begaben, um ungestört und unbelauscht miteinander reden zu können.

Aurelio und Estevan ritten durch das Hafengebiet, vorbei an Schifferhütten und Lagerhäusern. Sie betrachteten interessiert das bunte Leben und Treiben. Der einem gewaltigen Meeresarm gleichende Strom war von zahlreichen Segelbooten, Barquillas und Lanchas belebt. Hafenarbeiter, größtenteils Neger, waren mit der Ladung und Löschung von Frachtgütern beschäftigt; sie trugen ausnahmslos die Cinta, das rote Abzeichen der föderalistischen Bewegung. Die Farben Blau und Grün schienen aus der Kleidung verbannt; es waren dies die Farben der Unitarier. Sie ritten an der mächtigen Uferbatterie Septiembro vorüber; auch deren Bedienungsmannschaft, die müßig herumstand, bestand zum größten Teil aus Schwarzen. Immer dichter wurde das Hafengewühl. Aurelio, dessen Gedanken noch immer bei dem verhafteten Nachbarn und den weinenden Frauen weilten, bog in eine enge Gasse, die Calle de Pilar, ein, die zur Plaza San Martin führte, um dem Gewühl und Gedränge zu entkommen; sehr bald schon wurde die Gegend stiller und ruhiger. Alle Leute, Reiter und Fußgänger, schienen es eilig zu haben; kaum einer hob auf der Straße den Kopf. Die unscheinbare Außenseite der niedrigen Häuser mit den durchweg vergitterten Fenstern verstärkte den Eindruck der Trostlosigkeit, der über der Stadt lag.

Das änderte sich auch nicht wesentlich, als die Reiter die Plaza erreichten. Die ausnahmslos mit der Cinta und daneben noch hier und da mit roten Schleifen geschmückten Menschen machten einen scheuen, gehetzten Eindruck. An allen Straßenecken, auf großen Plakaten, auf den Theaterzetteln las man die Worte: Mueran los salvajes Unitarios. Priester, die des Weges kamen, trugen ein Schild von Pappe auf der Brust, auf dem der Spruch in roten Buchstaben zu lesen war. Staunend gewahrten die Reiter zahlreiche Arbeiter, die damit beschäftigt waren, Häuser weiß anzustreichen und mit einem blutroten Streifen zu versehen. Sie vollzogen den neuesten Befehl des Diktators, nach dem in Kürze jedes Haus in diesem Farbenschmuck prangen sollte.

Als sie über die mit Bäumen und Ziergewächsen bestandene Plaza ritten, sagte Aurelio aus seinen Gedanken heraus: „Wo Señor Ramirez jetzt wohl weilen und wie es ihm ergehen mag?"

»Sprich nicht davon«, raunte Don Estevan, »wir können es nicht ändern.«

»Aber was mag der alte Herr verbrochen haben, daß man ihn gebunden fortschleppte?«

»Frage nicht, Aurelio. Es ist vom Übel, solche Fragen zu stellen.«

Aurelio hielt sein Pferd an. »Don Estevan«, sagte er, »habt Ihr mich nicht gelehrt, daß Ungerechtigkeit und rohe Gewalt das Schlimmste auf Erden seien?«

»Schweig! Reite weiter!« zischte Estevan, sich hastig umblickend, »wir wollen das zu Hause erörtern, hier ist nicht der Ort dafür.«

»Wunderbar, wie alles sich dem Diktat eines blutdürstigen Tyrannen beugt!« sagte Aurelio bitter und gab seinem Pferd die Zügel frei.

»Laß uns nach Hause reiten«, gebot Don Estevan, »du bist nicht in einer Stimmung, die sich für die Öffentlichkeit eignet. Denke daran, was dir dein Vater gesagt hat.«

Aurelio schwieg; sein Gesicht war finster verschlossen; sie ritten weiter. Gleich darauf begegneten sie einem Trupp Lanceros, die einige Gefangene gebunden in ihrer Mitte führten. Die Soldaten sangen den Resbalos, ein munteres Lied; sie schienen sich über die Art ihrer Tätigkeit keine Gedanken zu machen. »Bleib um Gottes willen ruhig«, raunte Don Estevan, dem Aurelios Gesichtsausdruck Sorge bereitete. »Ich bestehe darauf, daß wir jetzt unverzüglich nach Hause reiten.«

Aurelio nickte. »Es ist gut«, sagte er. Sie bogen in eine schmale Straße ein, die sie passieren mußten, um zu ihrem Ziel zu gelangen, da kam ihnen ein Reiter entgegen, dessen elegante Kleidung besser in die Champs Elysées zu Paris gepaßt hätte, als nach Buenos Aires. Die Straße war breit genug, um allen drei Reitern Raum zum Vorüberreiten zu bieten. Der Elegante forderte indessen mit einer gebieterischen Handbewegung, daß man ihm Platz mache. Aurelio sah in das blasse, abgelebte Gesicht eines noch jungen Mannes, und der tückische Ausdruck darin gefiel ihm so wenig wie der hochmütige Befehl. Er zuckte deshalb nur die Achseln und ritt in der bisherigen Richtung weiter.

»Willst du ausweichen, du picaro, wenn Agostino de Salis kommt!« schrie der Reiter mit vor Wut kreischender Stimme.

»Ich denke, links neben mir ist Platz genug für Euch, Señor«, entgegnete Aurelio kalt.

»Gib Raum, sage ich!« brüllte der andere, »oder meine Reitpeitsche lehrt dich Respekt!«

»Aus dem Weg, Señor!« sagte Aurelio, der sich nur noch mühsam beherrschte.

»Was wagst du da, Schurke!« schrie de Salis, »bist du wahnsinnig?« Und er hob die schwere Reitpeitsche, um Aurelio einen Schlag zu versetzen. Mit einem blitzschnellen Griff hatte er ihm das Instrument entrissen, Sekunden später sauste es über die Schulter des eleganten Reiters nieder. »So, Señor«, knirschte Aurelio, »das mag Euch für die Zukunft mehr Höflichkeit lehren.« Und er schickte sich an, weiterzureiten.

Der andere war aschfahl im Gesicht; die aufschäumende Wut ließ ihn nur unartikulierte Laute hervorbringen. Er riß sein Pferd herum, daß es quer vor Aurelio und Estevan zu stehen kam und schrie: »Halt, Unitariergesindel! Das sollt ihr büßen. Einen de Salis schlagen! Das kostet euch den Kopf!«

In diesem Augenblick kam ein kleiner Reitertrupp aus einer Querstraße heraus und in vollem Galopp auf die Gruppe zugesprengt. Der Geschlagene schrie und fluchte unausgesetzt; ja, er schäumte nahezu vor Wut. An einigen Fenstern zeigten sich ängstliche Gesichter, die gleich wieder verschwanden.

»Zurück, Don Estevan!« raunte Aurelio, »reitet, was Ihr könnt, ich komme nach. Reitet! Reitet sofort, oder Ihr bringt mich ins Verderben!«

Der schreckensbleiche Bakkalaureus wußte, daß er für den Fall einer Flucht mit seinem alten Pferd und seiner geringen Reitkunst nur ein Hindernis für den verwegenen Steppenreiter bilden würde; er wandte deshalb sein Roß und galoppierte davon, um in einer der Seitenstraßen angstvoll der weiteren Entwicklung der Dinge zu warten.

Mit finsterem Trotz erwartete Aurelio, der schon Don Estevans wegen nicht fliehen wollte, sein Tier zwischen die Schenkel nehmend, das Herankommen der Reiter; dabei faßte er heimlich nach dem langen Gauchomesser, das er nach alter Gewohnheit auch jetzt noch unter dem Rock trug.

Auf ihn zu jagte ein hochgewachsener Mann, dem ein Offizier der Lanceros und einige Peons folgten.

»Was gibt es, Agostino?« rief der Hochgewachsene schon von weitem mit dröhnender Stimme.

»Dieser Bub, dieser picaro, dieser verdammte Unitarier hat mich geschlagen!« schrie der junge de Salis, »faßt ihn, bindet ihn! Nach Santos Lugares mit ihm!«

»Was wagtest du, Elender?« rief der große Reiter mit zornflammendem Gesicht.

In diesem Augenblick glitt Aurelio, durch eine ungestüme Bewegung veranlaßt, der Hut vom Kopf; der Reiter sah sein von dunklen Locken umwalltes Gesicht vor sich, dessen blitzende Augen drohend auf ihn gerichtet waren. Totenbleich riß der Reiter sein Pferd zurück, wie geistesabwesend auf Aurelio starrend. »Fernando!« stammelte er. Gleichzeitig stieß auch der hinter ihm reitende Lugarteniente einen Überraschungsruf aus.

»Faßt ihn!« rief Agostino heiser und griff nach Aurelios Arm.

Da fuhr dessen Rechte hoch, die Finger erfaßten die Kehle des eleganten Reiters, und wie ein Ball flog der aus dem Sattel auf die Erde. Aurelio riß das Messer, gab seinem Pferde die Sporen und brach, es steigen lassend, zwischen den erstaunten und erschrockenen Reitern durch, und dies mit so unwiderstehlicher Kraft und Geschwindigkeit, daß er bereits um die nächste Ecke verschwunden war, bevor die anderen auch nur zur Besinnung kamen und die Peons den laut stöhnenden Don Agostino aufheben und in den Sattel setzen konnten.

Don Estevan hatte alle diese Vorgänge von einer Straßenecke aus mit angesehen; er ritt nun ruhig in der entgegengesetzten Richtung davon.

»Nombre de Dios!« stöhnte Francisco de Salis, »was war das?«

»Habt Ihr ihn erkannt?« zischte neben ihm Gomez, der Lancero-Offizier. »Ist das eine Ähnlichkeit?«

Der Gobernador fuhr sich mit der Hand über die Stirn, als müsse er die verwirrten Gedanken ordnen. Das Entsetzen stand noch in seinem Gesicht, er vermochte nichts zu sagen.

»Ohne Zweifel der gesuchte Gaucho«, sagte Gomez. »Und auch sonst zweifeln Excellenza nun nicht mehr?« setzte er hinzu.

»Wo ist der Schurke?« brüllte Agostino, der mittlerweile wieder zur Besinnung gekommen war. »Ihm nach!« rief er. »Hundert Pesos, wer ihn fängt! Nach Santos Lugares mit ihm! Er soll zollweise sterben!«

»Es wird geboten sein, ihm nachzusetzen, Excellenza«, flüsterte Gomez.

Der Gobernador sah ihn an, als verstände er nicht gleich. Dann schien er zu begreifen. »Ja, setzt ihm nach, setzt ihm nach«, stammelte er. Gomez winkte zwei Peons zu sich heran, und er sprengte mit ihnen in der von Aurelio eingeschlagenen Richtung davon.

Francisco de Salis wandte sich seinem vor Wut schäumenden und sinnlose Drohungen und Flüche ausstoßenden Sohn zu; ein Schatten flog über sein verstörtes Gesicht. »Reite zurück zur Posada«, sagte er kurz, »ich kann dich in diesem Zustand nicht mit zu Don Manuel nehmen.«

Mit einem grimmigen Fluch ritt Agostino von dannen, während sein Vater, von zwei Peons gefolgt, seinen Weg nach dem Regierungspalast fortsetzte.

Aurelio war kaum dem Gesichtskreis der Reiter, die er so unsanft zur Seite gedrängt hatte, entschwunden, als ihm auch Ruhe und Besinnung zurückkehrten. Er setzte seinen an einer Schnur baumelnden Hut wieder auf und erwog, auf welche Weise er am besten den Folgen dieser unliebsamen Begegnung zu entgehen vermöchte. Er sagte sich selbst, daß dieses Zusammentreffen üble Folgen nach sich ziehen konnte. Er hatte den Namen de Salis verstanden und war überzeugt, den Gobernador von Santa Fé vor sich gehabt zu haben, von dem sein Vater bereits Böses erfahren hatte und noch Böseres erwartete. Er hatte offenbar den Sohn des Mannes gezüchtigt, der nach Manuel de Rosas der mächtigste im Lande war. Das konnte Unheil nicht nur über ihn, sondern auch über den Vater bringen.

Er war, um etwaige Verfolger von seiner Spur abzubringen, um mehrere Straßenecken der Cuadras gebogen, kannte aber Buenos Aires zu wenig, um seinen Weg ohne weiteres finden zu können. Er wohnte im Norden der Stadt, und wo Norden lag, zeigte ihm ein Blick auf die Sonne. Die lange Straße Rivadavia, die Buenos Aires in zwei Teile schnitt, kannte er; wenn er ihr folgte, kam er an die westliche Peripherie der Stadt und konnte von dort aus seinen weiteren Weg finden. Nach dem Ufer des La Plata getraute er sich nicht; er fürchtete, dort mehr als in den Straßen aufzufallen.

Ob Don Estevan unbelästigt davongekommen war? Er hoffte es und glaubte nicht, sich sehr um ihn sorgen zu müssen. Der junge Gelehrte kannte die Stadt genau, war klug und, wenn es darauf ankam, auch entschlossen. Er war sich über die Gefährlichkeit der Situation im klaren und würde erforderlichenfalls wohl unterzutauchen verstehen.

Nach einigem Suchen fand er die Calle Rivadavia, die von Reitern, Lasttieren und Fuhrwerken sehr belebt war. Er ritt sie in westlicher Richtung entlang, scharf und aufmerksam um sich blickend und jeden Augenblick zur Flucht bereit. Nach einiger Zeit bog er nach Norden ein, denn er sagte sich, daß ein einzelner Reiter am äußeren Stadtrand leichter auffallen mußte als im Straßengewirr. Die rechtwinklige Anlage der Straßen erleichterte es ihm, die Richtung beizubehalten.

Er gewahrte freilich nicht den Mann, der ihn aus dem vergitterten Fenster einer Pulperia herankommen und vorbeireiten sah und dem die Augen bei diesem Anblick vor Staunen fast aus den Höhlen traten. Er sah nicht, daß bald darauf zwei Peons aus der Tür der Schenke auf die Straße traten, sich auf die draußen angebundenen Pferde schwangen, und ihm nachritten. Der Mann selbst trat kurz darauf gleichfalls heraus; es war der Lugarteniente, den Juan Perez samt seinen Lanceros unlängst entwaffnet und von seiner Estancia gejagt hatte. Er bestieg gleichfalls ein Pferd und ritt hinter seinen Peons her.

Der mit dem Instinkt des Pampasbewohners begabte Aurelio ließ keine Vorsicht außer Acht; immer wieder sah er sich mißtrauisch nach allen Seiten um. Aber die einzeln reitenden Peons konnten ihm unmöglich auffallen, sie waren eine durchaus gewöhnliche Erscheinung im Straßenbild der Stadt. Daß überall an den Ecken der Cuadras heimliche Wächter standen, wußte der arglose Jüngling nicht. Er war überzeugt, nicht verfolgt und erkannt zu sein, als er nach einigen Links- und Rechtswendungen schließlich in den mit Agaven, Säulenkaktus und Mauern eingefaßten Weg einbog, an dem seine Wohnung lag.

Er weilte noch nicht lange in seinem Zimmer, als auch Don Estevan eintraf. Der junge Doktor war von dem Zusammentreffen auf das Höchste beunruhigt. Er hatte gleich Aurelio den Namen de Salis verstanden und wußte, daß Juan Perez und Aurelio diese Familie zu fürchten hatten. Er erzählte kurz, welchen Rückweg er genommen hatte. Am Hafen war er bemüht gewesen, Don Juan und Pati zu treffen, hatte aber die Barquilla verlassen und des Bootsmanns Wohnung leer gefunden. »Das ist ein böses Unglück«, sagte er, »ich will dir keine Vorwürfe machen, du konntest wahrscheinlich nicht anders handeln; kein Mensch kann aus seiner Natur heraus, aber was beginnen wir nun?«

»Sie müssen ja erst wissen, wen sie vor sich hatten und wo sie ihn finden sollen«, versetzte Aurelio. »Beides dürfte ihnen schwerfallen. Ich habe manchen Haken geschlagen, bin zudem in der Stadt nicht bekannt; wie sollen sie mir auf die Spur kommen?«

»Täusche dich nicht«, sagte der Doktor bekümmert, »die Celadores des Diktators sind den Bluthunden gleich. Oh, du ahnst nicht, wie groß die Gefahr ist. Don Juan und Sancho müssen noch heute von dem Vorfall erfahren. Der geringste Verdacht reicht hin, dich nach Santos Lugares und vor die Musketen der Tiradores zu bringen. Menschenleben spielen hier keine Rolle.«

»Nun«, sagte Aurelio, »ganz so leicht wird das nicht sein. Ich bin kein wehrloser alter Mann wie Señor Ramirez. Aber Ihr habt recht, Don Estevan: mein Vater und Sancho müssen unterrichtet werden. Einstweilen ängstigt Euch jedenfalls nicht; meiner Spur ist keiner gefolgt, und wenn doch, hat er sie jedenfalls bald verloren.«

»Ich gehe sofort zu Señor Perez hinüber«, versetzte der Bakkalaureus, »du selbst bleibst hier. Halte dich jedenfalls verborgen und flieh beim ersten Anschein von Gefahr durch die Kaktushecken.« Er nahm seinen Hut und ging, vorsichtig umherspähend, zwischen den Gärten entlang. Zu seinem Leidwesen traf er den Gaucho nicht an und kehrte deshalb sogleich auf allerlei Umwegen zurück. Eines Peons, der ihm in der Nähe seiner Wohnung begegnete, achtete er nicht.

Der Tag verging, ohne daß sich irgend etwas ereignet hätte. Don Juan war nicht erschienen, und Aurelio suchte schließlich sein nach dem Garten hin gelegenes Schlafzimmer auf. Bevor Don Estevan sich zur Ruhe begab, sah er sich im Garten und in der Umgebung des Hauses sorgfältig um, vermochte aber nichts Verdächtiges festzustellen. Etwas beruhigter begab er sich schließlich in sein im oberen Stock gelegenes Schlafzimmer. Bald herrschten ringsum Schweigen und Finsternis.

Don Estevan erwachte von einem unbestimmten Geräusch; er wußte nicht, wie lange er geschlafen hatte. Plötzlich vernahm er ein dumpfes Poltern unten im Haus, und gleich darauf Aurelios zornige Stimme. Ein schwerer Körper schien zu Boden zu fallen, Tische und Stühle wurden gerückt. An allen Gliedern zitternd, sprang der Doktor aus dem Bett und warf sich in die Kleider. Die dumpfen, wirren Geräusche unten dauerten an; er glaubte, die ängstliche Stimme seiner Mutter zu hören. Halbbekleidet sprang er die Treppe hinab. Er hörte die Haustür gehen, das Geräusch schwerer, sich entfernender Schritte.

»Mutter! Aurelio!« rief er und betrat den Flur; man trug etwas hinaus, etwas Unförmiges; es war dunkel, er nahm nur Schatten wahr, »Sangrientos!« schrie er und erhielt im gleichen Augenblick einen Schlag an den Kopf, der ihn besinnungslos niederstreckte. Als gleich darauf seine vor Todesangst zitternde Mutter mit einem Licht in der Hand den Flur betrat, sah sie den Sohn leblos liegen. Ihr gellender Schrei rief die alte, halbtaube Magd herbei.

Bleich vor Schreck standen die beiden Frauen vor dem Sohn des Hauses; sie glaubten, einen Toten vor sich zu haben. Da regte sich Don Estevan, griff nach seinem Kopf, richtete sich halb auf und sah verstört um sich.

»Oh, mil gracias santissima madre, no este matado!« rief Señora Manzano und beugte sich zu Don Estevan nieder.

»Mutter!« murmelte der und schrie dann, aufspringend: »Aurelio! Aurelio!« Er riß der Mutter das Licht aus der Hand und stürzte in Aurelios Zimmer. Hier lag alles wüst durcheinander, Stühle und Tische in wildem Gewirr. Das Bett war auseinandergerissen. Estevan leuchtete, nach Blutspuren suchend, den Fußboden ab, fand aber keine.

»Er ist entführt, geraubt, verhaftet«, stammelte der Doktor. »Er ist in der Hand seiner Feinde. Gott sei seiner Seele gnädig! O Mutter, ich muß sofort zu Señor Perez; es muß etwas geschehen.«

Die Frauen weinten und zeterten, die Mutter wollte ihn nicht fortlassen, aber er machte sich mit sanftem Nachdruck frei, warf eilig einen Rock über und stürzte hinaus in die Nacht. »Lösch das Licht«, sagte er, »verschließt die Tür hinter mir.«

Er fand sich, mit den Wegen vertraut, auch in der Dunkelheit zurecht und klopfte gleich darauf an die Tür des Hauses, in dem Juan Perez wohnte. Minuten später stand er dem Gaucho gegenüber. »Aurelio!« rief der, wilde Angst im Blick. »Fort, geraubt!« flüsterte Estevan und erzählte in fliegender Hast, was sich zugetragen hatte.

Juan Perez war ein Mann mit eisernen Nerven, er besaß viel von der Ruhe seiner indianischen Vorfahren, und es lag ihm nicht, über Geschehenes zu klagen. »Erzählt«, sagte er nur, »jede Einzelheit, jede Kleinigkeit.« Der Bakkalaureus beschrieb eingehend die Vorgänge des Nachmittags. Juan ließ sich das Äußere des jungen de Salis eingehend schildern und sagte dann kurzentschlossen: »Ich gehe mit Euch, Don Estevan. Vor Tagesanbruch ist nichts zu unternehmen, nur Don Sancho muß benachrichtigt werden.« Er warf einen Poncho über, ging zu dem Schuppen, in dem die Pferde standen, sattelte sein Tier, schlang sich die Bolas um den Leib, stieg in den Sattel und sagte: »Kommt, Don Estevan.«

In der Nähe von Don Estevans Haus stieg der Gaucho vom Pferd und band es an einen Türpfosten des Nachbargrundstückes. »Geht dicht hinter mir«, raunte er, »wir wollen die Spuren nicht vernichten.« Vor dem Haus angekommen, bat er, wenn möglich auf einem anderen als dem üblichen Weg in Aurelios Zimmer geführt zu werden. Sie betraten den Garten durch eine schmale Öffnung in der Hecke und gingen durch eine Hintertür in das Haus.

Der Gaucho untersuchte das Zimmer Aurelios mit außerordentlicher Gründlichkeit; seinem scharfen Auge entging nichts. Aurelios Kleider, die er gewöhnlich zu tragen pflegte, lagen wie das Bettzeug zerstreut umher.

Er verließ den Raum und schärfte Don Estevan ein, ihn unberührt zu lassen und auch den Raum zwischen Haustür und Gartenpforte vorerst nicht zu betreten. »Ich werde nun Pati aufsuchen«, sagte er dann.

»Ihr werdet bei der Dunkelheit den Weg nicht finden«, sagte Estevan.

Juan zuckte die Achseln. »Habt Ihr nicht lange genug in der Pampa gelebt, um zu wissen, daß ich meinen Weg auch in der Finsternis finde?« sagte er. Er ging auf dem gleichen Wege, auf dem er gekommen war, zu seinem Pferd zurück. Gleich darauf sprengte er in vollem Galopp davon und ließ Señora Manzano und ihren Sohn in einer Aufregung zurück, die jeden Gedanken an Schlaf verscheuchten.

Der Rastreador

Kurz nach Sonnenaufgang war Juan Perez wieder da, in seiner Begleitung der schwer erschütterte Sancho. Don Estevan führte sie in Aurelios Zimmer. Es wird immerhin schon so hell, daß man die Dinge der nächsten Umgebung ohne Licht zu erkennen vermochte.

»Sie sind durch das Fenster gekommen und haben Aurelio im Schlaf überrascht«, sagte Juan, »es müssen sehr geschickte Leute gewesen sein. Der Fensterladen war aufgebrochen und die Gardinen herabgerissen.«

Don Juan sah sich um. »Der Junge hat sich tapfer gewehrt«, sagte er, »aber sie haben ihm einen dicken Poncho über den Kopf geworfen und diesen mit dem Lasso umschnürt. Wir werden gleich erfahren, wieviel es gewesen sind.«

Er sprach mit einer Sicherheit, als ob er Zeuge der Überfalls gewesen wäre. Dann ging er durch die kleine Tür hinaus und an der Rückseite des Hauses entlang bis zu Aurelios Fenster. Don Estevan und Pati gingen hinter ihm her. Juan untersuchte den weichen Boden unterhalb des Fensters. Nachdem er sich dieser Mühe eine Zeitlang mit großer Aufmerksamkeit unterzogen hatte, sagte er: »Es waren ihrer vier, und zwar Soldaten. Außerdem müßte ich mich sehr wundern, wenn der Alguacil, der d'Urquiza verfolgte und Aurelio zum ersten Male am Rio Quinto erblickte, nicht dabei gewesen ist. Jedenfalls hat der Anführer, vermutlich dieser Schurke, hier draußen gewartet, während die anderen eingestiegen sind.«

Don Estevan, der zum erstenmal einen Rastreador an der Arbeit sah, machte bei diesen mit ruhiger Sicherheit vorgebrachten Eröffnungen ein höchst verblüfftes Gesicht. »Wie wollt Ihr das wissen?« fragte er.

Don Juan wies auf den Boden. »Vier verschiedene Fußpaare sind hier dem Boden eingedrückt«, sagte er, »und eines darunter kommt mir verdächtig bekannt vor. Ich habe die Spur jenes Alguacils seinerzeit im Sand des Quinto gesehen, und eine Spur, die ich einmal gesehen habe, vergesse ich nicht. Daß es Soldaten waren, ergibt sich aus dem Abdruck der kurzen Sporen, die sie vorschriftsmäßig tragen müssen.«

Er ging nun um das Haus herum, nach dem Haupteingang zu und durchforschte auch dort den Erdboden. Alsdann untersuchte er mit großer Aufmerksamkeit die Hufeindrücke und verfolgte sie eine Strecke weit.

»Sie haben Aurelio hinausgetragen, auf ein Pferd gebunden und sind mit ihm davongeritten«, sagte er, als er zurückkam. »Wir wollen ihnen folgen, Pati. Sprecht zu keinem Menschen von dem Vorfall«, wandte er sich zu Don Estevan. »Die Celadores werden die Gegend belauern. Man wird selbstverständlich auch Sancho und mich fangen wollen und darum Euer Haus überwachen. Seid vorsichtig. Am besten wird es sein, wenn Ihr Euer Heim auf einige Zeit verlaßt, denn auch Ihr seid nicht sicher. Und nun noch einen Rat: Ereignet sich irgendetwas, das auf diesen Vorgang Bezug hat, dann begebt Euch zu Pater Hyazinth an der Dreifaltigkeitskirche und teilt ihm das Geschehene unter vier Augen mit.«

»Darf ich Euch nicht begleiten?« fragte Don Estevan.

»Nein, es würde nichts nützen. Ich muß zunächst erfahren, wohin sie den Jungen gebracht haben. Kann ich Euch dann brauchen, werde ich Euch rufen.« Er schüttelte dem Gelehrten die Hand und galoppierte gleich darauf, von Pati gefolgt, davon.

Die Sonne war inzwischen höher gestiegen. Hier in der Umgebung der Stadt waren die Pferdespuren für ein Gauchoauge leicht zu erkennen. Mit untrüglicher Sicherheit ritt Juan, bald links, bald rechts einbiegend, auf der Bahn der Entführer. Sie kamen schließlich in eine Straße, in der lebhafterer Verkehr zu herrschen pflegte; hier begann das Unternehmen schwieriger zu werden. Juan hielt und blickte die Straße hinauf und hinab. »Wo liegt Santos Lugares?« fragte er. Pati orientierte sich einen Augenblick und wies dann nach rechts. »Dort hinaus«, sagte er.

»Warte hier, ich will die Straße untersuchen.«

Sancho blieb zurück, während Juan die noch menschenleere Straße hinabgaloppierte, die Augen auf den Boden geheftet. Er verfolgte den Weg eine weite Strecke, wandte dann aber und kehrte zurück.

»Dorthinaus sind sie nicht«, sagte er vorüberreitend, und begann nun die links abzweigende Straße zu untersuchen. Schon nach einigen hundert Schritten hielt er und winkte Pati, ihm zu folgen.

»Hier sind sie geritten«, sagte er, »wo liegt das andere Gefängnis, von dem du sprachst?«

»Am La Plata nach Süden zu, außerhalb der Stadt. Es ist ein altes Dominikanerkloster aus der spanischen Zeit.«

»Komm«, sagte Juan und ritt an.

Pati drängte sein Pferd neben das des Gauchos. »Sage mir eins«, flüsterte er, »glaubst du, daß Aurelio noch lebt?«

»Ich bin davon überzeugt«, antwortete Juan. »Es ist nicht anzunehmen, daß de Salis einen Menschen auf eine bloße Ähnlichkeit hin töten läßt, ohne sich wenigstens davon zu überzeugen, ob er auch wirklich den Sohn seines Bruders vor sich hat.«

»Aber Aurelio hat den jungen de Salis geschlagen«, gab Pati zu bedenken.

»Das hat er.« Der Gaucho verzog sein Gesicht zu einem grimmigen Lächeln. »Er hat der Giftschlange nur gegeben, was ich ihr schon seit langer Zeit schulde. Der Bursche soll sich hüten, in die Nähe meines Lassos zu kommen. Aber vorwärts nun. Wir verlieren Zeit. Wähle den kürzesten Weg der zu dem Dominikanerkloster führt.«

Pati kreuzte einige Wege und bog schließlich in eine nach Süden führende ungepflasterte Straße ein. Juan ritt zwischen den Räder- und Hufspuren dahin, die Augen immer am Boden. »Da«, sagte er, auf einige Spuren weisend, »wir sind wieder auf der Fährte.« Sie ritten nun schneller aus. Nach einer halben Stunde etwa sahen sie das von Gärten und kleinen Hainen umgebene massive Gebäude vor sich, das sie suchten. Juan überzeugte sich davon, daß die von ihm aufgenommene Fährte hier endete.

Das Gebäude, dessen düsterer Charakter auch durch die freundliche Umgebung nicht gemildert wurde, lag unweit des La Plata; sein vernachlässigter Garten, dicht mit Sträuchern, Zier- und Obstbäumen bestanden, dehnte sich bis an die Ufer des Stromes. Die Umgebung des zum Gefängnis verwandelten Klosters war sehr einsam. Es lag abseits jeder Verkehrsstraße, und die Leute vermieden es, in seine Nähe zu kommen.

Rosas ließ hier häufig seine Bluturteile vollstrecken; oft hallten die Klostermauern wider von den letzten Seufzern der unglücklichen Opfer eines bis zur Bestialität grausamen Systems. Weit und breit stand kein Haus, öde, von Unkraut überwuchert, lag ringsum das Land. Die Stadt war von hier aus nicht zu überblicken; ein dichter Hain von Zedern, Zypressen und Algaroben lag dazwischen.

Don Juan ließ den Blick über das Klostergebäude und seine Umgebung schweifen, während er nachlässig, gleichsam träumend, auf seinem Pferd saß. Da drinnen schien alles noch zu schlafen, keine Wache, überhaupt nichts Lebendes war zu gewahren, auch nicht hinter den stark vergitterten Fenstern. Mit der Vorsicht des in blutigen Guerilakriegen geschulten Mannes ließ der Gaucho sein Pferd zwischen Kakteen, Farnkräutern und Bäumen langsam das Gefängnis umkreisen, wobei er sorgfältig bemüht war, sich gegen etwaige wachsame Augen gedeckt zu halten. Der Garten war von einer Mauer umgeben, die an einigen Stellen zerfallen war. Es war selbst am Tage nicht schwer, sich unbemerkt bis an das Gebäude heranzuschleichen, das mehrere in den Garten führende Ausgänge hatte. Niedrige, stark vergitterte Fenster waren vom Boden aus mit der Hand zu erreichen.

Während Juan mit angespannten Sinnen zwischen den Gebüschen einherritt, gewahrte er, auf der anderen Seite des Gebäudes angekommen, altes, halb zerfallenes Mauerwerk, von Unkraut und Farnkräutern überwuchert. Er stieg vom Pferde und näherte sich dem Bauwerk. Es schien sich um die Reste einer ehemaligen Kapelle zu handeln, die während des Unabhängigkeitskampfes in Trümmer gegangen sein mochte. Er stellte bald fest, daß sich in dem aus schweren Fliesen gebildeten, vom Unkraut überwucherten Boden der Kapelle eine Öffnung befand, die nach unten führte. Eine Treppe führte von hier ins Dunkle. Juan zog sein Messer, legte die Öffnung frei und stieg die Stufen hinab.

Er erreichte, sich vorsichtig vorwärtstastend, einen gewölbten Gang, eben hoch genug, daß ein Mann aufrecht darin zu stehen vermochte. Er erkannte an der Pachtung, daß der Gang auf das Hauptgebäude zuführte. Er folgte ihm vorsichtig, mußte aber schon nach wenigen Schritten feststellen, daß er eingefallen und unpassierbar geworden war. Doch entdeckte er gleich darauf zur Rechten des Ganges einen kleinen, gewölbten Raum.

Er stieg wieder hinauf, schwang sich aufs Pferd und ritt zurück. Immer noch herrschte Schweigen im Kloster. Bei Pati eintreffend, berichtete er ihm kurz über seine Wahrnehmungen. Unweit ihres Standortes erhob sich zur Rechten und Linken des nach der Stadt führenden Weges das ziemlich umfangreiche Gehölz, das die Aussicht nach Buenos Aires versperrte. Sie beschlossen nach kurzer Beratung, sich dort in den Hinterhalt zu legen und ihre weiteren Maßnahmen den Umständen anzupassen. Um sowohl den Weg nach der Stadt als auch das Kloster im Auge zu behalten, trennten sie sich. Pati verbarg sich am Rande des Gehölzes, an einer Stelle, von der aus er die Straße zur Stadt beobachten konnte, Juan legte sich an einer Stelle ins Farnkraut, von wo aus er das Kloster zu überblicken vermochte. Die Pferde banden sie innerhalb des Gehölzes an.

Der Gaucho hatte bisher seinem Instinkt folgend, fast mechanisch gehandelt. Nun, da er hier am Rand des Gehölzes lag, den finstern Eingang des alten Gebäudes im Auge, hinter dem Aurelio gefangengehalten wurde, befiel ihn Schmerz und Jammer über das Unglück, das er nicht hatte abwenden können, mit entsetzlicher Wucht. Er barg stöhnend den Kopf in den Händen. Würde es ihm gelingen, den Jungen zu befreien? War das ganze, schnell improvisierte Unternehmen nicht Wahnsinn? Bestand überhaupt irgendeine Aussicht, den Gefangenen herauszuholen? Aber gerade die Verzweiflung, die aufkommen und sich seiner bemächtigen wollte, riß ihn schließlich zusammen. Sie schärfte seine Kraft und seinen Willen. Es durfte jedenfalls nichts, nichts Mögliches und Denkbares, unversucht bleiben.

Während sich die Gedanken in seinem Hirn jagten, zeigten sich innerhalb des Klosters die ersten Spuren erwachenden Lebens. Rauch stieg aus den Schornsteinen auf; an den vergitterten Fenstern des Erdgeschosses wurden verschlafene Soldaten sichtbar; einige Gefangenenwärter kamen durch die schwere Eingangspforte heraus, verweilten einen Augenblick und verschwanden wieder. Warten! dachte Juan Perez, warten! Irgend etwas wird sich ereignen, irgendein Ansatzpunkt wird sich finden! In der Pampa lernt man, ruhig und geduldig zu werden.

Das Leben um ihn herum wurde reger. Soldaten traten dann und wann auf kurze Zeit aus dem Haupteingang heraus, lachend und plaudernd und rauchend; sie standen nie lange vor der Tür. Ein Bauer kam und brachte Geflügel, Gemüse und Eier; er entfernte sich bald wieder.

Es mochte zehn Uhr vormittags sein, als Juan Perez den Schrei eines Seeadlers vernahm. Das war Patis Zeichen, es war vereinbart. Juan duckte sich; irgend etwas war auf dem Wege. Gleich darauf marschierte eine von der Stadt kommende Abteilung Infanterie die Straße entlang auf das Kloster zu. Die Männer sangen und schienen guter Laune.

Es war Juan Perez bekannt, daß der Diktator seine Opfer in der Regel füsilieren ließ; er zuckte beim Anblick der Soldaten zusammen. Was tun? bohrte es in ihm, was tun?

Die Soldaten verschwanden im Innern des Klosters, und es war alles wie vorher.

Und abermals ließ der Seeadler seine Stimme ertönen. Gleich darauf schrie eine Möwe. Juan wußte: da kam ein Feind.

Er nahm Lasso und Bola und stellte sich hinter ein dicht an der Straße gelegenes Gebüsch. Vorsichtig spähte er die Straße entlang; einstweilen war nichts zu sehen. Aber dann drang der Hufschlag eines galoppieren Pferdes an sein Ohr. Er sah nach der Richtung, aus der das Geräusch sich schnell näherte, und sah gleich darauf in das Galgengesicht des Señor Gomez, das ihm vom Quinto her unvergeßlich war. Er spähte hastig noch einmal nach der anderen Seite; dort rührte sich nichts. Er griff nach dem Lasso.

Im leichten Galopp kam Gomez heran. Er war knappe zwei Schritte am Standort des Gauchos vorüber, da riß dessen Lasso ihn aus dem Sattel. Das Pferd blieb stehen; der offenbar von dem Sturz Betäubte hatte den linken Fuß noch im Bügel. Die Stelle war nach dem Kloster zu durch eine Baumgruppe gedeckt. Juan trat hastig auf die Straße hinaus, ergriff das unruhig werdende Pferd am Zügel, hob den gestürzten Körper auf den Rücken des Tieres und führte es mit seiner Last in das Dickicht. Hier band er es an und ließ den uniformierten Gesellen heruntergleiten.

Sollte der bei dem Sturz das Genick gebrochen haben? Nein, er atmete, er war nur ohnmächtig. Juan schleppte ihn tiefer in das Gehölz hinein, legte ihn unter einem Baum nieder, band ihm mit einer zähen Liane sorgfältig Hände und Füße und setzte sich neben ihn, sein zurückkehrendes Bewußtsein erwartend.

Es dauerte nicht lange, da schlug Gomez die Augen auf und sah mehr verblüfft als erschrocken in des Gauchos finsteres Gesicht. Doch schien ihm die gefährliche Lage, in der er sich befand, gleich darauf klar zu werden; er fühlte die Fesseln an seinen Gliedern und erkannte nun wohl auch den neben ihm sitzenden Mann.

»Was willst du?« fragte er.

Juan hielt ihm das bereitgehaltene Messer an die Kehle und raunte: »Dich beim ersten lauten Wort stumm machen.«

In die Augen des Gefesselten traten Schrecken und Angst.

»Wo ist mein Sohn?« fragte Don Juan. »Ich rate Euch dringend, mir die Wahrheit zu sagen, wenn Ihr es nicht bereuen wollt.«

»Ihr wißt es doch offensichtlich«, knirschte Gomez, »wäret Ihr sonst hier? Dort im Kloster ist er.«

»Warum hast du ihn entführt?«

»Ich?« Der Mann spielte den Überraschten trotz seiner Lage vorzüglich.

»Ja, du«, antwortete der Gaucho. »Spare deine Lügen. Du hast es mit einem Rastreador zu tun. Ich weiß schon seit dem Morgengrauen, daß du der Anführer der Menschenräuber warst. Du hast ihn mit drei Soldados aus dem Bett geholt und hierher geschleppt. Warum und auf wessen Befehl?«

Gomez schwieg.

»Du wirst schon noch sprechen«, sagte der Gaucho und spielte mit dem Messer. »Du kannst mir glauben, daß ich nicht mir dir spaße.«

»Was soll ich da schließlich verschweigen«, sagte Gomez, »auch das wißt Ihr schließlich selbst. Es handelt sich um eine ordnungsmäßige Verhaftung auf Befehl des Gobernadors von Santa Fé, Don Francisco de Salis.«

»Über Wesen und Ausführung ordnungsmäßiger Befehle will ich mich mit dir nicht unterhalten«, sagte Juan, »ist der Junge wohlauf?«

»Soviel ich weiß, ja.«

»Was wird mit ihm geschehen?«

»Darüber hat Señor de Salis zu befinden, der mit seinem Sohn hierherkommen wird.«

»Gut. Was wolltest du im Gefängnis?«

»Ich habe dem Direktor Befehle zu überbringen.«

»Meinen Sohn betreffend?«

»Das mag sein, ich weiß es nicht.«

»Nun, wir wollen deine Befehle jedenfalls an uns nehmen«, sagte der Gaucho. Er nahm dem Gefesselten die Ledertasche ab, die dieser um den Hals hängen hatte, und legte sie neben sich. »Geschieht dem Jungen ein Unheil, wirst du und werden noch andere es büßen, darauf kannst du mein Wort nehmen«, knurrte Juan. Die finstere Drohung, die in diesem Knurren lag, und die entschlossene Härte in des Gauchos Gesicht ließen den Gefangenen erzittern. Der Mann kannte die Gauchos und ihre Art; er wußte, mit was für einem Gegner er es zu tun hatte. Er preßte die Lippen zusammen und schloß die Augen.

Don Juan ließ ihn eine Zeitlang in Ruhe, dann sagte er in gelassenem Tonfall: »Du hast natürlich schon damals am Rio Quinto erkannt, wer der Junge ist, der als mein Sohn gilt?«

Gomez öffnete die Augen; ein fragender Ausdruck erschien auf seinem Gesicht. Don Juan fuhr fort: »Die Ähnlichkeit hätte ja immerhin zufällig sein können, nicht wahr, aber du hast dich nicht geirrt: Der Señorito, den du heute nacht eingefangen und dorthin in das Kloster geschafft: hast, ist Aurelio de Salis, der Sohn Don Fernandos. Alle Beweise für seine Abkunft sind vorhanden und befinden sich an absolut sicherer Stelle. Der junge Gefangene da drüben ist der rechtmäßige Erbe der Besitzungen und des Vermögens seines Vaters. Er ist der Erbe von Bellavista.«

»Ich habe von vornherein nicht daran gezweifelt«, flüsterte Gomez.

»Nein«, sagte Don Juan, »das denke ich mir. Und nun will ich dir noch etwas sagen. Ich zweifle zwar nicht daran, daß Francisco de Salis dich gut bezahlt, aber es könnte immerhin so kommen, daß der wahre Erbe von Bellavista dich reichlicher belohnt als dein jetziger Herr, wenn du ihm im Kampf um sein Recht beistehst. In uns hast du es mit ehrlichen Leuten zu tun. Verstehst du das?«

Gomez schien durch diese von ihm wohl nicht erwarteten Worte aus aller Fassung gebracht; der Ausdruck in seinen aufgerissenen Augen war beinahe hilflos. »Was verlangt Ihr von mir?« stammelte er.

»Das wirst du sehen«, entgegnete Juan Perez. »Sieh, ich könnte dich mit einer einzigen Bewegung dieses Messers aus der Welt schaffen, in der du vermutlich bisher nur Unheil angerichtet hast, aber ich setze voraus, daß du immerhin Verstand genug hast, deinen Vorteil wahrzunehmen.«

»Ihr täuscht Euch über Eure Möglichkeiten«; Gomez sah finster vor sich hin, »de Salis ist zu mächtig.«

»Das werden wir sehen, und meine Möglichkeiten kannst du mir überlassen. Zunächst geht es darum, den Gefangenen zu befreien. Und dabei wirst du uns helfen.«

»Wie könnte ich das?«

»Ich vermute, daß du das Innere des Gefängnisses und die Wärter kennst.«

»Ihr irrt Euch«, entgegnete Gomez, »ich kenne weder das Gefängnis noch die Wächter.« Aus dem Ausdruck seiner Stimme glaubte Juan schließen zu können, daß er die Wahrheit spräche.

»Aber du weißt, wo Aurelio gefangengehalten wird?« fragte er.

»Vermutlich unter der Erde. Das Kloster hat meines Wissens unterirdische Verließe.«

»Was wird mit ihm geschehen?«

Gomez schloß die Augen. »Ich fürchte, man wird ihn töten«, sagte er leise.

Juan Perez zuckte zusammen. Sein Gesicht verfinsterte sich noch mehr, und seine Stimme wurde hart wie Stahl. »Das wäre schlimm für dich«, sagte er.

Gomez sah mit einem wilden Blick zu ihm auf. »Verhindert, daß die beiden de Salis im Gefängnis eintreffen«, keuchte er, »ohne sie wird gewiß nichts geschehen.«

Vom Kloster herüber kam der dumpfe Schall einer Gewehrsalve herüber.

»Was ist das?« fragte der Gaucho zusammenschreckend.

»Vermutlich werden einige Hochverräter erschossen«, antwortete Gomez.

Perez murmelte eine Verwünschung, beherrschte sich aber schnell.

»Du bist sicher, daß erst die Ankunft der Señores de Salis für Aurelio verhängnisvoll wäre?«

»Ich bin sicher, daß vorher nichts mit ihm geschieht.«

»Gut.« Der Gaucho ahmte mit täuschender Ähnlichkeit den Ruf einer Eule nach. Kurz darauf rauschten die Büsche, und Pati erschien. Er sah den gebundenen Mann, dessen Kommen er Juan signalisiert hatte; auch er hatte in ihm den Alguacil erkannt, den er am Rio Quinto vom Pferde gerissen.

»Nimm den Burschen da unter den Arm und folge mir«, sagte Juan. »Sobald er zu schreien versucht, drück ihm die Gurgel zu.«

Mit einem Grinsen, das Gomez schaudern machte, nahm Pati ihn einem Kleiderbündel gleich unter den Arm und folgte dem voranschreitenden Gaucho. Sie erreichten nach kurzer Zeit die zerstörte Kapelle. Nach Juans Weisung legte Pati den Gebundenen in dem unterirdischen Gelaß nieder. »Für alle Fälle wollen wir den Señor noch am Reden verhindern«, sagte Juan, formte aus einem Bündel trockenen Grases einen Knäuel und schob ihn dem Gefangenen, der sich offenbar in sein Schicksal ergeben hatte, in den Mund.

Beide gingen nun zu dem Rand des Gehölzes zurück. »Habt Ihr etwas von Aurelio erfahren?« fragte Pati, vor Aufregung zitternd.

»Er ist im Kloster und bisher unbelästigt.«

»Mil gracias santissima madre!« murmelte der Bootsmann.

»Kannst du einen zweispännigen Wagen im Lauf aufhalten, Pati?« fragte der Gaucho.

Der Befragte reckte seine gewaltigen Arme. »Ich denke schon«, antwortete er.

Sie waren kaum am Rand des Gehölzes angekommen, als der Hufschlag eines rasch von der Stadt herkommenden Pferdes ihr Ohr erreichte. Der Gaucho legte seinen Lasso zurecht und spähte aufmerksam durch das Buschwerk. Gleich darauf erblickte er den Reiter. »Ha! Por Dios!« rief er, »das ist die junge Kanaille!«

Ja, es war Agostino de Salis, und er war allein. Er hatte das Gebüsch eben passiert, da warf ihn der Lasso des Gauchos in den Sand. Das Pferd blieb stehen und wurde von Sancho in die Büsche geführt, während Juan den Reiter hineinzog.

Don Agostino war glücklicher gefallen als der Lancerofführer; er kam rascher wieder zu sich. Ein Schrei wollte sich seinen Lippen entringen, aber die Finger des Gauchos legten sich mit solcher Gewalt um seinen Hals, daß der Versuch erstickt wurde und nur ein Röcheln herauskam.

Mit Entsetzen starrte der elegante junge Herr auf die beiden Männer. Der Gaucho fesselte ihn rasch mit Lianenranken, dann trug ihn Pati in ein weit über Mannshöhe aufgeschossenes Dickicht von Farnkraut. Hier legte er den vor Furcht und Entsetzen fast Gelähmten nieder.

»Es wird gut für Euch sein, Señor«, sagte der Gaucho, »wenn Ihr meine Fragen kurz der Wahrheit gemäß beantwortet. Wer seid Ihr?«

»Agostino de Salis.«

»Wo wolltet Ihr hin?«

»Ins Gefängnis.«

»Was wolltet Ihr da?«

Agostino stutzte; sein verstörter Blick wanderte unruhig hin und her.

»Beeilt Euch. Ich habe leider keine Zeit.«

»Mich führten Amtsgeschäfte dorthin«, sagte Agostino mit einem Versuch trotzigen Aufbegehrens.

»Ich kann mir vorstellen, was das für Amtsgeschäfte waren«, sagte der Gaucho grimmig. »Ihr wolltet den jungen Mann, der Euch gestern für Eure Frechheit bestrafte, ein bißchen martern lassen, nicht wahr? Nun, Señor, ich schwöre es Euch: wird diesem jungen Mann auch nur ein Haar seines Kopfes gekrümmt, dann büßt Ihr es in schrecklicher Weise mit Eurem Leben.«

Agostinos Augen weiteten sich; man sah förmlich, wie das Entsetzen in ihm hochkroch. Offenbar war er bis jetzt der Meinung gewesen, in die Hände gewöhnlicher Straßenräuber gefallen zu sein. Nun dämmerte es ihm, daß hier andere Zusammenhänge bestanden. Er wollte etwas sagen, aber er brachte kein Wort heraus.

»Wo ist Euer Vater?« fragte der Gaucho scharf.

»In der Stadt.«

»Ihr seid ihm nach dem Gefängnis vorangeeilt, das den für Euch so gefährlichen jungen Mann birgt?«

Es ist der Vater, der Gaucho! dachte Agostino; er wurde noch einen Grad blasser. Er nickte bejahend.

»Wann kommt Euer Vater?«

»Sein Wagen stand angeschirrt, als ich wegritt.«

Agostinos Pferd, das Sancho mitgeführt hatte, hob die Nüstern nach der Seite hin, wo der Weg zur Stadt führte, und machte Miene, zu wiehern; ein augenblicklich mit größter Wucht zwischen seine Ohren geführter Faustschlag Patis brachte es zum Knien; es legte sich, am ganzen Leib zitternd, zu Boden.

»Gut gemacht, amigo«, sagte Juan, und ein Lächeln spielte um seine Lippen; er horchte. »Verhaltet Euch still, Señor«, warnte er, »oder die Faust dieses Mannes bringt auch Euch zur Ruhe.« Er deutete Pati an, den Gefangenen zu bewachen und sprang schnell zur Straße hinüber. Er stand noch lange hinter dem deckenden Gebüsch, als einige uniformierte Peons in den Farben der Familie de Salis herangesprengt kamen; ihnen folgte ein eleganter, mit zwei schönen Pferden bespannter Wagen. Darin zurückgelehnt saß Don Francisco. Juans Augen begannen zu funkeln; trotz der Länge der Zeit erkannte er das dunkle, hochmütige Antlitz wieder, das er einst in Bellavista vor sich gesehen. Unwillkürlich griff seine Hand nach den Bolas, doch zog er sie wieder zurück. »Noch nicht, Mörder!« flüsterte er, »wir rechnen später ab.« Er zwängte sich so weit durch die Büsche, daß er den Eingang des Klosters überschauen konnte, sah, wie die Pforte sich weit öffnete und der Wagen, von den Dienern gefolgt, hineinfuhr. Er ging zu dem Gefangenen zurück.

»Euer Vater ist im Gefängnis, Señor«, sagte er finster, »was gedenkt Ihr zu tun, um Euer Leben zu retten?«

Agostino bebte vor Angst; sein Gesicht war fahl, und die Augen flackerten in jagender Unruhe. »Was soll ich tun?« stammelte er.

»Meinen Sohn retten und damit zugleich Euch selbst.«

Dem Gebundenen drohten die Augen aus den Höhlen zu treten. »Ich kann nichts – ich kann nichts tun«, ächzte er. »Er kann nur auf schriftlichen Befehl des Präsidenten freigelassen werden. Bei allen Heiligen, es ist wahr!«

Juan Perez sah ein Weilchen sinnend vor sich hin. »Ihr habt gewiß Euer Merkbuch bei Euch«, sagte er schließlich.

»Ja.«

Er band die Hände des Gefesselten los. »Schreibt die Bitte an Euren Vater auf ein Blatt, von allen Gewaltschritten gegen Aurelio abzusehen. Macht es dringend, ich rate Euch gut. Daß Ihr gefangen seid, dürft Ihr nicht schreiben.«

Agostino nahm sein Notizbuch aus der Brusttasche, einen Bleistift zur Hand, und begann mit zitternden Fingern zu schreiben. Zwei, drei Blätter riß er heraus und warf sie als unbrauchbar fort; Juan hob sie auf und steckte sie in die Tasche. Endlich hatte der Gefangene so viel Fassung erlangt, daß er einigermaßen leserlich ein paar Zeilen zu schreiben vermochte.

»Lest vor und bedenkt, daß jede Täuschung Euch das Leben kosten würde«, sagte Perez.

Agostino las: »Um aller Heiligen willen, teuerster Vater, haltet ein mit allem, bis Ihr mich gesprochen habt. Ich habe schwerwiegende Nachrichten erhalten. Mein Leben hängt daran. Agostino.«

»Gut«, sagte Juan, das Blatt an sich nehmend, »wird Euer Vater Eure zitterige Handschrift erkennen?«

»Ganz gewiß. Außerdem trägt jedes Blatt dieses Buches unser Wappen eingeprägt.«

Juan entfernte sich und stieg zu Gomez in das Gelaß unterhalb der zerfallenen Kapelle hinab. Er trug den Gebundenen so weit ans Licht, daß er lesen konnte, entfernte den Knebel aus seinem Mund, hielt ihm den Zettel hin und sagte: »Lest mir das vor.«

Gomez begann zu buchstabieren; er hatte Mühe, die flüchtigen Schriftzüge zu entziffern. Doch las er schließlich stotternd die gleichen Sätze, die Agostino ihm vorgelesen hatte. Juan sah, daß er über die Unterschrift erstaunte. »Ja, Ihr werdet Gesellschaft bekommen«, sagte Juan trocken, »und zwar gute. Ihr seht, Juan Perez versteht, sich seiner Haut zu wehren. Ihr hättet besser nicht mit ihm angebunden. Leben um Leben, heißt es in der Pampa.« Kaltblütig schob er den Knebel wieder in Gomez' Mund und trug den Mann in das Gelaß zurück. Dann ging er zu Agostino, band ihm von neuem die Hände und forderte Pati auf, ihm mit dem Gefangenen zu folgen. Ein nervöses Zucken erschütterte den Leib des jungen de Salis, als der furchtbare Mensch ihn wie eine Puppe aufhob und Juan folgte. Unterhalb der Kapelle legte er das Bündel neben dem gefesselten Gomez nieder.

»Bleibe du hier«, flüsterte Juan Pati zu, als beide aus dem unterirdischen Gemach ans Tageslicht zurückkehrten, »ich reite nach dem Kloster. Verstecke dich hier und achte auf den Eulenschrei. Naht dir irgendwelche Gefahr, so gehe hinab und drohe, die Gefangenen zu töten.«

»Gut!« sagte Pati, an schweigenden Gehorsam gewöhnt, und ließ sich hinter einem Busch nieder.

Juan führte sein Pferd, sorgsam nach allen Seiten spähend und lauschend, nach der Straße und ritt dann, es zu wildester Eile antreibend, auf die Klosterpforte zu. Dort hatte man den heranjagenden Gaucho bemerkt; der Pförtner kam heraus und fragte nach seinem Begehr. Juan reichte ihm den von Agostino geschriebenen Zettel und sagte kurz: »Befehl von Don Manuel. Sofort Don Francisco de Salis, dem Gobernador, zu übergeben.« Er griff nach dem Hut, wandte sein Pferd und jagte wieder davon.

Der Pförtner, an ähnliche Eilboten gewöhnt, ging mit dem Papier hinein, rief einen Gefangenenwärter, übergab ihm den Zettel und befahl ihm, ihn unverzüglich Don Francisco einzuhändigen.

Juan hatte kaum die Baumgruppe hinter sich, die ihn nach dem Kloster hin deckte, als er sein Pferd in Schritt fallen ließ und es an geeigneter Stelle in das Dickicht trieb. Dann legte er sich nach dem Kloster zu auf die Lauer und wartete geduldig.

Nach einiger Zeit erschienen die Soldaten, die vorher nach dem Kloster marschiert waren. Offenbar hatten sie ihr blutiges Werk an einer Anzahl Gefangener vollbracht und zogen nun, den munteren Resbalos singend, zur Stadt zurück. Ihnen fast auf dem Fuße folgte der Wagen des Gobernadors von Santa Fé, offensichtlich in großer Eile. Juan gewahrte das mit Befriedigung. »Der Brief hat gewirkt«, murmelte er. »Warte, mezquino, du sollst noch Wunderdinge erleben. Ich hätte dir nicht geraten, dieses Spiel aufzunehmen.« Der Gobernador machte, Juan sah es im Vorbeigleiten, einen verstörten Eindruck. »Suche deinen würdigen Sprößling!« rief der Gaucho.

Und nun atmete er auf. Er durfte sich sagen, daß die dringendste Gefahr für Aurelio gebannt sei; außerdem hatte er in Agostino de Salis eine vorzügliche Geisel in der Hand.

Mittag war längst vorüber, und nichts hatte sich gezeigt, was dem Gaucho eine Aussicht eröffnet hätte, Aurelio zu Hilfe zu kommen. In das Gefängnis einzudringen schien, wenn überhaupt möglich, um so aussichtsloser, als weder er noch Pati dessen Inneres kannten und sie nicht wußten, wo Aurelio gefangengehalten wurde. Gomez konnte hierbei nichts nützen. Aber der kühne, an überraschende Wechselfälle gewöhnte Mann verzweifelte nicht; er wartete mit indianischer Ruhe die Ereignisse ab.

Nach einiger Zeit begab er sich zu Pati, der vor dem Eingang zu dem unterirdischen Gang saß und Johannisbrot kaute, das umherstehende Algaroben in reicher Fülle boten. Er ergriff ihn am Arm und führte ihn beiseite.

»Ich denke, Feuerkopf, du reitest jetzt nach Hause, nimmst dein Boot, kommst auf dem Wasser zurück und legst das Fahrzeug hier ins Schilf«, sagte er.

»Über Tage darf kein Fahrzeug sich dem Gefängnis nähern, ohne daß die Soldaten darauf schießen«, entgegnete Pati; »es ist verboten.«

»Dann komm eben nach Sonnenuntergang«, sagte Juan. »Lege das Boot möglichst nahe dem Kloster fest und suche mich bei dem hohen Nogal westlich des Gebäudes auf.«

»Gut!« versetzte Pati, »nach Sonnenuntergang bin ich mit dem Kanu zur Stelle.« Er band sein Pferd los, und Juan begleitete ihn bis zur Straße. Er versicherte sich, daß niemand in der Nähe sei, und ließ ihn losreiten. »Bringt Nahrungsmittel und Wasser mit«, rief er ihm nach. Alsdann legte er sich wieder geduldig in den Hinterhalt.

Als die Sonne zu sinken begann, machte er sich auf, um, einem schleichenden Raubtier gleich, das Gefängnis zu umkreisen. In dem verwilderten Klostergarten gewahrte er zwei Männer in einer Unterredung begriffen; einer von ihnen trug einen Schlüsselbund am Gürtel. Juan überstieg unter Aufbietung aller Vorsicht eine fast niedergebrochene Stelle der Mauer und schlich geräuschlos zwischen Büschen so nahe wie möglich an die Männer heran, um sie zu belauschen.

»Ich sagte dir schon«, ließ sich der mit den Schlüsseln vernehmen, »ihr solltet sie weiter zum Fluß hin begraben.«

»Am besten in den La Plata werfen«, grinste der andere.

»Nein, sie müssen ein christliches Begräbnis haben, aber nicht so nahe am Gebäude.«

»Das waren heute wieder neun; wie viele werden wir noch bekommen?«

»Wer kann es wissen?« sagte der erste mit einem tiefen Seufzer, »aber in Zukunft frage mich vorher, wo sie eingescharrt werden sollen.« Er schritt auf den Strom zu und sah gedankenverloren in das Wasser.

»Du wirst auch bald eingescharrt, Dummkopf«, brummte der Zurückbleibende, dem Lauscher vernehmlich, »es kostet mich nur ein

Wort, und du kommst vor die Musketen.« Er warf die Schaufel über den Rücken und ging nach dem Gefängnis zurück.

Die Nacht sank herab. Geräuschlos näherte sich der Gaucho dem Gefängnisbeamten, der noch immer still und versonnen am Ufer des Stromes stand. Niemand war in der Nähe; das Klostergebäude lag in dunklem Schweigen. Einem Schatten gleich erhob sich die Gestalt Don Juans hinter dem Schließer. Mit eisernem Griff umklammerte seine Linke die Kehle des völlig Überraschten, während die Rechte ihm das funkelnde Messer vor die Augen hielt. »Kein Laut!« zischte der Gaucho, »oder es ist dein letzter!«

Der Mann schien vor Schreck gelähmt, er rührte kein Glied.

»Wer bist du?« flüsterte Juan und gab die bedrohte Kehle frei.

»Schließer im Gefängnis«, stammelte der Mann.

»Gut. Dich brauche ich.«

»Was willst du von mir?« Der Überfallene stöhnte gequält. »Ich bin unschuldig an dem vergossenen Blut.«

»Mag sein. Ich brauche dich. Du mußt mir helfen, einen Gefangenen zu befreien.«

Der Mann zuckte zusammen. »Was denkt Ihr!« stammelte er, »das ist ganz unmöglich!«

»Du mußt, oder es kostet dein Leben«, sagte der Gaucho hart.

Aber der Mann schien Furcht und Entsetzen abgeschüttelt zu haben. »Es hilft nichts«, flüsterte er. »Es ist unmöglich. Niemand kann ungesehen in das Gefängnis hinein, niemand hinaus. Überall stehen Wachen.«

»Wir werden sehen. Komm mit. Bei dem geringsten Laut stoße ich zu.«

»Du brauchst nicht zu drohen; ich werde schweigen. Wen willst du befreien?«

»In der letzten Nacht wurde ein junger Mann eingebracht?«

»Ja.«

»Er lebt? Er ist wohl?« Juans Stimme zitterte.

»Er lebt und ist wohl«, sagte der Mann.

Ein tiefer Atemzug löste sich aus des Gauchos Brust. »Dem Himmel sei Dank!« flüsterte er. »Du weißt, wo er ist?« wandte er sich an den Schließer.

»Ja.«

»Hast du die Schlüssel zu seinem Gefängnis?«

»Ja, Señor.«

»Mann, hilf mir ehrlichen Herzens, ihn zu befreien und du sollst reich belohnt werden.«

»Ich würde es tun, Fremder«, flüsterte der Mann, »oh, ich würde es ohne Belohnung tun; es ist unmöglich. Die Mauern sind undurchdringlich, ich selbst muß mehrere Wachen passieren, wenn ich jetzt zurückkehre.«

»Wir wollen sehen«, sagte Juan abermals. Sie hatten sich langsam dem Wasser und dem hohen Nogal genähert, den Juan seinem Freund als den Ort bezeichnet hatte, wo er landen sollte. Juan ließ gedämpft den Ruf des Nachtvogels ertönen; gleich darauf kam vom Fluß her das Pfeifen des Wasserhuhnes zurück. Der Feuerkopf war da. Ein wiederholter Eulenschrei brachte Pati an Land; Juan, immer den Schließer vor sich und das Messer stoßbereit, ging ihm entgegen.

Es war jetzt ganz dunkel, auch der Himmel hatte sich bezogen. Flüchtig machte der Gaucho den Bootsmann mit seinem Gefangenen und dessen Aussagen bekannt. Mit großer Freude vernahm Pati, daß Aurelio noch wohlauf und unverletzt sei.

»Ihr seid kühne Männer«, sagte der Schließer, »daß Ihr es wagt, auch nur den Gedanken zu fassen, einen Gefangenen aus diesen Mauern zu befreien.«

»Wir setzen unser Leben daran«, versetzte der Gaucho ernst. »Und wir raten dir nochmals: hilf uns freiwillig dabei; andernfalls zwingen wir dich. Der geringste Verdacht des Verrates aber bringt dir den Tod.«

»Ich habe so viel Grauenhaftes in diesen Mauern gesehen, daß ich den Tod nicht mehr fürchte«, sagte der Mann mit bebender Stimme.

»Du dienst dem Diktator, dem Tyrannen!« sagte Juan finster.

»Ich diene ihm – gezwungen!« entgegnete der Schließer. »Ich kann mich nicht mehr aus den Banden lösen. Ich muß aushalten bis ans Ende.« Er senkte den Kopf.

»Willst du uns helfen? Freiwillig?«

»Ja, ich will. Ich will. Aber wie? Sagt mir, wie?«

Irgendwo im Finstern klirrten Waffen. »Nieder«, zischte der Gaucho, und alle drei kauerten hinter einem Lorbeerbusch.

»Was ist das?« raunte Juan.

»Der letzte Rundgang der Wache«, flüsterte der Schließer. »Ist der beendet, geht alles schlafen bis auf die Posten an den Türen, die alle Stunden abgelöst werden.«

Sie lauschten; das Geräusch kam näher. Sie vernahmen gedämpfte Stimmen, hielten den Atem an. Langsam entfernten sich die Schritte der Soldaten, und es wurde still wie vorher.

Alle drei atmeten auf; Juan hatte gefühlt, wie der Schließer gezittert hatte. Lange Zeit horchten sie lautlos; kein Ton außer dem Rauschen des Wassers, dem Zirpen einer Grille oder dem leisen Pfiff einer Fledermaus war vernehmbar.

»Du kennst das Gefängnis genau?« fragte Juan.

»Ja, ich bin seit vier Jahren hier Schließer.«

»Wo ist der junge Mann gefangen?«

»In dem nach der Stadt zu gelegenen Flügel.«

»Führt ein Fenster seiner Zelle nach außen?«

»Nein. Sein Gefängnis liegt unter der Erde.«

»Kann man durch eines der niedrigen Fenster auf die Korridore und von dort zu der Zelle gelangen?«

»Ja«, entgegnete der Schließer. »Aber wie durch das Fenster kommen?«

»Das wirst du sehen. Führe uns dahin, wo wir, der fraglichen Zelle zunächst, in das Kloster eindringen können.«

Gehorsam ging der Mann zwischen Don Juan und Pati und führte sie nach der vorher von ihm bezeichneten Klosterseite. Sie traten dicht an die Mauer heran, und der Schließer deutete auf zwei vergitterte Fensteröffnungen. »Sie führen in eine leere Zelle, zu deren Tür ich den Schlüssel habe«, sagte er, »der Korridor läuft an dieser Tür entlang.«

Juan stieß Pati an. »Nun, mein feuerfarbener Prinz, entferne die Eisen«, sagte er.

Pati trat heran; seine Hände faßten die gekreuzten Gitterstangen, ihre Stärke prüfend, dann lockerte er, seine herkulische Kraft anwendend, während er den Körper gegen die Mauer stemmte, die Stäbe in den Steinen; etwas Kalk fiel herunter; noch einmal spannte er die Muskeln, die Eisen bogen sich; gleich darauf lag das Gitter in den Händen des Mannes, der es schweratmend zu Boden legte. Mit maßlosem Staunen hatte der Schließer dieser Probe menschlicher Muskelkraft beigewohnt. Der Eingang zur Zelle war frei.

»Bei meinem Schutzpatron, das ist übermenschlich!« stammelte der Mann. »Ich weiß nicht, mit wem Ihr im Bunde seid. Aber ich glaube, Ihr werdet das Unmögliche vollbringen.«

»Ich steige jetzt hinein«, flüsterte Juan. »Ist die Zelle tief?«

»Nein.« Dann folgt Ihr, Señor, und du, Pati, machst den Schluß.«

»Ich will Euch führen, Señores«, sagte der Schließer, »ich will mithelfen, den Jungen zu retten, aber schwört mir bei Gottes heiligem Namen, daß Ihr mich mitnehmen wollt auf der Flucht. Ich wäre sonst ein Kind des Todes.«

»Ihr werdet uns helfen, und wir werden Euch in den Klauen dieser Mordjustiz zurücklassen, wie? Ihr scheint uns sonderbar einzuschätzen, Señor. Ihr geht mit uns, Mann. Selbstverständlich geht Ihr mit uns!« Juan stieg durch die enge Fensteröffnung ein, der Schließer folgte ihm, und Pati zwängte als dritter seinen Körper hindurch. Schweigend standen die drei Männer in der Zelle und lauschten in die Dunkelheit hinein.

Im Dominikanerkloster

Die Gefangennahme Aurelios hatte sich ganz so zugetragen, wie Juan Perez nach den Spuren festgestellt hatte. Die Peons, die dem Jungen gefolgt waren, hatten, ihm zuvorkommend, sein Heim ausspioniert und Meldung darüber erstattet. Gomez war in der Nacht erschienen, dessen Lanceros hatten den Jüngling im Schlaf überrascht, ihn trotz kräftiger Gegenwehr durch eine übergeworfene Decke kampfunfähig gemacht, mit Lassos umschnürt und aufs Pferd getragen. Erst in einiger Entfernung befreiten sie den Halberstickten aus seiner Umhüllung. Eilig jagten sie alsdann mit ihm durch die Stadt und überlieferten ihn den Wächtern im Dominikanerkloster.

Der gefährliche Gefangene wurde unter der Erde in einer ehemaligen Strafzelle des Klosters verwahrt, in die nur, wenn die schwere Tür geöffnet wurde, ein Lichtstrahl fiel.

Aurelio war von dem jähen Überfall wie betäubt und fand erst, als er allein gelassen wurde, die Ruhe, über das Geschehene nachzudenken. Was hatte man mit ihm vor? Wollte man ihn verschmachten lassen? Ihn ermorden? Und was war mit dem Vater, mit dem guten Sancho geschehen? Hatte sie derselbe Streich getroffen, der ihn in den Kerker warf? Der Diktator verfolgte sie; hatte sein Arm sie erreicht? Aurelio wußte, Juan Perez war ein Mann von großer Kühnheit und Klugheit; es war schwer vorstellbar, daß er sich überraschen ließ. Aber wußte er denn, welche Mittel angewandt worden waren?

Qualvolle Stunden der Unruhe vergingen. Einmal kamen Schritte draußen auf dem Korridor entlang, die von Waffengeklirr begleitet waren. Eine Zelle in seiner Nähe wurde geöffnet. Er hörte eine flehende, schreiende und schluchzende Stimme, von rauhen Flüchen begleitet. Ihn schauderte. Bald darauf drang der dumpfe Schall einer Gewehrsalve an sein Ohr und sagte ihm, daß in diesem Augenblick neue Opfer des Tyrannen gefallen waren.

Abermals hörte er Schritte draußen; sie nahten sich seiner Zelle. Er faßte sich mit starker Willensanspannung. Zwei Wärter erschienen und führten ihn, dem die Hände gebunden waren, hinaus. Ging es zum Tode? Ein kalter Schauer überlief ihn, aber er folgte in fester Haltung.

Er wurde über einen breiten Korridor geführt, dessen Fenster sich nach dem Hof öffneten. Erblassend sah er blutige Leichname am Boden liegen; eine Gruppe Soldaten stand, auf ihre Gewehre gestützt, in der Nähe. Rasch zog das grauenhafte Bild an ihm vorüber, und doch glaubte er, in einem der Erschossenen den Señor Ramirez erkannt zu haben. Die zornige Leidenschaft seiner Jugend flammte in ihm auf; er biß sich die Lippen blutig.

Man ließ ihn in ein hohes, luftiges Zimmer eintreten. Er war nur mit einem seidenen Hemd bekleidet; eine alte Chiripa hatte man ihm um die Hüfte geschlungen, aber er betrat den Raum in der Haltung eines kastilianischen Granden. Er sah sich einem hochgewachsenen Manne in der Kleidung des vornehmen Argentiniers gegenüber. Das Auge des Mannes ruhte mit einem seltsamen Ausdruck auf ihm, als er hocherhobenen Hauptes vor ihm stand.

Auf einen Wink, den der Hochgewachsene gab, entfernten sich die Gefängniswärter; Aurelio war mit ihm allein. Er wußte von der flüchtigen Begegnung auf der Straße her, wen er vor sich hatte.

De Salis setzte sich an einen Tisch und richtete von neuem den Blick auf Aurelio. »Wie heißt du?« fragte er kurz.

»Warum hat man mich nächtlicherweile überfallen und hierher geschleppt?« fragte der Junge in finsterem Trotz.

Der Klang seiner Stimme ließ den Gobernador zusammenfahren; er blätterte eine Zeitlang in seinen Papieren, dann hob er wieder den Kopf. »Es wäre besser für dich, meine Fragen zu beantworten, statt selbst Fragen zu stellen«, sagte er, »wir haben hier Mittel, jeden Trotz zu brechen.«

Aurelio lächelte verächtlich und schwieg.

»Wie heißt du?«

»Ich bin Aurelio Perez, der Sohn des Capitano Juan Perez vom Rio Quinto.«

»Wie alt?«

»Fast neunzehn Jahre.«

»Es stimmt«, murmelte de Salis leise. Laut fragte er: »Wer war deine Mutter?«

»Ich habe sie nicht gekannt, sie starb früh.«

»Was bist du von Beruf?«

»Ich bin ein Gaucho, Señor, und eines Gaucho Sohn.«

Der Gobernador blickte in das offene; furchtlose Antlitz des Jungen; er fühlte, daß der nichts verhehlte. Täuschte die wunderbare Ähnlichkeit? Wußte er nichts von seiner Abkunft? Don Francisco war ein guter Menschenkenner: er wußte: solche Gesichter lügen nicht.

»Was führte dich nach Buenos Aires?« fragte er.

»Mein Vater wünscht, daß ich die Schulen besuche.«

»Wo ist dein Vater?«

»Im Süden. Am Salado!« war die schnelle, vorher bedachte Antwort.

»Es wäre gut, wenn du die Wahrheit sagtest.«

Aurelio zuckte die Achseln. »Zunächst möchte ich wissen, warum ich hierhergeschleppt wurde und wessen man mich beschuldigt!«

»Des Hochverrates, Bursche, begangen durch Förderung der Flucht des Staatsverbrechers d'Urquiza«, sagte de Salis scharf. »Dein Verbrechen ist durch unwiderlegliches Zeugnis bewiesen, und es bedarf nur eines Winkes, um dich vor die Gewehre der Tiradores zu bringen.«

Aurelio trat einen Schritt näher; sein Antlitz legte sich in hochmütige Falten. »Das heißt, Ihr habt die Macht, mich zu morden«, sagte er, »denn Ihr wißt sehr gut, daß ich an dem Verbrechen, dessen Ihr mich anklagt, unschuldig bin. Aber hütet Euch, Señor de Salis, und seid überzeugt, daß mein Tod nicht ungerächt bliebe.«

»Wagst du es zu drohen?« schrie der Gobernador, und insgeheim wußte er: er ist es! Er ist Fernandos Sohn, es ist gar kein Zweifel! Ich muß die Natter zertreten, bevor sie gefährlich wird. »Man wird euch Räuberbrut hinwegräumen«, schrie er laut, »dich, deinen Vater und den rothaarigen Spießgesellen, den ihr da habt!«

»Versucht's!« sagte Aurelio trotzig, »aber beeilt Euch!«

»Ja«, sagte de Salis mit plötzlich ganz eiskalter Stimme, »ja, das will ich. Ich will mich beeilen.« Er klingelte heftig. Die Tür öffnete sich, ein Offizier und ein Wärter erschienen in ihrem Rahmen.

»Führt den Burschen hinab und laßt ihn erschießen!« befahl de Salis.

Aurelio wurde blaß; einen Augenblick hatte er das Gefühl, ins Wanken zu geraten; er biß die Zähne zusammen und zwang sich zur Haltung. Aus! dachte er, lieber Vater! Lieber Pati! Ich konnte es nicht ändern!

Der Wärter griff nach seinem Arm, der Offizier stand an der Tür, ihn passieren zu lassen, da drängte sich ein Mann in das Zimmer, der ein Papier hielt und es dem Gobernador aushändigte.

Der warf einen Blick darauf, fuhr heftig zusammen, hob den Arm und rief dem Offizier und dem Wärter zu: »Halt! Wartet!« Sie blieben mit dem Gefangenen an der Tür stehen.

»Wer brachte das Papier?« fragte de Salis.

»Ein Gauchoreiter.«

»Wo ist der Mann?«

»Sofort zurückgeritten.«

»Was ist das?« murmelte der Gobernador, den Zettel immer und immer wieder überfliegend. »Es ist Agostinos Hand; er hat in großer Aufregung geschrieben, es ist sein Papier. Was ist da vorgegangen?« Er wandte sich der Tür zu. »Bringt den Gefangenen wieder in seine Zelle«, befahl er, »ich behalte mir weitere Entschlüsse vor. Sorgt dafür, daß ihm nichts Unbilliges widerfährt.«

Der Offizier salutierte, und man brachte Aurelio hinaus. Vom Gangfenster aus erblickte er noch einmal die Leichen der Erschossenen. Man war eben dabei, sie fortzuschaffen. Welch ein Wunder hatte verhindert, daß er ihnen zugesellt wurde?

In seiner Zelle angekommen, ließ er sich auf seine Pritsche nieder. Bilder aus der Heimat stiegen vor ihm auf; er sah vor sich die unendliche Pampa in ihrer eintönigen Größe, die Herden von Rindern und Pferden, die dahineilenden Strauße. Wie schön, wie herrlich das alles war! Und er sollte es verlassen? So jung schon ins Grab steigen? Wieder sah er die blutigen Leichname vor sich. Er konnte nicht verhindern, daß Schauer seinen Leib überliefen.

Der Schließer kam und brachte ihm Maiskuchen und Wasser. Er trank hastig und viel; Appetit zum Essen hatte er nicht. Die Zeit verging, Stunden wahrscheinlich, er wußte nicht mehr, ob es Tag oder schon Nacht war. Dann hörte er Schritte draußen. Leute gingen durch den gewölbten Gang und versicherten sich, daß jede Tür fest verschlossen war. Sie faßten auch an die Tür seiner Zelle. Und wiederum herrschte diese beängstigende Stille, in der er nichts außer den eigenen Atemzügen vernahm. Schließlich begann sein Hirn langsamer zu arbeiten. Erschöpfung kam über ihn; er schloß die Augen, ein Nebel senkte sich, Schleier umwallten ihn.

Da, was war das? Sein in der Pampa geschärftes Ohr vernahm ein leises Geräusch; er schnellte empor, lauschte angestrengt. Schleichende Schritte draußen, kaum wahrnehmbar, hastiges Flüstern. Was bedeutete das? Welche Veranlassung hatten die Henkersknechte, auf leisen Sohlen durch die Gänge zu schleichen?

Näher kamen die Schritte, immer näher; jetzt zögerten, verhielten sie vor seiner Tür. Er stand sprungbereit, als gälte es, erforderlichenfalls ein Äußerstes zu wagen. Ein Schlüssel wurde von außen ins Schloß geführt, leise, sonderbar leise, die Tür ging auf, und eine fast gehauchte Stimme flüsterte: »Aurelio?«

Er hätte schreien mögen; sein Herz ging wie ein Hammer, die Freude drohte ihn zu überwältigen. »Vater«, flüsterte er, »Vater, lieber Vater!« Eine tastende Hand berührte ihn, und er sank an die Brust Juan Perez'. Daß außer diesem auch noch Pati und der Schließer in der Zelle standen, wußte er nicht. Er wußte überhaupt nichts, er war außer sich vor Glück.

Plötzlich – was war das? Draußen dröhnende Schritte, Geklirr. »Welche Zelle ist es? Wo steckt der Schließer, der Hund?« erklang es im Korridor. Um ein Haar hätte Juan aufgeschrien. Das war die Stimme Agostino de Salis'. Wie kam der hierher? Aber es blieb keine Zeit zu irgendwelcher Überlegung, die Schritte draußen kamen näher, kamen heran. Starr standen die vier Männer in der dunklen Zelle. Durch die nicht ganz geschlossene Tür fiel Lichtschein herein, der Spalt erlaubte einen Blick nach draußen. Soldaten mit Gewehren, andere mit Laternen kamen den Gang herauf, allen voran ging Agostino de Salis.

Das war so schreckensvoll überraschend, daß selbst des Gauchos Herz erstarrte. Und da waren sie auch schon.

»Hier muß es sein«, sagte eine Stimme; die Tür wurde aufgerissen, und vor Agostinos Augen stand im Schein der Laternen statt eines Gefangenen eine ganze Gruppe von Männern.

Der junge de Salis wollte schreien, er öffnete auch schon den Mund, aber er bekam keinen Laut mehr heraus. Die ehernen Hände des schwer erregten und zum äußersten entschlossenen Pati hatten schon zugefaßt; sie hoben den Caballero empor und schleuderten ihn mit solcher Gewalt auf die hinter ihm Stehenden, daß sechs bis acht Soldaten zu Boden stürzten.

»Adelante!« brüllte der Rotkopf, ergriff die Muskete eines der gestürzten Tiradores, und schlug wie ein Besessener mit dem Kolben um sich. Und diesen Hieben widerstand nichts; gräßliches Geschrei erhob sich und hallte im Gang wider.

»Adelante!« schrie jetzt auch Juan, der die Erstarrung abgeschüttelt hatte; auch er ergriff ein Gewehr und stürzte vorwärts, dicht hinter ihm lief Aurelio, der sich gleichfalls einer Waffe bemächtigt hatte.

Die durch das völlig Unerwartete entsetzten Soldaten liefen ziellos umher, wie vom Teufel gejagt; ihre Laternen waren großenteils erloschen, es herrschte eine gespenstige Dämmerung, in der nur mehr Schatten erkennbar waren. Das Pfeifen Juans brachte Aurelio und Pati an seine Seite.

»Wo ist der Schließer?« raunte Don Juan.

»Hier«, antwortete die Stimme des Gerufenen, der sich immer im Schatten der Vorstürmenden gehalten hatte.

»Rasch«, zischte Juan, »die Zelle.«

Der Schließer tastete voran, fand die Tür der Zelle, durch die sie in das Kloster gelangt waren; alle vier drangen ein und verschlossen sie hinter sich.

Schon stürmten draußen weitere Mannschaften mit Laternen und Fackeln den Korridor entlang. Pati hob Aurelio empor, der eilig zu dem ausgebrochenen Fenster hinausglitt, ihm folgten Juan und der Schließer. Als letzter zwängte der stämmige Pati seinen Körper hindurch. Auf dem Gang herrschte wilder Lärm; schon donnerten Gewehrkolben an die Tür der Zelle.

Juan hatte, da sie alle im Freien standen, die Bolas gelöst. »Vorwärts, Pati, zu deinem Boot«, befahl er. »Wer nur diesen verwünschten Agostino befreit haben mag?« Pati ging voran, die anderen folgten. Bald waren sie am Ufer des Stromes, dessen Wellen im Schilf rauschten. Es war stockdunkel, und obgleich Pati genaue Merkmale für die Lage des Bootes hatte, fiel es schwer, es zu finden. Während sie am Ufer entlanghasteten, brachen aus der Klosterpforte Reiter heraus, von denen einige mit Fackeln ausgerüstet waren; sie verteilten sich nach links und rechts auf die Straße. »Ihr da, nach dem Wasser hinab!« rief eine befehlsgewohnte Stimme. Einige Berittene schwenkten nach dem La Plata ein. Auch sie führten einige Fackeln mit. Auf Juans Wink verbargen sich die Flüchtlinge hinter einem dichten Busch nahe dem Wasser.

Die Reiter kamen näher; in dem Schein ihrer Fackeln gelang es Pati, die genaue Lage des versteckten Bootes zu bestimmen; es befand sich in unmittelbarer Nähe. Schon schickte Juan sich an, seine Bolas in Bewegung zu setzen, da kehrten die Lanceros um. Pati folgend, stiegen jetzt alle schnell in das Boot. Sie hatten sich aber noch nicht auf dessen Boden niedergelassen, da wandte sich einer der Fackelträger im Sattel um und erblickte das Fahrzeug. »Hier! Hier sind sie!« schrie er gellend und feuerte ein Pistol ab. Der Schuß ging fehl. Aber von verschiedenen Seiten eilten nun Reiter herbei, und man hörte sie am Ufer schwatzen, während der Sohn des La Plata das Kanu bereits gemächlich durch das dichte Uferschilf trieb. Mehrere Schüsse wurden abgefeuert, deren Kugeln ins Wasser klatschten.

Jetzt ertönte der laute Ruf: »In die Lanchas!«

Pati lachte.

»Fürchtest du keine Gefahr?« fragte der Gaucho.

»Ich habe das, was an Lanchas hier lag, mit meinem Beil durchlöchert«, kicherte Pati, »sie werden nicht weit damit kommen.«

»Rotkopf, du bist einer der klügsten Menschen, die ich kenne«, sagte Juan.

Pati ruderte das leichte Gefährt mit kräftigen Schlägen stromauf, von der eingetretenen Flut unterstützt. An eine Verfolgung zu Wasser wäre der Dunkelheit wegen ohnehin nicht zu denken gewesen, selbst wenn Pati die Lanchas nicht durchlöchert hätte.

Juan saß neben Aurelio und hielt seine Hand. »Gott sei Dank, Junge, daß du gerettet bist«, sagte er. Aurelio berichtete ihm von seiner Unterredung mit Don Francisco. »Gott wird ihn strafen«, versetzte der Gaucho, »seine Zeit kommt. Doch wie mag Agostino, die junge Bestie, losgekommen sein?« fragte er sich selbst. Er erzählte Aurelio nun, was man zu seiner Rettung unternommen hatte. »Und doch wären wir alle verloren gewesen, wenn Pati nicht im letzten Augenblick die gewaltige Kraft seiner Arme gebraucht hätte«, schloß er seinen Bericht. Aurelio drückte dem treuen Manne dankbar die Hand. Rasch glitt das Boot auf den Hafen zu.

Das überraschende Erscheinen Don Agostinos war die Folge der energischen Tätigkeit seines Vaters. Als dieser den Sohn in der Stadt nicht traf, kehrte er sofort mit einigen Lanceros um, denn seine Vermutung, daß Agostino in irgendeinen Hinterhalt gefallen sei, schien ihm durch seine Abwesenheit bestätigt. Es kostete ihn viel Zeit und Mühe, bis er auch nur zu ermitteln vermochte, wohin Agostino geritten war. Er erfuhr schließlich, daß ihn Haß und Zorn noch vor der verabredeten Stunde nach dem Kloster hinausgeführt hätten.

Als man später das Gehölz untersuchte, hatten Juan und Pati es schon verlassen. Man fand Agostinos Pferd, aber den unterirdischen Teil der vor vielen Jahren zerstörten Kapelle kannte niemand. Und gewiß hätte man Agostino und Gomez niemals gefunden, wenn nicht ein Spürhund dabei gewesen wäre. Der fand die Gefangenen.

Kaum hatte sich der Sohn des Gobernadors von der ausgestandenen Angst und den Qualen des jämmerlichen Zustandes, in dem er stundenlang verharrt hatte, einigermaßen erholt, als er nach dem

Kloster stürmte, um an Aurelio Rache zu nehmen. So war er in eben dem Augenblick aufgetaucht, als Juan dabei war, ihn zu entführen.

Jetzt lag er, von Patis Händen übel zugerichtet, im Kloster, während sein Vater die Verfolgung der Flüchtlinge leitete.

Das Boot, mit dem diese über den La Plata dahinglitten, näherte sich bereits dem Hafen. Der Schließer saß schweigend, mit gefalteten Händen bei den Männern.

»Wie ist Euch zumute, Señor?« fragte Don Juan.

»Wie einem, der aus den Qualen der Hölle erlöst wurde«, antwortete der Mann. »Was ich in diesen Jahren Schreckliches erblickt habe, vermag kein Mund zu erzählen.«

»Wir schulden Euch unendlichen Dank, Señor, und wir werden ihn abtragen.«

»Bringt mich an eine Stelle, wo die Hand des Tyrannen nicht hinreicht, und es ist des Dankes genug«, sagte der Mann.

Schon wurden die Laternen der Uferkaie sichtbar, da ertönte von der Batterie Septiembre ein Schuß, der bald darauf von zwei auf dem Strom ankernden Kriegsschiffen erwidert wurde.

»Das gilt uns«, sagte Pati, »sie wollen uns zu Wasser jagen. Aber sie werden sich täuschen.«

Geräuschlos glitt das Boot an der Batterie vorüber und erreichte ungefährdet die Lancha, die der erfahrene Schiffer für eine Flucht auf dem Strome bereitgehalten hatte. Bald waren alle an Bord und das Kanu am Deck gehißt.

Pati löste die Segel, hob den Anker, brachte die Lancha vor den Wind, und bald segelten sie den gewaltigen Strom hinauf. Aurelio war erschöpft eingeschlafen.

Die Regierung setzte alle Mittel in Bewegung, der Flüchtlinge habhaft zu werden. Die Stadt, die Hafenquartiere und die Schiffe wurden peinlichst durchsucht. Man fahndete auch nach Don Estevan und seiner Mutter; die aber waren dem Rat Don Juans gefolgt und hielten sich bei Freunden auf dem Lande verborgen. An alle Hafenstädte am La Plata und am Parana und weit in das Land hinein ergingen die Suchbefehle, und hohe Preise waren auf die Köpfe der Flüchtlinge, besonders auf den Kopf des entflohenen Schließers, ausgesetzt worden.

Die Flucht

Auf einem Stromarm des Parana, weit nördlich von Santa Fé, schaukelte sich die Lancha Sancho Pereiras im leichten Wind. Don Juan, der aus dem Klostergefängnis befreite Aurelio und der treue Bootsmann, dessen Haar schon wieder in goldenem Glanze erstrahlte, saßen darin. Der Gefängnisschließer war auf eigenen Wunsch schon am Ufer von Entre Rios an Land gesetzt worden. Juan hatte dem Mann, der glücklich war, den schrecklichen Pflichten seines Amtes entronnen zu sein, eine größere Summe Geldes aufgenötigt, damit er die Möglichkeit habe, sich einen neuen Lebensunterhalt zu suchen.

Pati, der sich, wie nicht verschwiegen werden kann, jahrelang dem Schmuggel hingegeben hatte, kannte den Strom, seine Tücken und seine vielfältigen Schlupfwinkel wie seine Tasche. Er hatte jeder Verfolgung zu spotten gewußt. Die Lancha war reichlich mit Nahrungsmitteln versehen, so daß die Flüchtlinge nicht nötig hatten, das Ufer anzulaufen; auch Waffen, Munition und Reitzeug befanden sich an Bord.

Sie waren, in der verschwiegenen Nacht den Parana hinaufsegelnd, sehr vom Wind begünstigt gewesen und weiter nach Norden gelangt, als sie erwarten konnten.

Pati lehnte am Steuer, Juan und Aurelio saßen in seiner Nähe, beide ziemlich mißmutig und niedergeschlagen, denn der lange Aufenthalt auf dem Wasser behagte ihnen gar nicht.

»Was fangen wir nun an, Don Juan?« fragte der Feuerkopf, »wenn wir noch lange den Parana hinaufsegeln, landen wir in Paraguay.«

Der Gaucho machte ein finsteres Gesicht. »Ich weiß«, sagte er nach einer Weile, »wir müssen an Land, und das bald. Ich denke auch, wir sind mittlerweile weit genug von Santa Fé entfernt.«

»Sucht Brasilien auf«, meinte Pati, »dort werdet Ihr zunächst Ruhe finden.«

»Es geht mir nicht um Ruhe«, entgegnete der Gaucho. »Brasilien und Uruguay sind Feinde Argentiniens. Ich will nicht dorthin flüchten. Ich will im Lande bleiben, aber fern den Wirren des Bürgerkrieges. Am liebsten ginge ich nach San Jago. Dort habe ich Freunde, und dort werden wir auch Frieden finden, bis der Sturm vorüber ist.«

»Es ist nichts dagegen zu sagen«, versetzte Pati, »nur, wenn wir nach San Jago wollen, müssen wir das Gebiet von Santa Fé passieren.«

Juan nickte düster vor sich hin. »Ich weiß«, sagte er, »und es macht mir Sorgen. Ich bin mir klar darüber, daß man uns überall auflauert.«

»Und warum gehen wir nicht zu General d'Urquiza, Vater?« schaltete Aurelio sich ein. »Er ist unser Freund und wird uns gewiß schützen, soweit er die Macht dazu hat.«

Juan Perez schüttelte den Kopf. »Es geht nicht, mein Junge«, entgegnete er. »Ich kann nicht gegen Don Manuel kämpfen, obgleich ich ihn verabscheue, ich kann nicht zu seinem Todfeind übergehen. Möchtest du deine Lanze gegen die Gauchos richten?«

»Gewiß nicht, Vater! Welcher Gedanke! Ich bin ja selbst ein Gaucho!«

»Nun, die Gauchos stellen Rosas Reiterei.« Er schwieg eine Weile verbissen und sagte dann: »Trotzdem müssen wir an Land gehen, wenn wir uns nicht zu weit entfernen und möglicherweise auf fremdem Gebiet landen wollen. Was meinst du, Pati?«

»Meinetwegen können wir jederzeit an Land gehen«, versetzte der Feuerkopf. »Haben wir nicht lange genug in der Pampa gelebt? Und nun sollten wir uns fürchten, unter Führung eines so hervorragenden Rastreadors durch das Land zu streifen?«

Juan lächelte. »Leider bist du wieder der alte Feuerkopf geworden, mein alter Companero«, sagte er. »Reiten wir drei zusammen, fallen wir sofort und überall auf und haben sogleich die Lanceros auf den Fersen. Nun, und daß wir uns trennen, wirst du nicht wünschen.«

»Nein«, sagte Pati, »nein Don Juan, trennen wollen wir uns nicht. Aber fürchtest du wirklich, daß Rosas noch so weit im Norden Soldaten unterhält?«

»Ohne Zweifel«, entgegnete Juan sofort. »Soldados und Celadores. Rosas ist selbst ein erfahrener Soldat und weiß ganz genau, welch gefährlicher Gegner ihm in d'Urquiza erwachsen ist. Er wird seine Reiter so weit nach Norden vorschieben, wie irgend möglich.«

Die Lancha trieb, während sie so miteinander berieten, zwischen den verstreuten Inseln dahin, die den Parana einengten, bevor er nach Osten abzweigt.

»Lege die Lancha hier irgendwo fest«, sagte Don Juan. »Ich will im Kanu nach dem rechten Ufer hinüber und mich dort ein bißchen umschauen.«

Pati ließ das Fahrzeug geschickt in einen der Kanäle gleiten, die abseits der Strömung lagen. Bald fand er eine geeignete Stelle, wo es sicher und neugierigen Augen entzogen, liegen konnte. Er zog die Segel ein, verankerte das Boot und machte sich bereit, zusammen mit Juan an Land zu gehen. Aurelio blieb nur ungern zurück, doch waren die beiden Männer viel zu besorgt um ihn und um das Gelingen der Flucht, als daß sie sich ohne zwingende Notwendigkeit zusammen mit ihm auf unsicherem Boden gezeigt hätten.

Geh hier auf der Insel an Land, Aurelio«, sagte Juan, »es ist besser so. Wir sind bald zurück.« Seufzend nahm der Junge seine Doppelbüchse auf und betrat das palmengeschmückte kleine Eiland. Pati, der seine wollene Mütze tief über die Ohren gezogen hatte, um seinen leuchtenden Haarschmuck zu verdecken, und Juan ruderten im Kanu davon.

Während sie zwischen den dichtbewaldeten Inseln dahinglitten, um nach dem großen Stromarm zu gelangen, bemerkte Pati über einem Schilfsaum ein hochragendes Segel; augenblicklich ließ er das Kanu ins Schilf gleiten. Bald darauf vernahmen sie Stimmen und erkannten nach kurzer Zeit zwei Kriegsboote, die, die blauweiße Kriegsflagge Argentiniens zeigend, stromauf gingen. Die Boote waren stark bemannt und mit leichtem Geschütz bestückt.

»Gut, daß sie die Lancha nicht gesehen haben«, flüsterte Pati.

»Du siehst, wie weit Rosas Arm nach Norden reicht«, sagte Juan.

Sie ließen die Boote vorübergleiten und setzten nach einiger Zeit ihre Fahrt fort. Aus dem Inselgewirr heraustretend, sahen sie jenseits des breiten Stromarmes das einsam daliegende hochragende Ufer. Sie kreuzten den Strom und ruderten langsam am Ufer hinauf, bis sie einen Zufluß fanden, in den sie ihr Boot hineintrieben. Auch dessen Ufer waren hoch.

Als der Waldsaum dünner wurde, stieg Juan das Ufer hinauf und hielt landeinwärts Umschau. Er erblickte in einiger Entfernung die umfangreichen Gebäudeanlagen einer Estancia, von Maisfeldern und Pfirsichhainen umgeben. Weiter oberhalb sah er Boote liegen. Nach Norden zu erblickte er in geringer Entfernung den Turm einer Kirche, der die niedrigen Dächer einer kleinen Stadt überragte.

»Toscas oder Ocampo«, sagte er, zu Pati gewandt. »Es ist im Grunde gleichgültig; von beiden Städten führen Straßen ins Land. Jetzt geht es darum, gute Pferde zu beschaffen, dann können wir reiten.«

»Sollte es auf der Estancia dort nicht zugerittene Pferde geben?«

»Sicher. Fraglich ist nur, ob sie verdächtigen Leuten welche verkaufen. Und verdächtige Leute sind wir ja nun einmal. Auch liegen vermutlich Lanceros in der Stadt dort.«

Plötzlich vernahmen sie schnellen Hufschlag. Nach rechts hinblickend, sahen sie ein Pferd in raschestem Galopp um die Waldecke biegen. Eine jugendliche Reiterin saß darauf, und es war augenscheinlich, daß sie die Gewalt über das Tier verloren hatte. Alle Vorsicht vergessend, griff Juan nach dem Lasso und warf ihn dem rasenden Renner in eben dem Augenblick über den Hals, als die Reiterin herabsinken wollte. Das Pferd stand sofort, als es den Lasso fühlte, und Juans Arm bewahrte das Mädchen vor einem unsanften Sturz.

Er hatte sie eben vorsichtig auf ihre Füße gestellt, als ein älterer Mann dahergejagt kam, in dessen Gesicht Schrecken und Angst standen. »Allen Heiligen sei Dank!« rief er, vom Pferde springend und auf die Gruppe zueilend. Die junge Dame hatte ihre Geistesgegenwart schon zurückgewonnen. »Danke dem Señor da, sagte sie, »er kam eben zur rechten Zeit.«

Der Herr, seinem Äußeren nach ein vornehmer Caballero, richtete seine Augen auf Juan und den inzwischen herangekommenen Pati; ein nachdenklicher Ausdruck erschien in seinem Gesicht. Doch streckte er Juan gleich darauf mit herzlicher Gebärde die Hand entgegen. »Ich danke Euch, Señor«, sagte er, »Ihr habt meine Tochter vor Unheil bewahrt. Was kann ich für Euch tun?«

»Ihr seid mir selbstverständlich nichts schuldig«, entgegnete Juan, »der kleine Dienst, den ich der Señorita erweisen konnte, ist wahrhaftig nicht der Rede wert. Wenn Ihr uns indessen gleichwohl einen Dienst erweisen wolltet, so würden wir Euch bitten, uns zwei Pferde und ein Maultier zu verkaufen.«

Der nachdenkliche Ausdruck war noch immer in des Mannes Gesicht. Er fragte: »Ihr seid fremd hier in der Gegend?«

»Ja, wir sind fremd hier und haben durch einen unglücklichen Zufall unsere Reittiere verloren.«

»Kommt einen Augenblick beiseite«, sagte der Mann, und zu seiner Tochter gewandt: »Entschuldige mich für eine Minute, mein Kind.« Er nahm Juan am Arm und führte ihn einige Schritte abseits.

»Ihr seid ein Gaucho?« fragte er leise.

Juan sah ihn an. Das Gesicht des alten Mannes war offen und frei. Etwas wie Besorgnis schien darin ausgedrückt.

»Ja, Señor«, sagte Juan, »ich bin ein Gaucho.«

»Und Ihr braucht drei Pferde? Wo ist Euer dritter Mann? Ist es ein Jüngling mit achtzehn Jahren?«

Verdammt! dachte Juan. Aber es ist ja ganz klar, dachte er. Er sah dem Mann ruhig ins Gesicht. Dort stand nichts als offene Lauterkeit. »Wir scheinen hier bereits signalisiert«, sagte Juan; er lächelte etwas verzerrt.

»Ja, Mann«, sagte der Caballero mit ruhigem Ernst In der Stimme. »Schweigt still«, sagte er, »ich will weiter nichts von Euch wissen. Ich werde Euch die verlangten Tiere geben. Ich bin der Alkalde des hiesigen Bezirks. Und ich will Euch sagen, daß mir drei gefährliche Staatsverbrecher gemeldet sind, deren Signalement verzweifelt auf Euch paßt. Ich rate Euch deshalb: Hütet Euch vor den Soldados Seiner Excellenza. Man könnte auf den Gedanken kommen, Euch für das gesuchte Kleeblatt zu halten; es ist naheliegend.«

Juan Perez' Gesicht war unbewegt. »Das dort ist Toscas?« fragte er und wies in die Richtung der Stadt.

»Ja, Señor, es ist Toscas.«

»Liegen Soldados dort?«

»Augenblicklich nicht. Aber sie durchstreifen das Land.«

Juan lächelte: »Wir werden ihnen auszuweichen wissen.«

Der andere lächelte zurück. »Hoffentlich«, sagte er. »Habt Ihr Reitzeug?«

»Ja.«

»Waffen?«

»Ja.«

»Heute nach Sonnenuntergang werden zwei meiner besten Pferde und ein starkes Maultier hier zur Stelle sein.«

»Dank, Señor. Wir werden die Tiere in gutem Gelde bezahlen.«

Der Caballero machte eine abwehrende Bewegung mit der Hand. »Ich werde nichts nehmen«, sagte er. »Es ist wenig, was ich Euch für das Leben meiner Tochter gebe. Könnt Ihr das Haus Antonio Garcias sonst noch brauchen, es ist Euer Eigentum. Doch möchte ich zunächst nichts davon verlauten lassen, daß ich Euch Pferde gegeben habe. Böswillige Menschen möchten sagen, ich hätte Hochverrätern Vorschub geleistet. Ich bin nicht sehr gut bei Seiner Excellenza angeschrieben.«

»Von uns wird niemand erfahren, wie wir Euch verpflichtet sind, Señor.«

»Nun, es wird der Tag kommen, da alle Irrtümer sich aufklären«, sagte Don Antonio abschließend. »Dann wird auch der Verdacht hinfällig werden, ich könnte Feinden meines Vaterlandes Hilfe gewähren. Feinde, sage ich; ich glaube nicht, daß Ihr es seid.«

»Gott schütze Argentinien, Señor. Ich bin ein treuer Sohn meines Landes.«

»Reitet mit Gott, Mann, und entschlüpft Euren Feinden. Die Pferde werden mit dem Maultier rechtzeitig zur Stelle sein.« Er reichte Juan die Hand. »Ihr könnt jederzeit auf mich rechnen«, sagte er.

Sie gingen zu Pati und der Señorita zurück. Juan nahm seinen Lasso an sich. Noch einmal reichte ihm das junge Mädchen die Hand und sagte ihm einen herzlichen Dank. »Gott und die Heiligen mögen Euch schützen, Señor!« setzte sie hinzu.

Juan zog seinen breitrandigen Hut und bot der Señorita die Hand zum Aufsteigen. Don Antonio lüftete noch einmal grüßend den Hut und ritt mit seiner Tochter davon.

Die beiden Zurückbleibenden sahen ihnen einen Augenblick nach und wandten sich dann wieder dem Ufer zu.

»Gibt er uns Pferde?« fragte Pati.

»Ja, heute abend. Es ist schlimm, mein Lieber. Unser Steckbrief scheint an jeder Mauer zu kleben, aber es gibt in Argentinien schon eine ganze Menge Leute, die keine Lust mehr haben, Rosas Steckbriefe zu beachten. Gleichviel«, setzte er kurz hinzu, »wir rudern jetzt zur Lancha zurück. Heute abend reiten wir.«

Kurz vor Einbruch der Dunkelheit landete das Kanu wieder, nunmehr mit drei Insassen, an dem Uferweg, der zu Señor Garcias Besitzung führte. Sie nahmen Sättel, Zaumzeug, Waffen, Decken und Mundvorrat heraus und gingen an Land. An der Stelle, wo der Zwischenfall mit dem jungen Mädchen passiert war, warteten sie. Es dauerte eine Zeitlang; erst als die Dunkelheit völlig hereingebrochen war, erschien ein Peon mit einem Maultier und zwei Pferden. Juan rief ihn an; schweigend übergab der Mann ihnen die Tiere. Juan sah, daß sowohl das Maultier als die Pferde von auserlesener Rasse waren. Rasch wurden sie gesattelt.

»Sagt Eurem Señor meinen Dank, amigo.« Juan reichte dem Peon die Hand. »Haben wir nach Westen zu einen Flußlauf vor uns?«

»Ja, Señor, den Rio Amores, doch er ist um diese Zeit seicht.«

»Habt Ihr Lanceros gesehen?«

»Gott sei Dank, nein.« Der Mann hob warnend die Hand. »Aber hütet Euch vor ihnen«, sagte er, »sie durchstreifen das Land und suchen Unitarier.«

»Ihr scheint kein Freund der bestehenden Ordnung?« lächelte Juan.

»Schweigt, Señores«, sagte der Mann, »In diesem Land ist es das beste, zu schweigen.«

»Das ist wahr. Adios, amigo!«

»Adios, Señores!«

Sie schlugen die Richtung nach Westen ein und orientierten sich am Stand der Sterne. Sie legten eine gute Wegstrecke zurück und erreichten das Ufer des Rio Amores bald nach Mitternacht. Dort machten sie halt, um sich und den Tieren Ruhe zu gönnen. Nach Tagesanbruch erhob sich Juan, bestieg einen der Bäume am Flußufer und hielt Umschau. Sie waren längst in der Pampa, die hier im Norden weniger eintönig ist als im Süden. Haine von Ombusbäumen brachten Abwechslung in das Bild. Die Gebäude einiger Estancias waren in weiterem Umkreis sichtbar, dazwischen friedlich weidende Rinder- und Pferdeherden. Menschen waren nirgends zu erblicken.

Juan stieg vom Baum herab. Er beschloß, den Ritt zu wagen. Es lag ihm daran, die Provincia Santa Fé baldmöglichst zu verlassen und die Provincia San Jago del Estero zu erreichen, in deren Hauptstadt er Freunde und einstweilige Sicherheit zu finden hoffte. Es würde schwierig werden, wußte er. Pati mit seinem schweren Gewicht auf dem Maultier bildete ein ernsthaftes Hindernis für eine etwa notwendig werdende schnelle Flucht. Aber es gab keine Wahl.

Sie aßen ein wenig, kreuzten mit leichter Mühe den seichten Fluß und setzten ihren Ritt nach Westen fort, die zerstreut und in weiter Entfernung voneinander liegenden Estancias in weitem Bogen umreitend.

Fünf Stunden ritten sie ununterbrochen durch die Pampa, bis sie in der Nähe einiger Ombusbäume an einem Wasserrinnsal Halt machten, um die Pferde zu tränken und verschnaufen zu lassen. In etwa einer Legua Entfernung waren die Gebäude einer Estancia sichtbar. Als Juan, dessen Aufmerksamkeit nicht einen Augenblick nachließ, während der Mahlzeit den Horizont überblickte, gewahrte er über der Estancia eine außerordentlich starke Rauchentwicklung. Er sprang auf und glaubte in der Nähe der Gebäude Menschen umherrennen zu sehen. Gleich darauf kam ein einzelner Reiter herangesprengt. Er hielt gerade auf den Ruheplatz zu.

»Was gibt es da?« fragte Pati, der Juans Gesichtsausdruck aus langer Erfahrung zu deuten wußte.

»Ich fürchte, der Puma ist im Schafstall«, sagte der Gaucho. Auch Pati und Aurelio erhoben sich nun und sahen durch die Zweige der Bäume nach der rauchenden Estancia aus. Auch sie sahen nun den Reiter, der schnell näher kam.

Der Rauch wurde stärker; plötzlich schlugen lodernde Flammen zum Himmel auf; kein Zweifel, die Estancia brannte. Und nun gewahrten sie auch zwei mit Lanzen ausgerüstete Reiter, die hinter dem einzelnen herzujagen schienen. Bisher waren sie durch einen Hain den Blicken entzogen gewesen.

»Demonio, Soldados!« flüsterte Juan.

Pati fuhr auf: »Soldados?«

»Still«, zischte Juan, »laß uns abwarten. »Die Lanceros Seiner Excellenza sind offenbar damit beschäftigt, ein Unitariernest auszuplündern. Hole die Pferde, Aurelio, und sieh nach den Waffen.«

Der Junge war schnell mit den Tieren zur Stelle; er prüfte das Zündhütchen seiner Büchse, und auch Pati machte seinen Karabiner schußfertig.

»Zwischen die Bäume«, raunte Juan. »Vielleicht braust das Unwetter vorüber.« Wie der Blitz waren Menschen und Pferde dem Auge entrückt.

Der Verfolgte kam dem kleinen Gehölz immer näher; man sah, daß er sein Pferd zu äußerster Eile anspornte, aber die nachsetzenden Lanceros gewannen schnell Raum.

»Soll ich auf die Soldados schießen, wenn sie näherkommen?« fragte Aurelio.

»Nein, Junge. Wir können dem Mann nicht helfen. Nur im Fall äußerster eigener Not wird geschossen.«

Ganz plötzlich änderte der Reiter die Richtung und wandte sich in einem Winkel nach Norden. Ein einziger Blick zeigte Juan, daß von Süden eine stattliche Reiterschar nahte, deren bewimpelte Lanzen sie ebenfalls als Lanceros kennzeichneten. Die verfolgenden Reiter sausten in ziemlich weiter Entfernung an dem Gehölz vorbei, das Juan und seine Begleiter verbarg. Gleich darauf erreichten sie den Verfolgten. Die Beobachter sahen ihn unter den Lanzen der Soldaten zusammenbrechen. Aurelio barg zusammenschauernd den Kopf in den Händen, Juan unterdrückte einen Fluch. »Wir müssen die Nacht abwarten, bis wir weiterreiten können«, sagte er. »Ein Gutes hat dieses Zusammentreffen: wir wissen nun wenigstens, wo der Feind steht.«

»Fürchtest du nicht, daß sie unsere Spur annehmen, Vater?« fragte Aurelio.

»Nein. Sie werden diesen Spuren hier in der Nähe der großen Estancia keine Bedeutung beimessen, auch wird man uns schwerlich im Innern des Landes vermuten.«

Sie warteten geduldig, bis die Sonne sank. Die Estancia schien niedergebrannt zu sein. Als es völlig dunkel war, bestiegen sie die Tiere und ritten nach Westen. Sie beschrieben einen Bogen um die Brandstätte. Schwacher Feuerschein, der entweder von noch glimmenden Balken oder von Wachtfeuern herrührte, bezeichnete die Stelle, die sie vermeiden wollten. Und doch schien es geraten, sich zu überzeugen, ob und wie viele Lanceros dort noch lagerten.

Sie ritten wieder etwas näher an den schwachen Feuerschein heran und vermochten bald zu erkennen, daß vor einigen vom Brand verschonten Schuppen in der Tat Soldados lagen, die ihre Abendmahlzeit an lodernden Flammen rösteten.

Juan ließ halten, übergab sein Pferd Aurelio und ging vorsichtig auf das Feuer zu. Nachdem er sich davon überzeugt hatte, daß Wachen nicht ausgestellt waren, warf er sich zur Erde nieder und bewegte sich kriechend auf die Soldatengruppe zu, die sich lärmend unterhielt. Auf seinem Wege stieß er mehrmals auf Leichen Erschlagener, die im Grase lagen. Hinter einem deckenden Busch ließ er sich nieder und begann die Soldados zu zählen. Dreiundzwanzig zählte er, die um mehrere Feuer verteilt auf der Erde saßen und lagen. Er fing hier und da einen der Sätze auf, die dort gesprochen wurden.

»Drei Regimenter Lanceros ziehen von Süden heran«, hörte er, »die werden wohl genügen, um den Señor d'Urquiza bis über die Anden zu werfen.«

»Hoffentlich kommen wir nach Cordoba«, sagte ein anderer, »da gibt's andere Beute als in den elenden Estancias hier.«

Interessant! dachte Don Juan und lauschte eifrig.

»Wo ist denn Spinola mit seinen Leuten hingeritten?« hörte er.

»Nordwärts.«

»Und wir?«

»Wir sollen, wie der Teniente sagt, nach Westen, um uns nach den Leuten von Cordoba umzusehen.«

Das ist gut zu wissen, dachte Juan; seine ganze Aufmerksamkeit war ungeteilt den Feuern zugewandt. Darüber vergaß er der Vorsicht, die ihn sonst niemals verließ.

Er erschrak bis ans Herz, als er plötzlich einen derben Fußtritt erhielt. Eine rauhe Stimme hinter ihm sagte: »Caracho! Was treibst du hier?«

Er war im gleichen Augenblick hoch; er verlor kein Wort, hob die Hand mit dem Messer und stieß zu. Der Mann brach mit einem Aufschrei zusammen. Vorher aber hatte Juan in dem schwachen Licht sein Gesicht gesehen. Es war der Offizier, der ihn und Aurelio am Rio Quinto verhaften wollte.

Er hätte besser zustoßen sollen. Der Mann schrie. »Feinde! Verräter!« brüllte er; die Lanceros an den Feuern sprangen auf und griffen zu den Karabinern. Sie rannten wild durcheinander, denn sie sahen einstweilen nicht, wo ein Feind zu suchen wäre. Sie knallten mit ihren Karabinern sinnlos herum. Der Lugarteniente kam blutend hinter dem Busch hervorgewankt. »Demonio!« ächzte er, »der und jener soll mich holen, wenn das nicht der Gaucho vom Rio Quinto war!«

»Aufsetzen! Ausschwärmen! Dreitausend Pesos für den Bandido!« rief eine scharfe Kommandostimme. Im Nu saßen die Reiter im Sattel und jagten nach verschiedenen Richtungen in die Nacht hinein. Nur einige blieben zurück und bekümmerten sich um den verwundeten Teniente.

Aurelio war, als er die Schüsse hörte und die Lanceros aufsitzen sah, in Sorge um den Vater näher an die Brandstätte herangeritten.

Ein leiser Eulenschrei belehrte ihn darüber, wo er Juan Perez zu suchen habe. Der Gegenruf, den Aurelio ausstieß, sagte dem Gaucho, wo der Junge mit den Pferden hielt. Als sich einige der herumjagenden Reiter dem Standort Aurelios näherten, feuerte der seine Büchse ab. Der Schuß brachte die Lanceros zu eiligem Rückzug. Überdies sahen sie das Sinnlose der Bemühung ein, die Gesuchten im Dunkeln finden zu wollen und dabei gegen unsichtbare, mit Büchsen bewaffnete Feinde zu kämpfen.

Juan hatte sein Pferd bald erreicht; sie nahmen wieder den Ritt nach Westen auf, während die Lanceros sich um das Feuer sammelten. »Morgen früh sind sie auf unserer Spur«, sagte der Gaucho, »und ich bin schuld daran. Gott verzeih's mir! Sie wissen nun, wen sie vor sich haben. Jetzt gilt es, soweit wie möglich nach Westen zu kommen. Vor Tagesanbruch können sie nicht aufbrechen.«

Sie schlugen einen scharfen Galopp an; die Pferde waren diesen Boden gewöhnt; sie griffen munter aus. An die zwei Stunden lang jagten sie durch die Pampa. Dann stellte Juan unangenehm überrascht fest, daß der Boden sumpfig zu werden begann. Sie ritten langsamer und vorsichtiger, aber das Erdreich wurde immer weicher; die Hufe der Tiere sanken ein.

Juan stieg ab und prüfte sorgfältig den Boden. »Caracho! Ein Salzsumpf«, sagte er; seine Stimme klang besorgt.

»Können wir ihn nicht umreiten?« fragte Aurelio.

»Ich war noch nicht hier oben«, sagte Juan, »aber ich weiß, daß es hier Salzsümpfe gibt, die sich viele Leguas weit ausdehnen. Ich dachte nicht, daß wir sie so weit südlich treffen würden.«

»Und wenn wir den Sumpf im Süden umgingen?«

»Im Süden stehen zahlreiche Truppen; ich habe das vorhin an den Feuern erlauscht. Die Capitanos kennen die unwegsamen Sümpfe natürlich und sperren die passierbaren Stellen. Nein«, sagte er, »wir können den Sumpf nicht im Süden umreiten, wir müssen nach Norden. Alerta! Adelante, amigos! Mir nach.«

Er ritt zurück, bis er wieder festen Boden unter den Hufen spürte, dann ließ er die Tiere ausgreifen, von Zeit zu Zeit absteigend und den Erdboden prüfend. Noch immer war der Untergrund salzig. Sie ließen die Pferde einmal verschnaufen und ritten dann, bis der erste helle Schein im Osten sichtbar wurde. Im Dämmerlicht des Morgens sah Juan sich um und wählte ein kleines Gehölz aus Mimosen aus, um darin ein Versteck zu suchen.

»Wir haben eine Spur hinterlassen, der sogar ein Stadtbewohner zu folgen vermöchte«, sagte er. »Außerdem wissen die Lanceros, daß wir den Sumpf im Westen haben. Hoffentlich sind unsere Pferde ausgeruht, wenn sie kommen, denn dann heißt es ausreißen. Vermögen wir nicht mehr zu fliehen, müssen wir fechten. Doch jetzt laßt uns ruhen. Leg dich nieder, mein Junge. Vor vier, fünf Stunden können sie nicht hier sein; vorerst ist keine Gefahr.« Er schlug den Poncho um und legte sich zu kurzem Schlaf nieder. Die Pferde und das Maultier hatten sie so an die Lassos gebunden, daß sie weiden konnten. Aurelio folgte dem Beispiel seines Vaters, und auch Pati legte sich nieder.

Pati und Aurelio schliefen kaum, als Juan sich schon wieder leise erhob. Die Sonne stand bereits am wolkenlosen Himmel. Er erkletterte einen hohen Nogal und sah aufmerksam in die Weite. Die Pampa lag in friedlicher Stille. Im Westen erstreckte sich, kaum erkennbar, der Salzsumpf. Nach Süden und Osten war der Ausblick durch Gehölze eingeengt, reichte aber immerhin weit genug, um zu erkennen, daß keine Feinde in Sicht waren. Lange und mit besonderer Aufmerksamkeit schaute der Gaucho nach Norden aus. »Sollte das der Wald sein?« murmelte er. »Aber nein, wir können doch noch nicht soweit nach Norden gekommen sein. Auch müßte dann dort der Saladillo fließen, und von einem Fluß ist keine Spur zu gewahren. Es können nur kleine Gehölze sein; der Wald ist noch weit.

Er stieg wieder herab, setzte sich in der Nähe Aurelios nieder und zündete sich eine Zigarette an. Als er meinte, daß die Sonne hoch genug gestiegen sei, weckte er die Schläfer. Rasch sattelten sie und stiegen auf. Ein Mundvoll Maisbrot diente als eiliges Frühstück. Ohne die Tiere, die sich bisher prächtig bewährt hatten, zu überanstrengen, galoppierten sie so nahe am Sumpf, wie der Boden es irgend gestattete, nach Nordwesten.

Juan, der immer einige hundert Schritt voraus war, erreichte soeben das Ende eines kleinen Gehölzes und schaute prüfend nach rechts, als er sein Pferd mit einem Ruck zurückriß. Er sah, ein Trupp Lanceros ritt gemächlich durch das hohe Gras. Mit der Lanze winkte er Aurelio und Sancho heran. »Da«, sagte er lakonisch, nach Osten deutend: »Soldados!«

»Unsere Verfolger?« fragte Aurelio.

»Nein. Es sind andere.«

»So daß wir uns also zwischen zwei Feuern befänden«, sagte Pati.

Vor ihnen, nach Norden hin, erstreckte sich weit und offen die Pampa, deren Horizont von einem dunklen Streifen eingefaßt war. Sobald sie weiterritten und das Gehölz zu ihrer Rechten sie nicht mehr deckte, mußten sie von den Lanceros erblickt werden. Daß die Soldaten von der Estancia seit dem Tagesanbruch auf ihrer Spur jagten, war zweifellos. Zu ihrer Linken hatten sie noch immer den unpassierbaren Sumpf.

»Wollen abwarten, was geschieht«, sagte Juan achselzuckend, »es ist sonst nichts zu tun.« Er stieg vom Pferd und schlich durch die Büsche am Rande des Gehölzes entlang. Die Lanceros hatten Rast gemacht und waren im Begriff, Feuer anzuzünden. Sie waren knapp eine halbe Legua entfernt.

Zurückkehrend und in den Sattel steigend sagte Juan: »In das Gehölz gehen und den Angriff abwarten ist sicherer Untergang. Hier warten, bis die Lanceros von Süden kommen und wir eingekreist werden, ist gleichbedeutend damit, uns zu Tode hetzen zu lassen. Es bleibt nichts übrig, als eiligst nach Norden zu jagen.«

»Laßt mich hier«, sagte Sancho Pereira, »ich kann weder reiten wie ihr noch läuft mein Maultier so schnell wie eure Pferde; ich bin ein Hindernis für euch. Reitet in Gottes Namen und rettet euch. Vielleicht kann ich allein mich verborgen halten.«

»Was meinst du, Aurelio«, wandte Don Juan sich an den Jungen, »sollen wir unseren Feuerkopf hierlassen?«

»Du meinst das ja nicht im Ernst«, antwortete der Junge, »und ernsthaft könnte man auch nicht darüber reden. Ich jedenfalls könnte mich hinfort nicht mehr unter Menschen sehen lassen.«

»Da hörst du es, Rotkopf«, sagte der Gaucho, und in seinen Augen blitzte es auf, »und nun laß diese Sprüche. Kommt es soweit, werden wir unser Leben so teuer wie möglich verkaufen.«

Vom bodenschlagenden Lärm ferner Hufschläge wurden ihre Köpfe herumgerissen. Sie sahen, von Süden her kam es heran. Das waren die von der Estancia. Sie waren viel früher da, als Juan angenommen hatte. Mit der Bodengestaltung vertraut und wissend, daß im Norden und Süden Soldaten die Pampa durchstreiften, hatten sie darauf verzichtet, der Spur der Flüchtlinge zu folgen, sondern hatten direkt den Weg nach dem Nordende des Salzsumpfes eingeschlagen und die Strecke auf diese Weise erheblich verkürzt.

»Adelante!« rief Juan, »jetzt geht es ums Leben! Pati, zwischen uns beide!«

Sie nahmen alle drei die Gewehre zur Hand und ritten in die frei vor ihnen liegende Pampa hinaus. Sie waren kaum an dem Gehölz vorbei, als sie auch von den noch lagernden Lanceros gesehen wurden. Ein halbes Dutzend der Männer schwangen sich in den Sattel und sprengten auf die Flüchtlinge zu, die den Lauf ihrer Tiere indessen nicht beschleunigten. Das Maultier hielt wacker mit den Pferden Schritt. Die Lanceros stießen in einem Winkel nach vorn vor; sie mußten in kürzester Zeit mit den Verfolgten zusammenstoßen, wenn die nicht schneller als bisher ritten. Juan warf einen Blick hinter sich; die Feinde dort waren zwar noch weit entfernt, hatten aber bereits erkennbar Raum gewonnen. Dennoch beschleunigte der kaltblütige Gaucho die Bewegung nicht, er wußte, sie würden die Kraft ihrer Tiere noch brauchen müssen. Vorläufig hatten sie es nur mit sechs Gegnern zu tun. »Mach dich zum Schießen fertig, Aurelio«, sagte er. Der Junge spannte die Hähne seiner Doppelbüchse. Näher und näher kamen die Verfolger, sie schwangen die Lanzen und bereiteten sich zum Angriff vor.

»Alto ahi!« kommandierte der Gaucho; sie hielten. Aurelio hob die Büchse und schoß. Ein Lancero stürzte. Und auch der zweite Schuß des Jungen hob einen Mann aus dem Sattel. Da rissen die anderen die Pferde herum und jagten davon.

»Lade, Aurelio«, sagte Don Juan.

Sie sahen, auch die anderen Lanceros sprangen nach dem blutig abgewiesenen Angriff nun auf ihre Pferde. Und die Feinde von Süden her näherten sich schnell.

»Adelante!« rief Juan. Sie sprengten davon. In ihren Ohren gellte das wilde Geschrei der bereits triumphierenden Verfolger, die von beiden Seiten näher kamen. »Jetzt!« schrie Juan und gab seinem Tier die Sporen. Die Pferde griffen aus und begannen ihre Kraft zu entfalten. Noch hielt sich das Maultier zwischen ihnen, aber genau genommen war das Ende abzusehen. Juan löste die Bolas und machte sie wurfbereit. Als er sie eben ums Haupt schwingen wollte, sah er die Verfolger stutzen, aber nur einen Augenblick, dann jagten sie weiter. Und kamen näher. Das Maultier blieb langsam zurück.

»Rettet euch! Rettet euch!« rief Pati, »nehmt keine Rücksicht auf mich!«

»Adelante! Adelante!« war Juans einzige Antwort. Er selbst aber riß, einer plötzlichen Eingebung folgend, sein Pferd herum und sprengte, die Bolas schwingend auf die von rechts herankommenden Reiter los. Augenblicklich teilten die sich in zwei Gruppen, wodurch ihre Vorwärtsbewegung sich verlangsamte. Einige hielten und machten sich fertig zu schießen. Die Vordersten wichen vor dem tollkühn heranstürmenden Reiter zurück. Pati und Aurelio hatten auf diese Weise erheblichen Vorsprung erlangt. Dies erkennend, wandte Juan plötzlich das Pferd und jagte ihnen nach. Schüsse pfiffen an ihm vorbei. Die durch die Attacke überlisteten Lanceros setzten die Verfolgung mit gesteigerter Wut fort, hatten aber viel Raum verloren.

Dennoch kamen sie den Verfolgern bald wieder näher, und auch die von Süden herankommenden Reiter waren nicht mehr weit. Das Maultier verlangsamte zusehends seinen Schritt; es war erschöpft und sein Reiter zu schwer.

»Flieht! Um Himmels willen, flieht doch!« rief Pati mit letzter Lungenkraft. Noch einmal setzte er dem völlig abgehetzten Tier die Sporen ein; da brach es unter ihm zusammen.

Juan und Aurelio hielten. Pati stand über dem gestürzten Tier; er war nicht herabgeschleudert worden. »Juan«, flehte er, »rette Aurelio, den Jungen!«

»Ja«, sagte Juan, »nun hilft es nichts mehr, er muß gerettet werden. Aber vorher schießen wir noch.« Alle drei griffen zu den Büchsen.

Da – was war das? Begab sich ein Wunder? Die beiden Abteilungen der Lanceros verhielten sich ruckhaft, machten plötzlich kehrt und jagten in wildem Galopp nach Süden davon. Die drei Flüchtlinge wandten sich um – und erstarrten.

Wie aus dem Boden gewachsen, jagte von Westen her eine Reiterschar heran, über hundert Mann stark wohl, wilde, abenteuerliche Gesellen. Von langen Lanzen wogten Straußenfedern; langes, schwarzes Haar umflatterte dunkle, verwegene Gesichter.

»Chacoindianer! Nun sei uns der Himmel gnädig!« stammelte Juan. »Das ist das Ende!«

Pati und Aurelio sahen entsetzt auf die vorüberbrausende wilde Jagd. Aber die Indianer schienen die Flüchtlinge gar nicht zu sehen; sie folgten den uniformierten Lanzenreitern, die, wie vom Teufel gehetzt, über die Pampa jagten. Keiner der drei fand ein Wort. Minuten vergingen nur, da waren Verfolger und Verfolgte bereits ihren Blicken entzogen; sie waren allein in der grenzenlosen Weite.

Plötzlich kam in ihrem Rücken ein Tosen heran, eine Art Fauchen; schlagartig verdunkelte sich der Himmel. Ein gewaltiger Windstoß riß sie fast zu Boden. Im Süden und Osten wurde es Nacht; ein dunkler Mantel, von unsichtbarer Hand über die Erde geworfen, hatte Chacoindianer und Lanceros verschlungen.

»Der Pampero!« sagte Juan Perez tonlos, »nun auch noch der Pampero!« Er sprang vom Pferd, und Aurelio folgte ihm. Sie warfen sich hin und zwangen auch die Tiere, sich niederzulegen.

Ein fahles Licht hüllte alles ringsum in ein bleiernes Grau. Hoch über ihnen raste ein dunkles Ungeheuer dahin; plötzlich umgab sie schwarze Nacht. Schwefeldunst machte sich bemerkbar. Und dann öffnete das Ungeheuer seinen Rachen und spie einen Feuerstrom aus; für Sekunden flammten Himmel und Erde in blendend rotem Licht. Ein Gebrüll folgte dem zuckenden Feuerstrahl, als ob tausend Kanonen gleichzeitig ihre ehernen Schlünde aufrissen. Ein Brausen erhob sich, als ob alle bösen Geister der Hölle losgelassen wären. Mit der Schnelligkeit des beflügelten Königs der Felsengebirge jagte der Südsturm heran. Scharen von Vögeln, tote und lebende, fegte er vor sich her; die Erde bebte konvulsivisch. Staub und Sand, meilenweit hergeführt, durchwirbelte die Luft, machte das Atmen zur Qual. Schwarze undurchdringliche Nacht herrschte ringsum, dann und wann nur von einem rotglühenden Feuerstrahl durchbrochen, dem ohrenbetäubendes Brüllen folgte. Mit immer steigender Kraft jagte der Sturm über die Erde; die Männer konnten weder hören noch sehen; das entsetzliche Brausen verschlang jeden anderen Laut. Sie krallten die Hände in das Gras, um nicht vom Sturm fortgeschleudert zu werden. Lange, grauenvolle Minuten vergingen, und jede einzelne schien eine Ewigkeit zu währen. Dann öffnete der Himmel seine Schleusen, und Wasserströme stürzten herab; es war, als sei die Sintflut da, das Ende der Welt. In zolldicken Strahlen strömte der Regen; es war kein Regen mehr; ganze Meere schienen sich über die Pampa ergießen zu wollen. Die Ebene verwandelte sich in einen endlosen See.

Aber damit war auch das Schlimmste vorbei. Schon wurde es im Süden heller, langsam wich die undurchdringliche Nacht; das schwarze Ungeheuer am Himmel jagte in rasender Eile nordostwärts, der Wolkenbruch ließ nach, wurde schwächer und versiegte endlich. Das Tageslicht kehrte zurück; schnell, wie er gekommen, war der Pampero vorübergebraust.

Die Flüchtlinge hoben die Köpfe. Sie atmeten frei; die Luft war balsamisch, von köstlicher Frische, Die Sonne erschien und überzog die Pampa mit einer Flut goldenen Lichtes. Aber wie sah die Erde aus! Wohin war das helle und dunkle Grün, wohin die hundertfältige Blütenpracht? Schmutziges Grau und Braun starrte ihnen entgegen; der Regen hatte die unendlichen Staubmassen, die der Pampero mit sich geführt, in Schlamm verwandelt, der nun jedes Blatt, jeden Grashalm bedeckte.

Die drei sahen sich an, als seien sie aus dem Abgrund der Hölle zurückgekehrt; in ihren Augen stand das Grauen; sie schüttelten sich. Sie wrangen die Ponchos aus und suchten das Wasser aus den Kleidern zu drücken. Sie vermochten lange Zeit nicht zu sprechen. Die Tiere zitterten am ganzen Leibe.

Eine Gefahr war an ihnen vorübergegangen; sie wußten, daß noch tausendfältige Gefahr ihrer wartete. Von den menschlichen

Feinden war weit und breit nichts zu sehen, weder von den roten noch von den weißen. Sicherlich lagen sie jetzt ebenso irgendwo an der Erde, vom Pampero erfaßt. Sie hockten und warteten; die warme Sonne tat ihren völlig erschöpften Körpern gut. Nichts rührte sich weit und breit.

»Es hat keinen Zweck«, sagte Juan schließlich, »laßt uns aufbrechen und unser Glück versuchen.«

Sie erhoben sich und ließen auch die Tiere aufstehen. Es zeigte sich, daß das Maultier neue Kräfte gewonnen hatte; es ließ sich sogar seinen gewichtigen Reiter gefallen. »Die Gewehre sind vorläufig unbrauchbar«, sagte Aurelio, »das ist das Schlimmste.«

»Es ist einmal so«, sagte Juan, »wir müssen jedenfalls weiter. Wir wollen versuchen, die Sümpfe im Norden zu umgehen. Die Abiponen südlich des Saladillo; das bedeutet nichts Gutes. Erreichen sie uns, ist jeder Widerstand sinnlos, dann sind wir verloren.«

»Aber sie ließen uns unbehelligt«, sagte Aurelio. »Sie haben uns sicher gesehen, schienen es aber nur auf die Lanceros abgesehen zu haben.«

»Sie haben uns natürlich gesehen«, versetzte Juan, »wer weiß, wie lange sie schon im Grase gelegen und uns und unsere Verfolger beobachtet haben. Sie haben sich zunächst gegen die Soldados gewandt, da wir ihnen, wie sie meinten, ohnehin nicht entgehen konnten. Sie werden bald genug unsere Spur haben.«

»Sind sie denn den Weißen so feindlich?«

»Unbedingt. Sie vertilgen jeden, der ihnen in den Weg kommt. Wiederholt sind sie mit starken Kräften aus den Wäldern hervorgebrochen und haben bis zum Parana hin alle Estancias zerstört und weder Mann, noch Frau, noch Kind am Leben gelassen. Man hat verschiedentlich versucht, gegen sie vorzugehen, aber keiner, der den Chaco betrat, hat ihn lebend wieder verlassen. Die von den Provincias ausgesandten Truppen sind bisher von den Wilden stets mit blutigen Köpfen unter furchtbaren Verlusten wieder heimgeschickt worden. Einer unserer Capitanos, der den Chaco und die Abiponen kannte, sagte mir schon vor acht Jahren, daß es mindestens zehntausend Mann regulärer Truppen bedürfe, um diese bisher nie besiegten Wilden zu unterwerfen. Die Abiponen sind die wehrhaftesten und zugleich die grausamsten Stämme dieses Landes. Zwischen den Soldados und uns werden sie gewiß wenig Unterschied machen. Ich bin entsetzt, sie so weit südlich zu sehen. Es liegt der Gedanke nahe, daß sie einen großen Kriegszug bis nach Santa Fé hinein vorhaben.«

Die Regenfluten waren, während die Flüchtlinge nach Nordwesten ritten, durch den Boden und die Sonne aufgesogen worden; der Weg wurde gangbarer für die Tiere. Der düstere Wald im Norden rückte immer näher. Einmal sagte der Gaucho: »Ich werde irre an mir selbst. Sollten wir so weit nach Norden getrieben worden sein, daß wir den Südrand des Chaco vor uns haben?«

Sie erreichten einen wenig umfangreichen Hain und ritten an ihm entlang. »Nun, beim Himmel«, sagte Juan, die Bäume und Pflanzen betrachtend, »Quebrachos, Mimosen und dort Kandelaberkakteen; wir sind dem Chaco nahe.«

Die zerstreuten Haine mit gleicher Vegetation wurden dichter, der Salzsumpf zu ihrer Linken schien festerem Boden gewichen zu sein. Juan wollte eben eine westliche Richtung einschlagen, als er, mit gewohnter Vorsicht um ein Gehölz herumlugend, indianische Reiter vor sich sah.

Sie hielten und betrachteten den starken Indianertrupp, der ohne sonderliche Eile nach Süden ritt. »Der ganze Chaco scheint seine Krieger ausgespien zu haben«, sagte Juan.

Als die Indianer verschwunden waren, setzten sie ihren Weg in nördlicher Richtung fort. Das Auftauchen der Abiponen im Westen hatte Juan bedenklich gemacht. Der Baumwuchs wurde immer dichter; die Pampa begann ihren Charakter zu verlieren. Plötzlich vernahmen sie das Rauschen eines Flusses. Juan ritt voraus und hielt bald am Ufer eines breiten, über Felsgeröll rasch nach Osten dahinströmenden Wasserlaufes. Als Pati und Aurelio herankamen, sagte er, auf den Fluß weisend: »Das ist der Saladillo. Wir sind im Gran Chaco.«

»Was tun?« fragte Pati.

»Wir müssen den Fluß kreuzen, um unsere Spuren zu verwischen, und dann unseren Weg nach Formosa suchen. Nach Westen kommen wir nicht mehr durch.«

Der Saladillo war hier seicht; der Pampero war mit seinen Regenströmen weiter südlich vorübergezogen, das Flußbett war mit Geröll gefüllt, aber für die Tiere noch eben passierbar.

»Ins Wasser«, sagte Juan und ritt in den Fluß. Pati und Aurelio folgten.

Sie ritten langsam und mühsam stromauf. Als der Gaucho rechts die Mündung eines Baches erblickte, lenkte er da hinein; auf schlammigem Grund folgten sie ihm eine Strecke lang.

Bei einer dichten Gruppe von Nogals und Yatapalmen, deren Unterholz Myrtazeen und Farnkräuter bildeten, hielt er an. »Hier bleiben wir«, sagte er. »Wir haben für das, was kommen kann, Ruhe und Stärkung nötig. Unsere Spur dürfte verwischt sein, wenn die Indianer nicht dicht hinter uns waren.« Sie ritten an Land, sattelten ab und gaben den Tieren an den Lassos freie Weide.

Der junge Priester

Der Tag stieg herauf; Juan Perez erwachte. Aurelio und Pati schliefen noch; er weckte sie nicht. Aber es war Zeit, an eine Auffrischung der zur Neige gehenden Eßvorräte zu denken. Er band die Bolas los und ging, vorsichtig sichernd, am Ufer des Baches dahin. Beim Heraufreiten hatte er wiederholt Spuren von Hirschen und Rehen gesehen; es war anzunehmen, daß die Tiere hier zur Tränke kamen. Während er, aufmerksam lauschend, gegen den Wind gehend, dahinschritt, gewahrte er vier Stück Hochwild, die sich sorglos dem Ufer näherten. Er schleuderte die Bolas und erlegte ein Schmaltier; die anderen wurden flüchtig. Er weidete das Tier aus und trug es zum Lagerplatz. Aurelio, der bereits munter war, erwartete ihn schon.

Sie lasen trockenes Holz und Laub zusammen und entfachten ein Feuer. Glücklicherweise hatte der Regen die in einer Zinkbüchse aufbewahrten Zündhölzer nicht durchnäßt. Bald schmorte der Ziemer an der Glut; sie weckten Pati und verzehrten mit Behagen ihr Frühstück.

Anschließend unternahm Juan es, die Umgebung abzustreifen, um nach verdächtigen Spuren zu forschen. Er kam erst gegen Mittag zurück, und zwar im seichten Bett des Baches watend, ein Zeichen, daß er Ursache zu denkbarster Vorsicht hatte.

»Das ganze Abiponenvolk scheint in Aufruhr zu sein«, sagte er; »es sieht aus, als rüsteten sie sich für einen großen Zug nach Osten. Dreimal bin ich auf kriegsmäßig gerüstete Horden gestoßen und hatte jedesmal Mühe, ihnen zu entgehen. Ich frage mich angesichts dieser Lage einigermaßen ratlos, was wir beginnen sollen.«

»Vielleicht wäre es geraten, sich südwärts zu wenden und den Saladillo wieder zu überschreiten?« sagte Aurelio. »Wir nähern uns dann doch wieder unserem Reiseziel.«

Juan lächelte. »Du denkst scharf, mein Junge«, sagte er. »Ich bin nicht ganz unbesorgt, aber tatsächlich wird es die einzige Möglichkeit sein. Bisher habe ich jedenfalls die Wälder in westlicher Richtung frei gefunden.«

Es war eine herrliche Landschaft, die sie bald darauf durchritten. Licht stehende Pinos erschwerten den Weg nicht; dichter stehende Gehölze umritten sie. Dazwischen zeigten sich immer wieder saftige Wiesen, von kleinen Bächen durchrieselt, die dem Saladillo zuströmten. Juan ritt den anderen stets um hundert Schritt voran, seinem scharfen Ohr und seinem guten Auge vertrauend.

Sie waren bereits mehrere Stunden geritten und hatten soeben einen düsteren Koperniziawald betreten, als Juan sein Pferd zügelte und die rechte Hand hob. Die anderen kamen vorsichtig an seine Seite.

»Horcht!« sagte Juan.

Sie lauschten angestrengt. Der Feuerkopf hörte nichts, aber Aurelio, der über schärfere Ohren verfügte, sagte nach einer Weile: »Ich glaube Stimmen zu hören, daneben ein Geräusch, das ich nicht deuten kann. Es klingt wie eine dumpfe Trommel, dann wieder, als ob Steine in einer Schachtel geschüttelt würden.«

»Gut gelauscht«, sagte Juan. »Vor uns lagern Abiponen. Das Geräusch, das dir unverständlich ist, wird durch trockene Kürbisse hervorgebracht, in denen harte Gegenstände geschüttelt werden. Die Puelchen machen es ähnlich. Wartet ein Weilchen.«

»Laß mich mitkommen, Vater« bat Aurelio. »Ich bin vorsichtig.«

»Gut«, sagte Juan, »komm. Und du, Alter, bleibe dicht hinter uns.«

Sie banden die Tiere fest und krochen dann, Juan, und Aurelio voran, vorsichtig durch das dichte Unterholz. Die Stimmen wurden lauter und deutlicher, und auch die anderen Geräusche verstärkten sich.

Plötzlich gellte, nicht weit vor ihnen, ein gräßlicher Schrei auf; er übergellte Trommeln und Stimmen und brach mit einem röchelnden Laut ab; Aurelio erstarrte das Blut in den Adern. »Was war das?« fragte er leise.

»Ein Todesschrei!« sagte Juan dumpf. »Komm! Vorsichtig!«

Minuten später vermochten sie, auf den Knien liegend und durch dichtes Gebüsch gedeckt, einen freien Platz zu überblicken, der von einer Schar schaurig bemalter, wild herumspringender Wilder belebt wurde, unter denen sich auch Frauen und Kinder befanden.

»Komm zurück!« flüsterte Juan gepreßt. Er fühlte, wie Aurelios Hand seinen Arm umkrallte; der Junge zitterte am ganzen Leibe, den starren Blick auf die Lichtung gewandt. »Vater!« stammelte er, »Vater!«

Juan hatte längst gesehen: Die Wilden umsprangen zwei nicht weit voneinander stehende Bäume. An dem einen dieser Bäume hing, nur mehr durch umschnürende Riemen festgehalten, die verstümmelte Leiche eines Indianers. An den anderen Baum war ein Weißer gebunden, ein junger, sehr bleicher Mann; er trug einen schwarzen Priesterrock.

Aurelio sah den Ausdruck im Gesicht des Gebundenen; es schien ihm auf eine sonderbare Weise bekannt. Aber er konnte nicht denken jetzt; das Grauen schnürte Ihm die Kehle zu. Er sah, wie zwei heulende Wilde mit rot und schwarz bemalten Gesichtern, von langem Haar und bunten Bändern umflattert, auf den Gebundenen losstürmten, lange Messer in den erhobenen Händen. Da – es gab keine andere Möglichkeit, er zögerte nicht einen Augenblick, er riß die Büchse an die Wange, zielte und schoß hintereinander beide Läufe ab. Die Indianer stürzten, wie vom Blitz getroffen, zusammen.

Totenstille folgte den Schüssen. Sekundenlang standen die tobenden, heulenden, springenden Indianer wie erstarrt. Dann brach eine furchtbare Panik aus; nach weiteren Sekunden war der ganze Platz leer, die Wilden in der Tiefe des Waldes verschwunden.

Es war kein Denken, es war keine Vorsicht und keine Überlegung in Aurelio; er handelte, wie er mußte. Mit einem gewaltigen Sprung war er auf der Lichtung, an dem Baum; mit wenigen scharfen Schnitten waren die Riemen gelöst, und er hielt den zusammensinkenden Körper des jungen Mannes in den Armen. Aber da war der Gaucho, die geladene Büchse in der Hand, schon neben ihm, und gleich darauf brach auch Pati, der mittlerweile herangekommen war, durch das Gebüsch.

Der Priester schlug die Augen auf; sein Blick, der Aurelio traf, schien aus einer anderen Welt zu kommen. Aurelio aber sah sich von einem wundersamen Gefühl beschlichen. Er glaubte, sein eigenes Spiegelbild zu erblicken. »Wer bist du denn?« flüsterte er und starrte in das Antlitz, in dessen Augen das gleiche Erstaunen sichtbar wurde.

»Mein Gott!« stammelte hinter ihnen Juan Perez, »das gibt es doch nicht! Kommt!« flüsterte er dann, »wir werden später sehen. Ewig wird die Dämonenangst der Wilden nicht dauern. Kommt, Hochwürden!« raunte er auch dem Priester zu, der plötzlich an allen Gliedern zu zittern begann. Er erfaßte ihn am Arm und riß ihn mit fort. Der Priester wandte den Kopf und ließ einen schmerzlichen Blick über den Baumstamm streifen, an dem die Leiche des zu Tode gemarterten Indianers hing. »Mein armer Josef!« flüsterte er. Dann ließ er sich widerstandslos fortführen.

Sie erreichten ihre Reittiere. Aurelio hob den Cura auf sein Pferd und nahm es am Zügel. »Führe uns, Vater«, sagte er. Juan, der die Büchse des Jungen inzwischen wieder geladen hatte, stieg in den Sattel und ritt voran, einen Bach suchend, den sie erst unlängst gekreuzt hatten.

Sie erreichten ihn bald. »Kennt Ihr die Gegend?« fragte Juan den Priester.

Der schüttelte den Kopf. »Wenig, Señor«, sagte er. »Die Abiponen haben mich und meinen indianischen Begleiter gestern hierhergeschleppt.«

»Nun, wir werden sehen«, sagte Juan und trieb sein Pferd in den Bach. Aurelio schwang sich hinter dem Cura auf und folgte dem Voranreitenden; Pati machte den Beschluß.

In den Büschen am Ufer regte sich nichts. Nach kurzer Zeit sahen sie einen See vor sich, in den der Bach mündete. Es war eine weite, von Wäldern umgebene Wasserfläche. In der Mitte zeigten sich einige kleine Inseln. Vier Kähne, ausgehöhlte Baumstämme, lagen am Ufer und schaukelten sich leicht in der Flut.

»Das ist die Rettung«, sagte Juan. »In den Wäldern sind wir im Fall einer Verfolgung verloren; die Inseln bieten zunächst einige Sicherheit.«

Der La Plata-Schiffer war schon von seinem Maultier herunter. Auch die anderen verließen die Pferde, nahmen ihnen Sättel, Decken und Zaumzeug ab und legten sie in die Kanus, die mit Rudern ausgerüstet waren. Pati befestigte alle vier Kanus mit den Lassos aneinander und bestieg das erste, während Juan, Aurelio und der Gerettete das zweite nahmen. Die Tiere überließ man dann ihrem Schicksal.

Mit starken Schlägen lenkte Pati die Boote über den See. Sie kamen schnell vom Ufer weg, und das war gut, denn sie mochten erst einige hundert Schritte zurückgelegt haben, als gellendes Geschrei und ein schwirrender Pfeilhagel sie belehrten, daß sie gesichtet waren. Die Pfeile verfehlten ihr Ziel, und den erfahrenen Bootsmann vermochten sie nicht zu erschüttern. Sie näherten sich einer schilfumsäumten Insel und landeten ohne Schwierigkeit.

Das Eiland war mit Bäumen, Algaroben, Palmen und Agaven besetzt. Pati legte die Kanus fest. »Vorläufig sind wir sicher«, sagte Juan, »sie werden gewiß nicht wagen, über das Wasser und in den Schußbereich unserer Büchsen zu kommen.«

»Sie werden gewiß kommen«, sagte der Priester leise, »sie sind wild und kriegerisch. Sie werden die Nacht zu nützen suchen.«

»Wir werden uns zu schützen wissen«, antwortete der Gaucho.

Sie saßen schließlich in Ruhe beieinander. Aurelio und der junge Priester verschlangen sich mit den Blicken. »Ich sehe Euch an, Hochwürden«, sagte der Gaucho, »und ich sehe meinen Sohn an, und wunderliche Gedanken beschleichen mich. Wie kommt Ihr in die Wälder?«

»Ich bin Pater Cölestino von Assuncion, ein Missionario«, antwortete der Cura, »ich mühe mich, den Wilden die Liebe Gottes zu bringen.«

»So jung noch und schon Pater?« sagte Juan sinnend.

»Ich habe erst vor wenigen Monaten die letzten Weihen empfangen«, entgegnete der Pater, »dann bin ich sogleich mit meinem treuen Josef ausgezogen.«

»Die Liebe Gottes!« sagte Juan, »die Wilden haben es Euch schlecht gelohnt.«

Der Cura lächelte still. »Sie wandeln ja noch in der Nacht«, sagte er, »man darf nicht zu streng mit ihnen ins Gericht gehen. Von den jungen Männern und den Mädchen haben manche auf meine Stimme gehört. Die fanatischen Zauberer sind dann dazwischengetreten und haben ihre Stammesgenossen endlich durch finstere Drohungen dazu gebracht, uns ihren Götzen zu opfern. Mein armer Josef, selbst vom Stamm der Abiponen, aber ein treuer Diener der Mission, ist unter ihren Messern verblutet.« Er senkte den Kopf und sah trübe vor sich hin.

Gleich darauf wandte er sich Aurelio zu. »Wie nenne ich dich?« fragte er.

»Ich bin Aurelio Perez, ein Gaucho. Dort sitzt Juan, mein Vater. Und der andere Mann ist Don Sancho Pereira, meines Vaters alter Freund und Waffenbruder. Wir nennen ihn Pati. Und wo seid Ihr zu Hause, Hochwürden?«

»Warte doch!« Juan Perez hob die Hand; sein Blick ruhte ernst und nachdenklich auf dem Jungen Geistlichen. »Wißt Ihr, daß ich vor Eurer Antwort ein wenig zittere?« sagte er. Aurelio sah ihn verwundert an; in des Priesters Augen stand eine offene Frage.

»Sprecht nur«, fuhr Juan gleich darauf fort, »das Schicksal ist doch unabwendbar. Für mich hat es bereits gesprochen. Ich sehe Euch an und daneben meinen Aurelio, Euer Ebenbild, ich vergleiche Euer Alter; nein, für mich gibt es schon keinen Zweifel mehr.«

»Was meinst du denn Vater?« fragte Aurelio leise, die Blicke abwechselnd auf den Gaucho und sein Ebenbild im Priesterrock gerichtet.

»Sagt nun, wo Ihr zu Hause seid, Hochwürden«, sagte der Gaucho ruhig.

»Ich kann Euch nicht viel sagen.« Auf des Priesters reiner Stirn erschien ein grüblerischer Zug. »Wo ich zu Hause bin? Ich weiß es ja selber nicht«, fuhr er fort. »Meine Heimat ist die Mission in Assuncion. Die Padres haben mich als kleines Kind einem Chacoindianer abgenommen. Nun, ein Indianer bin ich ja wohl nicht.« Ein schmales Lächeln spielte um seine Lippen. »Ich kenne nur die Mission und die Padres«, sagte er. »Dort ist meine Heimat. Wie ich als

Kind in die Hände des Indianers gekommen sein mag –? Gott wird es wissen.«

Don Juan und Sancho sahen sich an. Die sinkende Sonne tauchte hochschwebende Wölkchen in rötliche Glut und übergoß die Wipfel der Bäume, die sich im klaren Wasser des Sees spiegelten, mit goldenem Schimmer. Kein Lufthauch war zu verspüren, kein Laut durchbrach die Stille. Pati seufzte schwer. Unruhig gingen seine Blicke zwischen den jungen Männern hin und her.

Das rötliche Licht schwand mählich dahin, die Schatten der Nacht zogen herauf. Da begann der Gaucho zu sprechen. »Mein lieber Junge«, sagte er, Aurelio anblickend, in dem geheime Unruhe hochstieg, »lieber junger Freund« – er wandte sich dem Priester zu, die förmliche Anrede fallen lassend, »ich bin überzeugt, daß das Schicksal gesprochen, euch beide zusammengeführt hat. Hört zu! Fast achtzehn Jahre ist es jetzt her, da trieben zwei junge Männer, ein Gaucho und ein Schiffer vom La Plata, beide entlaufene Soldaten des Bürgerkrieges, im Kanu den Parana hinab ...« Und er erzählte hastig, mit stockender Stimme, das finstere Geschehen jener lange zurückliegenden Nacht.

»In den wilden Kriegen jener Zeit, da der Bruder den Bruder bekämpfte, war es nicht einfach, den Zusammenhängen nachzuspüren«, beendete er seinen Bericht. »Erst einige Jahre später konnten Pati und ich feststellen, wer das Kind war, das wir dem Tode entrissen hatten. Wir erfuhren, daß der mörderische Überfall jener Nacht den zwei Erben eines verstorbenen reichen und mächtigen Grundbesitzers galt, den kindlichen Trägern eines uralten spanischen Namens. Der älteste Knabe wurde damals von dem Majordomo des Hauses in die Pampa gerettet. Den Majordomo fand man später erschlagen in der Wüste, das Kind war verschwunden. Den Jüngsten, den wir aus den starren Armen seiner toten Mutter nahmen, zogen wir auf als – mein Kind.«

»Vater!« schrie Aurelio. In dem jungen, blassen und verstörten Gesicht brannten die Augen wie im Fieber. »Vater«, stammelte er, »du bist – du bist – nicht – mein Vater? Du hast mich – Vater, Vater, wer war meine Mutter? Wer ihr Mörder?«

Der Gaucho ließ seinen schweren Blick über das zuckende Antlitz gleiten. »Mein Junge!« sagte er, »du bist, du bleibst auch mein Junge. Auch wenn ich nicht – dein leibhaftiger Vater bin.«

Der Pater hätte den Mund nicht geöffnet. Sein stiller, für sein Alter erstaunlich gelassener Blick traf sich mit dem des Gauchos. »Ihr glaubt, Don Juan –?« sagte er jetzt.

»Ich bin überzeugt, in Euch den Bruder meines Aurelio, den ältesten der beraubten und um ihr Erbe betrogenen Knaben vor mir zu haben«, sagte der Gaucho. »Ich war davon überzeugt, als ich Euch vorhin am Marterholz sah.«

Der Priester senkte den Kopf und sah still vor sich hin.

Der temperamentvolle Aurelio aber wußte seine Gefühle nicht mehr zu beherrschen. »Vater«, rief, schluchzte er, »Vater, selbstverständlich bist, bleibst du mein Vater, immer, immer! Aber sage mir, wer ich bin. Wer waren meine Eltern. Und wer – wer war der Mörder?«

»Hört zu«, sagte der Gaucho. »Die Feinde, die euch die Mutter getötet, euer Besitztum gestohlen haben, sind mächtig in diesem Land, in dem die Willkür Staatsgesetz ist. Sie sind so mächtig, und ihr Arm reicht so weit, daß jeder Versuch, sie anzuklagen und an den Pranger zu stellen, sich bisher als unmöglich erwies. Es hätte bedeutet, dich, mein lieber Aurelio, ins sichere Verderben zu jagen. Aber auch ohne mein Zutun wuchs die Gefahr. Ihr müßt eurem Vater, der ein großer, in diesem Lande allgemein bekannter und geachteter Mann war, außerordentlich ähnlich sehen. Du, Aurelio, wurdest schon mehrmals dieser Ähnlichkeit wegen erkannt, und weißt nun, warum die Lanceros auf unserer Estancia erschienen, warum wir von unserer Besitzung fliehen mußten, warum man dich aus dem Hause Don Estevans bei Nacht und Nebel entführte und dich in das Klostergefängnis warf. Warum wir unstet und flüchtig die Lande durchhetzen, von den Lanceros gejagt.«

Aurelio war fassungslos, er sprang auf, rannte umher, setzte sich wieder. »Wer?« stammelte er mehrmals, »wer?«

»Gott tut auch heute noch Wunder!« sagte der Priester. Immer wieder suchten seine klaren, ruhigen Augen den schwer Erregten.

»Niemals also werde ich Vater und Mutter sehen«, sagte er nach einer Weile leise, »ich habe es manchmal gehofft, ich habe darum gebetet. Nun schenkte mir Gott den Bruder.« Es leuchtete warm in seinen Augen; er streckte die Hand aus und zog Aurelio an seine Seite. »Den Bruder«, wiederholte er, als sei diese Fügung noch nicht zu fassen.

Sie saßen lange so. Der Gaucho sah versonnen vor sich hin. Pati hatte gewaltig mit seiner Rührung zu kämpfen; er schnaufte zuweilen wie ein Roß und räusperte sich, als sitze ihm ein unverdaulicher Brocken im Hals. Schließlich trat Aurelio vor den Gaucho hin. »Vater«, sagte er, »du mußt mir nun sagen: Wer bin ich? Wer ist der Mann, der meine Mutter erschoß?«

Der Gaucho sah ihn lange an. »Du wirst es erfahren, mein Junge«, sagte er ernst. »Bald, aber nicht jetzt. Bin ich tot, ehe du dein Erbe angetreten hast, dann wende dich an Pater Hyazinth in Buenos Aires, er hat die Beweise deiner Abstammung und Geburt in Händen. Wende dich an Don Enrique, den Aleman; er kennt die Zusammenhänge. Wende dich schließlich an den General d'Urquiza; er kannte deine Eltern und war deines leiblichen Vaters bester Freund. Noch lebe ich. Und wache über dich und dein Leben. Ich muß dich vor Unbesonnenheiten bewahren.«

Der Sohn des Abiponenhäuptlings

Sie führten noch mancherlei Gespräche und gewannen allmählich die seelische Ruhe zurück. Sie wußten, daß sie sich im Brennpunkt zahlloser Gefahren befanden; es war durchaus nötig, einen Ausweg zu finden. Sie konnten nicht ewig auf der Insel bleiben.

Juan, der lange vor sich hingesonnen hatte, wandte sich schließlich an Pati. »Weißt du noch«, sagte er, »wie wir uns am Picalmayo in der Nacht mitten ins Feindeslager schlichen und dem Capitano seine besten Pferde wegholten?«

Pati grinste. »Die ganze Armee hat gelacht damals«, sagte er.

Juan erhob sich. »Komm, amigo«, sagte er, »wir wollen uns unsere roten Freunde und vor allem ihre Pferde ein bißchen aus der Nähe betrachten.« Sie wußten, daß die Abiponen in der Nähe des Ufers wachten; schon vor einiger Zeit waren rund um den See kleine Feuer aufgeflammt.

»Sollen wir hierbleiben, Vater?« fragte Aurelio.

Der Gaucho überlegte. »Nein«, sagte er schließlich, »es ist besser, ihr kommt gleich mit. Nehmt aber ein anderes Boot. Und vermeidet jedes Geräusch.«

»Ich ziehe ihr Kanu am Lasso nach«, sagte Pati, »man könnte Aurelios Ruder hören. Auf dem Wasser trägt der Schall weit.«

Sie bestiegen die Kanus; Pati verband sie miteinander; Juan und er bestiegen das erste, Aurelio und der junge Pater das zweite Gefährt. Nahezu geräuschlos setzte der erfahrene Schiffer sie über den See und steuerte das Ufer zur Rechten an. Etwa zweihundert Schritt vor dem Ziel verhielten sie und durchforschten aufmerksam den Saum des Waldes. Von den Indianern war nichts zu gewahren;

der Himmel hatte sich bezogen, es war so dunkel geworden, daß man nur wenige Schritte weit zu sehen vermochte.

Plötzlich vernahmen sie in ihrer Nähe ein leichtes Plätschern. Pati winkte den Gefährten, leise zu sein, zog sein Messer und ließ sich geräuschlos aus dem Kanu ins Wasser gleiten. Er tauchte in der Finsternis unter. Minuten später war er wieder da und schwang sich in das Boot.»Sie haben nicht mit einem La Plata-Schiffer gerechnet«, sagte er. »Sie waren dabei, unsere Kanus zu holen. Zwei Mann waren es. Sie hatten sich aus Kuh- oder Pferdehäuten eine Art Schwimmbeutel gemacht. Ich habe ihn aufgeschnitten, nun mögen sie Wasser saufen.« Er schnaufte und schüttelte sich.

Vorsichtig ließ er die Kanus auf das Ufer zutreiben und fuhr eine Strecke weit an ihm entlang. Hier und da schimmerte der Feuerschein durch die Stämme; von Menschen war nichts zu sehen und zu hören. Schließlich erreichten sie die Mündung des Baches, den sie herabgekommen waren, und Stimmen drangen an ihr Ohr. Pati ließ die Fahrzeuge in das Uferschilf gleiten.»Ihr bleibt hier«, wandte Juan sich an die beiden Jünglinge im zweiten Boot, dann folgte er Pati, der bereits leise an Land gegangen war.

Das Stimmengewirr wurde lauter, je weiter sie vordrangen, auch der Lichtschein ward heller. Bald darauf hatten sie das Lager vor sich. Hinter einem Mimosengebüsch versteckt sahen sie auf ein wildes, groteskes Bild. Mehrere hochlodernde Feuer beleuchteten die baumfreie Lichtung. Zahllose Indianer, Männer, Frauen und Kinder, standen, saßen und sprangen zwischen den Feuern herum. Die kräftigen, muskulösen Gestalten der Männer boten in ihrer wilden Bemalung und Tätowierung, mit den langen, lose fallenden Haaren und flatternden Bändern einen halb gräßlichen, halb komischen Anblick. Einige von ihnen hatten den vorderen Teil des Schädels rasiert und waren mit allerlei Lippen- und Ohrenschmuck seltsamer Art behangen. Die Frauen waren im allgemeinen kaum weniger widerwärtig verunziert.

Es schien hier ein Gelage stattzufinden. Kuhhörner kreisten und wurden fortwährend aus großen, aus Rinderhaut gefertigten Schläuchen nachgefüllt. Juan wußte, daß die Chacoindianer sich aus Honig und der Frucht des Johannisbrotbaumes ein berauschendes Getränk zu bereiten pflegten. Die ausgelassene Stimmung der Wilden schien auf ziemlich reichlichen Genuß dieses Getränkes schließen zu lassen. Pferde sah der Gaucho einstweilen nicht.

Dem Busch gegenüber, hinter dem Juan und Pati lauerten, hockte ein Mann von mächtiger Gestalt, dessen mit Leopardenfell kunstvoll verziertes Lederhemd, bunter Hauptschmuck und reiches Glasperlengehänge, zusammen mit seiner hochmütig gebietenden

Haltung darauf schließen ließen, daß es sich um einen angesehenen Häuptling handele. Tatsächlich war der Mann Ychoalay, der Kazike dieser Abiponenhorde.

Zu Füßen des wild und furchterregend aussehenden Mannes spielte ein etwa zwölfjähriger Indianerjunge von kräftiger Gestalt, dessen hübsches Gesicht noch nicht durch Tätowierungen verunziert war. Der kleine Bursche benahm sich reichlich wild und ungebärdig; die Augen des Häuptlings ruhten nichtsdestoweniger mit sichtlichem Wohlgefallen auf ihm.

Juan betrachtete die Szene mit großer Aufmerksamkeit. Die Gelegenheit ist günstig, dachte er. Die Indianer sind angetrunken, zu einer ernsthaften Verfolgung werden sie unfähig sein. Wir werden ihre Pferde aufspüren, uns holen, was wir brauchen und davonreiten. Wer weiß, wann eine solche Möglichkeit wieder kommt.

Er wollte Pati gerade einen Wink geben, sich mit ihm zu erheben, als ein gellender Ruf des Häuptlings zwanzig junge Männer in der Mitte des Platzes zusammenführte. In der Nähe hockende Weiber begannen mit kleinen Trommeln und getrockneten Kürbissen einen ohrenbetäubenden Lärm zu veranstalten. Den Ohren der jungen Männer mußte der Lärm als Musik erscheinen, denn sie begannen sogleich, sich zum Tanz zu ordnen und in einem schnellen und eigenartigen Rhythmus allerlei sonderbare Sprünge zu vollführen. Dem Ganzen schien bei aller Wildheit eine feste Ordnung innezuwohnen. Durch die Reihen der Männer bewegte sich mit staunenswerter Gewandtheit die schlanke Gestalt eines Jünglings, dessen Aufgabe darin zu bestehen schien, den sich nach bestimmten Gesetzen lösenden und schließenden Ringen und Kreisen der anderen zu entschlüpfen. Die in ständiger Bewegung befindliche Gruppe begann sich dem Mimosengebüsch zu nähern, hinter dem Juan und Pati sprungbereit hockten. Plötzlich suchte der in die Enge getriebene Vortänzer sich seinen Verfolgern dadurch zu entziehen, daß er zwischen das Buschwerk sprang.

Das hätte er nicht tun sollen; er stieß dabei auf Pati, ja, er rannte recht unsanft gegen ihn, was ihm einen Fausthieb eintrug, der ihn in hohem Bogen aus dem Busch heraus und zwischen seine Gefährten beförderte. Im Augenblick sahen Juan und Pati sich von einem Dutzend bemalter Wilder umgeben, die ein gellendes Gebrüll erhoben und entschlossen schienen, die ins Garn gegangenen Opfer auf der Stelle umzubringen.

Sie mußten die Absicht zunächst aufgeben. Pati hatte schon des öfteren Gelegenheit gehabt, seine erstaunlichen Körperkräfte zu beweisen; er tat auch jetzt, was er konnte. Er schlug wie ein Berserker um sich, er hob die Angreifer wie Spielbälle hoch und schleuderte sie zwischen ihre tobenden Genossen. Juan, nicht mit so herkulischer Kraft ausgestattet, erwehrte sich mit dem langen Messer seiner Bedränger. Die Dunkelheit kam den Entdeckten zustatten; sie vermochten immer wieder unterzutauchen und Atem zu schöpfen. Doch konnte dieses Spiel nicht lange währen, denn nun strömte es mit Speeren und Keulen von den Feuern herbei. Es ist aus! dachte Juan, es ist aus; er stach einen auf ihn eindringenden Wilden zusammen und wich in das Dunkel zurück. Da gewahrte sein Auge unweit des Gebüsches das Kind, des Häuptlings Sohn offenbar; ein Gedanke durchzuckte ihn. Mit einem Satz war er aus dem Busch heraus, ergriff den Jungen, hob ihn hoch und setzte ihm das Messer auf die Brust. Er stand von den Feuern beleuchtet, in vollem Licht. Ein Indianer flog aus dem Busch heraus;

Pati, mit Augen, die aus den Höhlen wollten, stürzte hinterher und stand keuchend neben dem Gaucho.

Die Indianer standen erstarrt; sie sahen die beiden Weißen, das Häuptlingskind in der Faust des einen von ihnen, die Spitze des Messers auf seine Brust gerichtet. Ein furchtbares Geheul erhob sich.

»Nimm den Jungen auf den Rücken und folge mir«, flüsterte Juan. Er warf ihm das Kind zu, der es sich wie ein Bündel über die Schulter legte. Mit einem Sprung war Juan im Gebüsch; Pati mit dem Jungen folgte ihm. Hinter ihnen aber schien sich die Erstarrung zu lösen; sie hörten die Meute auf ihren Fersen. Sie hetzten durch die Nacht, erreichten das Ufer. »Aurelio«, rief Juan.

»Hier, Vater!«

Sie sprangen in das Kanu. Durch das Uferholz brachen die bewaffneten Feinde; Fackeln lohten und warfen ihr grelles Licht auf die Männer im Boot. Im vordersten stand Juan, den Indianerjungen im Arm und das Messer in der Hand.

»Was ist das? Wen habt Ihr da?« stammelte der Cura.

»Den Häuptlingssohn! Sprecht zu ihnen in ihrer Sprache, Cura. Sagt ihnen, daß wir den Jungen töten werden, wenn sie uns angreifen. Morgen bei Tageslicht können sie ihn auslösen. Er widerfährt ihm kein Leid, wenn wir nicht belästigt werden.«

Der Cura begriff. Er erhob sich in dem zweiten Boot und rief mit weithin schallender Stimme zum Ufer hinüber, was der Gaucho geboten hatte. Juan sah in der vordersten Reihe der Wilden den Häuptling; der Mann schien furchtbar erregt. Er rief etwas herüber.

»Ychoalay ist einverstanden«, sagte der Cura. »Er will morgen zur Insel kommen, Parinkaikin auszulösen. Er bittet, ihn gut zu behandeln.«

»Sichere es ihm zu; der junge Wolf soll uns nur als Geisel dienen.«

Der Cura sprach abermals mit dem Häuptling; auf dessen Wink hin verschwanden die Indianer im Wald, und Pati ruderte auf den See hinaus. »Das hieß gerade noch einmal entkommen, amigo!« sagte Juan.

Sie kamen ungefährdet auf der Insel an, entzündeten ein Feuer und banden den kleinen Abiponen mit zähen Lianen, denn sie waren überzeugt, daß er sich andernfalls ins Wasser stürzen und versuchen würde, zu entkommen. Der Cura sprach ihn wiederholt im Abiponendialekt an, aber der kleine Bursche antwortete nicht; sein hübsches Gesicht blieb trotzig verschlossen.

Die Nacht verging ungestört. Die Männer hatten vorsichtshalber abwechselnd gewacht. Die Sonne war eben am Horizont aufgetaucht, als der Abiponenhäuptling erschien. Er kam auf einem aus Baumstämmen gefertigten Floß, das von zwei Indianern fortbewegt wurde. Während Juan am Ufer stand und dem Fahrzeug entgegensah, erkletterte Aurelio einen Baum, um Umschau zu halten. Man mußte mit allerlei Tücken rechnen. Es wäre immerhin möglich gewesen, daß die Wilden versucht hätten, sich der Insel gleichzeitig von verschiedenen Seiten zu nähern.

Der Häuptling und seine Leute schienen unbewaffnet. Immerhin machten Juan und Pati ihre Karabiner schußfertig.

»Sagt ihnen, daß sie die Insel nicht betreten sollen«, wandte Juan sich an den Cura, »andernfalls wird geschossen.«

Die Abiponen kamen heran; sie ließen das Floß treiben. Der Häuptling stand aufrecht auf dem schwankenden Gefährt; er betrachtete mit unverkennbarer Neugier den Gaucho und seinen stämmigen Gefährten. Die Kraft und die Kühnheit der Männer mochten ihm imponiert haben. Er grüßte jetzt höflich mit der Hand. »Ich komme, Parinkaikin, meinen Sohn, zu holen«, sagte er. Der Cura betätigte sich als Dolmetscher. Der kleine Indianer stand aufgerichtet neben dem Gaucho und blickte zu seinem Vater hinüber.

»Du sollst ihn haben, Kazike«, ließ Juan antworten, »aber wir haben einige Bedingungen an seine Freilassung zu knüpfen.«

»Ychoalay wird geben, was er hat«, übersetzte der Cura die Antwort des Häuptlings.

»Laß unsere Reittiere an das Ufer bringen«, befahl Juan, »und noch zwei gesattelte Pferde. Eines für den frommen Cura hier, den ihr Halunken ermorden wolltet, und eines für Parinkaikin.«

Man sah, daß der Häuptling zusammenschrak. »Warum ein Pferd für meinen Sohn?« ließ er fragen.

»Weil er uns begleiten wird, bis wir in völliger Sicherheit sind, schlauer Abipone. Du kannst zwei deiner Leute mitschicken, aber unbewaffnet. Sie mögen uns bis südlich des Saladillo begleiten, dann können sie dir den Jungen zurückbringen.«

»Das wird eine beschwerliche Reise für den Knaben werden«, wandte der Häuptling ein. »Nimm Pferde von uns, Rinder, Häute, Leopardenfelle, wir geben alles, was du willst.«

»Entschließe dich«, sagte Juan und ließ den Cura übersetzen. »Der Junge reitet einstweilen mit. Bist du ehrlich, erhältst du ihn unversehrt zurück.«

»Bürgt der Priester für das Leben Parinkaikins?« fragte der Häuptling.

»Ja«, sagte der Cura, »ich bürge dir dafür. Du erhältst ihn gesund zurück.«

»Mein Sohn wird Hunger haben«, sagte der Häuptling, »wir haben Fleisch mitgebracht.«

Das war allen hochwillkommen; große Stücke gebratenen Rind- und Hirschfleisches wanderten an Land. Dann fuhren die Abiponen zurück; diesmal in einem Kanu, das zu nehmen man ihnen erlaubt hatte, und die Flüchtlinge griffen zu den Speisen. Auch der Junge zeigte jetzt gesunden Appetit.

Bald darauf wurden vom Ufer aus Zeichen gegeben. Sie bestiegen mit dem vorsichtshalber wieder gebundenen Indianerjungen die Kanus und ruderten hinüber. Sie fanden, von zwei berittenen Indianern gehalten, ihre Tiere und zwei weitere Pferde, deren eines, für Parinkaikin bestimmt, reichen indianischen Schmuck aufwies. Parinkaikin wurde in den Sattel gesetzt, die Füße wurden ihm unter dem Bauch des Pferdes zusammengebunden, das Juan mit einem Lasso an sich fesselte.

Den Indianerknaben zwischen sich, ritten Juan und Pati hinter den beiden Indianern her. Juan hatte ihnen durch den Cura befehlen lassen, den Weg nach Westen in der Richtung auf den Saladillo zu nehmen.

Bald war die Kavalkade im Wald verschwunden. Hunderte funkelnder Augen folgten ihnen. Doch hatte kein Abipone sich sehen lassen. Ungefährdet erreichten sie schließlich den Saladillo und überschritten ihn. Erst als sie sich in völliger Sicherheit glauben durften, entließen sie die beiden Indianer mit dem Häuptlingssohn. Ungefährdet erreichten sie bald darauf das friedliche San Luis, wo sie endlich nach schweren Tagen Ruhe fanden.

Wiedersehen

Der Aufstand gegen den Präsidenten Manuel de Rosas hatte einen großen Umfang angenommen. Nicht nur die Provinzia Cordoba, auch die zwischen den großen Strömen gelegenen Provinzen Corrientes und Entre Rios erhoben gegen ihn die Waffen. Die Bürger von Entre Rios hatten den bisherigen Gobernador Oribe abgesetzt und den General José d'Urquiza zum Regenten gewählt, der alsbald Cordoba verlassen und sein Hauptquartier jenseits des Parana aufgeschlagen hatte, von wo aus er die Bewegung gegen Buenos Aires leitete. Der Staat Santa Fé, in dem Rosas außerordentlichen Einfluß besaß, hatte sich der Aufstandsbewegung nicht angeschlossen. Hier hatte der Präsident erhebliche Truppenmassen versammelt.

Die kriegerischen Abiponen, die zu einem Raubzug großen Stils den Saladillo überschritten hatten, waren angesichts der großen Truppenbewegung im Lande schnell wieder zurückgewichen, hatten sich in ihre unzugänglichen Wälder zurückgezogen und verhielten sich ruhig.

Rosas, der den Sturm kommen sah und sehr wohl wußte, daß die Bewegung auf seinen Sturz hinarbeitete, hatte seine ganze Macht zusammengezogen und vor allem auch die Gauchos zum Kampf aufgeboten. Die Wut des Tyrannen tobte sich in zahllosen Mordtaten aus, die von seinen Kreaturen begangen wurden. Insbesondere die Provinzen Buenos Aires und Santa Fé trieften vom Blut sogenannter Unitarier. In der Hauptstadt ließ Rosas an einem Tage mehr als dreihundert Menschen ermorden. Daß der Kampf gegen ihn hart werden würde, wußte jeder der Aufständischen, doch waren alle entschlossen, die letzte Kraft einzusetzen, um das Land von dem Tyrannen zu befreien.

Die zahlreichen Deutschen im Land, in Entre Rios, Corrientes und Cordoba vor allem, großenteils Schleswig-Holsteiner, hatten sich geschlossen auf die Seite d'Urquizas gestellt, und der General wußte, was er an diesen Männern besaß. Sie dienten in seiner Artillerie und stellten zudem seine Elitereiterei. In Entre Rios sammelte der General seine Scharen am Parana, um von hier aus den entscheidenden Vorstoß zu wagen.

Es war ein herrlicher Dezembertag, als vier Reiter, von Norden kommend, am Ufer des gewaltigen Stromes entlangritten, ihren Weg auf Diamante zu nehmend. Es waren Don Juan Perez, der Feuerkopf Sancho Pereira und die beiden Brüder de Salis, der junge Gaucho und der Cura.

Juan, dem die großen Ereignisse, die sich vorbereiteten, den abgelegenen Aufenthalt im Westen unerträglich gemacht hatten und der zudem die Brüder, eingedenk ihrer Zukunft, dem Mittelpunkt der Ereignisse näherbringen wollte, war, Aurelios Drängen nachgebend, mit ihnen auf das andere Ufer des Parana gegangen, um d'Urquiza aufzusuchen.

Sie ritten langsam auf Diamante zu, wo dem Vernehmen nach der General weilen sollte. Überall zeigten sich bereits die Spuren des herrschenden Kriegszustandes. Trupps von Soldaten und bewaffnete Bauern, endlose Züge von Maultieren, mit Nahrungsmitteln und Heeresbedarf beladen, füllten die Straßen, und alles deutete auf eine große Aktion hin; das ganze Land war in Aufregung. Die vier Reiter saßen schweigend in den Sätteln. Über Aurelios frisches Gesicht zog dann und wann ein düsterer Schatten; der Cura schien ruhig, sanft und gleichmütig wie immer.

»Was ist dir, Aurelio?« fragte der Pater, nachdem er den Bruder längere Zeit nicht ohne Sorge betrachtet hatte. »Woran denkst du?«

»An nichts Gutes«, stieß Aurelio heraus. »Ich möchte endlich den Mann kennen, der meine Mutter erschlug. Ich glaube ihn zu kennen, aber ich möchte es wissen, und ich begreife Don Juan nicht. Warum verbirgt er es vor mir?«

»Er wird es dir sagen, wenn es an der Zeit ist«, versetzte der Cura; »warum bist du so ungeduldig?«

Aurelio streifte ihn mit einem düsteren Blick. »Warum bist du ein Priester geworden?« fragte er. »Du hättest den frommen Padres in Assuncion auf andere Weise deinen Dank bezeigen können.«

»Schilt die guten Padres nicht«, lächelte der andere. »Sie haben keinerlei Zwang auf mich ausgeübt. Mein freier Wille hat mich in meinen Beruf geführt, und seiner Berufung muß man folgen.«

»Ja«, sagte Aurelio, »wenn es so ist – –; ich weiß«, fügte er hinzu, »du bist besser als ich, ich bin verbittert, zornig und rachgierig, mindestens seit ich von dem Schicksal unserer Mutter weiß. Der Grimm verzehrt mich.«

»Und doch hast du Grund zur Dankbarkeit«, versetzte der Cura, »Gott hat dich wunderbar geführt. Er hat dich vor tausend Gefahren bewahrt. Und er hat uns zusammengeführt, zwei Brüder, die nichts voneinander wußten.« Er lächelte leicht. »Ich habe das nicht gleich begriffen«, sagte er, »ich habe es nicht gleich fassen können, ich habe ja nie einen Menschen gehabt, außer den Padres. Trotzdem habe ich gleich gewußt, daß es stimmt, daß du mein Bruder bist; ich habe es gefühlt.«

Aurelio sah mit einem halben Blick zu ihm herüber, und für einen Augenblick stand wieder das alte unbeschwerte Lächeln in seinem jungen Gesicht. »Carlos!« sagte er. »Ich habe einen Bruder, der Carlos heißt und der sich Pater Cölestino nennt. Es ist wunderbar!«

Sie kamen an einem kleinen Haus vorbei, das, von einer Einfriedung umgeben, rechts ihres Weges lag. In einem seitwärts davon gelegenen Agavenfeld war ein alter, weißhaariger Neger beschäftigt. Die Straße war im Augenblick frei von Soldaten und Maultieren.

»Wie wäre es, wenn wir ein wenig Rast machten?« fragte Juan. Die anderen stimmten zu.

»Nun, feuerköpfige Hoheit«, wandte der Gaucho sich an Pati, »frage den schwarzen Hidalgo dort, ob er uns nicht ein bißchen Gastfreundschaft gewähren will.«

Pati rief den Neger an; der kam heran, und der Rotkopf redete mit ihm. Dem Alten schien es eine Ehre, die Caballeros bewirten zu dürfen. Er küßte dem Cura die Hand und machte eine einladende Handbewegung zu den schattenspendenden Algaroben und Erlen hinüber, zu deren Füßen sich einige rohe Sitze befanden. Die Reiter stiegen ab.

»Meine Frau wird euch Tortillas backen, Señores«, sagte der Neger. »Mehr haben wir nicht; die Soldados zehren alles auf.«

»Wir haben selbst Vorräte mit und sind mit allem zufrieden«, sagte Juan. »Tränke die Pferde und wirf ihnen Futter vor!«

Der Neger rief etwas in das Haus hinein und beschäftigte sich dann mit den Tieren, während Pati aus einer Ledertasche Mundvorrat herausholte. Der Alte brachte bald darauf die frischen, duftenden Maiskuchen. Dabei fiel sein Blick auf die Brüder de Salis. Er sah wohl nicht mehr sehr gut; seine Augen verweilten lange auf dem Pater und dem jungen Gaucho, und ein Ausdruck leisen Erstaunens machte sich darin bemerkbar. Es sah aus, als denke er über etwas nach.

»Ist es weit nach Diamante?« fragte Juan.

»Kaum eine Legua, Señor.«

»Sind viele Soldados dort?«

»O ja – viele tausend.«

»Und auch der General?«

»Weiß es nicht genau, Señor. General d'Urquiza ist überall.«

»Stammst du aus Buenos Aires, Alter?« fragte der Feuerkopf.

Der Alte schüttelte den Kopf. »Nein, Señor«, sagte er, »meine Frau und ich sind am Parana grau und alt geworden, auf der großen Estancia Bellavista, wenn Ihr die kennt.«

Juan und Pati sahen auf. »Auf Bellavista?« fragte der Gaucho.

»Bis meine alte Inez und ich fortgejagt wurden, Señor«, antwortete der Neger. »Dann hat uns Señor d'Urquiza, der Freund unseres alten Herrn, das Häuschen hier und etwas Feld gegeben, um uns vor dem Hungertod zu bewahren.« Er schwieg einen Augenblick, dann suchten seine alten Augen wieder mit einem sonderbaren Ausdruck die beiden Brüder. »Aber wir kehren noch einmal zurück, nach Bellavista«, sagte er leise.

Er ging in das Haus zurück; Juan und Pati wechselten einen langen Blick. Weißt du noch? sagte dieser Blick. Gleich darauf erschien eine alte Negerin; sie kam heran, küßte dem Cura die Hand, wünschte eine gesegnete Mahlzeit und ging wieder in das Haus. Und auch sie streifte die beiden jungen Männer mit einem seltsamen, beinahe scheuen Blick.

Schwerer Hufschlag erdröhnte; eine starke Reiterschar näherte sich. Die Männer sahen auf. Die Reiter kamen von Norden; es handelte sich um eine geschlossene Kavallerieformation, deren erste uniformiert und nach Art der Lanceros bewaffnet war. Vier Trompeter eröffneten den Zug; ihnen folgte, den Abteilungen voranreitend, ein hochgewachsener Offizier auf einem starken Rappen.

Staunend sah der Gaucho die ihm gänzlich ungewohnte, straff gegliederte Ordnung der Reiterschar, da schrie Aurelio neben ihm auf. »Don Enrique!« rief er, sprang auf und lief auf die Straße, dem Zuge entgegen.

Der Offizier verhielt sein Pferd und gab schnell das Zeichen zum Halten. »Ja, Aurelio! Junge!« rief er strahlend, »ist es denn möglich?« Er sprang vom Pferde und schüttelte dem Jungen mit allen Zeichen der Freude in seinem offenen, gebräunten Gesicht, die Hände. Juan und Pati kamen heran, und der Aleman begrüßte auch sie. Hinter den beiden Männern stand Pater Cölestino.

Erich Stormar, seit einiger Zeit Oberst und Chef eines von ihm zusammengestellten und ausschließlich aus Deutschen gebildeten Regiments schwerer Lanzenreiter, schien ein völlig verwandelter Mann. Kraft, Sicherheit und Lebenszuversicht sprachen aus seinen Zügen.

Jetzt fielen seine Blicke auf den Priester. Verblüffung malte sich auf seinem Gesicht. Die außerordentliche Ähnlichkeit mit Aurelio sprang sofort in die Augen.

»Mein Bruder Carlos«, sagte Aurelio vorstellend. »Ein Bruder, von dessen Existenz ich nichts wußte und den ein glückliches Geschick mir in den Weg führte. Er nennt sich freilich Pater Cölestino. Und dies, lieber Carlos, ist Don Enrique, der Aleman, mein Lehrmeister im Schießen, von dem ich dir schon erzählte.«

Stormar begrüßte den Cura, sah ihn lange nachdenklich an und wandte den Blick dann auf Juan Perez. »Ja«, sagte der, »es ist so, wie Aurelio sagt, und ich möchte das keinen Zufall mehr nennen. Bald«, setzte er hinzu, »werden die Brüder auch wissen, welchen Stammes sie sind.«

Stormar rief dem am Flügel haltenden Stabstrompeter ein paar Worte in deutscher Sprache zu; der blies ein Signal, gleich darauf saßen die Reiter ab und schickten sich zum Lagern an.

»Eine stattliche Reiterschar«, sagte der Gaucho.

»Es sind die Lanceros von Cordoba«, versetzte Stormar, »ich kommandiere sie, wir sind auf dem Wege, zur Armee der Verbündeten zu stoßen.« Er sprach ein paar Worte mit einem herangekommenen Offizier, der ging zurück, und gleich darauf kam ein Lancero heran, den Schimmel Cid am Zügel führend. »Ich habe ihn dir bewahrt, Aurelio«, lächelte Stormar. Der vollführte vor Glück und Freude einen Luftsprung, schüttelte dem Deutschen die Hand, ergriff seinen Cid am Zügel und konnte sich lange Zeit nicht von ihm trennen.

Sie saßen dann plaudernd beisammen und, wahrhaftig, es gab allerlei Neuigkeiten auszutauschen. Eine knappe Viertelstunde etwa mochte vergangen sein, da näherte sich aus südlicher Richtung ein einzelner Reiter, ein jüngerer Offizier, wie man gleich darauf sah. Er rief eine Gruppe lagernder Soldaten an: »Wo ist Oberst Stormar?« Die Soldaten wiesen auf die Baumgruppe, unter der die Freunde saßen. Der Reiter kam heran.

Stormar war schon bei dem Klang der Stimme, die seinen Namen rief, zusammengefahren. Er stand auf, sein Gesicht wechselte die Farbe, wurde aschfahl. Juan und die anderen sahen es mit Verblüffung.

Der Offizier hielt vor ihnen, sprang vom Pferd. »Erich«, rief er, auf Stormar zueilend, »Gott segne die Stunde. Erst heute erfuhr ich, daß du lebst, daß du da bist, daß du – –«; er schwieg, er starrte in ein versteinertes Gesicht.

»Was denn?« stammelte er, »was ist denn? Was hast du denn?«

»Du wagst es, mir unter die Augen zu kommen?« sagte Stormar leise; er schien sich nur mit Mühe zu beherrschen.

»Aber Erich – –«, setzte der andere an, offensichtlich nicht begreifend.

»Gehen Sie schnell weg, Leutnant Thormäl«, sagte Stormar; er zischte die Worte zwischen den zusammengepreßten Lippen heraus.

»Nun, das verstehe der Teufel!« sagte der Leutnant. »Willst du mir nicht wenigstens erklären – –«

»Was, was soll ich dir erklären?« schrie der Oberst und trat einen Schritt vor auf den anderen zu. »Hast du, der Mensch, dem ich am meisten von allen Menschen vertraute, hast du mich nicht wie einen Hund davongejagt, mich in Elend, Verzweiflung und beinahe in den Wahnsinn getrieben? Wie gedeiht deine Estancia, Arno Thormäl?«

»Meine – meine Estancia?« stammelte, offenbar aus allen Wolken gerissen, der Leutnant. »Meine Estancia, sagst du? Was heißt das denn? Was willst du denn damit sagen? Du willst doch nicht etwa – –?« Plötzlich überzog sich das eben noch blutrot flammende Gesicht des Offiziers mit leichenhafter Blässe. »Erich?« stammelte er.

»Man sollte es nicht glauben«, knirschte Stormar.

Im Gesicht des anderen flackerte es. Er sprach leise, abgehackt. »Ich verstehe noch nicht ganz«, sagte er. »Nein, ich verstehe noch nicht ganz. Ich weiß nicht, was du willst. Ich habe deine Estancia – von ihr scheinst du ja zu sprechen – ich habe sie dir damals vor dem Zugriff gerettet. Der Konfiskationsbefehl lag ja schon vor. Ich glaubte, das ganz geschickt gemacht zu haben. Du kamst mit den Regierungsbeamten, die mir Tage vorher den Befehl gezeigt hatten. Ich habe dich verleugnet. Es war, Teufel nochmal, nicht ganz einfach, aber ich glaube, meine Rolle ganz gut gespielt zu haben.«

»Was denn? Was denn?« stammelte Stormar.

Der andere sah ihn nur an, mit einem langen, rätselhaften Blick. Und plötzlich begriff Erich Stormar. Die letzte Spur Farbe wich aus seinem Gesicht. »Arno! Mein Gott! War ich denn, war ich denn wahnsinnig?«

Leutnant Thormäl trat einen Schritt zurück, er hob leicht die Hand. »Man sollte es nicht glauben«, sagte er, »aber du scheinst mich – du scheinst mich für einen Dieb, für einen Räuber, für – pfui

Teufel!« schrie er plötzlich, »ich weiß nicht, wofür du mich gehalten hast!«

»Arno!« Der Oberst ging auf den Leutnant zu, streckte die Arme aus. »Arno«, sagte er, »es ist kein Zweifel: ich war wahnsinnig. Ich war – verzeih, Arno, verzeih!«

Der Leutnant stand unbewegt. »Nein, Erich Stormar«, sagte er, »das verzeihe ich nicht. Hättest du mir im Jähzorn eine Kugel in die Brust gejagt, ich hätt' es dir sterbend verziehen. Daß du mich für einen Dieb halten konntest, auch nur einen Augenblick lang –«; er hob die Hand, trat zurück, nahm sporenklirrend die Hacken zusammen. »Ihre Estancia, Herr Oberst, harrt ihres Besitzers«, sagte er, wandte sich, sprang auf sein Pferd und jagte mit verhängten Zügeln davon. Erich Stormar schlug die Hände vor das Gesicht.

Die anderen hatten der Szene, staunend, aufs höchste beunruhigt, zugehört. Verstanden hatten sie nichts, da die Unterhaltung in deutscher Sprache geführt worden war. Nun trat Aurelio an Stormar heran. »Don Enrique«, sagte er, ihm die Hand auf den Arm legend, »was war das, Don Enrique?«

Der Deutsche sah ihn an, als müsse er sich erst besinnen, wer da vor ihm stand. »Laß, Aurelio«, sagte er dann, und seine Stimme klang müde und eigentümlich heiser, »laß. Es ist furchtbar, was zwischen Menschen geschehen kann. Verzeiht, Freunde«, sagte er, »ein andermal. Entschuldigt mich heute.« Er verabschiedete sich kurz, gab dem Trompeter ein Zeichen; das Signal ertönte, die Reiter saßen auf. Minuten später ritten die Schwadronen davon. Erich Stormar sah nicht mehr zurück.

Die vier anderen saßen nicht mehr lange; auch zwischen ihnen wollte kein rechtes Gespräch mehr aufkommen. »Laßt uns reiten«, sagte Juan. Sie stiegen schweigend in die Sättel.

Als sie davonritten, traten der alte Neger und seine Frau aus dem Hause heraus und sahen ihnen nach.

»Sie waren es«, flüsterte die Greisin, »oh, Antonio, es waren Don Fernandos Kinder. Gott ist gut! Wir werden wieder heimkommen.«

Der Neger nickte. »Ja«, sagte er, »wir werden wieder heimkommen.«

Diamante war mit starken Truppenmassen belegt. An die fünfundzwanzigtausend Mann hatte General d'Urquiza hier um sich versammelt, darunter dreitausend Deutsche.

Im Vorzimmer des Hauptquartiers wartete Juan Perez mit Aurelio und Carlos. Als dem General der Name des Gaucho gemeldet wurde, ließ er ihn alsbald eintreten und kam ihm in herzlicher Aufgeschlossenheit entgegen. »Mein Lebensretter«, sagte er und streckte dem Gaucho beide Hände hin. »Was ich habe, ist dein, Juan Perez. Bringst du dem Vaterland deinen Arm?«

Der Gaucho schüttelte den Kopf. »Nein, General«, sagte er. »Ich kann wohl gegen Francisco de Salis, nicht aber gegen Gauchos kämpfen. Aber ich bringe Euch mehr als meinen Arm.«

»Ja?«

»Ich bringe Euch die Söhne Eures verstorbenen Freundes Fernando de Salis.«

»Was sagst du da?«

Juan berichtete in knappen Worten die Zusammenhänge. »Die Herkunft Aurelios ist unzweifelhaft beweisbar«, sagte er. »Der Schmuck, den wir der Mutter abnahmen, ist vorhanden. Bei Carlos liegen die Dinge schwieriger. Vielleicht können hier die Padres der Mission in Assuncion nützen. Denn die Ähnlichkeit allein wird ja wohl kein Gerichtshof gelten lassen.«

»Aurelio hat mich schon beim ersten Sehen an seinen Vater erinnert«, sagte der General. »Das Ganze ist wunderbar. Hol sie herein.«

Juan ließ die Jünglinge eintreten. D'Urquiza sah lange in ihre schönen, sich so ähnlichen Gesichter. »Ihr seid es«, sagte er bewegt, »es ist kein Zweifel: ihr seid es. Euer Vater sieht mich aus euren Augen an. Seid mir willkommen.«

Aurelio stand vor ihm mit blitzenden, fordernden Augen; der Cura sah mit leisem Erstaunen auf den General. Der umarmte sie beide, und herzliche Freude malte sich in seinem Gesicht.

»Kennen sie ihren Namen, ihre Abkunft, Don Juan?« fragte er.

»Nein, General, ich hielt es bisher noch nicht an der Zeit, sie aufzuklären.«

»Die Zeit ist gekommen«, sagte d'Urquiza. »Stehst du mit deinem Herzen auf meiner Seite, Aurelio?«

»Ja, General, bedingungslos«, sagte der Jüngling.

»So höre«, sagte d'Urquiza. »Du wirst die Männer von Santa Fé zu den Fahnen rufen, und dein Name wird Wunder wirken. Er wird das Gedächtnis eines Mannes wachrufen, der dort in jedem Herzen seine Stätte hat, und dieser Mann ist dein Vater!«

Aurelio zitterte.

»Aurelio de Salis, Sohn Don Fernandos, ich verpflichte dich auf die Fahne des Vaterlandes!« sagte der General. Ein Aufschrei antwortete ihm. »Ich ahnte es«, stammelte Aurelio, »ich habe es lange geahnt.«

»Und du, Carlos de Salis?« Der General wandte sich an den Priester. Der lächelte still. »Ich bin und bleibe Pater Cölestino«, sagte er. »Was sollte ein Name daran ändern?«

Ein leichter Schatten flog über das Gesicht d'Urquizas. »Gut«, sagte er dann, »das wird sich alles ordnen.«

»General?« Aurelio stand vor ihm; seine Augen flammten. »Sagen Sie mir eines, General: Francisco de Salis ist der Mörder meiner Mutter?«

D'Urquiza nickte nur.

»Auch das ahnte ich«, sagte Aurelio. »Wahrhaftig, ich ahnte es.« Seine Gestalt straffte sich. »Senden Sie mich nach Santa Fé, General«, sagte er, »ich will Ihnen eine Provinz gewinnen.«

D'Urquiza umarmte ihn; gleich darauf wurde er ernst. »Hört zu«, sagte er, »was du da versprichst, ist für den Ausgang unserer Sache von entscheidender Bedeutung. Um mit der Armee hier den Übergang über den Parana zu wagen und auf Buenos Aires zu marschieren, muß ich ganz Santa Fé auf meiner Seite haben. Ich darf keinen Feind in meinem Rücken lassen. Ich plane eine Demonstration nördlich der Stadt Santa Fé, um den Feind nach Norden zu locken. Leider habe ich im Augenblick noch niemand, der den Parana und das jenseitige Ufer kennt, um die Landung dort zu leiten. Francisco de Salis weiß selbstverständlich, worum es geht; er ist zweifellos auf der Hut, und es ist nicht sehr schwer für ihn, schon den Landungsversuch zu vereiteln und meine Leute blutig abzuweisen.«

»Den Mann haben wir«, sagte der Gaucho. »Niemand kennt den Parana besser als mein Freund Don Sancho Pereira. Er ist auf dem Fluß aufgewachsen und dort zu Hause. Vertraut ihm die Leitung an, und er führt Eure Truppen ungefährdet hinüber; ich verbürge mich dafür.«

»Das wäre ausgezeichnet«, sagte d'Urquiza. »Schick mir den Mann, ich will mit ihm reden. Ihr bleibt einstweilen bei mir und seid meine Gäste. Der Tag, Aurelio de Salis, ist nicht mehr fern, da ich euch in eure Rechte einsetze.«

»Der Tag, da Gerechtigkeit geübt werden wird«, sagte Aurelio finster.

Tag der Vergeltung

Drei Tage später schwammen zwischen den Inseln, die nördlich der Stadt Santa Fé im Parana liegen, eine große Anzahl Barquillas und Lanchas auf dem Strom, bis an die Grenze der Tragfähigkeit mit Soldaten und Pferden belastet. Die dunkle Nacht hüllte die Flottille in einen dichten Schleier. Das erste, mit den besten Tiradores besetzte Fahrzeug befehligte Sancho Pereira, neben dem Juan Perez, Aurelio und der Cura standen. Letzterer hatte darauf bestanden, mitzuziehen, um Verwundete zu pflegen oder Sterbenden die letzten Tröstungen zu spenden. Die anderen Schiffe hatten Befehl, dem ersten in Kiellinie zu folgen.

Der erfahrene Schiffer fand in der Dunkelheit die Mündung des Baches, der allein eine Landung von Pferden gestattete. Juan ging an Land und spähte umher. Vom Feind war nichts zu gewahren. Darauf wurde die Landung unverzüglich mit möglichster Geräuschlosigkeit bewerkstelligt, unter dem Schutz der vorausgesandten Tiradores, die Juan führte. Bald schon waren hundert Reiter und fünfhundert Scharfschützen marschbereit. Aurelio, in der Uniform eines Lancero-Offiziers, führte die Reiter, denen der Cura auf einem Maultier folgte. So traten sie den Weg nach Süden an. Die Schiffer hatten Befehl, langsam den Parana hinabzufahren, möglichst in Höhe der marschierenden Truppe, und in der Nähe der Bucht, an der das Castillo Bellavista lag, weiterer Befehle zu harren, Sancho Pereira, genannt Pati, führte die Flottille.

Die Truppen mochten etwa eine Stunde marschiert sein, als sie Gewehrschüsse hörten. Um ein Gehöft biegend, sahen sie vor sich ein brennendes Haus, in dessen Umgebung gefochten wurde. Die Tiradores bildeten eine Schützenlinie und gingen, auf den Flügeln von Reitern gesichert, vor. Juan Perez war schon weit voraus.

Er sah das Haus; es wurde von zum Teil abgesessenen Lanceros angegriffen; aus dem Haus heraus wurde geschossen. Juan zählte nur etwa fünfzig Soldaten.

»Drauf, Männer!« schrie ein weiter zurück haltender Reiter ihnen in gellendem Ton zu, »schneidet den Unitariern die Hälse ab. Sie verraten uns sonst an den Halunken d'Urquiza.« Juan erkannte an der Stimme Agostino de Salis. Er gab den Seinen das Zeichen zum Angriff. Während er noch da stand, bevor die Soldaten heran waren, sah er an einem Fenster des Hauses ein bebrilltes Gesicht auftauchen; er erkannte zu seiner Verblüffung Don Estevan. »Kommt nur heran, feiges Gesindel!« schrie der Bakkalaureus und schien der auf ihn gerichteten Schüsse gar nicht zu achten. »Komm nur selber heran, verruchter Bursche! Ich hab dich noch nicht vergessen!«

Agostino stieß einen Wutschrei aus und feuerte seine Pistole auf das Fenster ab.

»Komm her, elender Mordgeselle!« rief der Gelehrte, »daß ich dich dahin sende, wohin du gehörst!« Und er schob eine alte Muskete zum Fenster hinaus. Doch bevor er sie noch entlud, erdröhnte der Boden unter zahllosen Pferdehufen, Kommandos ertönten, Reiter jagten heran, und gleichzeitig krachten die Büchsen der Tiradores, die zum Teil, um schneller zur Stelle zu sein, hinter den Lanceros aufgesessen waren.

»Viva d'Urquiza! Viva Argentinia!« klang es durch die Nacht.

Eine furchtbare Panik brach unter Agostinos Lanceros aus. Was nicht tot oder verwundet unter den Schüssen der Tiradores zusammengebrochen war, sprang auf die Pferde, allen voran Agostino de Salis.

Da klang es abermals: »Viva d'Urquiza!« und von der anderen Seite jagte Aurelio mit dem Rest der Reiter heran. »Gebt euch gefangen«, rief Aurelio, »oder ihr werdet erschossen!«

Die Lassos seiner Reiter flogen; Agostino stürzte zur Erde, andere folgten, und gleich darauf war die Mehrzahl der Feinde gefangen. Nur wenigen glückte der Sprung in die Dunkelheit.

»Aurelio!« rief es aus dem Haus, und heraus stürzte, in größerer Aufregung, als sie der Kampf hervorgerufen hatte, Don Estevan und eilte auf den Jüngling zu.

Der beugte sich vom Pferde herunter und ergriff die Hand des Gelehrten mit beiden Händen. »Don Estevan!« rief er, »Ihr hier?«

»Die Unmenschen wollten mich und meine Mutter verbrennen«, keuchte Estevan. »Oh, welch ein Glück, daß du da bist!« Er lief, völlig kopflos, gleich wieder fort und führte seine alte, an allen

Gliedern zitternde Mutter ins Freie. Er habe hier seit einiger Zeit bei einer befreundeten Familie Zuflucht vor den Verfolgungen des Gobernadors gefunden, rief er Aurelio zu. Zu weiteren Ausführungen kam er nicht; eine starke, von Süden herankommende Reiterschar wurde gemeldet. Aurelio zog sich mit seinen Reitern zunächst hinter die brennenden Gebäude zurück; die Tiradores gingen hinter Hecken und Zäunen in Stellung. Die gebundenen Gefangenen, unter ihnen Agostino, waren beiseitegeführt worden.

Kaum erschienen die Reiter, an ihrer Spitze Francisco de Salis, im Schein des Feuers, als unter gellendem »Viva d'Urquiza!« die Tiradores eine Salve von furchtbarer Wirkung abfeuerten.

»Los Unitarios! Los enemigos!« schrien die Reiter und jagten in regelloser Flucht zurück.

»Ihnen nach, Aurelio«, sagte Juan, »dein Oheim ist darunter, ich habe ihn erkannt. Suche ihn von Süden her abzuschneiden und dränge ihn nach Bellavista hinein; dort werden wir ihn fangen.« Sekunden später jagte Aurelio bereits an der Spitze seiner Reiter den Flüchtigen nach. Die Scharfschützen rückten am Waldsaum des Parana entlang auf Bellavista nach. Juan schloß sich den restlichen Reitern an und folgte Aurelio.

Der größte Teil der Fliehenden, die in wilder Hast Santa Fé zu erreichen suchten, jagte an Bellavista vorbei; nur wenige waren abgeschnitten und nach der Estancia gedrängt worden oder hatten, was bei der Dunkelheit schwer zu unterscheiden war, deren Schutz freiwillig gesucht. Schnell entschlossen ließ Aurelio das Haus seiner Väter umstellen und bemächtigte sich vor allem der im Fluß liegenden Kähne. Bald darauf traf Juan mit seiner Schar ein, und nach einiger Zeit langten auch die Tiradores an und gingen unverzüglich in Stellung.

Nach Süden vorgeschobene Feldwachen sicherten vor einem Überfall von Santa Fé aus, dessen Lichter man in der Ferne erglänzen sah. Die in der Nähe des Schlosses gelegenen Wirtschafts- und Arbeiterhäuser wurden durchsucht, ohne daß man auf dort versteckte Feinde stieß. Einige der geängstigten Dienstleute sagten aus, ein starker Reitertrupp sei gekommen und habe sich in das Schloß geworfen. Ob Don Francisco dabeigewesen, hatten sie der Dunkelheit wegen nicht feststellen können.

Mehrere aus den Fenstern des Schlosses abgefeuerte Schüsse ließen bald erkennen, daß man dort an Verteidigung dachte. Da es nutzlos gewesen wäre, das ausgedehnte Gebäude während der Nacht anzugreifen, beschloß man, den Morgen abzuwarten. Feuer anzuzünden war wegen der Nähe des Feindes verboten worden.

Aurelio war vom Pferde gestiegen und umschritt in tiefer Erregung die Stätte, an der er das Licht der Welt erblickt hatte. An der Bucht stand er still. Dort lag schattenhaft das Haus, dem seine Mutter einst, ihn auf dem Arm haltend, in Todesnot entflohen war. Juan und Pati hatten ihm die Einzelheiten der Schreckensnacht wieder und wieder erzählen müssen. Er sah im Geiste das Schloß brennen, sah die weiße Frauengestalt verzweiflungsvoll auf das Wasser zueilen, hörte den Schuß des Mörders, den Todesschrei der Mutter; das Herz zog sich ihm zusammen. »Der Tag der Abrechnung ist da!« murmelte er vor sich hin.

Einem Wolfe gleich, der die Herde umkreist, ritt Juan um das Schloß, jeden Ausgang, jedes Gebüsch ins Auge fassend und Reiter und Scharfschützen immer wieder zu größter Wachsamkeit mahnend.

Das Schloß selbst lag still und dunkel da. Die mählich erbleichenden Sterne kündeten an, daß der Morgen nahte. Umso schärfer wurde die Aufmerksamkeit des Gaucho, sagte er sich doch, daß Francisco de Salis mit hoher Wahrscheinlichkeit versuchen werde, über den Parana zu entfliehen. Nun, das würde ihm nicht einfach werden; der Weg nach dem Strom war verlegt und stand unter sorgfältiger Bewachung.

Der Morgen dämmerte schon, als sich die großen Torflügel des Schlosses plötzlich öffneten und eine aus etwa zwanzig Reitern bestehende Schar, ihre Pferde spornend, herausgestürzt kam, um den verzweifelten Versuch eines Durchbruchs zu wagen. Die Belagerer waren in der Tat überrascht; es entstand eine leichte Verwirrung, bis die ersten Schüsse fielen. Nur ein einziger Mann verlor keinen Augenblick die Besinnung: Juan Perez. Alle seine Gedanken galten dem Gobernador, und dessen hohe Gestalt hatte er unter den Reitern nicht zu erblicken vermocht. Ohne der Flüchtenden zu achten, gab er seinem Pferd die Sporen und galoppierte um den nördlichen Flügel herum, nach der dem Fluß zugekehrten Hausfront, die im Augenblick von niemand beachtet wurde. Er bemerkte eine Bewegung in den Büschen, und, den Lasso wurfbereit, jagte er der Stelle zu. Schattenhaft gewahrte er die Gestalt eines Mannes im Gesträuch: »Halt!« donnerte er.

Ein Pistolenschuß war die Antwort; die Kugel zischte an seinem Ohr vorbei. Er sank über dem Pferdehals zusammen, als sei er getroffen. Da löste sich die Gestalt aus den Büschen, um über einen Pfad dem nahen Wald zuzuspringen. Ein Sprung des Pferdes, der Lasso flog, und zu Füßen des Gauchos lag Francisco de Salis, fest von der Wurfschlinge umschnürt. Juan Perez sprang aus dem Sattel.

Hochaufgerichtet stand er vor dem Gobernador. Der Lärm auf der anderen Seite des Schlosses hatte sich gelegt; der Kampf schien beendet.

»Ich versprach dir einst, dein Haupt tief zu legen, Francisco de Salis«, sagte Juan. »Du siehst, ich halte Wort.«

Der Gestürzte hatte nur einen Blick finsteren Hasses für ihn.

Aurelio kam vom Schloß her herangejagt, einige Soldaten hinter sich. Der Durchbruchsversuch der Lanceros, nur unternommen, um dem Gobernador Gelegenheit zur Flucht zu verschaffen, war mißglückt. Einige Reiter waren getötet worden, der Rest gefangen.

»Da liegt er«, sagte Juan Perez, und wies auf das Bündel an der Erde. »Da liegt der Mörder deiner Mutter!«

Aurelio zitterte; er starrte auf den Mann an der Erde. »Gott ist gerecht!« murmelte er.

Auf einen Wink Juans wurde der Gefangene von einigen Soldaten aufgehoben und auf eine Bank gesetzt. Eine Anzahl Lanceros und Tiradores sammelte sich um die Gruppe. Der junge Gaucho trat vor den Gefangenen hin und suchte seinen Blick zu fassen. »Kennst du mich, Don Francisco?« fragte er.

De Salis hob den Kopf; seine Augen flackerten. Der Blick, der Aurelio streifte, war leer und ausdruckslos. Seine Lippen murmelten etwas, das niemand verstand.

»Vor wenigen Monaten wolltest du mich erschießen lassen«, sagte Aurelio, »erinnerst du dich? Damals schien mein Anblick dich an etwas zu erinnern, ich sah es dir an. Heute stehe ich vor dir, an der Stelle, wo du vor 18 Jahren meine Mutter ermordetest.«

Ein Zucken lief über das Gesicht des Mannes, ein völlig zerstörtes Gesicht, das kaum noch Menschliches hatte; er krümmte sich wie unter einem Schlag, aber er brachte kein Wort über die Lippen.

»Seht her«, sagte Aurelio zu den Umstehenden, »so sieht ein Mann aus, der seines Bruders Weib erschlug. Hier in Juan Perez und in Sancho Pereira stehen die Zeugen jener Tat. Hier geschah es, und hier soll er sterben!«

Wieder zuckte der Mann auf der Bank zusammen; die letzte Spur von Farbe wich aus seinem Gesicht; er biß sich die Lippen blutig.

»An den Galgen mit dem Schurken!« rief eine Stimme aus der Gruppe der Soldaten heraus.

In diesem Augenblick öffnete sich der Kreis, und ein Priester trat heraus vor die Bank mit dem Gefangenen. »Die Rache ist mein, spricht der Herr!« sagte eine ruhige, klangvolle Stimme. Francisco de Salis hörte sie; er sah abermals auf, sein Blick gewahrte den Cura; er sah über dem Priestergewand neben Aurelio dessen Ebenbild. Etwas Glotzendes kam in seine Augen, ein grotesk wirkender Zug, von Schrecken, Entsetzen und Neugier gemischt, trat in sein Gesicht.

»Ja, stiere nur«, sagte Juan Perez, »es ist der andere Bruder, es ist Carlos de Salis, und es ist nicht dein Verdienst, daß er noch lebt!«

Der Mann auf der Bank stieß einen Schrei aus, er sprang auf, seine Haare sträubten sich. Eiserne Fäuste zwangen ihn auf den Sitz zurück.

»Was willst du tun, Aurelio?« fragte der Cura.

»Den Mörder unserer Mutter richten. Er soll sterben.«

»Du wirst das nicht tun, Aurelio.« Die Stimme des Priesters klang ernst und entschlossen. »Dein ist das Richteramt nicht. Unser ist es nicht. Bezwinge den Dämon in deiner Brust. Ein Leben lang würdest du bereuen, die Hand gegen diesen Mann erhoben zu haben. Denke an unsere Mutter und frage dich, ob sie dein Tun billigen würde. Überlasse diesen von Gott gezeichneten Mann dem, dessen Amt es ist, die Lebenden und die Toten zu richten!«

Es war totenstill über diesen Worten geworden. Der Cura legte den Arm um die Schulter des Bruders. »Er ist schon gerichtet«, sagte er leise. »Der, für den er einstmals die Mordtat beging, lebt nicht mehr. Agostino wurde in der Nacht den ihn bewachenden Lanceros entrissen und getötet. Ich kam zu spät, es zu verhindern.«

Der Cura hatte die wenigen Worte fast geflüstert, aber der Gefangene mußte sie gehört haben. Eine Spur von Leben kam in das aschgraue, zerfallene Gesicht zurück. »Agostino«, lallte er, »Agostino!« Er sah das Antlitz des Cura, das stille, verschlossene; er sah die düsteren Gesichter der umstehenden Männer. Plötzlich schlug er die Hände vor das Gesicht; ein trockenes Heulen entrang sich seiner Kehle.

»Komm«, sagte Aurelio, wider Willen erschüttert, und nahm des Bruders Arm. »Komm. Du hast recht. Wir wollen ihn dem höheren Richter überlassen.«

Sie gingen davon, die anderen folgten ihnen, der Gobernador blieb allein zurück, ganz allein in der Stille des Parkes. Von fern wieherten Pferde, Kommandos ertönten, der Tag begann zu erwachen. Der Mann löste die Hände vom Gesicht, sah sich mit Blicken um, in denen der Irrsinn glänzte. »Die Frau«, lallte er, »die weiße Frau! Nein! Nein! Nein!« Er riß ruckartig die Arme hoch und stürzte durch das Gebüsch auf das Wasser zu. Die dunklen Fluten verschluckten ihn; er tauchte nicht wieder auf.

Im Schloß erfuhren die Söhne Don Fernandos dann, was sich zugetragen hatte. Soldaten hatten von fern beobachtet, wie der Gobernador sich in die Fluten gestürzt hatte und in ihnen versunken war. Der Freitod des Mannes, der ihnen die Mutter getötet, ihr Erbe beraubt und sie selbst mit Verfolgung und Tod bedroht hatte, erschütterte sie. Der Cura faltete die Hände zum Gebet.

Mit dem Aufgang des jungen Tages strömten von allen Seiten die Menschen herbei, um die Soldaten d'Urquizas als Befreier zu begrüßen. Sie vernahmen staunend das Ende des Gobernadors und jubelten auf, als sie erfuhren, daß sich die verschollenen Söhne Don Fernandos bei den Truppen befänden und im Schloß weilten. Von Santa Fé traf die Nachricht ein, daß die Truppen Rosas die Stadt geräumt hätten und in wilder Panik geflüchtet seien, als sie von der Landung d'Urquizas und von der Niederlage des Gobernadors de

Salis hörten. Don Estevan traf mit seiner Mutter auf Bellavista ein, zur Freude der beiden Brüder, die ihn herzlich willkommen hießen und aufforderten, sich bei ihnen niederzulassen.

Die Erhebung in der Provinz nahm von Tag zu Tag an Stärke zu. Um Aurelio de Salis sammelte sich eine große Schar Freiwilliger, die ihm, dem Sohn eines allgemein beliebten und geachteten Mannes, willig in den Kampf gegen die Tyrannei folgten. Carlos und Pati blieben auf Bellavista in Gesellschaft Don Estevans zurück, der glücklich war, nach den Aufregungen der letzten Monate ein ruhiges Asyl gefunden zu haben. Aurelio führte die Freiwilligen von Santa Fé, und Juan folgte ihm, so sehr er auch ein feindliches Zusammentreffen mit den Gauchos fürchtete.

Am 3. Februar 1852 standen sich die kämpfenden Heere bei Monte Caseros, in der Nähe von Buenos Aires, zur Schlacht geordnet, gegenüber. Aurelio hatte den General d'Urquiza gebeten, nicht gegen Gauchos kämpfen zu müssen, stellte sich aber für Melderitte zur Verfügung. Juan, der den Untergang des Diktators wünschte und mit tiefem Schmerz die Gauchos auf dessen Seite sah, hielt bei dem Stab des Generals, der seinen Gefechtsstand auf einer Erhebung eingenommen hatte.

Erich Stormar, der seine Deutschen kommandierte, hatte eben seine letzten Befehle von d'Urquiza empfangen. Bei Aurelio vorbeireitend, rief er diesem zu: »Wünsch mir Glück, mein Junge. Bei mir geht's heute noch um eine besondere Entscheidung.«

Um neun Uhr begann auf beiden Seiten das Geschützfeuer; langsam rückten die Tiradores vor. Die Armee Rosas war stärker als die d'Urquizas, der kaum über dreißigtausend Mann verfügte. Auf der Gegenseite kämpften allein fünftausend Gauchos.

Das Gefecht zog sich zwei Stunden hin, ohne daß es einem der Gegner gelungen wäre, einen Vorteil über den anderen zu erkämpfen. Ein Gewaltstoß Rosas gegen den linken Flügel d'Urquizas war durch die vortrefflich geführte Artillerie des Generals abgewiesen worden. Die Entscheidung der Schlacht mußte durch die Reiterei herbeigeführt werden.

Als jetzt Rosas die Gauchos auf seinem linken Flügel sammelte, sandte d'Urquiza Aurelio an den weiter zurück haltenden Oberst Stormar mit dem Befehl, einzugreifen.

Staunend sah Aurelio, wie die Schwadronen der Alemans sich auf die Trompetensignale hin wie ein Fächer ausbreiteten und in Gefechtsformation vorrückten. Kein Laut außer dem Klirren der Waffen, den Signalhörnern, dem Stampfen der Pferde und den knappen Kommandorufen ward vernehmbar. Aurelio jagte zu d'Urquiza zurück, und ein heimliches Bangen befiel ihn, als er von dem erhöhten Platz aus die Übermacht der Gauchos erkannte, denen Stormar nur dreitausend Reiter entgegenzusetzen hatte.

In zwei Treffen gegliedert, rückten die Alemans vor. Starke Reserveschwadronen folgten ihnen. Die Gauchos setzten sich, einer finsteren Wolke gleich, in Bewegung. Trompetensignale erklangen, die Alemans griffen an, Oberst Stormar voran, die Lugartenientes vor ihren Zügen.

Rascher ritten die Gauchos, rascher die Alemans. Der allgemeine Kampf ruhte beinahe, alle Aufmerksamkeit war auf die Reiter gerichtet; bei ihnen lag die Entscheidung des Tages. Aurelio und auch Juan zitterten vor Erregung. Auf beiden Seiten fochten Freunde.

»Wie will Don Enrique diesen Angriff überstehen?« fragte leise der Gaucho.

Achttausend Reiter sprengten in vollem Rosseslauf mit eingelegten Lanzen aufeinander los, die Erde bebte unter dem stampfenden Schlag der unzähligen Hufe; das wilde Geschrei der Gauchos wurde jetzt von dem donnernden Hurra! der Alemans übertönt.

Furchtbar war der Zusammenstoß.

Wildes Geschrei – Durcheinander – Staubwolken erhoben sich, von den silbernen Blitzen der Säbel durchzuckt, die die Alemans führten. Jetzt griffen die Reserveschwadronen ein; einen Augenblick schien das Chaos zu herrschen, dann hallte über das Schlachtfeld das dröhnende Jubelgeschrei der deutschen Reiter.

Der Wind fegte den Staub hinweg, und vor den Augen von Freund und Feind jagte, was von den Gauchos nicht am Boden lag, in regelloser Flucht davon; die Alemans stießen nach. Sie hatten im ersten Anprall die berühmte Gauchoreiterei über den Haufen geritten.

»Victor! Victor!« schrien die Scharen d'Urquizas bei diesem Anblick; der Ruf pflanzte sich über das Schlachtfeld fort. D'Urquiza befahl den allgemeinen Angriff und zog seine letzten Reserven heran.

Juan Perez, der Gaucho, hatte die Hände vor das Gesicht geschlagen; seine Schultern zuckten wie im Krampf. Er hatte die bisher unbesiegten Pampasreiter, die Gefährten seiner Jugend, unterliegen sehen.

Die Schlacht war entschieden. Rosas Armee floh, allen voran der Diktator, der vor der Wut des Volkes Schutz auf einem vor Buenos Aires ankernden englischen Kriegsschiff suchte.

Aurelio de Salis fand Erich Stormar auf dem Schlachtfeld schwerverwundet in den Armen Arno Thormäls, dem er das Leben gerettet hatte. »Verzeihst du nun, Arno?« hörte er ihn mit schwacher Stimme fragen.

»Ja«, sagte der andere, »ja, Erich. Es ist alles vergessen. Gott erhalte dich am Leben!«

Manuel de Rosas, der Tyrann, der so lange einem Dämon gleich über dem Lande gewütet hatte, war endlich vertrieben. Unter der Präsidentschaft José d'Urquizas begann eine neue, glücklichere Zeit für Argentinien.

Über tredition

Eigenes Buch veröffentlichen

tredition wurde 2006 in Hamburg gegründet und hat seither mehrere tausend Buchtitel veröffentlicht. Autoren veröffentlichen in wenigen leichten Schritten gedruckte Bücher, e-Books und audioBooks. tredition hat das Ziel, die beste und fairste Veröffentlichungsmöglichkeit für Autoren zu bieten.

tredition wurde mit der Erkenntnis gegründet, dass nur etwa jedes 200. bei Verlagen eingereichte Manuskript veröffentlicht wird. Dabei hat jedes Buch seinen Markt, also seine Leser. tredition sorgt dafür, dass für jedes Buch die Leserschaft auch erreicht wird.

Im einzigartigen Literatur-Netzwerk von tredition bieten zahlreiche Literatur-Partner (das sind Lektoren, Übersetzer, Hörbuchsprecher und Illustratoren) ihre Dienstleistung an, um Manuskripte zu verbessern oder die Vielfalt zu erhöhen. Autoren vereinbaren direkt mit den Literatur-Partnern die Konditionen ihrer Zusammenarbeit und partizipieren gemeinsam am Erfolg des Buches.

Das gesamte Verlagsprogramm von tredition ist bei allen stationären Buchhandlungen und Online-Buchhändlern wie z. B. Amazon erhältlich. e-Books stehen bei den führenden Online-Portalen (z. B. iBookstore von Apple oder Kindle von Amazon) zum Verkauf.

Einfach leicht ein Buch veröffentlichen: **www.tredition.de**

Eigene Buchreihe oder eigenen Verlag gründen

Seit 2009 bietet tredition sein Verlagskonzept auch als sogenanntes "White-Label" an. Das bedeutet, dass andere Unternehmen, Institutionen und Personen risikofrei und unkompliziert selbst zum Herausgeber von Büchern und Buchreihen unter eigener Marke werden können. tredition übernimmt dabei das komplette Herstellungs- und Distributionsrisiko.

Zahlreiche Zeitschriften-, Zeitungs- und Buchverlage, Universitäten, Forschungseinrichtungen u.v.m. nutzen diese Dienstleistung von tredition, um unter eigener Marke ohne Risiko Bücher zu verlegen.

Alle Informationen im Internet: **www.tredition.de/fuer-verlage**

tredition wurde mit mehreren Innovationspreisen ausgezeichnet, u. a. mit dem Webfuture Award und dem Innovationspreis der Buch Digitale.

tredition ist Mitglied im Börsenverein des Deutschen Buchhandels.

Dieses Werk elektronisch lesen

Dieses Werk ist Teil der Gutenberg-DE Edition DVD. Diese enthält das komplette Archiv des Projekt Gutenberg-DE. Die DVD ist im Internet erhältlich auf **http://gutenbergshop.abc.de**